KB166129

돌아와서 말하기

2 R E 지음   VOL.1

CHIC NOVEL

CHIC
NOVEL

돌아와서
말 하 기 VOL. 1

초판 1쇄 인쇄일 | 2021년 11월 11일
초판 1쇄 발행일 | 2021년 11월 19일

지은이 | 2RE
펴낸이 | 박성면
펴낸곳 | (주)동아

출판등록 | 제406 - 3960100251002007000071호
주소 | 경기도 파주시 문발로 115, 세종대학교출판부 206호
전화 | (031)8071 - 5201
팩스 | (031)8071 - 5204
E - mail | bear6370@hanmail.net

정가 | 12,000원

ISBN 979 - 11 - 5641 - 182 - 6 (04810)
      979 - 11 - 5641 - 181 - 9 (set)

To You From Afar

돌아와서
말하기

2 R E 지음   VOL.1

CHIC NOVEL

목 차

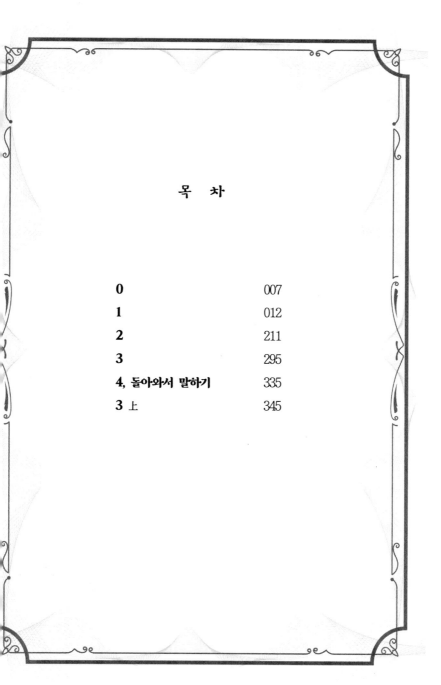

0

"그걸 내가 알아야 합니까?"

유온은 차가운 목소리에 입을 다물었다. 남자의 이름은 윤서경. 유온의 배우자였고, 유온을 매우 싫어했다.

예상은 했지만 매몰찬 대답이었다. 그래도 관심을 가져 주기를 바랐는지도 모른다. 유온은 이렇게 말했다. 저기, 저 오늘 병원에 다녀왔어요. 의사가 그러는데…….

채 끝맺지도 못했다.

"……방해해서 미안해요…….."

우물쭈물 겨우 내뱉은 유온은 윤서경의 시선을 피해 도망치듯 그의 서재를 빠져나왔다. 문을 닫을 때 윤서경이 다시 통화를 재개

하는 소리가 들렸다. 제 방으로 돌아온 유온은 한숨을 내쉬었다.

언제까지고 숨길 순 없었다. 하지만 더 말하기엔 저 싸늘한 태도가 너무 무서웠다. 이대로 가만히 있을까? 어차피 시간이 지나면 그도 알게 될 것이다.

발작을 해서 병원에 실려 가거나, 죽게 된다면. 그러면 의사가 유온이 죽은 원인을 알릴 테니까. 발견이 너무 늦어진 병이 있었는데 현대의학으로는 이미 돌이킬 수 없었다고.

유온은 한숨을 푹 내쉬었다. 사실은 자신도 아직 얼떨떨했다. 앞으로 살날이 몇 달도 남지 않았다니 남의 이야기 같았다. 의사는 운이 안 좋으면 당장 며칠 후에도 죽을 수 있으니 연명 치료라도 시작하자고 했다.

'그걸 하면 살 수 있나요?'

'하루라도 더 살아야 하지 않겠습니까.'

그러니까 몇 달, 어쩌면 며칠이나마 목숨을 부지하자는 뜻이었다. 그렇게 시간을 벌어서 무슨 소용이 있을까. 어차피 이 병은 언제 터질지 모르는 시한폭탄이고 해체할 방법은 없다. 하루하루 더 사는 건 회복에 대한 희망을 품는 것 같아서 싫었다.

어느새 웅크린 몸이 스스로 느끼기에도 차가웠다.

윤서경과 결혼한 지 3년이 지났다. 3년 동안 유온은 결혼식에서 서약할 때 말고는 그와 손 한 번 잡아 본 적 없었다. 그는 유온과 아이를 낳는 건 고사하고, 유온의 얼굴을 보는 것도 싫어했다.

그래도 만약 그가 허락한다면 언젠가 아이를 낳고 싶었다. 평범한 가족이 되고 싶었다는 게 맞을지도 몰랐다. 아이를 가지고, 낳고,

기르는. 그게 너무 큰 꿈이라면 최소한 그와 집 안에서 대화라도 할 수 있기를 바랐다.

유온의 바람은 언제나 이루어지지 않는다. 스스로 바람을 이룰 수 있을 만큼 노력하지도 않는다. 그런 주제에 욕심은 많아서 윤서경과 결혼했다.

하지만 윤서경은 이제 유온이 자신의 영역 근처에만 와도 불편한 기색을 여지없이 드러내고, 러트가 되면 집에 들어오지 않는다. 어디에서 그것을 풀고 있는지 유온으로선 알 방법이 없었다.

외로웠다.

사랑받은 적도, 좋았던 일도, 이젠 앞으로 살날도 없다.

'진짜 나한텐 아무것도 없네…….'

그게 당연하다고 생각하며 살았다.

슬픔이 와르르 밀려왔다. 참고 삼키려 애썼다. 분명 이 감정은 막대하다. 느끼기 시작하면 눈을 빛내며 자신을 완전히 잡아먹겠지. 매몰은 순식간일 것이다.

유온은 시큰해지는 가슴을, 그렇게 하면 달랠 수 있다는 듯 손으로 눌렀다. 과거 모든 슬픔에 그렇게 대처했듯이.

이번에도 그런 것이라 생각하고 눈을 감은 채 감정의 파도가 지나갈 때까지 기다리려 했다. 하지만 파도는 아무리 지나도 물러가지 않았다. 눈을 반짝 뜬 유온은 예감했다. 이건 지나가 버릴 파도가 아니라 거대한 해일이었다.

해일은 순식간에 닥쳐와 유온의 나약한 몸과 정신을 휘몰았다.

망망대해로 끌려가 검은 해수면 위를 표류하며 잠깐씩 정신이 들었다. 의사가 말한 발작은 빨리도 찾아왔다. 당장 내일이라도, 라고 했지만 정말로 당장이 될 줄은 몰랐다.

어쩔 수 없었다. 이 병은 슬픔이 원인이었고 슬픔으로 발작하니까. 윤서경의 그 한 마디는 충분히 유온을 상처 입혔다.

몸이 앞으로 쓰러졌다. 쿵, 크지도 작지도 않은 소리가 들리고, 어느 순간부터 누군가 다급하게 외치고 뛰어다니는 소리가 먹먹하게 뒤엉켜 울렸다.

숨을 쉬기 어려운가 싶었는데, 가슴에 차갑고 단단한 뭔가가 달라붙더니 몸을 내리치듯 흔들었다.

온몸에 격렬한 통증이 닥쳤다. 늑골이 조각조각 갈라지는 듯했다. 단단한 기계가 쿵, 쿵, 하고 가슴을 거세게 때렸고 그때마다 몸이 딸려 올라갔다가 힘없이 떨어졌다. 그게 몇 번 계속되었지만 변화는 없었다. 심장이 멎어 박동을 되찾아 오려 한다는 걸 어렴풋이 알았다.

그러나 결국 머리맡의 기계는 선고를 내렸다. 살아 있음을 상징하는 녹색의 곡선이 가라앉아 직선이 되었다. 삐이이……, 모든 게 끝났음을 알리는 음울한 소리가 울렸다.

눈을 깜빡이고 싶은데 몸의 어디도 움직이지 않았다. 몸은 죽었지만 영혼의 일부가 아직 조금 남아 있는 것 같았다. 침대에서 조금 떨어진 곳에 서 있는 윤서경이 보였다.

그는 이상한 표정이었다. 신기했다. 늘 그렇듯 차갑게 굳은 얼굴을 하고 있을 줄 알았는데.

아……. 꽃을 주문해 뒀었는데, 찾아오는 걸 잊었네.

시간이 지나도 찾으러 오지 않으면 버려지겠지. 아쉬웠다. 그래도 결혼기념일이라고 준비한 선물이었다. 윤서경이 꽃을 좋아하니까.

어쩌면 그런 꽃을 주려 한 것부터 욕심이었는지도 모르고…….

이어 눈앞이 검게 가라앉았다.

한 번도 행복해 본 적 없는 이유온의 죽음이었다.

1

"일어나라고 했어, 이유온."

뺨에 아픔이 느껴졌다. 유온은 반사적으로 몸을 일으키며 생각했다.

'......?'

분명 죽은 것 같았는데, 이상한 장면 연결이었다. 멍하니 있느라 제대로 서는 동작이 굼떴다. 그러자 상대는 가차 없이 유온의 머리채를 잡아 쥐고 뺨을 또 후려쳤다. 다시 비틀거렸지만 이번엔 재빨리 일어났다. 눈앞에는 차가운 인상의 남자가 있었다.

그가 입고 있는 슈트는 비싼 물건이고 머리 모양도 점잖았다. 유온과 전혀 닮지 않았지만 그의 큰형, 이유건이었다. 유온은 겁을 먹었다. 뭐가 어떻게 된 건지 생각하기도 전에 눈앞에 이유건이 있다는 게 그냥 무서울 뿐이었다.

그는 엄격한 사람이었다. 유온이 잘못한 게 있으면 자주 체벌했다. 무엇을 잘못했는지 모르면 모른다는 이유로 더 맞아야 했다. 지금 유온은 당연히 자신이 무엇을 잘못했는지 몰랐다.

혹시 죽을병에 걸린 게 내 잘못인 걸까. 그럴지도 몰랐다……. 아니, 꿈이었나? 그러면 어디서부터 꿈이지.

이렇게까지 생생한 꿈이 있다니. 죽어 가는 과정에서 느낀 격통과 추락의 감각이 선명하다. 죽어 본 적 없는 사람의 상상이 만들어 낸 것치고는 자세하고 아귀가 잘 맞았다. 아직도 가슴이 울리고 걷어차인 듯 아픈 것 같은데.

하지만 그렇게 숨이 끊어진 순간부터 지금까지 꿈에서 깨어나는 듯한 과정 없이 그냥 죽 이어졌다. 죽고 눈을 감았다가 뺨을 맞으며 다시 뜬 느낌이었다.

죽은 것만은 확실한데. 아니면 죽기 전부터 지금까지 계속 이어지는 꿈인 건가.

"잘못했어요, 형."

유온은 우선 사과했다. 이유건의 얼굴이 비웃듯 비틀렸다.

"뭘 잘못했는지는 알고?"

"……."

이유건의 커다란 손을 향한 유온의 눈에 더더욱 두려움이 담겼다. 그러나 다행히도 이유건은 그 이상 유온을 때릴 마음이 없었는지 다른 말을 했다.

"너 서 회장 아들 만나서 무슨 소리 했어?"

"네, 네?"

서 회장? 유온이 아는 서 회장은 한 사람밖에 없었다. 서원희 회장, 윤서경의 어머니. 즉 이유건이 말하는 서 회장의 아들은 윤서경이었다.

"그게……."

유온은 혼란스러웠다. 이 말은 처음 듣는 게 아니었다. 이건 윤서경과 처음으로 가까이서 마주 앉았던 후 그가…… 집안에 혼담을 넣었을 때였다. 같은 상황을 다시 겪다니, 역시 꿈인 듯했다. 아니면 죽어서 보는 환상이거나.

그날 무슨 일이 있었더라. 어쩌다 같은 테이블에 앉은 게 전부였다. 자신이 윤서경에게 무슨 말을 했는지는 아직도 기억했다. 기억하고 말고 할 것도 없다. 아무 말도 못 했으니까.

혼자서 흘끔거린 것 외에 윤서경을 제대로 본 건 그때가 처음이었다. 너무 긴장이 돼서 입도 뻥긋할 수 없었고 그대로 자리는 끝이 났는데, 그 결과는 뜻밖이었다.

"뭐라고 말하면서 홀렸기에 그 집에서 혼담이 들어와."

"아, 호, 혼담이요."

윤서경의 집에서 정식으로 혼담이 들어온 것이다. 그의 집안, 부경그룹은 굴지의 대기업으로 한국 20대 기업 끄트머리에 겨우 들어 있는 유온의 집안 화명그룹과 비교할 바가 못 되었다. 그쪽에서 먼저 혼담을 제안하다니, 화명그룹으로선 두 팔을 들고 환영할 일이었다.

문제는 그 혼담의 당사자였다. 사실 유온의 부모님도 부경에 혼담을 넣을 기회만 보고 있었다. 유온이 아니라, 유온의 작은형 이유연을.

유온은 집안에서 주목도 애정도 받지 못하는 아이였다. 어릴 적부터 성격은 유별나게 소심했고 남들보다 모자랐다. 집안의 오점이라고 해도 좋을 만큼 어울리지 않았다. 어른들은 유온을 달래기도 하고 다그치기도 했지만 결국 끝까지 그 답답함이 고쳐지지 않았다.

부경그룹의 자제와 결혼한다면 그 집안과 친정을 적당히 조율하며 이익을 올릴 수 있는 사람이어야 했다. 그리고 남들 눈에 좋게 비칠 화사한 외모와 밝은 성격을 가져야 했고. 그에 그린 듯 부합하는 건 이유연이었다.

물론 이유연도 부경의 안주인이 될 기회를 잡고 싶어 했다. 남편이 될 사람이 그 윤서경 대표라는 이유도 컸다. 윤서경은 그 자리에 서 있기만 해도 홀로 특별한 사람이었으니까.

주위를 압도하는 카리스마를 가진 알파에, 얼굴은 잡지에 실릴 만큼 잘생겼고, 어릴 때부터 이미 사업 수완이 뛰어나 지금은 부경의 핵심 중 하나인 호텔 체인을 맡아 경영하고 있었다. 그야말로 모든 걸 다 가진 사람이었다.

이유연은 그와 결혼하기 위해서 어릴 때부터 갖은 노력을 다했다. 그가 좋아하는 악기를 공부했고 꽃을 좋아한다는 그를 위해 플로리스트 자격증도 땄다.

그런데, 윤서경이 작은 파티에서 우연히 유온을 가까이서 만나

보곤 무슨 생각인지 집안을 통해 유온에게 청혼한 것이다.

당연히 집안은 발칵 뒤집어졌다. 유온 역시 오래전부터 정해진 판매처……, 혼처가 있었다. 유온보다 나이가 좀 많았고 안 좋은 소문도 있었지만, 집안의 사업에 도움이 되는 사람이었다.

물밑에서는 거의 진행이 끝난 혼담이었다. 이미 결혼을 조건으로 도움을 받은 것도 많아 절대로 무를 수는 없는 상황. 하지만 그렇다고 부경에서 먼저 건넨 혼담을 거절하겠는가? 이유연이 윤서경과 결혼할 거라고 장담도 못 하는데.

결국 부모님의 결정은 이유연을 원래 유온의 결혼 상대에게 보내고 유온과 윤서경을 결혼시키는 것이었다. 이유연은 절대 그런 사람이랑 결혼할 수 없다고 울고불고 난리를 치다가 쓰러지기까지 했다.

어쨌든, 그건 이 순간으로부터 조금 나중의 일이고…….

"전 아, 아무 말도 안 했어요, 형."

사실이었다. 뺨이 새빨갛게 부어오른 채 겁먹어 저를 쳐다보는 꼴에 이유건이 짜증스러운 얼굴을 했다.

"그래. 네가 윤서경 앞에서 말 한 마디 제대로 했을 리가 없지. 말더듬이에 사람이랑 눈도 못 마주치는 덜떨어진 게."

"……."

이유건의 시선이 유온을 훑었다. 그리고 깨끗한 바닥에 아무렇게나 버려진 쓰레기를 보듯 인상을 찡그렸다.

전부 사실이었기에 유온은 아무런 반박도 하지 못하고 제 발끝만 쳐다보았다. 잘못했다는 말을 하려 했으나 그 짧은 말도 정말

처참하게 더듬을 것 같아서 입술만 달싹였다. 그걸 본 이유건이 짜증스런 한숨을 내쉬었다. 그의 팔이 높게 들렸다. 유온은 눈을 질끈 감았다.

"그 모자란 습성."

철썩.

"언제쯤 되어야 고칠래?"

또다시, 철썩. 몇 번째인지 모르게 뺨을 맞고 유온은 비틀거리다가 결국 넘어졌다. 밭은 숨이 튀어나왔다. 울먹이듯 헐떡거리는 유온을 한심하게 쳐다본 이유건이 몸을 돌려 나갔다.

문이 닫힌 후, 멍하니 있던 유온은 아픈 걸 참으며 더듬더듬 침대맡을 뒤졌다. 이날 아마도 자다 깨어나서 곧바로 형이 방에 들어왔으니 휴대폰은 이 근처에 있을 거였다.

역시 곧 좀처럼 사용할 일 없는 휴대폰이 베개 밑에서 나왔다. 이때를 기준으로도 꽤 오래된 모델이다. 화면을 켜자 날짜가 표시되었다.

"……."

4년 전이었다.

햇수로 4년 전, 유온의 기억에서는 약 3년 반 전. 이날로부터 반년 후에 유온은 윤서경과 결혼한다. 입 안에서 느껴지는 피 맛과 뺨의 아픔을 느끼며 유온은 날짜 표시를 멍하니 보았다.

잠들었을 때처럼 죽은 뒤에도 꿈을 꾸는 걸까. 기억을 이런 방식으로 되짚어 보게 되는 건지도 몰랐다.

기왕 돌아갈 거 좀 더 행복하던 순간으로 돌아가 주지…….

아. 퍼뜩 떠올렸다. 그러려면 우선 행복한 순간이 있어야 한다.

자신의 삶에서 가장 얼떨떨하면서도 기뻤던 건 윤서경과의 결혼이 결정되고 결혼식이 있기까지였다. 그 시간 동안, 유온은 몰래 짝사랑하던 사람과 결혼하게 되었다는 사실에 꿈처럼 행복했다.

나이 많은 사업가와의 결혼을 피했다는 것도, 집을 나와 부모님과 형들, 특히 큰형에게서 떨어져 나오게 되었다는 사실도 좋았다. 그 모든 게 다 윤서경이 청혼해 준 덕분이었다. 윤서경은 곰팡이 핀 지하 같은 유온의 인생에 비친 유일한 빛이었다.

그러니 인생에서 가장 행복한 때로 돌아온다면 이 순간이 맞았다. 결혼식과 신혼여행 전, 결혼을 준비하던 기간.

설마 결혼 생활도 그대로 겪게 될까?

유온은 예전에 그랬던 것처럼 조용히 문을 열고 1층으로 내려갔다. 주위엔 아무도 없었다. 도둑처럼 주방으로 들어가 얼음을 챙기면서도 조심스러웠다. 가족 중 누군가가 물이라도 마시러 나오면 꼼짝없이 마주쳐야 할 테니까.

기억으로는 아무도 안 마주쳤던 것 같지만 어쩔 수 없이 겁이 났다. 얼음을 비닐봉투에 담은 유온은 다시 발끝을 들고 살금살금 자신의 방으로 돌아갔다.

무사히 방에 도착한 뒤 문을 닫고 침대에 누웠다. 아직 형에게 맞은 두려움이 가라앉지 않아서 문을 잠그고 싶었지만, 그랬다가 누가 방에 오기라도 한다면 크게 혼이 날 것이었다. 유온은 수건으로 감싼 얼음주머니를 부푼 뺨에 살짝 가져다 댔다. 펄펄 오르던 열이 얼음의 냉기에 조금씩 식었다.

형과 대화할 때 너무 긴장하고 있었는지 몸이 피곤했다. 그러나 뺨이 아파서인지 잠은 오지 않았다. 이상하다. 옛날엔 방에 돌아와 누워서 곧바로 잠들었던 것 같은데. 그래서 얼음이 녹는 바람에 침대가 다 젖지 않았었나……. 다른 기억과 섞인 건가.

멍하니 얼음을 대고 있는데 휴대폰이 짧게 진동했다. 광고겠지, 싶어 느릿하게 화면을 확인한 유온은 얼음주머니가 떨어지는 것도 모르고 몸을 확 일으켰다.

[잠깐 볼 수 있을까요.]

윤서경에게서 온 문자였다.

* * *

유온은 서둘러 준비를 하고 뛰쳐나오듯 집을 나섰다. 부은 뺨을 가릴 길이 없어서 모자에 머플러까지 둘러맸다. 겨울이라 다행이었다. 그래도 멍이 가려지지 않았으나 넘어져서 그랬다고 말하면 그런가 보다, 할 정도는 되었다. 윤서경이 과연 멍에 대해 물을지 모르겠지만.

윤서경이 말한 약속 장소는 집에서 가까운 호텔 라운지였다. 택시에서 내려 화려한 로비를 지나 라운지로 들어가자, 창가에 그림처럼 근사한 남자가 앉아 있었다. 유온은 왠지 머뭇거리다가 그리로 가까이 다가갔다.

"갑자기 불러내서 미안합니다."

"아니에요……."

낮은 목소리에 가슴이 두근댔다. 이때 윤서경이 자신을 불러낸 적은 없었는데. 청혼 후 처음 만난 건 상견례 자리에서였다.

"부모님에게 말을 듣기 전에 전해야 할 것 같아서요. 이유온 씨 집에 혼담을 넣었습니다. 갑작스럽지만 아마 당신 부모님은 수락할 겁니다."

유온은 어떻게 반응해야 할지 몰라 시선을 내리깐 채 고개만 끄덕였다. 부모님에게서 아직 아무런 말도 듣지 못한 건 사실이다. 혼담을 먼저 들은 이유건이 집에 와서 유온을 다그쳤을 뿐이다.

"저……. 그런데, 왜 저랑 결혼을 하려고 하시는 거예요?"

이 말을 꺼내기 위해선 상당한 용기가 필요했다. 윤서경 같은 사람이 정한 일의 이유를 자신이 어떻게 묻는단 말인가. 하지만 기억과 달리 오늘 이 시간에 그를 만났고, 직접 결혼 이야기를 들었다. 그래서 겨우 물을 수 있었다. 자신 같은 사람에게 청혼한 이유가 무엇인지.

윤서경이 눈썹을 조금 찌푸렸다.

"그게 나한테 도움이 되니까요. 당신도 그렇지 않습니까?"

도움……. 유온의 눈동자가 아주 짧은 순간 굳었다가 풀어졌다. 다시 고개를 끄덕였다. 자신과의 결혼이 그에게 도움이 될 수 있다니. 그것으로 충분했다. 유온은 따뜻하게 달아오르는 얼굴을 머플러를 더 올려 감췄다. 눈까지 가려질 정도였지만 불편하지 않았다.

어쩌면 이 꿈의 목적은 생전에 유온이 겪지 못했던 좋은 일들을 겪게 해 주려는 것 아닐까?

원래 있었던 일과 달리 오늘 이렇게 윤서경을 만났다. 이것부터가 유온에겐 굉장히 좋은 일이었다. 그럼, 어쩌면 이 꿈에서 깨어나기 전까지 몇 번 정도는 더 이런…….

유온은 정신 차리라고 말하듯 제 손등을 살짝 꼬집었다. 머리가 멋대로 상황을 좋게 해석하려고 한다. 이런 생각은 얼른 꾹꾹 눌러 없애 버려야 했다.

"이 말을 하려고 부른 겁니다. 정문으로 차를 보내죠. 타고 들어가세요."

윤서경의 눈길이 뺨에 일순 머문 것 같았으나 곧 떠났다. 실제 본 건지 안 본 건지 알 수 없었다. 유온은 괜히 머플러를 한 번 더 끌어 올리고 꾸벅 인사한 뒤 자리에서 일어났다. 멀어지면서 그가 손목시계를 확인하는 모습을 흘끗 보았다가 들킬세라 다급히 시선을 돌렸다.

그가 준비해 준 차는 자신이 타는 게 미안해질 정도로 고급스러웠다. 넓은 뒷좌석 구석에 앉아 최대한 아무 소리도 내지 않도록 웅크리고 앉은 채 집에 도착했다. 그렇게 불편하게 가는데도 금방 집에 도착하고 말았다.

대문가에 서서 보자 거실에 불이 켜져 있었다. 환한 창문을 본 유온이 움찔했다. 발끝이 문턱을 넘지 못한 채 움찔거렸다. 뒷좌석 문을 열어 주었던 운전기사가 의아해했다. 유온이 집에 들어가는 것까지 배웅할 생각인지 그는 돌아가지 않고 그대로 서 있었다.

이상하게 여기는 듯한 눈길에 유온은 어쩔 수 없이 안으로 들어갔다. 대문을 닫자 그제야 차가 떠나는 소리가 들렸다. 유온의 시선이 다시 환한 창문을 보며 흔들렸다.

저 안에서 누가 기다리고 있는지 안다. 부모님과 두 형이 유온이 오기만 기다리고 있을 것이다. 무슨 일이 이어질지도 이미 알고 있었다.

덜컥 겁이 났다. 원래 기억대로라면, 가족들이 다 모인 뒤 이유건이 자던 유온을 깨워 바로 끌고 내려왔다. 심지어 외출한다는 말도 없이 나왔으니 모두 유온이 돌아올 때까지 기다린 것이다. 뒤늦게 휴대폰을 확인하자 이유건에게서 걸려 온 부재중 통화가 하나 있었다. 심장이 내려앉는 것 같았다. 자신 하나 때문에 가족들을 기다리게 하다니…… 얼마나 화가 났을까.

유온은 두려운 마음으로 현관문을 열고 들어갔다. 문이 평소보다 유달리 무겁고 차가웠다. 쇠 손잡이의 냉기에 온몸이 차가워지는 듯했다. 간신히 현관으로 들어서서 중문을 열자 역시 거실에 모여 앉아 있던 가족들의 시선이 유온에게 쏠렸다.

"……다녀왔습니다."

"와서 앉아라."

모자와 머플러, 겉옷을 벗고 소파에 앉자 가사 도우미가 유온 몫의 차를 가지고 왔다. 당연히 그 차의 김이 다 가시고 차가워질 때까지 유온은 차에 손도 댈 수 없었다. 가족들은 유온의 뺨을 봤지만 아무 말도 하지 않았다.

"말도 없이 어디 갔었어?"

큰형이 물었다. 유온은 한층 겁에 질려 온몸이 뻣뻣해지는 걸 느끼면서, 한참을 망설이다 겨우 대답했다.

"유, 윤 대표님이 잠시만 나와 보라고 해서……."

"허락도 없이?"

"죄, 죄송해요."

"……그래. 이 이야기는 나중에 하자."

유온은 창백해진 채 입을 다물었다. 창고로 끌려가겠구나, 라는 두려움에 바르르 떨리는 손끝을 애써 움켜쥐었다. 다음으로 입을 연 건 어머니였다.

"지난번 파티에서 윤서경 대표랑 무슨 일 있었니?"

"아, 아니요, 아무 일도……. 자, 자리가 우연히 가까워졌어요. 저는 아무 말도 안, 했는데……, 잘 모르겠어요. 죄송해요……."

어머니가 한숨을 내쉬었다. 그런 어머니 옆에서 작은형은 눈을 치켜뜨고 있었고, 아버지는 무언가 생각하는 기색에, 큰형은 싸늘했다. 모두가 유온이 부정이라도 저질렀다는 얼굴과 태도였다. 어머니의 말을 시작으로 추궁이 이어졌으나 정말로 그날도, 그 전에 몇 번 윤서경을 마주쳤을 때도 별다른 일은 없었다.

묵묵히 그 추궁을 견딘 유온은 이만 네 방으로 가도 좋다는 이유건의 허락에 가족들에게 인사한 뒤 방으로 올라왔다.

거기서 끝이 아니었다. 유온이 방에 들어오기가 무섭게 이유연이 쪼르르 따라 들어왔다.

"야, 너 똑바로 말해."

"뭘요……."

"너 윤서경한테 무슨 짓 했어? 뭘 했는데 그 인간이 홀려서 당장 결혼하겠다고 해? 네 뭘 보고?"

거실에서 하고 또 했던 이야기였다. 숨겨야 할 사실조차 없어서 유온의 대답은 계속 똑같았고 대화는 제자리를 맴돌았다. 굳이 따라 올라와 물어도 할 말이 없다. 유온은 그의 눈치를 보며 대답했다.

"정말 아무것도 안 했어요, 형."

가늘어진 이유연의 시선이 흘끗 유온의 뺨을 향했다. 불쌍할 정도로 부어오른 뺨을 본 그가 짜증스럽게 혀를 차더니, 더 말하기도 싫다는 듯 나가 버렸다. 쾅 닫히는 문을 보던 유온이 고개를 돌렸다. 급하게 나가느라 내팽개친 얼음주머니가 다 녹아서 주위로 온통 물이 번져 있었다.

이건 기억 속에 있는 것과 같은 일이었다. 지금은 밖에 나갔다가 돌아왔고, 이전엔 잠들었었다. 하지만 얼음이 녹아 침대를 적셨다는 결과는 같다. 그게 지금부터의 미래 또한 똑같이 흘러가리라는 예고로 보여서 유온은 어깨를 늘어뜨렸다.

* * *

그 후 상견례가 곧바로 잡혔다. 윤서경의 부모님이 모두 시간을 낼 수 있는 날짜로 잡다 보니 혼담을 넣고 고작 며칠 후였다. 그렇게 마련된 자리에서 유온은 누구의 눈치를 먼저 봐야 할지 몰라 가만히 눈만 내리깔았다.

화려한 호텔 레스토랑의 개인실에 유온과 윤서경, 그리고 양가 가족들이 앉아 있었다. 어찌 된 일인지 유온의 두 형까지 함께였다. 원래는 윤서경의 형과 누나가 외국 출장이 길어져 오지 못하니 본인과 부모들만 자리를 가지기로 했었다.

하루하루가 같은가 하면 달라지는 전개에 유온은 정신이 하나도 없었다.

제 옆에 앉은 가족이 늘어난 만큼 신경 쓸 사람도 늘었다. 부모님은 물론이고 두 형에게서 흘러나오는 분위기가 무서웠다. 또 눈앞의 윤서경과 그 부모님은 불편했다. 세 사람 다 부경이라는 이름에 걸맞은 무게감을 갖추었고, 앞에 있는 게 누구든 압도할 듯한 분위기였다.

상견례라는 자리의 긴장감 이상으로 유온은 이 자리의 모든 사람에게 기가 눌려 물조차 마시지 못했다.

"아드님을 정말 고이 기르셨더군요. 다소곳한 게 얼마나 귀엽고 보기에 예쁜지 모르겠습니다."

윤서경의 어머니, 서 회장이 그렇게 말했다. 유온의 음울하고 소심한 성격을 둘러말하는 듯했다. 부모님이 티 나지 않게 흘끗 유온을 보았다. 유온만 알 수 있는 질책의 시선이었다. 집안의 물건이 책잡힌 것, 그것도 평소 그렇게 고치라고 말하던 부분을 지적받은 것에 화가 난 것 같았다.

하지만 부모님은 겉으론 표 내지 않고 웃었다. 유온도 겁먹은 속을 티내지 않기 위해 애써 웃으려 노력했다. 어색하게 끌어 올린 뺨이 뻣뻣하게 떨렸다.

"어릴 적부터 워낙 순한 애였답니다. 아이가 너무 예뻐서 오냐 오냐 기르다 보니 마음이 조금 약한 편인데, 윤 대표와 다감하게 지내면 좋겠어요."

어머니의 대답이 이어졌다. 서 회장은 첫 한 마디 이후로는 그럭저럭 유했고 불편한 자리 위로 의례적이고 예의를 차린 말이 차분하게 오고 갔다. 결혼의 당사자인 유온은 한 마디도 하지 않았다. 윤서경 역시 마찬가지였다. 잠자코 와인을 마시는 윤서경의 모습이 숙인 고개 너머로 얼핏 보였다.

유온은 용기를 내 시선을 들었다. 들키지 않을 만큼 아주 조금이었다. 이야기를 나누면서도 우아하게 식사를 하고 있는 다른 가족들과 달리, 윤서경은 와인으로 가끔 입술만 축일 뿐 아무것도 먹지 않았다. 유온 역시 식사에 손댈 마음이 없었다. 먹었다간 거하게 체해서 집에 가자마자 다 토해 내고 말 것이다.

그러나 그런 유온을 이유건이 보고 말았다.

"유온이, 음식이 입에 안 맞니?"

마침 물을 마시려 했던 유온은 물 잔을 떨어뜨릴 뻔했다. 잔에 들어 있던 라임 조각이 물과 함께 흔들렸다.

"아, 아니에요, 형. 먹고 있어요."

유온이 허둥지둥 식기를 들자 이유건은 부드럽게 웃는 얼굴로 유온을 보다가, 윤서경의 부모님에게로 시선을 돌렸다.

"유온이가 입이 좀 짧아서 뭐든 많이 먹지 않습니다. 그래서 저렇게 말랐지요. 결혼식 전에 살이 조금 붙어야 예복도 잘 어울릴 텐데 걱정이군요."

"어머. 서경이가 유온 군을 잘 챙겨야겠어요. 알겠지?"

윤서경의 어머니가 아들을 보며 말했다. 그의 시선이 슥, 유온에게로 향했다. 유온은 얼른 눈앞의 커다란 접시 가운데에 작게 담겨 나온 관자 요리를 잘라 입에 넣었다.

입 안에서 사르르 풀어지는 관자는 도무지 무슨 맛인지 느낄 수 없었다. 물건을 입에 넣고 삼키듯 억지로 집어넣었다. 차례로 나오는 음식이 어느 정도 비면 주방장이 직접 나와 서빙을 했다.

대부분의 설명은 생략했지만 어디서 귀하게 구해 온 재료를 어떤 정성으로 요리했는지, 한두 마디 짤막하게 말하긴 했다. 어색하게 굳어 음식을 억지로 먹는 것에만 집중한 유온의 귀에는 거의 들리지 않았다.

"……는 알레르기가 있을 텐데요."

그런데 주방장의 설명 사이로 윤서경의 목소리가 끼어들었다. 유온이 고개를 퍼뜩 들었다. 주위의 분위기가 묘했다.

"아, 그, 그러십니까? 정말 죄송합니다. 착오가 있었던 모양입니다. 곧바로 다른 음식을 준비하겠습니다."

주방장은 유온의 접시를 보고 있었다. 한 줌 정도 되는 샐러드에 올라간 무화과가 보였다. 무화과에 알레르기가 있는 건 사실이지만, 최근에 생긴 거고 아마 가족들도 모를 텐데. 그 증거로 유온의 가족들은 당황한 표정이었고 윤서경의 부모님은 의아해했다. 독립한 것도 아니고 한집에 사는 아들에게 알레르기가 있는 것도 모르다니 이상한 일이었다.

먼저 정신을 차린 어머니가 웃음을 짓더니 유온의 어깨에 손을 얹었다.

"이 아이가 이런다니까요. 혹시나 가족들 걱정할까 봐 어디가 아파도 말을 안 하고요. 윤 대표, 우리 유온이 잘 챙겨 줄 수 있죠?"

"알레르기와 어디가 아픈 건 다르지 않습니까?"

"……."

"숨길 이유가 없고 숨겨도 부모님이 아셔야 하는 문제가 아닐까 싶은데요. 몸에 치명적인 일을 왜 굳이 숨기겠습니까. 제 상식으로는 도움이 안 되거나 말하는 것도 불편해서 그랬던 걸로 보입니다."

테이블이 찬물을 끼얹은 듯 조용해졌다. 유온은 한층 더 당황했다. 갑자기 윤서경이 왜 이런 말을 하는 건지 알 수 없었다. 주방장이 재빨리 유온의 접시를 치우고 순식간에 새로운 샐러드를 만들어 와서 내려놓았지만 이미 식사를 할 분위기는 아니었다.

유온은 안절부절못했다. 자신이 알레르기를 말하지 않아 이런 상황이 되고 말았다. 사실 윤서경이 말한 이유 때문에 굳이 알리지 않은 건 맞지만, 그게 이런 결과로 나타날 줄은 생각조차 하지 못했다.

다행히 사업가들인 양가 가족은 곧 어색함을 환기했고 다시 원만한 말들이 오고 갔다. 유온은 꾸역꾸역 다른 사람들의 속도에 맞추어 식사했다. 지푸라기나 고무를 씹어 삼키는 느낌이었다. 벌써 속이 불편했다. 그런 와중에 윤서경의 시선까지 느껴져 더더욱.

거북한 상견례가 끝나고 난 뒤 윤서경의 가족과 서로 다른 통로로 빠져나왔다. 가족만 있는 자리가 되자 곧바로 형이 유온을 불러 세웠다.

"유온이와 이야기 좀 하고 가겠습니다. 먼저 들어가세요."

"그래, 그러렴."

선선한 부모님의 반응에 유온은 얼어붙었다. 작은형도 흘끗 둘을 보았을 뿐 별말 없이 떠나갔다. 유온은 발끝에 힘을 주었다. 이유건의 눈길은 벌써 차갑고 무서웠다.

"이유온."

"네, 형……."

"못 먹는 음식 있었어?"

우물쭈물하던 유온이 겨우, 네, 하고 대답했다.

"왜 말 안 했어?"

"그게, 갑자기 생긴 거고……, 걱정하실 것 같아서요. 어차피 자주 먹는 음식도 아니니까……."

"네가 말을 안 한 거면, 그런 자리에서 부모님 체면 상하실 일 없게 처신했어야지. 음식이 마음에 안 드니 바꿔 달라고 하든 옆에 치워 놓고 먹든."

"죄송해요."

고개를 푹 숙였다. 예전에 상견례 자리에서 뭘 먹었는지 뚜렷하게 떠오르진 않지만 적어도 자신이 알레르기가 있는 음식이 없었던 건 확실했다. 식사가 끝나고 아프거나 약을 찾았던 기억이 없는 걸 보면.

잔뜩 얼어붙었으나 다행히도 이유건은 손까지 들 마음은 없는 듯했다. 유온은 얌전히 선 채 형의 꾸중이 끝나기를 기다렸다.

"윤 대표가 그런 말을 하는데 네가 입 다물고 가만히 있으면 부모님이 뭐가 돼. 나이도 먹을 만큼 먹어서 그렇게 사리 판단이 안 돼? 네 말대로 최근에 생겨서 부모님이 몰랐다고 했으면 될 일이야. 아니면 알레르기가 아니라 그냥 싫어하는 음식이라고 하거나. 형 말이 틀려?"

"아니요, 형……. 잘못했어요."

"그 자리에서 그렇게 입 다물고 있으면 윤 대표 말이 맞다고 하는 거랑 뭐가 달라."

"네……. 죄송해요."

이유건이 한숨을 내쉬었다.

"집에 돌아가면 방에서 반성해. 형이 말하기 전까지 밖에 나가지 말고. 그리고 부모님이랑 유연이한테도 사과하자. 알겠지?"

"네."

고분고분 고개를 숙였을 때였다. 조금 전 식사를 한 룸의 문이 벌컥 열렸다. 두 사람 다 멈칫하며 그쪽을 보았다. 이곳과 윤서경의 가족이 나간 쪽은 프라이빗한 통로여서 직원이 다니지 않는다. 식사가 끝난 지 얼마 안 됐을 땐 더욱 그럴 것이다. 유온의 가족은 이미 밖으로 나갔다.

대체 누구인가 하는 의문은 금방 밝혀졌다. 문을 열고 나온 건 윤서경이었다.

"……윤 대표, 아직 안 들어갔군요."

이유건이 사업적인 미소를 지으며 몸을 돌렸다.

"네. 유온 씨를 찾으러 갔더니 이쪽에서 형님분과 이야기 중이라고 하기에 왔습니다."

"유온이를요? 무슨 일로 찾으셨습니까?"

그러자 윤서경은 성큼성큼 다가왔다. 유온은 움찔했다. 윤서경에게서 스멀스멀 알파의 페로몬이 흘러나오고 있었다. 마찬가지로 알파인 이유건이 단박에 불쾌한 얼굴을 했다. 하지만 그에 신경 쓸 틈이 없었다. 커다랗고 따뜻한 뭔가가 어깨에 닿는가 싶더니 몸이 끌려갔다.

"제 약혼자를 찾는 데 이유가 필요합니까?"

분명 이유건과 마주 보고 있었는데, 어느 틈엔지 윤서경의 곁에서 있었다. 유온은 어리둥절하게 눈을 깜빡였다. 묘하게 숨 쉬기가 편해진 느낌이 들었다.

이유건은 윤서경의 행동이 불쾌했는지 미간에 주름을 잡은 채 말했다.

"아무리 약혼자라도 가족이랑 같이 있는 중에 이러시는 건 경우가 아닌 것 같군요."

"할 말이 있어서요. 유온 씨는 제가 바래다드릴 테니, 형님은 먼저 들어가시죠."

태연한 태도에 이유건의 언짢은 시선은 유온을 향했다. 하지만 유온은 두 사람의 눈치를 보며 우물쭈물하는 것밖에 못했고, 유온을 제 옆에 바짝 붙여 둔 윤서경은 완강했다. 결국 물러난 건 이유건이었다.

"너무 늦지 않게 들여보내 주면 좋겠군요. 유온이, 집에 돌아오면 형이랑 이야기 좀 하자."

"……."

유온의 몸이 움찔 떨렸다. 이유건이 돌아서서 복도를 빠져나가 사라질 때까지 긴장한 어깨에서 힘이 풀리지 않았다. 그런 유온을 깨운 건 윤서경의 목소리였다.

"나와요."

이미 윤서경은 돌아서고 있었다. 유온은 얼른 그의 뒤를 따랐다. 깨끗하게 치워진 레스토랑 개인실을 지나쳐 윤서경은 무슨 일인지 엘리베이터로 향했다. 스위트룸으로 올라가는 전용 엘리베이터였다.

왜 객실이지. 유온은 당혹스러웠다. 안내 음성과 함께 엘리베이터가 호텔의 최상층에 멈췄다. 윤서경이 내렸고, 한발 늦게 유온도 발등이 묻힐 만큼 푹신한 카펫이 깔린 엘리베이터 홀로 나왔다.

객실 문을 여는 윤서경의 뒤에서 유온은 우물쭈물 서 있기만 했다. 문이 열리자 은은하게 좋은 향기가 흘러나왔다. 번듯한 집에서 자란 유온의 눈에도 국내에서 가장 좋은 호텔의 스위트룸은 휘황찬란했다.

"앉아요."

윤서경이 소파를 가리켰다. 손님용 소파에 많은 자리를 차지하지 않고 오도카니 앉자, 윤서경도 맞은편에 앉았다. 얼마 후 초인종 소리가 들리더니 누군가가 문을 열고 들어왔다. 마실 것을 가지고 온 호텔 직원이었다. 대답이 없어도 들어오라고 윤서경이 미리 말해 둔 듯했다.

직원은 조용히 차를 내려놓고 사라졌다. 아무런 말도 않는 윤서경

앞에서 유온은 제 앞에 놓인 차만 쳐다보았다. 그때 손목시계를 확인한 윤서경이 갑자기 입을 열었다.

"집에 중요한 물건 있습니까?"

"……네?"

"가지고 나와야 하는 물건 있는지 물었습니다."

갑작스러운 질문이었다. 중요한 물건……. 딱히 없었다. 고개를 가로젓자 윤서경이 말했다.

"그럼 여기서 지내요. 돌아갈 필요 없습니다."

"어……, 아, 네?"

순간 유온은 윤서경의 말을 조금도 이해하지 못해서 더듬거렸다. 윤서경이 답답한 건지 미간을 찌푸렸다. 그에 더욱 당황하고 난감해져서 고개를 푹 숙인 채 눈만 깜빡거리고 말았다.

안 돼, 이런 모습이 제일 사람을 짜증 나게 만든다고 다들 그랬는데.

"뺨."

윤서경의 말에 유온은 저도 모르게 황급히 손으로 한쪽 뺨을 감쌌다. 이미 부기도 다 가라앉았고 맞은 흔적은 눈에 띄지 않았다. 하지만 맞은 그날 윤서경에게 보이지 않았던가. 아무런 말이 없어서 눈치채지 못한 거라고 생각했는데.

"나와 결혼할 사람이 괜히 말 나올 모습으로 다니는 거 불편합니다. 결혼식 전까지 가족이랑 만나지 말고 여기서 지내면 좋겠군요. 그렇게 해 주겠습니까?"

"아……."

그렇게 해 주겠습니까, 라고 말했지만 사실상 명령이었다. 집에 돌아가지 않아도 된다면 유온으로선 싫을 게 없었다. 당장 오늘 형이 제 방으로 오라고 한 것부터 걱정되어 배 속에 있는 걸 죄다 토해 버릴 것 같았는데, 윤서경이 가지 못하게 한다는 건 무엇보다 좋은 핑계였다.

게다가 결혼식 전까지라니. 결혼식을 하면 그때부터는 윤서경과 신혼집에서 살게 될 터였다. 그러면……, 그럼 이제 가족과 한집에 있을 일이 없게 되는 것이다.

그런 일이 가능할까? 그것도 이렇게 갑자기. 무거운 마음으로 나왔던 자리에서 생각도 못한 행운을 만난 기분이었다. 멍하니 있는 유온을 바라보던 윤서경이 말했다.

"받아들인 걸로 알겠습니다. 마스터 베드룸은 내가 가끔 와서 사용하니, 그곳 외에 원하는 침실을 사용하면 됩니다. 난 거의 여기에 안 오니까 편하게 있어도 좋습니다."

"아, 네."

"난 이만 나가 봐야 하니 쉬어요."

침실 하나를 내주고 쉬라고 말하는 것치고 쌀쌀맞은 목소리였다. 그는 처음과 똑같이 찬바람이 부는 태도로 일어나 미련 없이 방을 나가 버렸다.

무거운 문이 닫히는 소리를 들으며 유온은 그제야 윤서경이 슈트 재킷조차 벗지 않고 있었다는 걸 깨달았다. 직원이 준비한 그의 몫의 커피는 한 모금도 줄어들지 않았다.

하지만 이 공간을 허락받았다. 집에 돌아가지 않아도 된다. 큰

형을 만나지 않아도 되었다. 안도와 고마움에 몸이 사르르 녹는 것 같았다.

유온은 천천히 일어나 거실을 조금씩 둘러보았다. 이 호텔은 부경의 소유였다. 윤서경이 일 때문에 가끔 와서 사용하는지 거실에도 드문드문 그의 흔적이 남아 있었다.

유온은 책장 앞에 서서 가만히 책들을 들여다보았다. 얼핏 보아도 희귀한 서적이었다. 단순히 인테리어로 놓아둔 게 아니라 윤서경이 실제 읽는 책인 듯했다. 조심스레 책 한 권을 꺼내서 장정을 본 유온은 묘한 위화감을 느꼈다. 고급스러운 장정의 책을 한 장씩 넘겨 보았을 때 위화감은 더 커졌다. 이런 책을 유온은 한 번도 본 적이 없다.

유온의 집안은 부유했으나 유온은 개인적인 사치품을 거의 가져 보지 못했다. 의류나 가지고 다니는 물건은 부모님이 챙겨 주는 비싸고 질이 좋은 것들이었지만, 그 외에 본인이 원하고 가지고 싶은 건 선물로 받지 않는 이상 손에 쥘 일이 없었다. 자신이 받는 용돈으론 그렇게 좋은 물건은 꿈도 못 꾸었다.

그런 유온이 언제 이렇게 비싼 책을 보았겠는가. 게다가 내용 또한 생소했다. 한 장, 두 장, 책을 넘기면 넘길수록 위화감은 심해졌다. 이게 자신의 기억을 기반으로 보는 환상이라면, 처음 보는 것을 어떻게 이렇게 자세히 알 수 있지?

책을 덮어 제자리에 돌려놓은 유온은 몇 권을 더 펼쳐 보았다. 책장에는 평범한 책도 있었다. 얼핏 제목은 들었지만 내용을 읽은 적 없는 것도. 책장을 파라락 넘기자 책의 내용이 시작부터 결말까지 고스란히 담겨 있었다. 누군가에게 내용을 들은 적도, 어딘가에서 스치듯 본 적도 없는데.

책장을 전부 뒤진 뒤 마스터 베드룸을 제외한 스위트룸의 구석구석, 냉장고와 와인 냉장고, 벽 안쪽에 가려 둔 TV, 화재 대피 요령 따위가 쓰인 종이, 호텔 총지배인의 메시지 카드를 모조리 살폈다. 전부 처음 보는 내용으로, 총지배인이 남긴 카드는 낯선 필체의 손 글씨였다. 또 이 스위트룸의 구조 역시…….

넓은 스위트룸을 한참 헤집고 돌아다닌 유온은 높은 천장에 달린 샹들리에를 올려다보았다. 매끄러운 표면에 자신의 모습이 여러 겹으로 비치고 있었다.

그리고 생각했다.

이건 어쩌면 꿈이나, 기억을 다시 보는 게 아닌 걸지도 모른다고.

* * *

"음……."

얼핏 잠에서 깬 유온은 자리에서 뒤척거리다 머리맡에 둔 물을 찾았다. 잠이 덜 깬 손으로 더듬거리다 보니 스탠드 아래 놓아두었던 물병을 쳐 버렸나 보다. 병은 그대로 떨어져 바닥을 굴러갔다. 물병이 굴러가는 소리에 눈이 뜨였다. 구르는 소리가 어딘가 생소하다는 걸 깨달아서였다.

스탠드가 있는 위치로 손을 뻗었다. 하지만 스탠드도 익숙하지 않은 모양이었다. 스위치를 찾으며 허우적대던 손이 스탠드의 몸체를 가볍게 터치하자 주위가 어렴풋이 밝아졌다.

유온은 부스스 몸을 일으켰다. 푹신하고 바스락거리는 침구가 어깨에서 툭 떨어졌다. 천천히 주위를 둘러본 유온은 이곳이 자신의 방이 아니라는 걸 알았다. 태어나서 스물 몇 년 동안 산 집도, 삼년 동안 산 집도 아니었다. 디자인과 색조가 통일된 화려한 가구, 스탠드 아래의 조명 조절 버튼. 호텔이었다.

반투명한 커튼만 쳐 둔 창 너머로 서울의 야경이 넓게 펼쳐져 있었다. 몇 시인지 모르겠지만 창을 빙 두르듯 보이는 한강 위에 아직도 차량의 불빛이 수없이 오갔고, 높은 건물들도 곳곳이 밝았다.

'몇 시지…….'

주위를 두리번거리자 스탠드 뒤에 전자시계가 보였다. 오후 11시 40분이었다. 넓은 침대에서 꾸물꾸물 내려온 유온은 자신이 떨어뜨린 물병을 줍기 위해 걸음을 옮겼다.

물병은 호텔 침실의 매끄러운 바닥을 굴러 꽤 멀리까지 가 있었다. 거의 문 근처에 다가가서야 물병을 집은 유온은 멈칫했다. 바깥에서 인기척이 들렸다. 나지막하게 뭔가를 지시하는 윤서경의 목소리였다.

전화 통화를 하고 있는 것 같았다. 유온은 물병을 손에 든 채 자기도 모르게 문고리를 돌렸다. 소리가 나지 않도록 주의해서 반뼘 정도만 문을 열고 바깥을 보았다. 유온이 들어온 방은 현관에서 가장 가까운 작은 방이었다. 보통은 비서나 수행원이 기거하는 장소다. 그래도 충분히 호화로웠지만.

그 방을 선택한 덕분인지 문을 열자마자 현관 근처에 서 있는 윤서경의 뒷모습이 보였다. 전화를 막 끊은 그는 가볍게 한숨을 내쉬었다. 재킷을 손에 들고 있었기에 셔츠에 베스트 차림이었다.

윤서경이 자리에 선 채로 휴대폰을 확인했다. 현관 근처에 있는 장식장의 대리석 벽에 그의 모습이 조금 비쳤다. 자정이 가까운 시간인데도 한 올도 흐트러지지 않은 머리와 단정한 이목구비가 흐릿하나마 보였다.

결혼 생활을 할 때와 똑같이 유온은 윤서경을 훔쳐보았다. 그때 윤서경이 휴대폰 화면에서 시선을 뗐다. 깜짝 놀란 유온은 서둘러 문을 닫아 버리고 콩닥거리는 가슴을 누른 채 문 앞에 주저앉았다. 집에서 몇 번이나 이런 식으로 윤서경을 보다가 들켜 그를 불쾌하게 만들었다. 또 그러긴 싫었다.

다행히 현관문을 열고 닫는 기척이 들렸다. 윤서경은 유온의 시선을 눈치채지 못하고 나간 듯했다. 왜 왔을까. 두고 간 물건이라도 있었을까? 잘 안 오는 곳이라고 했는데.

아냐……. 뭘 찾으러 왔겠지. 아까 뭔가 떨어뜨리고 갔을 거야.

유온은 빈자리처럼 깨끗하던 윤서경이 앉았던 자리를 머릿속에서 지우고 합당하며 상식적인 생각을 채워 넣었다. 이렇게 툭하면 터무니없는 공상을 하는 게 나쁜 버릇이라고 항상 큰형도 꾸중한다.

왜인지 힘이 빠져 머리를 문에 툭 기댔을 때였다. 문 밖에서 낮고 일정한 신호음 같은 게 들렸다. 갑작스레 울렸지만 작은 것에도 깜짝깜짝 놀라는 유온이 들어도 놀라지 않을 만큼 조용한 소리였다.

고개를 갸웃한 유온이 문을 열었다. 소리는 좀 더 명확해졌다. 거실을 두리번거리다 가려진 TV 앞에 놓인 전화기에 불빛이 깜빡거리는 걸 발견했다. 객실로 전화가 온 듯했다.

전화벨 소리는 방 안에서 다른 일을 하거나 자고 있으면 들리지 않을 만큼 작았다. 몇 번 울리던 전화기가 조용해졌다가 한 번 더 울리기 시작했다. 윤서경이거나, 호텔 측에서 뭔가 용건이 있어 연락한 건지도 몰랐다. 유온은 후다닥 다가가 전화기를 들었다.

"여보세요."

─아, 이유온 님. 늦은 시간에 정말 죄송합니다. 대표님께서 자정쯤 한 번 더 연락을 하라고 하셔서요.

"대표님……, 서경 씨요?"

전화 너머에선 자로 잰 듯 반듯하고 친절한 목소리가 흘러나왔다. 대표님이라는 말에 반사적으로 묻자 상대가 그렇다고 대답했다.

─너무 오래 주무시는 것 같으면 잠깐 깨워서 식사를 올려 드리라고 전달하셨습니다. 가볍게 드실 걸 준비해 드려도 괜찮으실까요?

유온의 눈이 다시 시계로 향했다. 그러고 보니 상견례를 하고 호텔에 들어온 게 오후 3시쯤이었다. 오후와 저녁 시간을 전부 잠으로 보낸 것이다. 낮잠을 이렇게 오래 자 보기는 처음이다. 여전히 병이 몸에 남아 있는 건 아닐까. 불안한 마음이 더럭 올라왔다. 유온이 답이 없자 상대가 한 번 더 유온을 불렀다.

"아. 네, 감사합니다."

─식사는 식탁에 둘까요, 아니면 침실로 올려 드릴까요?

"저는……. 방에 있을게요. 식탁에 두고 나가 주시겠어요?"

─알겠습니다.

전화가 끊어진 뒤 유온은 수화기를 내려놓고 한숨을 내쉬었다. 스스로 듣기에도 너무 작고 맥없는 목소리였다. 다시 전화가 안 오길 빌며 타박타박 자신이 고른 작은 침실로 들어왔다.

방에는 작은 욕조가 붙은 욕실도 딸려 있었다. 샤워 부스와 세면대에 포장을 뜯지 않은 어메니티가 있는 걸 확인한 유온은 한강이 고스란히 보이는 욕실 창의 블라인드를 모두 내린 뒤 옷을 벗었다.

세면대 유리에 마른 몸이 비쳤다. 팔다리가 지나치게 가늘고 몸에도 살집이 거의 없었다. 가족들은 모두, 같은 오메가인 작은형도 보기 좋게 늘씬한 편인데 자신만 이렇게 볼품없는 몸이었다. 이러니 가족들이 부끄럽게 여기는 게 당연했다. 거울에서 도망치듯 샤워 부스로 들어갔다.

처음에 레버 조절을 잘못해 찬물을 된통 맞은 유온은 구석으로 피해 우물쭈물하며 물 온도를 높였다. 따뜻한 수증기가 올라오기 시작한 뒤에야 물줄기 아래로 돌아갔다. 결 좋은 머리카락을 적시며 온수가 몸으로 흘렀다.

쏟아지는 물 아래서 유온은 생각했다.

'음, 그러니까 나는…….'

정신병에 걸린 것 같다.

그게 아니라면 시간이 되돌아갔다.

어느 쪽이 상식적일까? 당연히 전자였다. 나약한 정신이 또 새로운 병에 걸려서 있었던 일을 또 겪는 듯한 착각에 빠졌다. 사실은 처음 보는 내용의 책이고 뭐고 전부 다 착각이다. 뇌의 달콤한 거짓말이다. 그게 당연하고 상식적인 판단이었다. 하지만……, 하지만…….

하지만 지금 몸에 쏟아지는 이 따뜻한 물의 느낌까지 너무 생생한데. 부드러운 스펀지에 거품을 잔뜩 내서 몸을 문지르며 유온은 계속 생각했다. 꿈일까, 현실일까, 꿈일까.

결론을 내리지 못한 채 욕실에서 나온 유온은 자신이 벗어 놓은 옷을 잠시 내려다보았다. 상견례 자리에서 입고 있던 정장이었다. 웃옷은 벗었다고 해도 이 불편한 걸 입고 어떻게 하루 종일 잤을까 의아할 정도였다.

옷이 이것밖에 없는데 그냥 다시 입어야 하나. 우선 샤워 가운을 걸치고 방으로 나오자 문 밖에서 달그락거리는 소리가 들렸다. 이 차림으로 나가 볼 수도 없어서 그냥 가만히 기다렸다. 트롤리를 끌고 가는 소리와 함께 문이 열렸다 닫히고, 인기척이 사라졌다.

유온은 조심스레 문을 열었다. 거실엔 아무도 없었고, 직원이 식사를 차려 두고 나간 듯했다. 거실로 나와 식탁으로 가려던 유온의 시선이 소파 테이블에 멈췄다. 그 위에 쇼핑백 몇 개가 가지런히 놓여 있었다.

아까까진 없었는데, 식사를 차리러 온 직원이 두고 간 것 같았다. 익숙한 의류 브랜드의 쇼핑백이었다. 가까이 다가간 유온은 머뭇거렸다. 윤서경의 물건이면 괜히 손을 댔다가 그를 불쾌하게 할지도 모르는데.

그러나 상황을 따지면 유온에게 주는 것이었다. 잘 들어오지 않는 곳이라고 했는데 굳이 여기에 새로 산 물건을 두고 가는 것도 이상하다.

결국 유온은 쇼핑백 안에 들어 있는 옷 하나를 꺼내서 라벨을 살짝 확인했다. 자신의 사이즈가 맞았다. 가벼운 외출복이 두 벌, 외투가 한 벌, 편하게 입는 옷이 세 벌이었다. 아니, 쇼핑백에 가려져 보이지 않았지만 그 옆에 편한 옷 한 벌이 더 놓여 있었다. 호텔에서 세탁을 해 왔는지 호텔 로고가 박힌 봉투에 담겨서.

유온은 세탁된 옷을 가지고 침실로 들어가서 가운을 벗은 뒤 갈아입었다. 몸에 헐렁하게 맞는 사이즈였다. 편안한 차림이 되어 식탁으로 가자 은색 덮개가 덮인 쟁반이 있었다.

덮개를 열자 고소한 냄새가 훅 풍겼다. 죽과 몇 가지 반찬, 차. 그러나 음식보다 먼저 메시지 카드가 눈에 띄었다. 유온은 손 글씨로 쓰인 메시지를 확인했다.

[옷은 혹 마음에 안 드신다면 식탁 위에 두시거나, 현관 앞에 두시면 교환해 오도록 하겠습니다.]

호텔 직원, 아마도 아까 전화를 한 사람이 쓴 듯했다. 식사는 윤서경이 준비하라고 한 것이니 옷도 아마 그럴 것이다. 유온의 뺨이 발갛게 달아올랐다.

꿈일 수도 있고, 현실일 수도 있고.

'하지만, 지금은 현실이라고 생각해도…… 되지 않을까?'

꿈이든 뭐든 유온은 지금 윤서경이 자신을 집에서 끌어내 이곳에 놓아두었다는 사실만으로 행복했다. 꿈일지도 모르지만 그건 깨어나는 그때에 알게 되어도 늦지 않았다. 그래서 이 순간을 현실이라 생각하기로 마음먹었다.

* * *

호텔에서의 생활은 지나칠 정도로 편안했다.

유온이 해야 할 일은 하루 세 번 식사를 하고, 달콤한 디저트를 먹고, 책장에 있는 책을 읽거나 휴대폰을 만지작거리는 정도였다.

휴대폰으로 누군가와 연락하는 일은 없었다. 자신이 원래 쓰던 게 아니라 윤서경이 새로 준비해 준 것이기 때문이다. 이전 휴대폰은 전원이 꺼진 채 서랍 안에 들어 있었다.

이곳에 온 첫날 휴대폰은 방전되었다. 침실에 비치된 충전기가 있었지만 연결하는 게 무서웠다. 전원이 켜진 순간 가족들의 전화가 득달같이 밀려들 테니까.

회피임을 알지만 전화를 받고 싶지 않았다. 차례로 오는 전화를 받으면 분명 유온은 죄책감과 무서움에 못 이겨 집으로 돌아가 버리고 말 것이다.

신기하게도, 그런 유온의 마음을 알기라도 한 것처럼 윤서경은 다음 날 아침 식사와 함께 새 휴대폰을 보냈다. 옷까진 그렇구나, 했지만 휴대폰은 아무래도 고개를 갸웃거리게 되어 빈 그릇을 치워 달라고 전화하면서 물어보았다. 그러자……

'혹시 필요하시면 사용하라고 대표님께서 전달하셨습니다.'

그런 대답이 돌아왔다.

유온은 그래서 서랍에 넣어 둔 휴대폰을 잊어버릴 수 있었다. 작은 공간에 가족에 대한 두려움을 가두듯이. 새 휴대폰에는 번호 몇 개가 이미 입력되어 있었다.

윤서경, 김현주 팀장, 이정윤 실장, 성한영 실장.

윤서경 말고는 모두 모르는 이름이었다. 혹시 번호가 잘못 입력된 건가? 난감해하고 있을 때 번호의 주인들이 먼저 연락을 했다.

[안녕하세요, 이유온 님. 경호실장 성한영입니다. 외출하실 때 동반하게 될 듯합니다. 잘 부탁드립니다.]

[안녕하세요, 비서실 이정윤입니다. 필요한 사항이 있으시면 언제든 연락 주십시오!]

[웨딩플래너 김현주입니다! 멋진 예식이 되도록 노력하겠습니다. 잘 부탁드려요, 유온 님^^]

다른 두 사람은, 자신에게 과연 필요한가 싶었다. 경호원에 비서라니 하는 것도 없는 백수에게 너무 과분했다. 하지만 웨딩플래너. 유온은 멍한 얼굴로 그 다섯 글자를 읽고 또 읽었다.

'웨딩플래너…….'

그것도 윤서경이 직접 붙여 준 웨딩플래너.

그 사람과 다시 결혼을 한다. 게다가 그 사람이 자신과 결혼하기 위해 나름대로 준비를 해 준다.

울 것 같았다. 이런 일이라면 백 번도 더 반복할 수 있다. 좋아하는 책을 다시 읽는 것처럼, 맛있는 음식을 또 먹는 것처럼, 멋진 풍경을 거듭해 보는 것처럼.

스위트룸에 틀어박혀 지내는 며칠 동안 휴대폰이 울리는 일은 없었지만 유온은 내내 몸에 휴대폰을 지니고 다녔다. 휴대폰으로 하는 것이라곤 가끔 켜는 게임 정도가 전부였으면서. 심지어 샤워를 할 때도 샤워 부스 유리벽에서 바로 보이는 세면대 위에 두고 흘끔거렸다.

생각이 날 때마다 문자함을 열어서 웨딩플래너의 문자를 반복해 읽었다. 지금도 한참 책을 읽다 말고 갑자기 휴대폰을 들어 짧은 문장을 눈에 담다가, 휴대폰을 품에 안은 채 소파에 풀썩 드러누웠다.

'결혼……. 이번에도 똑같은 결혼식이 될까…….'

윤서경이 자신에게 반지를 끼워 주겠지.

그리고…… 입을 맞추겠지.

유온은 결혼식을 떠올렸다. 하얀 꽃이 가득하고 곳곳에 촛불을 켠, 무대처럼 긴 길을 같이 걸어오는 장면을. 오래도록 꿈꾸듯 생각하다가 눈을 반짝 떴다. 과연 정말로 결혼식까지 올릴 수 있을까?

결혼하고 나면 어떻게 생활하게 될까.

"……."

결혼 후를 상상하자 지금까지 느낀 행복이 차갑게 녹아 사라져 버리는 것 같았다. 그도 그럴 것이 유온이 아는 결혼 생활은 기대했던 만큼 아름답지 않았다. 다정하게 아침 식사를 같이한 적도, 밤에 한 침실을 사용한 적도 없었다.

혹시 집에서 마주치기라도 하면 윤서경의 차가운 얼굴을 보아야 했기에 숨을 죽인 채 조용하고 어두운 곳에 숨고, 그가 집에 있으면 방 밖으로 좀처럼 나오지도 않았다.

지금까지가 달랐으니까 결혼 생활도 다를지도 모른다. 하지만 수없이 쌓인 실패의 기억은 성공에 대한 상상을 쉽게 꺾었다. 혼자서 기뻐하다가 혼자서 우울해진 유온은 가만히 휴대폰을 들었다. 웨딩플래너가 보낸 문자를 다시 열어 보려 했을 때였다.

위잉. 휴대폰이 진동하고 새로운 메시지가 표시되었다.

"어······."

얼빠진 소리가 흘러나왔다.

[저녁에 예정 있습니까.]

윤서경이었다. 며칠 만에, 자기가 사 준······, 아마도 비서가 샀겠지만, 어쨌든, 이 휴대폰으로는 처음으로. 유온은 처음에 내용을 이해하지 못해서 여러 번 되풀이해 읽었다.

저녁에 예정이라니. 당연히 없었다. 고작해야 지금 읽고 있던 책을 끝까지 읽은 뒤 창가에 앉아서 야경을 바라보는 정도였다. 그건 지난 며칠 동안 몇 번이나 한 일이다. 윤서경의 부름에 비하면 그런 건, 아니, 아니, 그런 게 아니라 훨씬 중요한 일이어도, 별것 아니었다.

[아니요, 없어요. 아무것도 없어요. 좋아요.]

그렇게 썼다가 엄지손가락으로 백스페이스를 여러 번 눌러서 다 지워 버렸다.

[괜찮아요. 아무것도 없어요.]

또다시 백스페이스를 눌러서 지웠다.
"……."
유온은 초조해졌다. 메시지를 받고 나서 시간이 자꾸만 흘러가고 있었다. 곧바로 답장을 했어야 했는데 3분, 4분, 야속하게 간격이 벌어졌다. 마음이 급해진 유온은 빠르게 글자를 입력했다.

[아니요]

아, 너무 성의 없게 보냈다. 안 돼.

[괜찮아요.]

이것도 성의 없어……. 하지만 이미 보내 버렸다. 무슨 말을 덧붙여야 할까 고민하고 고민하는 사이에 휴대폰이 또 울렸다.
"아……!"
채 말도 못 한 사이 윤서경의 답장이 도착하고 말았다.

[그럼 방에서 기다리고 있어요. 6시쯤 갈 겁니다.]

재차 유온의 눈이 빙글빙글 돌았다. 왜요? 무슨 일 있으세요? 볼일이 있으신가요? 제가 할 일이 있나요?

온갖 문장이 머리를 빠르게 맴돌았지만 다 건방져 보이거나 주제넘게 보였다. 유온은 결국 울 것 같은 심정으로 딱 한 마디만 보낼 수 있었다. '네.'

그리고 답장은 더 오지 않았다. 가슴 위에 휴대폰을 올리고 두 손으로 덮은 채 유온은 한숨을 내쉬었다. 난 왜 이럴까……. 왜 이렇게 모자란 걸까.

그 후로는 책도 눈에 들어오지 않았다. 아무런 설정도 없고 게임 몇 가지 말곤 깔린 어플도 거의 없는 휴대폰 기본 화면을 들여다보다가 소파에 털썩 누웠다. 그대로 가만히 누워서 눈만 깜빡거리다 보니 늦은 오후가 되었다.

4시 30분쯤 되었을 때 유온은 불현듯 대리석 장식장에 비친 제 모습을 보았다. 어렴풋한 형상인데도 알 수 있었다. 오늘따라 더 뭔가 지저분해 보이고, 못나 보였다. 벌떡 일어나 거울을 보자 역시 초라하다.

하다못해 깨끗하게 있자는 생각으로 아침에 한 번 샤워를 했으면서도 종종걸음해서 욕실로 들어갔다. 피부가 발갛게 달아오를 때까지 씻고 나온 후에는 신중하게 머리를 말리고 빗질했다.

그런 다음엔 옷을 고민했다. 편한 옷을 입어야 하나? 아니면 외출복을 입어야 하나? 갈팡질팡하다가 결국 외출복 중에서 편해 보이는 아이보리색 니트와 검은색 진을 골라 입었다. 그게 5시 50분쯤이었다.

유온은 침실에 앉았다가, 거실에 앉았다가, 식탁 근처를 돌아다니다가 현관 앞을 서성이며 가만히 있지 못했다. 10분이 10년 같았다.

　'6시쯤이라고 했으니까⋯⋯. 더 늦게 올지도 모르니까⋯⋯.'

　그렇게 생각하며 여유를 가지려 했지만 여유라는 말이 무슨 뜻인지도 기억이 나지 않을 지경이었다. 스위트룸에서 제가 발을 들였던 곳은 전부 정신 사납게 돌아다니던 유온이 장식장 앞에 선 채 영문 서적의 금박으로 된 로고를 빤히 쳐다보고 있었을 때, 현관문이 철컥 열렸다. 유온은 헛숨을 들이켤 정도로 놀랐다.

　정확히 6시였다. 탁탁 뛰다시피 현관으로 간 유온은 입을 벌리려다 말고 또 눈을 굴렸다.

　'다녀오셨어요?'

　너무 친한 척 구는 것 같았다.

　'안녕하세요.'

　처음 보는 사이도 아닌데⋯⋯.

　'옷이랑 식사 감사합니다.'

　새삼스러웠다.

　우물쭈물하는 사이 윤서경은 스스로 닫히는 현관문을 내버려 두고 안으로 들어왔다. 머리를 말끔하게 넘기고 재킷 안에 베스트를 갖추어 입은, 너른 어깨의 알파는 역시 우아할 정도로 근사한 사람이었다. 무심코 결혼식에서 그의 곁에 섰던 자신의 모습을 떠올린 유온은 움츠러들었다.

　윤서경의 시선이 흘끗 유온의 몸을 스쳤다. 옷차림이 이상한가?

공연히 니트 자락을 잡아당겨 보았지만, 윤서경은 다른 말 없이 거실로 향했다.

"음, 그런데……, 무슨 일, 이세요?"

주춤대며 윤서경을 따라온 유온이 겨우 물었다. 윤서경이 커다란 몸을 슥 돌렸다.

"퍼스널 쇼퍼가 곧 올라올 겁니다."

"어……, 제, 제가 필요한가요?"

"필요합니다."

윤서경이 이상하다는 얼굴을 했다.

"유온 씨가 낄 반지니까요."

* * *

유온의 첫 번째 결혼반지는 작은 서랍 안에 들어가 다시는 나오지 않았다. 윤서경의 첫 번째 결혼반지는 언제나 그의 드레스 룸 수납장 위에 놓여 있었다.

엄연히 결혼한 사람의 왼손이 비어 있으면 이상한 시선을 받을 것이기에 윤서경은 화려한 결혼반지 대신 반지와 함께 나온 웨딩 밴드를 하고 다녔다.

유온은 내심 서운했다. 그래도 결혼반지는 제가 팸플릿이나마 한 번 본 물건이지만, 웨딩 밴드는 반지를 산 브랜드에서 그에 맞추어 내준, 두 사람의 의사는 전혀 들어가지 않은 것이었다.

신혼여행에서 돌아오고 다음 날 윤서경은 곧바로 출근했다. 그가 아침에 집을 나선 후 유온은 공연히 집 안을 돌아다녔다. 그와 함께 살게 될 집인데 아직 몇몇 방은 열어 보지도 못했다.

처음부터 두 사람은 각방이었다. 안방은 있었지만 신혼여행에서 돌아온 첫날 윤서경은 그 방에 들어오지 않았다. 혼자 손끝을 꾸물거리며 밤새 우두커니 앉아 있었고, 다음 날부터는 유온도 다른 방을 사용했다.

알파든 오메가든 성적인 모든 것에 거부감을 느끼는 시기가 있었다. 발정기의 반작용인 것처럼. 유온은 윤서경이 마침 그런 시기일 거라 생각했다.

이유온답지 않게 꽤 태평한 생각이었다.

혼자 있는 집을 이곳저곳 서성이다 윤서경의 침실 앞에 섰다. 문 앞에서 고민했지만 들어가 보고 싶다는 충동을 누르지 못했다. 그래서 아무도 없는데도 눈치를 보며 몰래 방문을 열었다. 집 안 어디에서도 느껴지지 않는 그의 페로몬은 침실에만 희미하게 떠돌고 있었다.

가만히 침실을 보다가 나쁜 짓을 한 것 같은 생각에 후다닥 문을 닫고 나와 그가 쓰는 드레스 룸으로 들어갔다.

드레스 룸에서도 그의 체향은 느껴지지 않았다. 이상할 정도로 향이 희미한 듯했다. 고개를 갸웃하며 나오려다가 결혼반지를 발견했다.

유온은 그가 반지를 실수로 잊고 나간 거라고 생각했다. 그래서 그날 저녁에 함께 식사하게 되었을 때 조용히 이야기를 꺼냈다.

'저, 서경 씨. 오늘, 혹시……, 반지 잊고 나가셨어요?'

'……'

수저를 들고 있던 윤서경의 시선이 유온을 향하더니, 순식간에 싸늘해졌다.

'내 방에 들어갔습니까?'

'……'

순간 당황한 유온은 아무런 말도 하지 못하다가 변명했다.

'처, 청소하려고요.'

'왜 당신이 청소를 합니까. 일하는 사람이 따로 있는데.'

'제가 하고 싶어서……'

'괜한 짓 하지 마세요.'

단 몇 마디에 기가 죽은 유온은 저녁도 먹는 둥 마는 둥 깨작거렸다. 청소 때문이라는 거짓말을 윤서경이 믿을지 겁이 났다. 아마도 눈치챘지만 모르는 척하는 것 같았다.

겨우 식사를 마친 뒤 윤서경은 유온을 지나쳐 '자신의' 방으로 들어가 버렸다. 그 후로 결혼반지 이야기는 한 번도 하지 못했고, 유온은 괜한 짓을 하지 않았다. 윤서경의 손에는 모양이 없는 웨딩밴드가 자리 잡았다.

처음엔 반지가 부담스러운가, 하고 애써 생각했다. 그러나 윤서경의 반지는 불편할 정도로 화려하진 않았다. 물론 가격을 생각하면 부담스럽지만 재벌가에서 나고 나란 윤서경이 웨딩 밴드를 대신하고 다녀야 할 정도로 엄청난 물건도 아니었다. 윤서경의 평소 스타일에도 장식이 없는 밴드보단 결혼반지 쪽이 잘 어울렸다.

하지만 유온은 끝까지 윤서경에게 왜 결혼반지를 두고 다니는지 묻지 못했다. 때문에 지금 제 앞에 놓인 반짝이는 보석들을 보는 기분이 더욱 이상했다.

"이쪽은 파베 세팅 다이아몬드입니다. 라인이 굉장히 가늘게 나온 편이라 잘 어울리실 거예요."

다이아몬드에, 또 다이아몬드에, 온통 반짝거렸다. 유온은 저도 모르게 눈을 가늘게 떴다. 눈이 다 부신 느낌이다. 다이아를 이렇게 가까이서 여러 개 보는 건 태어나서 처음이었다.

처음에 반지를 볼 때도 큰형이 던져 준 팸플릿 안에서 골랐다. 윤서경이 추린 것이라고 했다. 차라리 그때처럼 팸플릿을 주지…….

하지만 신기하게도 눈앞에 놓인 각종 브랜드의 화려한 반지 중에 처음 받은 팸플릿의 물건은 없었다. 그때도 유온이 고르기 전에 윤서경이 먼저 몇 가지 선택한 것이고, 지금도 그가 지시한 브랜드의 물건을 가지고 온 걸 텐데.

'아……. 그때도 서경 씨가 직접 고른 게 아니었구나.'

유온은 가만히 생각하고 손을 꾹 쥐었다. 그땐 벨벳으로 감싼 책자 모양으로 만든 팸플릿의 반지들이 다 윤서경의 눈을 한 번 거친 것인 줄 알았는데. 두 번째라고 해서 취향이 완전히 뒤바뀌는 건 아닐 테니 아마도 그때는 비서가 골랐거나, 유온 쪽에 일임하여 큰형이 골랐거나, 그랬던 모양이다.

"이건 어때요."

갑자기 체온과 아스라한 체향이 가까워졌다. 유온은 놀라서 고개를 들었다가, 하마터면 윤서경의 이마에 얼굴을 부딪칠 뻔했다.

"아……."

윤서경이 바로 곁에서 반지를 가까이 끌어당기고 있었다. 안개처럼 코끝으로 흘러드는 향에 유온은 한순간 호흡을 참았다. 계속 맡으면 저도 모르게 윤서경의 가슴팍에 손을 얹으며 매달리게 될 것 같았다.

언뜻 향수로 착각할 것 같은 서늘하고 기분 좋은 냄새. 유온에게는 낯설고도 익숙한 냄새. 눈을 여러 번 깜빡인 유온은 슬그머니 윤서경에게서 떨어져 앉으며 대답했다.

"전 좋아요. 뭐든 괜찮아요."

그 말에 윤서경의 시선이 비스듬해졌다. 움찔한 유온이 얼른 대답했다.

"그, 그게 아니라, 대충 말씀드리는 게 아니라……, 전 정말 서경 씨가 고른 거라면 뭐든 좋아요. 정말이에요."

이건 사실이었다. 유온은 서경이 고른 물건이라면 이런 비싼 물건이 아니라 중학생, 고등학생들이 가는 장난감 같은 브랜드의 몇만 원짜리 반지라도 괜찮았다. 윤서경은 잠시 유온을 보더니 퍼스널 쇼퍼에게로 시선을 돌렸다.

"이 디자인으로, 대신 세팅을 새로 하죠. 이쪽 둘레가 좀 더 화려하면 좋겠습니다."

"……."

……하지만 안 그래도 화려한 반지에 다이아 세팅이 한 바퀴나 추가되는 결과를 원한 건 아니었는지도 모른다…….

그러나 유온이 이러지도 저러지도 못하고 있는 사이 반지의 가격은 이미 아득해졌고, 눈앞에 늘어놓아졌던 선택받지 못한 물건들은 번듯한 상자로 다시 돌아갔다.

"그럼……."

거기서 끝날 줄 알았으나, 탁자 위에는 새로운 상자가 놓였다. 뚜껑을 열자 줄지어 장식된 시계가 빛을 냈다. 유온은 눈앞이 캄캄해지는 것 같았다.

결혼반지도 아득한 가격이었는데 지금 보는 시계는 더욱 비쌌다. 아니, 조금 전에 세팅을 새로 해 달라고 주문한 반지보단 가격대가 낮을지도 모르나, 아직 유온은 '다이아 한 줄 추가'라는 사태에도 채 맞서지 못했다.

너 같은 사람에게 가당키나 한 물건이냐며 누군가가 빼앗아 가면 어쩌지. 그런 좀 터무니없는 고민부터 현실적으로는 결혼식인데 온몸에서 반지밖에 보이지 않을 거라는 생각까지 들었다. 아무튼 자신은 비싼 물건에 어울리지 않으니까.

지금까지도 얼마나 많은 물건이 자신에게 와서 돼지 목의 진주가 되었던가? 윤서경이 기껏 돈과 시간을 들여 골라 준 물건인데 그게 고작 자신의 손에 끼워져야 한다니……. 아까운 일이다. 돼지 목의 진주, 개발의 편자, 진주 중에서도 아주 비싼 진주고 편자 중에서도 다이아를 둘러 만든 편자였다.

거의 울 것 같은 기분이 되었지만 유온은 애써 그를 감추며 눈앞에 놓인 값비싼 시계들을 바라보았다. 자신의 것뿐 아니라 윤서경의 것도 고르는 자리였다. 전문가가 엄선해 온 시계를 죽 훑어본 유온의 시선이 오팔색 판의 시계에 가서 멈췄다.

아주 잠깐이었다. 눈앞에 앉은 퍼스널 쇼퍼도 모를 정도로 잠깐. 그 시계가 예쁘고, 윤서경에게 어울릴 것 같다고 생각했다. 그러나 곧바로 자신이 고른(골랐다고 생각하는) 반지도 윤서경에게 버려졌다는 걸 떠올렸다. 유온은 아무것도 못 본 척 시선을 돌리며 말했다.

"시계도, 음, 전 다 예뻐요. 아, 그런데 충분히 화려하니까 추가 세팅은……."

뒤로 갈수록 목소리가 작아졌다. 다 예쁜 건 사실이었고 그 말을 하다가 다이아 추가가 퍼뜩 떠올라 안 하면 좋겠다고 다급하게 덧붙였다. 그게 윤서경에게 들렸는지는 모르겠지만, 그는 시계로 손을 뻗었다.

윤서경과 퍼스널 쇼퍼의 시선이 윤서경의 손으로 향한 틈에 유온은 다시 자신이 보았던 시계를 흘끔거렸다. 커다란 손에서 이어지는, 힘줄이 두드러진 손목에 정말 잘 어울릴 것 같았다. 그리고 다음 순간 눈이 조금 커졌다.

"이걸로."

그렇게 말하며 윤서경이 집은 건 유온이 몰래 보던, 판이 오팔색인 은시계였다. 시계를 들어 본 윤서경은 유온의 팔로 손을 뻗었다. 유온이 채 놀라기도 전에 소매가 동그란 손목뼈 위쪽까지만 걷어지고, 그 위에 시계가 올라왔다.

"유온 씨는 내 것보다 판이 작은 게 더 어울리겠습니다. 어때요."

"아…… 예? 아, 조, 좋아요. 좋아요, 다 좋아요."

심장이 쿵쿵 뛰었다. 시계고 반지고 이제 생각나지 않았다. 윤서경의 한쪽 손이 제 손바닥을 잡고, 다른 한쪽 손이 그 위에 시계를 채워 보고 있었다.

윤서경에겐 딱 맞아떨어지는 크기의 판이 유온의 손목에선 어색할 정도로 컸다. 판에 손목이 거의 다 가려지는 정도였다. 거의 몽롱해지다시피 한 유온의 손을 놓고 윤서경이 판 사이즈며 줄의 길이며, 남은 이야기를 마쳤다.

"그럼 마지막으로⋯⋯."

퍼스널 쇼퍼의 말에 유온은 머리가 띵해지는 것 같았다. 아직도 뭐가 남았나? 결혼 예물은 반지, 시계, 그거면 끝 아닌가. 그 외에 다른 예물은 생략하기로 한 것 같은데.

다행이라고 해야 할까, 퍼스널 쇼퍼가 꺼낸 건 화려하게 진열된 물건들이 아닌 작은 상자였다. 상자를 열자 가죽을 가늘게 꼬아 만들고 매듭에 백금 장식을 단 팔찌가 들어 있었다.

"이건 내가 개인적으로⋯⋯, 이렇게 말하면 이상하군요. 예물과 상관없이 주는 선물입니다."

"네?"

유온은 순간 자신이 뭘 잘못 들었나 싶어 눈을 깜빡였다.

"사이즈는 조절이 가능하니 맞으실 겁니다."

퍼스널 쇼퍼가 그렇게 말하며 물건을 유온에게 잘 보이도록 내밀었다.

"제, 제가⋯⋯, 저한테요? 왜⋯⋯."

당황한 나머지 말도 잘 나오지 않았다. 원래 평소에도 말을 잘하는 편은 아니지만 목소리까지 쉬어 버린 느낌이었다. 더듬더듬

묻자 윤서경은 차분하게 대답했다.

"약혼자니까요."

"……."

그렇게 말하면 반박할 말이 없었다. 퍼스널 쇼퍼가 친절하게 한 번 착용해 보시라 권하는 바람에 유온은 떠밀리듯 팔찌를 손목에 감았다. 단순한 디자인의 팔찌는 지금까지 본 반지나 시계보단 그나마 어울리는 편이었다. 하지만 어울리고 말고를 떠나 이건 윤서경이 자신에게 준 팔찌다. 팔찌를 바라보는 유온의 눈이 조금 빛났다.

마지막 물건을 꺼냈던 퍼스널 쇼퍼는 곧 자리를 정리하기 시작했다. 유온도 우물쭈물 일어나 그에게 인사를 건넸다. 조용해진 방 안에서 윤서경이 뒤를 돌아보았다. 그의 뒤에 서 있던 유온이 움찔했다.

"마음에 듭니까?"

"네. 정말 마음에 들어요……."

이런 걸 줄 줄은 몰랐어요, 정말 고마워요, 비싼 물건 아닌가요, 안 주셔도 괜찮은데, 수많은 감사의 말이 입술 근처에 머물다가 목소리가 되지 못하고 사라졌다. 이런 말을 자연스럽게 할 수 있는 사람이었다면 얼마나 좋았을까. 그에겐 그런 사람이 어울릴 텐데. 고맙다는 말 한 마디 제대로 할 줄 모르고, 정말, 윤서경에게 너무, 너무 미안했다.

"마음에 들면 됐습니다."

윤서경은 그렇게 말한 뒤 유온에게서 슥 멀어졌다. 무거운 문이 열렸다 닫히는 소리가 들렸다. 집으로 돌아간 모양이었다. 시계를 확인하자 아직 8시도 되지 않았다. 깨끗하고 어질러진 것 하나 없지만 유온이 체감하기로는 폭풍이 지나간 것 같다.

혼자 남은 방 안에서 유온은, 누가 보고 있는 것도 아닌데 몰래 팔찌를 어루만졌다.

* * *

추운 바람이 들이닥치듯 불었다. 마른 나뭇가지에 겨우 매달려 있던 지난 계절의 흔적이 맥없이 떨어졌다. 유온은 맨발을 한 채 정원의 차디찬 돌바닥을 밟고 서 있었다.

맞은편에는 윤서경이 있다.

'대답해요, 이유온 씨.'

아…….

현실이야.

아니, 아니었다. 이건 현실이 아니라 지나간 과거였다. 혹은 유온이 미리 알고 있는 미래였다. 유온은 그렇게 생각하며 고개를 가로저었다. 눈앞에 있는 윤서경의 얼굴이 한겨울의 정원보다 더 싸늘하게 가라앉았다.

맞아, 대답. 대답하라고 했지. 고개를 저은 건 그의 말에 대한 대답이 아니었다. 하지만 공교롭게도 이 상황이 왜 일어난 건지 기억나지 않았다. 왜 자신이 맨발로 밖에 나와서 서 있는 건지. 윤서경은 왜 저렇게 화가 났는지.

'······묻잖아요.'

'그게, 서경 씨, 저는······.'

현실이든, 과거든 미래든, 지금 윤서경과 마주 서 있는 건 자신이었다. 입을 열자 하려고 한 말이 흘러나왔다. 대단한 말은 아니었다.

'저, 저는, 전······.'

이런 멍청한 더듬거림이 전부였다. 더욱 인상을 차게 한 윤서경이 성큼 다가와 손을 뻗었다. 당연히 그가 뺨을 후려칠 거라 생각하고 움츠렸다. 하지만 그의 손은 유온의 팔을 움켜쥐고 끌어당기고, 그 다음엔 등을 떠밀어 집 안으로 들여보냈을 뿐이다.

아, 정원에서 다투면 다른 집에서 보일 수도 있으니까.

집으로 들어가며 유온은 그렇게 생각했다. 따뜻한 거실 바닥을 밟은 발에 물감처럼 온기가 번졌다. 그렇다고 당장 정원의 냉기가 가시는 건 아니었다. 따뜻한 곳에 들어오자 알 수 있었다. 유온은 이가 부딪칠 정도로 덜덜 떨고 있었다. 추워서인지, 윤서경의 손에 맞는 게 두려워서인지.

'이렇게까지 하는 이유를 말하라고.'

점점 더 화가 실린 목소리가 유온을 압박했다. 유온은 잔뜩 겁에 질려선 주춤주춤 물러났다. 새파랗게 질리고 마른 풀이 붙은 제 발이 눈에 들어왔다. 시체 같은 발을 본 순간 왜 자신이 맨발로 정원에 있었는지 떠올랐다.

별것 아니었다. 그냥 머리가 복잡해서 차가운 공기를 쐬고 싶었을 뿐이다. 맨발인 건 그저 슬리퍼를 잊어버렸기 때문이었다. 그게 윤서경에겐 일종의 시위 따위로 보인 듯했다. 유온은 따뜻한 공기 속으로 들어와서도 여전히 얼음장 같은 두 손끝을 꾸물꾸물 맞잡은 채 웅얼거렸다.

'그냥, 생각할 게 조금 있어서요. 조, 좀 멍하니 있었어요…….'

'생각할 게 좀 있어서 이 날씨에 맨발로 밖에 나간다는 겁니까?'

그의 말에 유온은 혹시, 그가 자신을 걱정이라도 한 건지 희미하게 기대하며 그를 올려다보았다. 그러나 윤서경은 당장 손을 들고 싶은 걸 참는 듯한 얼굴로 내뱉었다.

'이 집은 당신 집이기도 합니다.'

'…….'

'그러니 이 집에서 당신이 뭘 하건 내가 간섭할 수 없지만, 적어도 그 짓이 내 눈에 띄지 않으면 좋겠군요.'

'죄……, 죄송해요.'

윤서경은 유온의 사과가 채 끝나기도 전에 몸을 돌려 자신의 방으로 들어갔다. 한참 동안 혼자 멍하니 거실에 서 있던 유온은 문득 집 안이 더울 정도로 따뜻하다는 걸 알았다.

공간마다 온도가 다르긴 하지만 거실이 유온이 느끼기에도 훈훈할 정도면 윤서경에겐 방도 조금 더울 것이다. 유온은 얼어붙은 발로 걸어가 보일러의 온도 조절 버튼을 톡톡 눌렀다. 어쩐지 덥다 했더니 희망 온도가 28도까지 올라가 있었다.

가사 도우미가 설정한 건지 아무리 한겨울이라도 너무 높았다. 유온은 온도를 23도로 내린 뒤, 따뜻한 공기가 감도는데도 어딘가 썰렁한 거실을 물끄러미 바라보았다.

　　　　　　　　　　＊　＊　＊

　발끝이 다리를 스친 순간 유온은 깜짝 놀라며 깨어났다. 얼음 덩어리가 피부에 닿은 느낌이었다. 이불을 끌어안은 채 어두운 허공을 잠시 바라보던 유온은 이내 부스럭거리며 자리에서 일어났다. 온몸이 꽁꽁 언 듯 차가웠다.

　이따금 체온 조절이 되지 않는 건 유온의 체질이었다. 가끔 이럴 때면 손발과 귀는 특히나 죽은 사람처럼 차가워졌다. 유온은 손을 뻗어 스탠드를 켜고, 바깥의 기척을 확인하다가 여기가 호텔이라는 걸 떠올렸다. 베드룸마다 난방 장치가 따로 돌아갈 것이다. 바닥 난방이 깔린 한 채 집보단 훨씬 걱정이 덜했다.

　애초에 윤서경은 이곳에 없을 거고.

　'아무도 없으니까, 괜찮겠지…….'

　이불 속에서 꿈틀거리며 빠져나간 유온은 곧바로 욕실로 향했다. 슬리퍼를 신지 않았는데도 차가워야 할 바닥이 그리 차지 않을 만큼 온몸이 싸늘했다. 한겨울 호텔 방 한가운데서 얼어 죽는다니, 어이없고 바보 같은 일이었다. 그렇게 되지 않기 위해 유온은 욕조 마개를 닫고 뜨거운 물을 틀었다.

　수증기가 올라오는 온수가 큰 소리를 내며 쏟아졌다. 물이 욕조 바닥을 때리기 시작했을 때 유온은 저도 모르게 주위를 두리번거렸다. 무심코 물을 틀긴 했으나 이렇게 크게 소리가 날 줄은 몰랐다.

　집에서 한 번, 밤에 욕조에 물을 받을 때 실수로 이렇게 큰 소리를 냈다. 그것 때문에 깬 건지 방해를 받은 건지 곧바로 욕실로 들어온 큰형에게 그대로 얻어맞았다. 그 후로 주위에 사람이 있는 것 같으면 유온은 좀처럼 욕조 근처에 다가가지 않았다. 이렇게 체온이 떨어져 추우면 약을 먹은 뒤 조용히 샤워를 하는 것으로 대신했다.

놀란 토끼처럼 주위를 두리번거렸지만 다행히 누군가 문을 열고 들어오는 기색은 없었다. 유온은 안도의 한숨을 내쉰 뒤 욕조 가장자리에 가만히 두 손을 얹었다. 차오르는 물의 온기로 손끝이 조금은 녹았다.

그나저나 안 좋은 꿈을 꿨다. 사실 꿈이었는지, 현실로 잠시 돌아갔다가 온 건지 알 수 없다. 아……. 참. 현실에선 이미 죽었지.

허무하다면 허무한 마지막이었다. 그래도 아직 몇 달은 더 살 수 있을 줄 알았다. 죽는 게 무서웠던 적은 없으니 그 남은 시간 동안 주변을 말끔하게 정리해야겠다고 생각했다. 하지만 유온이 기억하는 끝은 윤서경의 귀찮고 짜증스러운 눈빛이었다.

설마 발작이라는 게 그렇게 쉽게, 빨리 찾아올 줄은 몰랐기 때문에 눈이 감기는 순간 제일 먼저 느낀 건 당황이었다.

손에 튄 뜨거운 물방울에 유온은 정신을 차렸다. 어느새 물이 가득 차 있었다. 레버를 잠근 다음 옷을 가지런히 욕실 입구에 벗어 두곤 욕조로 들어갔다. 그제야 창문 블라인드를 안 쳤다는 걸 깨달았지만, 욕조는 위에서 내려다봐야만 겨우 보일 구조인데 근방에 이보다 높은 건물은 없었다.

지상은 물론이고 다른 건물에서 올려다보기에도 여긴 까마득했다. 이따금 다른 건물 사무실에 불이 켜져 있는 게 보였으나,

눈에 힘을 주고 보아도 사람의 형상은 겨우 사람인 것만 알 수 있을 만큼 작았다.

사실 이곳에 전망용 창을 내놓은 것 자체가 밖에선 안이 보이지 않는다는 의미였다. 하마터면 후다닥 빠져나가 몸을 옹송그린 채 블라인드 버튼을 누를 뻔한 유온은 그렇게 판단을 내린 후에야 축 늘어졌다.

몸은 더디게 더워졌다. 물이 분명 뜨거운데 어떻게 이렇게 온기가 돌지 않는 건지 신기할 지경이었다. 한참 죽은 듯 있던 유온은 배가 따뜻해지는 느낌에 천천히 눈을 떴다. 또렷해진 시야에 룸 메이드가 단정하게 걸어 두고 간 도톰한 가운이 보였다. 그 아래는 벽에 매립된 형태의 TV, 그 아래로 넓게 낸 욕조 가장자리 선반.

'……저건 뭐지?'

선반에 가지런히 놓인 어메니티 옆에 작은 남색 주머니가 있었다. 유온은 몸을 일으켜 선반으로 다가갔다. 커다란 포푸리처럼 생긴 주머니는 꽃과 호텔 로고 라벨이 달린 하양 리본으로 묶여 있었다.

좋은 냄새가 났다. 리본을 풀자 안에서 나온 건 홍차 티백을 몇 배로 키워 놓은 것 같은 모슬린 백이었다. 찻잎과 아기 손톱보다 작은 진주알 같은 게 가득 들어 있었다.

'아. 욕조에 넣는 건가?'

모양도 놓인 위치도 그것밖에 없었다. 호텔 룸 욕실에서 본 것이라고 해야 목욕 소금 정도였는데, 이건 어머니나 작은형이나 쓰지 않을까 싶은 고급스러운 물건이었다. 연한 풀잎과 꽃냄새가 났다.

유온은 부드러운 주머니를 두 손에 조심스럽게 쥐고 물에 넣었다. 뜨거운 물에 닿자 반투명한 주머니 안에서 건조된 잎이 사르르 피어나고 작은 알갱이는 설탕처럼 녹았다.

싱그럽고 부드러운 향기가 훅 피어올라 사방으로 퍼졌다. 유온은 모처럼 녹을 듯 기분이 좋아져서 욕조에 머리를 기대며 다시 누웠다. 향이 조금, 윤서경의 체향과 비슷한 것 같다.

주제넘게도 그의 품에 안겨 있는 것 같다는 생각을 했다. 물은 따뜻하고 공기는 향긋했고, 연한 재질의 모슬린과 풀어진 잎이 다리며 허벅지를 스치는 감촉도 더없이 좋았다.

'기분 좋아…….'

누군가는 고작 이런 것, 이라고 하며 비웃을 수도 있겠지만 유온에게는 꿀이 흘러내리는 듯한 행복이었다. 유온은 피부가 말랑말랑해질 때까지 물속에 들어가 하염없이 흘러가는 한밤의 불빛을 바라보다가 애써 일어섰다. 가운을 입고, 젖은 발의 물기를 꼼꼼하게 닦아 낸 뒤 슬리퍼를 꺼내 신었다.

사람이 간사한지 체온이 오르도록 더운 물에 들어가 있다가 나오자 차가운 물 생각이 났다. 유온은 조심스레 문을 열고 거실로 나왔다. 따뜻한데도 어딘가 모르게 썰렁한, 아무도 없는 거실이 묘하게 윤서경과 살던 집을 떠올리게 했다.

고개를 가로저은 유온이 냉장고 문을 막 열어 물병을 집었을 때였다. 거실의 전화벨이 나지막하게 울렸다. 시간을 확인하니 오후 10시였다. 생각보다 오래 자지 않았다.

저녁은 제대로 먹었으니 식사와 관련한 연락은 아닐 것이다. 혹시 윤서경이 전하라고 한 말이라도 있는 걸까. 유온은 물병을 꼭 쥔 채 전화기로 서둘러 다가갔다.

"네, 여보세요."

—이유온 님? 늦은 밤에 죄송합니다. 다름이 아니라……. 이유건 님, 큰형님께서 로비에 와 계셔서요.

유온은 들고 있던 물병을 떨어뜨렸다. 유리병이 대리석 바닥을 굴러가는 소리가 요란하게 들렸다.

—방으로 바로 안내해 드려도 괜찮을까요?

형이, 형이 왜 여기에 왔지? 어떻게……. 창백하게 질린 채 사고가 굳어 버린 유온의 귀로 저를 찾는 목소리가 들렸다.

—이유온 님?

깨지진 않고 바닥을 굴러간 물병에 바깥 풍경이 이지러져서 작게 비치고 있었다. 생각해 보면 그랬다. 여기는 꿈속의 나라 같은 게 아니라 서울 한복판이었다. 이유건이 원하면 언제든 찾아올 수 있는.

고장이라도 난 것처럼 아무 말도 하지 못하던 유온의 귀에 짧은 소란과 함께 다른 목소리가 끼어들었다.

—아무것도 아닙니다, 이유온 님. 착오가 조금 있었던 것 같습니다.

이쪽은 요 며칠 사이 익숙해진 목소리였다. 유온에게 전화를 가장 많이 하는 사람이다. 그렇게 말하는 목소리 너머로 소란이 일었다. 누군가가 소리쳤다.

—지금 뭐 하는 짓입니까?

"……!"

그 고함에 유온은 전화기까지 떨어뜨릴 뻔했다. 높아진 언성의 주인은 정말로 형이었다. 유온이 어떻게 반응을 하기도 전, 소란을 뒤로한 채 호텔 직원은 침착하게 인사를 남기곤 전화를 끊었다.

유온은 신호음만 남았다가 이내 그것도 사라져 버린 수화기를 움켜쥐고 멍하니 서 있었다. 난방 장치가 돌아가는 소리가 들리고 머리 위로 따뜻한 바람이 불었다. 아까 침실 난방을 한다는 게 또 그것 하나 구분 못 하고 전체 난방을 해 버린 모양이었다.

그럼에도 점점 추워졌다. 유온은 힘없이 소파로 가서 털썩 앉아 두 다리를 끌어 올렸다. 무릎을 모아 껴안고 고개를 푹 숙이자 시야가 까맣게 좁아졌다.

온몸의 체온과 감각이 벼랑에서 떨어지는 것처럼 이상했다. 약을 먹고 싶었다. 이럴 때 먹을 수 있는 약이 몇 종류나 있는데. 집에서 가지고 나올 물건이 있는지 윤서경이 물었을 때 약을 말했어야 했다. 그때는 정신이 다른 곳에 팔려 생각도 하지 못했고, 지난 며칠 동안은 신기하게도 약이 필요하지 않았다.

불안할 때, 기분이 심하게 가라앉을 때, 있는 약을 한꺼번에 모조리 삼키고 싶을 때나 어두운 창밖에서 시선을 뗄 수 없을 때, 그리고 오늘처럼 갑자기 심하게 추웠다가 열이 오르기를 반복할 때, 또 배가 아프고 머리가 아프고 피부가 따끔거릴 때. 어디가 안 좋든 곧바로 먹을 수 있는 약이 집에 쌓여 있었다. 전부 유온의 주치의가 처방해 준 약들이었다.

그렇게 여러 약을 많으면 하루에도 몇 번씩 먹어야 했는데 호텔에 들어오고 며칠, 약이 필요하다는 생각조차 하지 않았다. 심지어 식욕도 수면욕도 있었고, 그 수면욕이 지나친 것도 아니었다. 유온의 상태는 더할 나위 없이 좋았다. 꼭 멀쩡한 사람처럼.

하지만 지금은 자신의 원래 상태로 돌아간 것 같았다. 모자라고 허약한 이유온.

전화는 신경 쓰지 말라는 듯 말하며 끊어졌지만 친형이 로비까지 왔으니 그냥 들여보낼지도 모른다. 어쩌면 이유건은 집에서 유온의 물건을 가지고 왔을 수도 있다. 그걸 직접 전해 줘야겠다고 하면 더더욱 들여보내 주겠지.

'무서워……, 무서워.'

기껏 향기가 좋고 따뜻한 물에 몸을 덥힌 보람이 없었다. 온기는 순식간에 사라졌고 난방 장치에서 나오는 바람도 이제 겨울바람으로 느껴졌다. 안락한 방에서 내몰려 추운 벌판에 서 있는 것 같았다.

이유온은 세상에서 아버지가 제일 무섭고, 그다음으로 큰형이 무서웠다. 이 순간에는 큰형이 더 무섭다. 서랍에 휴대폰을 넣어 둔 것처럼 회피하고 미뤄 둔 두려움이 어쩌면 저 현관문 앞까지와 있었다. 집에 오면 이야기 좀 하자던 큰형의 목소리가 귀에서 웅웅 울렸다.

몸을 더더욱 웅크렸을 때 현관문의 잠금이 해제되는 소리가 들렸다. 유온은 심하게 놀라 헛숨을 쉬며 미끄러지듯 소파에서 떨어졌다. 저벅저벅, 두꺼운 현관문과 바닥의 카펫 때문에 들리지 않던 구둣발 소리가 대리석 바닥을 울렸다.

"……."

맑아진 시야에 윤서경이 보였다. 그는 짙은 남색 정장에 검은 코트를 걸친 채 서 있었다.

늦은 밤인데도 역시 흐트러짐 하나 없는 모습이었다. 부담스러울 정도로 화려한 호텔 스위트룸의 실내 인테리어가 그를 위한 배경으로 보였다. 유온은 그를 올려다보다가 가느다란 숨을 내쉬었다. 숨결에 희미하게 신음이 섞였다.

이유건이 문을 열고 들어오는 줄 알았다. 그러나 눈앞에 있는 건 무서운 이유건이 아니라, 다른 의미로 무섭긴 하지만 지금은 반갑기까지 한 윤서경이었다.

형이 들이닥쳐 다짜고짜 뺨을 때릴 일은 없겠다는 생각에서인지 미친 듯이 요동치던 가슴이 조금 가라앉았다.

"왜 그러고 있습니까."

"네……, 네?"

순간 윤서경의 말을 이해하지 못했다. 그러다 제 꼴을 깨달았다. 소파에 팔만 꿰여 매달리기라도 한 것처럼 손으로 간신히 소파의 패브릭을 움켜쥔 채 축 늘어진 모습이었다.

유온은 황급히 몸을 움직였다. 똑바로 서려고 했지만 아직도 다리가 풀려서 휘청거릴 뿐이었다. 보다 못했는지 윤서경이 성큼 다가와 유온을 일으켜선 소파에 앉혔다.

거리가 가까워지자 윤서경의 체향이 스미듯 다가왔다. 아까 그 물속에 들어가 있을 때보다 더 빠르게 머리가 말랑해지는 것 같았다. 몸의 떨림이 조금씩 가라앉았다.

유온은 멍한 눈길로 윤서경을 올려다보았다. 그에게 아직 바깥의 찬 기운이 남아 있었음에도 이상하게 이 방 안보다 그의 온도가 더 높은 것처럼 보였다.

"아, 저기……, 호, 혹시 로비에서 저희 큰형이랑, 마주치진 않으셨어요?"

분명 프런트에서 전화가 왔다. 이유건의 목소리도 들었다. 혹시 윤서경은 다른 길로 와서 그와 마주치지 않은 걸까? 그럼 윤서경이 있을 때 이유건이 다녀갈지도 몰랐다. 그러면, 적어도 맞지는 않겠지. 그에게서 듣기 힘든 말이 나오면 몰래 시선을 돌려 윤서경을 쳐다보며 감정을 누그러뜨릴 수도 있을 테고. ……윤서경이 형제끼리 이야기하라며 자리를 피해 주지 않는다면.

하지만 그렇게 둘만 있게 된다고 해도 최소한 이유건이 손찌검은 하지 않을지도 몰랐다. 유온은 지금, 배우자가 될 사람과 호텔에 있으니까. 이유건이 둘 사이에 접촉이 있을 거라 생각한다면 옷에 가려지는 곳이든 어디에든 설마 흔적을 남길까.

희망적인 생각에 부풀고 있는데 윤서경이 말했다.

"이유건 씨는 돌아갔습니다. 앞으로 결혼식 전까지 약속 없이는 찾아오지 않도록 전해 뒀고요."

"네……?"

순간 유온은 자신이 잘못 들은 것인가 했다.

"돌아, 갔어요? 정말요……?"

"만나고 싶었습니까? 이유건 씨가 좀 흥분한 상태 같아서 대면하지 않는 편이 좋았을 텐데요."

"아, 아뇨, 아니요, 저, 저는 싫어요."

언제 제 의견을 이렇게 강하게 내뱉어 본 적이 있었나 싶을 정도로 유온은 거세게 고개를 저었다.

"그럼 됐습니다. 원한다고 했어도 말렸을 거고요. 형제라도 지금 당신 상태에 다른 알파를 만나는 건 좋지 않을 겁니다."

"제 상태……?"

"이게 정말 다 당신 약입니까."

제 상태, 라는 물음에 답하지 않고 윤서경이 쇼핑백을 하나 내밀었다. 검은색에 밑바닥이 넓은 쇼핑백에서 잘그락 소리가 났다. 고개를 숙여 안을 들여다보자 집에서 먹던 약이 그대로 들어 있었다.

"아……, 네, 맞아요. 형이 가져다줬나 봐요……."

"이걸 다. 어떤 때 먹는 건지 물어도 되겠습니까."

"그, 그냥 용도는 다 달라요. 아무 때나 몸이 안 좋으면 먹는 건데."

"몸이 어떻게 안 좋을 때요."

"두통이나, 배가 아프거나, 음, 제가 체온이 갑자기 떨어질 때도 있어서. 염증도 잘 생기고요……, 그렇게, 여기저기."

정신적인 문제에 대해서는 말하지 않았다. 신체적인 것만 따져도 자신은 충분히 덜떨어진 사람이었다. 머리까지 불안정하다는 걸 알면 윤서경이 얼마나 질릴까.

그의 눈에 자신 같은 사람이 어떻게 비칠지 생각하는 것만으로 더럭 겁이 났다. 유온도 사람이기에 짝사랑하는 사람이자 약혼자가 된 사람에게 좋은 모습만 보이고 싶었다.

"전부 처방약인 것 같더군요."

"마, 맞아요. 어릴 때부터 봐 주신 선생님이 계셔서 필요할 때마다 처방 받은 거예요. 조금 아픈 걸로 매번 병원에 갈 수도 없으니까요……. 그런데 형이 이걸 주러 왔었나 봐요……."

일부러 약을 챙겨 가져다주려 했던 모양이다. 큰형은 유온에게 엄격하고 혼낼 때 손을 올리는 일이 잦지만, 훈육 방식이 거칠 뿐이지 자신을 생각해 주는 사람이었다.

집안에서 유온을 가장 자주 혼내는 게 그였지만 가장 잘 챙겨 주는 것도 그였다. 이따금 아버지에게 혼이 날 때도 그가 화가 난 아버지를 말려 주곤 했다. 그런 형을 문전박대하다시피 하고, 만나기 싫다고 웅크리며 회피한 게 죄송하게 느껴졌다.

윤서경이 돌아가면 전화해서 사과해야 할 것 같았다. 마음이 콕콕 쑤시는 것처럼 불편했다. 꺼 둔 휴대폰의 전원을 켜야만 한다.

손끝을 만지작거리다가 유온은 문득 고개를 들었다. 쇼핑백 가득 들어 있는 약통을 보고도 아무런 생각이 들지 않았다.

유온은 약을 먹는 게 거의 습관이었기에 어딘가 조금만 불편해도 바로 약을 찾았고, 선반에 가득 놓인 약을 보면 당장 아픈 곳이 없어도 뭐라도 먹어야 한다는 마음이 들었다. 그래서 결국 어디가 안 좋은 것 같다, 하고 생각하며 약통 몇 개를 열곤 했다.

하지만 지금은, 분명 불안할 때 먹을 약을 간절하게 찾았는데 약통을 보고도 손이 나가지 않았다. 윤서경이 방에 들어온 순간부터 갑자기 진정이 되었던 것 같다.

고개를 든 유온이 윤서경에게 들키지 않도록 그를 훔쳐보다가 얼른 눈을 돌렸다. 윤서경은 자신이 그를 이렇게 도둑처럼 흘끔거리는 걸 싫어하는데 눈앞에 있으면 자꾸만 보게 된다.

다시 옅게 체향이 느껴졌다. 평소엔 가까이, 평소라고 할 만큼 자주는 아니었지만, 아주 몸이 가까워지면 얼핏 나는 정도였다. 하지만 지금은 후각으로도 선명히 알 수 있을 정도로 윤서경에게서 체향이 흘러나오고 있었다.

혹시 누군가를 만나고 오기라도 한 걸까, 체향을 흘려보낼 만한 사람. 그럼 자신과 형이 그의 기분이나 시간을 망친 건 아닐까? 기껏 들었던 고개가 무거운 기분에 도로 축 처졌다.

'사과를 해야……. 아니야, 왜 사과하는 거냐고 하면 뭐라고 대답하지.'

뱅글뱅글 도는 눈을 이리저리 굴리던 유온은 아직도 윤서경이 들고 있는 쇼핑백을 향해 두 손을 내밀었다. 그러나 윤서경은 쇼핑백을 건네주지 않고 유온의 손을 쳐다볼 뿐이었다.

당황한 유온이 한 걸음 더 다가가서 꾸물꾸물 쇼핑백 손잡이쪽으로 손을 뻗었다. 윤서경은, 쇼핑백을 든 손을 뒤로 빼 유온에게서 멀리 떨어뜨렸다.

"……."

이제 당황을 넘어 황망했다. 빠르게 눈을 깜빡거린 유온이 결국 웅얼거렸다.

"저 주시면, 제가 방에 정리해 둘게요. 그, 눈에 안 띄게 잘 놓아둘게요."

"내 눈에 띄건 띄지 않건 약이 있다는 사실은 변하지 않습니다."

"그건 그렇지만⋯⋯."

왜 그러세요⋯⋯. 하는, 이유온치고 원망스러운 말이 목구멍까지 올라왔다.

"언제부터 이렇게 약을 먹었습니까?"

"어릴 때부터요. 제, 제가 원래 허약한 편이어서. 형질도 약하다 보니까 문제가, 조금 마, 많아요."

"⋯⋯."

"처음부터 그렇게 많았던 건 아닌데, 자, 자꾸만 아픈 곳이 늘어나서요. ⋯⋯죄송해요."

"죄송해?"

죄송하다는 말에 윤서경의 얼굴이 확 굳어졌다.

"아, 그, 그게⋯⋯."

왜 화를 내는 거지. 죄송하다는 말에 자신이 모르는 다른 뜻이라도 있나?

유온은 겁을 먹은 나머지 거의 울고 싶은 기분이었다. 이유건이나 아버지를 상대할 때와는 조금 다르지만, 친해질 거라 생각했던 상대가 유온을 갑자기 경멸이나 조롱의 시선으로 볼 때의 기분을 수십 배로 불려 놓은 듯한 느낌이었다.

어쩔 줄 모르는 유온을 말없이 바라보던 윤서경이 입을 열었다.

"내일 잠시 외출합시다. 병원에 갈 거니 자정부터 아무것도 먹지 말아요. 일찍 자는 게 좋겠군요."

"병원이요?"

윤서경은 유온의 물음에 대답하는 대신 손목시계를 한번 확인하고는, 시선을 내려 바닥에 굴러다니는 물병을 보더니 주워 들었다.

　"물도 안 됩니다."

　"그게……, 벼, 병원은 왜요? 저는 주치의 선생님이 따로 있는데, 사실 지금 학회 때문에 출장 중이세요. 다음 주면 돌아온다고 하니까 그때 가, 볼게요……."

　"당신 주치의에게 가는 거 아닙니다. 부경 병원으로 갈 겁니다."

　"네? 아, 왜, 왜요?"

　"병원에 가는데 이유가 왜 필요합니까. 이 약은 거실 탈의실에 두십시오. 빈 선반은 거기밖에 없으니까. 당신이 필요한 대로 정리해 두고."

　점점 더 모르겠다. 혼란스러운 유온을 두고, 윤서경은 아직 일이 안 끝났다며 바람처럼 나가 버렸다. 바닥에 굴러다니던 물병을 그대로 든 채로.

　몸의 떨림은 완전히 가라앉았고 오르기 시작하던 미열도 언제 그랬냐는 듯 내렸다. 거실엔 윤서경의 체향이 은은하게 떠돌았다. 유온은 약이 가득 든 쇼핑백을 말끄러미 바라보았다.

　왜인지 이제 필요 없는 물건처럼 느껴졌다.

* * *

　굵은 바늘이 혈관을 파고들고, 주사기 배럴에 검붉은 액체가 차올랐다. 촘촘한 눈금을 따라 채워지는 피를 유온은 가만히 보고 있었다.

병원에는 가지 않았다. 대신 아침부터 윤서경과 함께 올라온 몇 사람이 마스터 베드룸 바로 옆의 방에 유온을 눕혀 두고 주사기며 간단한 검사 도구 따위를 꺼내며 조용히 움직였다.

체온을 재고 눈이며 입을 살펴보고, 피를 뽑고, 촉진하는 정도의 간단한 검사였다. 의사 같은데 이렇게 나와서 검사를 하고 가도 되는 걸까. 걱정도 되고 의아하기도 했지만 누구도 이상하게 생각하지 않는 분위기여서 유온은 잠자코 입을 다물었다.

도착한 지 한 시간도 지나지 않아 그들은 결과가 나오면 메일로 보내 드리겠다는 말만 남긴 뒤 돌아갔다.

방에는 윤서경과 유온 둘만 남았다. 윤서경은 정장을 갖추어 입은 게 일하다 온 기색이었다. 체향에 섞여 흐리게 향수 냄새가 났다. 시계를 한 번 확인한 그가 말했다.

"일단 정밀 검사 전에 피 검사부터 한 겁니다. 간 수치를 제일 먼저 봐야 할 것 같아서요."

"네."

간 수치? 약 때문일까. 유온은 얌전히 대답했다. 어릴 때부터 줄곧 이렇게 먹었고 주치의도 일정한 주기로 이런저런 검사를 하고 있으니 괜찮다고 생각하지만, 그걸 주절주절 말할 기운은 없었다. 윤서경이 말을 이었다.

"어제는 새로 들어온 직원이 실수를 했다더군요. 앞으로 같은 일은 없을 겁니다."

"어제요……? 아……."

이유건이 찾아온 일을 말하는 듯했다. 그런데 실수는 뭐고 같은 일이 없을 거라는 건 뭘까. 유온이 천천히 고개를 갸웃하자 윤서경이 덧붙였다.

"내 허락 없이는 아무도 올려 보내지 말라고 지시했는데, 교육이 부족했던 모양입니다. 당신 가족은 앞으로 여기에 찾아올 일 없습니다. 와도 만나지 못할 거고요."

"그, 그런 게 가능한가요."

"안 될 것도 없죠."

유온은 얼떨떨했다. 제가 원치 않으면 가족을 만나지 않아도 된다, 그건 이곳에 온 첫날 집에 돌아가지 않아도 된다고 들은 것과 비슷한 느낌을 주었다. 정말로 그런 일이 가능할까, 하는 불안.

하지만 윤서경은 나는 새도 떨어뜨리는 부경그룹의 일원이었다. 부모님의 사업을 위협하는 건 쉬운 일일 것이다. 그 칼날이 자신과 가족을 만나지 못하게 하기 위해서 휘둘러지는 건 이상한 일이었지만.

"난 이만 나가 봐야 합니다. 그리고."

"네……."

"탈의실에 가서 당신이 먹는 약 개수라도 세어 보세요."

그 말만 남기고 또다시 윤서경은 사라졌다. 유온이 침대에서 내려와 배웅을 하러 가기도 전에.

썰렁해진 침실에서 채혈하고 알코올 솜 테이프를 붙여 둔 자신의 팔을 한 번, 누가 왔다 갔냐는 듯 깨끗하기만 한 방을 한 번

둘러본 유온은 굴러떨어지듯이 침대에서 내려왔다.

약 개수를 세어 보라는 게 무슨 의미인지 모르겠지만, 우선 말을 그대로 받아들이기로 했다. 거실에서 욕실로 이어지는 탈의실에 들어간 유온은 자신이 용도에 따라 정리해 둔 약을 하나씩 세기 시작했다. 하나, 둘, 셋……, 일곱, 열……, 열둘……, 열일곱……. 스물둘…….

"……."

조금…… 많은 것 같긴 했다.

하지만 두통에 먹는 약만 해도 열이 함께 있는 두통, 편두통, 머리가 조여드는 듯한 두통, 쿵쿵 울릴 때의 두통, 그런 식으로 세세하게 나뉘어 있어서 어쩔 수 없었다. 혈질과 관련한 약도 몇 개나 되었다. 역시 윤서경의 눈에는 이상하게 보인 모양이다. 하지만 이걸 매일 다 먹는 것도 아닌데.

유독 통통한 약통 하나를 손끝으로 기울였다가 놓아 제자리에 돌려놓은 뒤 유온은 반만 닫힌 문 너머 욕실을 한 번 시선으로 둘러보았다. 자신이 머무는 침실 욕실의 두 배, 아니, 세 배는 되어 보였다.

커다란 스파 욕조 삼면을 두른 넓은 창으로 바깥 풍경이 시원하게 보였다. 샤워 부스 넓이만 해도 웬만한 가정집 욕실 정도는 될 정도로 넉넉하고, 탈의실 옆쪽 세면대에선 강아지 한 마리쯤 여유롭게 목욕시킬 수 있을 것 같았다.

그래도 자신은 사용할 일이 없을 욕실이다. 문으로 나뉜 탈의실 선반 하나를 차지한 걸로 충분했다.

머리가 멍한 듯 아픈 듯했다. 유온은 두통약 하나를 꺼내서 거실로 나왔다. 예전에 병원에 간 것도 두통 때문이었다. 처음으로 주치의가 아닌 다른 의사를 찾아간 것이었다.

평소처럼 희미하게, 심해도 하루, 이틀이면 나아지던 두통과 달리 몸이 아픈 것에 익숙한 유온조차 이상하게 느껴질 정도로 지독했다.

주치의를 먼저 찾아갔었지만 그는 MRI까지 모두 찍은 후에 고개를 갸웃하더니 유온을 돌려보냈다. 우선 부친과 큰형님의 이야기를 들어 봐야겠다고 하면서.

평소의 유온이었다면 거기서 고개를 끄덕이고 아버지나 이유건에게서 연락이 오길 기다렸을 텐데, 아무래도 이상한 느낌이 들어 가족들 몰래 다른 병원에 찾아갔다. 그곳에서는 곧바로 결과를 들을 수 있었다. 긴 설명을 들었으나 요약하자면 '당신은 앞으로 길어야 몇 달밖에 살 수 없습니다.'였다.

언제 발병한 건지는 모른다. 확실한 건 윤서경과의 결혼 이후였다. 그 병은 슬퍼서 생기는 거라고 한다. 이유온의 인생에서 가장 슬픈 시기는 그때였다.

떠오르는 우울한 기억을 애써 흐트러뜨리다 보니 떠올랐다. 그때도 윤서경은 유온이 가족과 만나는 걸 별로 좋아하지 않았다. 지금처럼 막는 게 아니라, 가족 누구든 만나고 왔다는 걸 알면 노골적으로 싸늘한 얼굴을 했다.

그가 싫어하는 것 같아서 감추면 역효과가 일었다. 그는 유온이 언제 어디서 가족을 만나든 다 파악하고 있었다. 하지만 가족이 자신을 불러내거나 집으로 찾아오면 도저히 안 만나겠다고 거절할 수도 없었다.

한 번은 이유건을 만나고 돌아가는 길에 작은 프리저브드 플라워 화병을 사 간 적이 있다. 또 형을 만나고 왔다고 윤서경이 불쾌해할까, 선물이라도 사 가 보자고 생각한 것이다. 윤서경의 서재에 어울릴, 우아하면서 눈에 너무 띄지 않고 차분한 물건을 고르느라 두 시간 가까이 소비했다.

윤서경은 유온이 그의 공간에 들어오는 걸 극도로 싫어했기에 가사 도우미를 통해서 서재 책꽂이에 두고 나와 달라고 부탁했다. 마음에 들까, 안 들어도 그냥 놓아두어 줬으면 좋겠다. 그렇게만 빌고 있는데 윤서경이 집에 돌아와 서재에 들어가선 곧바로 유온을 불렀다.

유온은 아주 조금은 기대하며 그의 서재로 향했다. 하지만 윤서경은 호의적이라고 할 수 없는 냉랭한 눈을 한 채 서 있었다.

'이유온 씨.'

'네……'

'당신이 두고 간 겁니까?'

'네, 마, 맞아요. 저어, 제가 방에 들어오진 않았어요. 도우미 아주머니한테 부탁해서 놓아둔 거예요. 걱정하지, 아, 아니, 화내지 마세요. 아니……'

스멀스멀 느껴지는 윤서경의 불쾌감이 고스란히 느껴져 우물쭈물 말했다. 걱정하지 말라는 말도, 화내지 말라는 말도 이상했다. 무슨 말을 할지 헤매고 있는데 윤서경이 그대로 손을 기울였다.

손에 있던 유리 화병이 무력하게 바닥으로 낙하해 요란한 소리를 내며 깨졌다.

'……'

사방으로 튀는 유리 파편에 흠칫 놀라 뒷걸음질하면서 유온은 깨진 유리 사이에 죽은 듯이 놓인 꽃을 보았다. 오랫동안 시들지 않는다고 하던 꽃인데, 유리 조각에 꽃잎이 찢겨서 버릴 수밖에 없을 것 같았다.

'쓸데없는 짓 하지 말라고 여러 번 말했습니다.'

'……죄송해요. 저는 그냥……'

'나가세요.'

'하, 하지만 유리 조각……'

윤서경은 나가라고 다시 말하는 대신 귀찮고 짜증스러운 걸 보는 눈길로 유온을 보았다. 깊게 가라앉은 눈은 아무런 대화도 원하지 않고 있었다.

유온은 주춤거리며 서재를 나와 자신의 방으로 들어갔다. 발끝이 따끔거려 보니 눈에 보일 듯 말 듯 작은 유리 파편이 박혀 있었다.

그 후로, 윤서경에게 줄 선물을 준비하지 않은 건 아니었다. 대신 쉽게 버릴 수 있거나, 그냥 두면 시들고 상하는 종류로만 준비했다. 선택지는 좁았고 주로 고르는 건 생화였다. 물론 윤서경은 생화도 흘끗 보고 지나칠 뿐이었다.

지칠 법도 한데 열심히 꽃 따위를 준비한 건 딱 한 번, 윤서경이 거실에 꽂아 둔 꽃을 바라보는 모습을 보았기 때문이다.

원래 외출할 예정이었지만 몸이 너무 안 좋아 침실에서 조용히 잠을 잤던 날이었다. 아마 윤서경은 유온이 집에 없는 줄 알았을 것이다.

괜히 거실을 돌아다닐 일이 없게 침실에 항상 물을 넉넉히 가져다 두는데, 자면서 자꾸 목이 말라 물병을 비우는 바람에 그날따라 물이 떨어졌다.

조용히 나가서 가지고 올 생각으로 유령처럼 스르르 나갔더니 윤서경이 있었다. 유온은 놀라서 벽에 붙다시피 하며 그의 눈에 띄지 않도록 숨었다.

바깥의 추위와 건조함이 잊히도록 화사한 노란색으로 꽂은 화병을 윤서경은 한참 동안 바라보고 있었다. 각도 때문에 표정은 보이지 않았으나 너무 오래 보고 있어서, 이대로 화병을 깨뜨릴까 말까 고민하는 건가 싶을 정도였다.

하지만 유온이 느끼기에 윤서경이 그 순간 그렇게 난폭한 생각을 하는 것 같진 않았다. 느끼고 싶은 대로 느끼는 게 아닐까 싶으면서도.

그 후로 더 열심히 집 안 곳곳에 꽃을 장식했다. 윤서경의 서재와 침실엔 접근하지 않았지만. 꽃, 그러고 보니 죽기 전에 꽃을 주문해 두고 정신이 없어서 잊어버렸다. 지금 시점에선 아직 구하지 못하는 꽃일 것이다.

몇 년 후에 다시 살 수 있을까? 그때는…… 윤서경에게 그 꽃을 줄 수 있을까? 유온은 물병을 든 채 동그란 알약을 바라보다가, 물병만 뚜껑을 열고 약은 쓰레기통에 던져 버렸다.

두 모금 정도 물을 마신 뒤 두 손으로 물병을 잡고 멀뚱히 앉아 있던 유온은 흐르는 시간을 자각하고 고개를 들었다.

이렇게 있지 말고 책이라도 읽을까. 어차피 눈에 들어오지 않을 걸 알지만 일단 자리에서 일어났을 때, 문 두드리는 소리가 들렸다.

유온은 저도 모르게 몸을 굳혔다가 시계를 보고 깨달았다. 의사가 다녀가느라 아침 먹을 시간을 훌쩍 넘겼다. 식사를 가지고 온 듯했다. 그래도 혹시 몰라 인터폰을 확인하니 익숙한 얼굴의 호텔 직원이 맞았다.

후다닥 다가가서 문을 열자 직원이 친절한 얼굴을 한 채 은색 트롤리를 밀고 들어왔다.

위에는 평소와 같이 꽃과 맛있게 드시라는 호텔의 메시지 카드, 물과 음료, 음식이 놓여 있었다. 아침은 한식인지 뚜껑을 덮은 도자기 식기였다.

"어제 저녁엔 금식을 하셨다고 하셔서 조식은 죽으로 준비했습니다. 혹시 허전하시면 전용 회선으로 바로 연락 주십시오."

"아, 네. 감사합니다."

유온은 식탁에 차려진 음식을 보았다. 새하얀 깨죽 위에 검은 깨가 동그랗게 장식되어 있었다.

항상 룸서비스 메시지 카드에 먹고 싶은 음식이 있으면 기재해 달라고 쓰여 있고, 샐러드에 들어갈 채소 하나까지 세세하게 고를 수 있는 메뉴판도 있지만 유온은 뭐가 먹고 싶다는 의사를 한 번도 표현한 적이 없었다.

그런데 호텔에서 골라 올라오는 메뉴를 보면 자신이 싫어하는 음식이 나온 적은 거의 없었다. 오히려 좋아하는 음식이 자주 나온다. 그 정도로 사소한 행운도 유온에게는 드문 일이라서 기뻤다.

식사를 치우고, 유온이 침실에 있을 때 거실과 다른 침실을, 그게 끝난 뒤 유온이 거실로 나와 있으면 유온의 침실을 정리하는 순서의 룸 메이킹이 끝났을 때였다. 이제 조금만 있으면 점심을 가지고 올 것이다. 하루가 화살처럼 빨랐다.

어제부터 붙잡고 있는 어려운 책을 펼치며 소파에 앉은 유온은 또다시 문을 두드리는 소리에 일어났다. 시계를 확인했으나 이번엔 식사 때가 아니었다. 저도 모르게 전화기를 돌아보았다. 청소할 때 말고는 내내 거실에 있었는데 누가 찾아왔다는 연락은 없었다.

긴장한 채 인터폰을 확인하자 조금 전에 청소를 마치고 간 메이드와 호텔 지배인 중 한 명이었다.

"네……. 무슨 일이세요?"

—정말 죄송합니다, 이유온 님. 저희 직원이 청소 후 룸에 물건을 두고 나와서요.

"아, 네. 잠시만요."

지배인이 뭔가 더 말하려는 것 같았으나 유온은 곧바로 문을 열었다. 안으로 들어온 지배인과 메이드는 유온이 미안해질 정도로 고개를 숙여 사과했다.

"괘, 괜찮아요. 들어오세요. 편하게 가지고 나가시면 돼요."

유온의 대답에 지배인과 메이드는 한층 더 쩔쩔맸다.

"대표님께 청소 시간 외에는 절대 베드룸에 들어가지 말라는 지시를 받았습니다. 정말 외람되지만, 혹시……."

그제야 두 사람의 뜻을 알아들은 유온은 놀라서 눈을 크게 떴다. 원래 거절의 말을 잘 못하는 유온이었으나 이건 선뜻 그렇게 하겠다고 할 수가 없었다.

"내일 청소하면서 찾아가시면, 안 될까요? 어, 어차피 서경 씨도 거의 안 오는 편인데."

"죄송합니다. 오후에 꼭 필요한 물건이어서요."

다시 고개를 땅에 닿을 듯 숙이는 두 사람을 보며 유온은 어찌할 바를 모르게 되었다. 안절부절, 이러지도 저러지도 못하고 있던 유온이 겨우 입을 열었다.

"하, 하지만 서경 씨가……, 제가 방에 들어가는 걸 싫어할 거예요. 아, 그게, 아직 결혼 전이기도 하고요. 불편하지 않을까 해서. 없으면 안 되는 물건인가요……?"

지배인과 메이드는 거의 울상이 되었다. 그대로 고개를 숙이더니 이번엔 아예 들지 않았다. 유온도 울고 싶어졌다. 이 둘을 내쫓을 수도 없고, 윤서경의 방에 들어가는 것도 무서웠다.

그러나 이유온은 도저히 눈앞에서 자신보다 나이도 많은 두 사람이 고개 숙이고 있는 상황을 견뎌 낼 성격이 못 되었다. 유온은 어쩔 줄 모르며 두 사람을 일으키고는 마스터 베드룸 쪽으로 향했다.

문고리를 잡으려는 손이 계속 움찔거렸다. 윤서경은 유온이 자신의 공간에 들어오는 걸 극도로 싫어했다. 이 스위트룸에 데리고 왔을 때만 해도 말했다. 마스터 베드룸엔 얼씬거리지 말라고.

하지만 윤서경은 당장 여기에 오지 않을 거고 유온에게 부탁을 하는 사람들은 바로 등 뒤에 있었다. 유온은 숨을 크게 들이쉰 뒤 마스터 베드룸 문을 열었다.

조금 전 청소를 마친 침실은 당연히 먼지 한 점 없이 깨끗했다. 넓이가 어지간한 호텔 룸의 서너 배는 되었고, 곧바로 보이는 욕실도 거실에 딸린 것과 비슷한 넓이로 보였다. 파우더 룸 안쪽으로 마사지용 공간도 있는 듯했다.

저도 모르게 안을 두리번거리던 유온은 퍼뜩 정신을 차리곤 메이드가 떨어뜨렸다던 물건을 찾았다. 빌트인 냉장고 옆, 커피머신과 차의 티 캐디가 놓인 선반 위에 인조 가죽으로 감싼 작은 상자가 하나 있었다.

완벽하게 정돈된 방 안에서 그것만 이질적이고, 가까이 가서 보자 네임택이 붙어 있었다. 메이드가 두고 간 물건이 이것인 듯했다. 상자를 집어 든 유온은 무심코 시선을 빙글 돌렸다. 반투명한 커튼을 쳐 둔 실내에 흐릿하게 윤서경의 향이 떠돌고 있었다.

마지막으로 윤서경이 이곳에 들어왔던 게 벌써 며칠은 되었을 텐데, 아무래도 잠을 자는 공간이어서인지 아직 잔향이 남아 있는 듯했다.

이곳에 더 있고 싶다. 방을 구석구석 돌아다니고, 침대에 눕고 싶다. 그런 욕구가 확 피어올랐다. 코에 느껴질 정도로 남은 윤서경의 향이 좋아서 견딜 수 없었다.

하지만 자신이 있어선 안 되는 곳이었다. 유온은 혼자 고개를 가로젓고는 미련이 더 생기기 전에 서둘러 방에서 빠져나와 문을 닫았다.

상자를 건네자 초조하게 서 있던 두 사람이 얼굴을 환하게 밝히곤 재차 부담스러운 감사를 표하고 돌아갔다. 조용해진 룸에 덩그러니 서 있던 유온은 문이 닫힌 마스터 베드룸을 멀거니 바라보다가 제 방으로 돌아왔다.

왜인지 힘이 빠져서 침대에 털썩 누웠다. 코끝을 울려 보았지만 당연히 윤서경의 냄새는 나지 않았다.

침실에 그 정도로 잔향이 돌고 있으니 다른 곳에도 코에 느껴지지 않을 만큼은 남았을 것이다. 유온은 제 향은 옅은데 타인의 향엔 민감한 편이었다. 특히 윤서경의 향에.

시간이 돌아온 것이라면 이 시점에선 이렇게까지 예민하지 않을 텐데, 윤서경을 느끼는 일에 있어선 죽기 직전 그대로인 듯했다. 예민한 감각에 가끔 훅 끼쳐 오는 타인의 체향은 멀미처럼 속을 뒤집게 했으나 같이 살고 있기 때문인지 윤서경이 흘리는 향은 아주 가끔밖에 맡을 수 없어도 좋았다.

향……. 유온은 몸을 일으켜 욕실로 향했다. 어젯밤 유온이 사용한 입욕제 꾸러미가 다시 놓여 있었다.

혹시나 하는 마음에 리본을 풀어 보자 향이 어제와 비슷했다. 묘하게 윤서경의 향을 연상시키는 냄새. 원래 알파와 오메가의 향이란 세상에 존재하는 향의 조합이니 어떤 성분인가가 비슷한 건지도 모르겠다.

유온은 입욕제를 소중히 가지고 와서 베개 옆에 두고 누웠다.

옅은 향기가 공기를 부드럽게 채웠다. 그대로 유온은 눈을 느리게 깜빡거리다가 잠이 들었다.

* * *

잠깐 눈을 붙인다고 생각했던 게, 깨어나니 사방이 캄캄했다. 잠이 확 깬 유온이 벌떡 일어났다. 점심은 고사하고 저녁 시간까지 훌쩍 넘긴 듯했다. 전화가 오고 있거나 곧 오겠다 싶어 비척비척 문을 열었다.

거실의 눈부신 불빛에 눈을 찌푸렸다가 뜬 유온은 그대로 굳었다. 마스터 베드룸의 문이 조금 열려 있었다.

"……."

멍하니 그곳을 보고 있는데 문이 소리도 없이 크게 열렸다. 안에서 걸어 나온 건 역시 윤서경이었다. 기척을 느꼈는지 그가 고개를 들더니, 유온을 향해 물었다.

"이유온 씨, 내 방에 들어갔었습니까?"

유온의 얼굴이 창백해졌다.

순간 무슨 말을 해야 할지 아무것도 떠오르지 않았다. 유온은 한 발 뒷걸음질하며 입술을 달싹였다.

"죄, 죄송해요……. 죄송해요, 서경 씨. 그게, 호텔 직원이, 방에 물건을 두고 나왔다고 해서……."

두서없이 말이 쏟아져 나왔다. 윤서경의 얼굴을 볼 용기조차 없었다. 그의 손에서 바닥으로 떨어져 부서진 유리 화병이 자꾸만 떠올랐다. 제 몸이 그 유리 화병이 된 기분이었다. 딱딱한 바닥에서 부서져 지저분하고 남에게 피해를 주는 깨진 유리가 된 것만 같다.

"직원이 방에 물건을 두고 나가요?"

목소리만 들어도 윤서경의 얼굴이 찌푸려진 걸 알 수 있었다. 유온은 그런 상태에서 윤서경이 내는 목소리를 수도 없이 들었으니까. 이제는 몸까지 바들바들 떨렸다. 멍청하고 답답한 얼굴을 하고 있을 게 뻔해서 얼른 고개를 더 숙였다.

자신이 이러고 있으면 항상 큰형은 꼴 보기 싫다고 혼을 냈다. 윤서경도 대놓고 화낸 적은 없지만 다르지 않을 것이다. 사람이 싫고 좋은 건 다 비슷할 테니까. 앞에서 울음을 터뜨리지 않은 게 그나마 다행이었다.

차라리 윤서경이 당장 차가운 소리를 해줬으면 했다. 아무런 말이 없으니 사형 선고라도 기다리는 심정이었다.

윤서경이 한 발 다가왔다. 체향이 훌쩍 가까워졌다. 평소보다 좀 더 향을 많이 풀어놓고 있는 듯했다. 짜증 때문에 감정이 짙어진 건지도 몰랐다.

"호텔 직원이 올라와서 당신한테 저 침실에 있는 물건을 가지고 나와 달라고 심부름을 시켰다는 겁니까."

"그, 그게, 심부름……, 까진 아니고, 서, 서경 씨가 청소 시간, 말곤 방에 들어오는 걸……. 싫어, 싫어하신다고."

겨우겨우 나오는 말은 극도의 긴장 때문에 지리멸렬하고 어눌했다. 말을 하면서 창피할 정도였다. 그들에게 차마 당신들이 들어

가는 것보다, 내가 들어가는 걸 훨씬 불쾌해할 거라고 말할 수 없었다. 자신이 그런 식으로 말하면 그의 체면과 입장이 뭐가 되겠는가.

"이유온 씨."

"네, 네."

낮게 이름을 부르는 목소리에 유온은 간신히 대답했다.

"그건 말도 안 되는 일입니다. 당신은 지금 이 호텔에서 가장 중요한 VVIP이자 내 약혼자 신분으로 투숙하고 있습니다. 차라리 나한테 전화를 걸어서 양해를 구하지, 감히 당신에게 저 방에 들어가서 물건을 가지고 나와 달라고 시키지 않습니다. 특히 내 호텔에선 있을 수 없는 일이고요. 직원 교육 그런 식으로 시킨 적 없습니다."

유온은 더욱 위축되었다. 내 약혼자, 라는 말에 설렘을 느끼기도 전에 제가 한 말이 어설픈 거짓말로만 보였으리란 사실에 더럭 심장이 내려앉았다.

윤서경은 유온이 거짓말하는 걸 싫어했다. 유온은 그에게 거짓말한 적이 거의 없지만, 그의 안에서 이유온은 입만 열면 그를 속이는 약아 빠진 거짓말쟁이였다. 거짓말이 아니라는 말 한 마디가 목에 걸린 듯 나오지 않았다.

윤서경이 긴 한숨을 내쉬었다. 그의 심경이 그대로 담긴 듯한 한숨이 유온의 어깨를 꽉 눌렀다. 마른 어깨가 축 처졌다. 유온은 손톱 근처를 불안하게 만지작거렸다. 거스러미를 뜯는 건 겨우 고친 습관인데 이럴 때마다 자꾸 예전 버릇이 나오려고 했다.

"그 직원을 잠시 봐야겠군요. 어떤 사람이었습니까."

"……지배인이라는 사람이랑, 룸 메이드……."

이 대답은 전혀 도움이 안 되리라는 걸 알지만 어떻게 생겼고 키가 어떻고 구구절절 말하는 건 힘들었다. 윤서경은 그에 별 대답 없이 유온을 슥 스쳐 지나갔다.

짙은 체향이 몸을 감싸듯 흐르다가 문이 열리고 닫히는 소리와 함께 조금 잦아들었다. 언제부턴가 호흡도 제대로 하지 못하던 유온이 간신히 긴 숨을 내쉬었다.

날카롭게 곤두섰던 신경이 윤서경의 체향에 누그러지는 것 같았다. 겁먹게 하는 것도, 진정시키는 것도 그였다. 유온은 죄인이라도 된 것처럼 소파에도 앉지 않고 제자리에서 손만 꾸물거렸다.

'왜 그랬을까.'

역시 방에 들어가지 말았어야 했을까. 잠깐 들어갔다가 나온 것이니 제가 체향을 남기고 나왔더라도 하룻밤이면 공기에 희석되어 사라질 줄 알았다. 설마 오늘 바로 올 거라고 생각도 못한 게 잘못이었다.

죄송하다고 좀 더 사과했어야 했는데.

유온은 어떻게 해야 할지 막막해서 어쩔 줄 모르고 눈시울만 붉혔다. 윤서경은 곧바로 유온을 쫓아낼지도 모른다. 지금은 약혼일 뿐, 결혼 서약으로 묶인 것도 아니니까.

여기서 나가게 되면 집 말고는 갈 곳이 없다……. 파혼이라는 말이 머릿속을 무겁게 채웠다.

'화내시겠지.'

지금까지 유온은 정말 많은 잘못을 했고 부모님과 형들을 수없이 실망시켰지만, 이번엔 그 어떤 것보다 큰 죄였다. 원래 작은형의 혼처였던 곳을 이유도 없이 차지했으면서 심지어 파혼당한다. 부모님도, 형들도 얼마나 실망하고 화를 낼지 까마득했다.

　'……얼마나 맞을까…….'

　유온이 가장 심하게 맞는 건 아버지와 형의 체면에 먹칠을 했을 때였다. 그럴 때면 거의 며칠을 집에 갇혀서 내내 맞았다. 이번엔, 그때와 비교도 할 수 없도록 가족의 체면을 구겼다.

　이번에야말로 맞다가 죽는 게 아닐까.

　하지만 이상하게도 체벌을 당하는 것보다, 앞으로 내내 윤서경을 볼 수 없고, 혼자서 그를 생각만 해야 하리라는 사실이 더 유온을 우울하게 만들었다.

　그렇게 얼마나 멍하니 서 있었을까. 현관문이 열렸다. 유온은 어깨를 떨 정도로 놀라며 뒤를 돌아보았다. 뜬금없게도 맛있는 냄새가 났다. 정중한 목소리가 뭐라 인사하고, 트롤리 소리가 멀어지는 게 들렸다.

　윤서경이 큰 쟁반을 한 손에 든 채 식탁으로 저벅저벅 걸어왔다.

　"점심도 저녁도 걸렀다고 들었습니다. 와서 식사해요."

　"……."

　룸서비스로 올라온 음식을 쟁반만 받아 들어온 모양이었다. 윤서경이 쟁반을 든 모습은 굉장히 안 어울렸지만, 그게 자신에게 어울리건 말건 윤서경은 개의치 않는 듯했다.

방금 전까지 유온을 몰아세우던 두려움이 그의 모습에 일순 잊혔다. 당황한 유온을 윤서경이 재차 불렀다. 주뼛주뼛 다가가자 식탁에는 국물이 뽀얀 닭곰탕과 반찬이 차려져 있었다.

"식사해요."

"네……."

머뭇머뭇 수저를 들면서도 유온은 흘끔 윤서경의 눈치를 봤다. 화가 난 것 같진 않았다. 그래도 같이 식사를 한다면 모를까, 가만히 서 있는 윤서경을 앞에 두고 먹으면 첫 한 숟가락에 바로 체할 게 분명하다.

다행히 윤서경은 유온이 국물을 한 스푼 떠서 먹는 걸 보곤 자신의 침실로 들어갔다. 직전에 혼자 벌벌 떨며 겁에 질려 있었던 터라 전혀 먹을 수 없을 줄 알았는데, 유온의 입맛에 딱 맞도록 간이 된 탕은 입에 넣는 대로 곧바로 넘어갔다.

무슨 일인지 윤서경은 별로 화가 난 것 같지 않았다. 기분 탓일까? 적어도 당장 파혼하자고 하거나 유온을 무섭게 추궁할 분위기는 아니었다.

한 그릇을 거의 다 비운 뒤 양치를 하고 나온 유온은 또다시 그 자리에 멈췄다.

윤서경이 소파에 앉아 있었다. 재킷만 벗은 셔츠에 베스트 차림으로. 방에 있을 때 분명 현관문이 열렸다 닫히는 소리를 들었다. 그래서 윤서경이 나간 줄 알았는데……. 그는 고급 슈트에 감싸인 긴 다리를 꼰 채 유온은 숫자와 문자의 상관관계조차 알 수 없을 어려운 서류를 넘기는 중이었다.

유온은 저도 모르게 물러서며 손바닥으로 방문을 짚었다. 윤서경이 고개를 들었지만, 곧바로 그걸 피해 시선을 피하는 바람에 그가 저를 보며 어떤 표정을 지었는지는 알지 못했다.

"필요한 것 있습니까."

"……."

유온은 그 목소리에 순간 집중했다. 평소와 다르지 않은 것 같다. 크게 화난 기색도 없다. 그래도 무서운 건 마찬가지였다. 유온은 방금 먹은 걸 토할 것 같은 느낌으로 겨우 대답했다.

"책……."

거실에서 책을 읽으러 나온 것이었다. 윤서경이 저기에 있으니 이제 어렵겠지만.

"아, 아니, 아무것도 아니에요. 아무것도 아녜요, 밥 잘 먹었습니다."

그 다음에 무슨 말을 하지. 쉬세요? 일 열심히 하세요? 고민하던 끝에 유온은 어느 쪽도 아닌 말을 중얼거렸다.

"저는 이만 들어가 볼게요."

"이유온 씨."

"……네?"

물고기처럼 팔딱 뛰어오르며 대답하자, 윤서경이 자리에서 일어났다.

"책 읽어요. 여기서."

"……방에서 읽어도 되는데요……."

잠깐 가지고 가게만 해 주면 되는데. 파랗게 질린 채 대답했으나 윤서경은 두 번 말하지 않겠다는 듯 자신이 쓰는 침실로 들어가 버렸다. 문은 완전히 닫히지 않고 손톱만큼 열려 있었다.

왜 거실에서 읽으라는 걸까. 방에서 괜한 짓이라도 할까 봐 그러나……. 할 수 있는 것도 없는데. 그래도 유온은 순순히 그 말에 따르기로 했다.

며칠 동안 여기서 책을 꺼내면서 생각한 건데, 거실 책장은 꽤 충실했다. 실제 읽긴 해도 수집품에 가까운 고서가 대부분인 줄 알았더니 책장이 워낙 커서 바로 눈에 띄지 않았을 뿐 권수가 상당했다. 유온이 이곳에 온 이후로 몇 권이 더 채워진 탓도 있었다.

평소라면 책장 앞에서 뭘 읽을지 한참 골랐을 텐데 오늘은 개중 제일 얇은 책을 곧바로 꺼냈다. 윤서경이 여기서 책을 읽고 들어가라고 했으니 그 말대로 하긴 해야 했다. 하지만 책에 집중이 될 것 같지도 않고, 윤서경이 가까이 있는 게 좋으면서도 빨리 방에 들어가고 싶었다.

자신은 자신의 방에, 윤서경도 그가 쓰는 침실에 있다는 정도로 충분했다. 거실과 방은 너무 가깝다. 게다가 문이 조금 열려 있기까지 해서 이 조용한 곳에선 책장을 넘기는 소리만 조금 크게 나도 다 들릴 것 같다. 소파에서 부스럭거리는 소리도 마찬가지였다.

어색하게 소파에 앉아 조용히 책을 펼쳤다. 아무렇게나 앉았던 자세가 불편했지만 소파에 스치는 소리가 날까 움직일 수도 없었다. 책은 서문부터 눈에 들어오지 않았다. 글씨가 아니라 그림을 보고 있는 기분이었다.

윤서경이 지켜보고 있는 것도 아닌데 일단 책 한 권은 끝까지 보고 들어가야 할 듯한 기분에 억지로 눈에 담았다. 본문에 들어가서도 글자가 눈앞에서 도망치듯 안 읽히는 건 마찬가지였다.

한참을 씨름하던 유온은 윤서경의 방 쪽으로 끌리듯 시선을 돌렸다. 윤서경이 옷을 갈아입었는지 씻었는지, 편안하게 쉬는 상태가 된 듯 체향이 물씬 풍겼다. 좁은 문틈으로도 충분히 느껴질 정도였다.

그 체향에 유온의 눈이 속눈썹에 눈동자가 가려질 만큼 가늘어졌다. 몽롱한 기분이 들었다. 내도록 느낀 불안감이 흐려질 정도로 나른한 기분이었다.

얼마 후 자연스럽게 책으로 주의를 돌린 유온은 이번엔 얇은 책 한 권을 순식간에 읽었다. 다 읽고 보니 곧바로 이어지는 시리즈가 있고, 서장 격인 책이라 얇은 것이었다. 다음 권은 두꺼웠으나 내용이 궁금해 홀린 듯 집어 와선 그것도 끝까지 다 본 후에야 고개를 들었다.

세 시간이 훌쩍 지나 있었다. 유온은 조금 놀라서 손에 들린 책을 보았다. 추리 소설이라 몰입하긴 했지만, 이렇게 책 한 권을 다 읽을 때까지 고개도 한 번 안 들어 보긴 처음이었다. 책 읽는 걸 좋아하긴 해도 집중력이 부족해서 항상 중간중간 다른 짓을 하곤 하는데.

어깨가 뻐근해서 고개를 양쪽으로 갸웃거리며 스트레칭하고, 자리에서 일어났다. 여전히 거실엔 기분 좋은 향이 떠돌았다.

차를 끓일 수 있도록 작게 마련된 주방으로 향하려던 유온이 뒤를 돌아보았다. 아직도 윤서경의 침실 문이 조금 열려 있었다.

거실과 주방 사이를 잠시 서성인 유온이 용기를 내서 침실 앞으로 다가갔다.

"……."

침실 앞에서 용기를 내는 건 거실에서 이곳으로 걸어오는 것보다 더 어려웠다. 그냥 제가 차를 마실 거니까, 윤서경에게도 한 번 물어보자는 생각이었다.

평소라면 그런 생각은 전혀 안 했을 것이다. 왜냐하면…….

'내 물건, 내가 입에 대는 것에 당신 손이 안 닿으면 좋겠습니다.'

윤서경이 그렇게 경고한 적이 있으므로.

역시 괜한 생각을 했다. 윤서경이 자신이 문 앞에서 어슬렁대는 걸 눈치챌세라 얼른 돌아서려 했을 때, 안에서 발걸음 소리가 가까워지더니 문이 벌컥 열렸다.

침실 안쪽은 책상과 침대 옆에만 스탠드를 켜 두어 어둑했다. 벽면을 가득 차지하고 크게 난 창에서 거미줄처럼 촘촘하게 펼쳐진 야경이 보였다. 윤서경은 한 손으로 문손잡이를 잡은 채 유온을 내려다보고 있었다.

아까 옷을 갈아입거나 한 줄 알았는데 들어올 때 입고 있던 그대로에 베스트만 벗은 차림이었다. 멀리 책상이 있는 부근만 밝았기에 윤서경의 얼굴엔 그림자가 졌다.

역시 이 커다란 몸을 눈앞에 두면 주눅이 들었다. 용건을 물으러 나온 거겠지. 누구에게 부딪치고 욕먹을 게 무서워진 사람처럼 후다닥 내뺄 수도 없었다.

"저기……, 차, 차를 마시려고 하는데, 서경 씨도……."

어디서 나온 용기인지 유온은 그렇게 물었다. 기억과 똑같은 대답이 나올 수도 있다고 각오도 했다. 말꼬리는 흐려지고 기어 들어갈 듯한 목소리였지만 어쨌든 묻기는 물었다.

그 짧은 순간 동안 긴장이 터질 듯 부풀었다. 유온이 침묵에 달달 떨기 전에 윤서경이 입을 열었다.

"그래요."

"아, 저, 정말요?"

"……."

허락하는 대답이 순간 너무 기뻐서 똑바로 윤서경을 쳐다보자, 그의 눈매가 희미하게 깜딱였다. 그게 무슨 의미일까 생각하며 유온은 얼른 몸을 돌렸다.

후다닥 간이 주방으로 달려가서 포트에 생수를 콸콸 붓고 전원을 켰다. 물이 치익 끓는 소리를 들으며 눈앞의 티 캐디 사이를 손으로 방황한 유온은, 한가운데에 있는 것의 뚜껑을 집었다. 자신이 이 중에서 제일 맛있다고 생각한 차이긴 한데 윤서경의 입에 맞을까?

이 방엔 항상 윤서경이 오는 것 같으니까 그의 취향이 아닌 건 놓여 있지 않겠지. 괜찮을 거라고 생각하며 유온은 다 끓어 꺼진 포트를 집었다. 길쭉한 주둥이에서 뜨거운 물이 쏟아져 찻잎을 적셨다.

뚜껑을 닫으려 집다가 손이 미끄러져 몇 번이나 놓쳤다. 검은 칠 위에 금색으로 그려 넣은 문양은 양감이 느껴지는 게 꼭 진짜 금을 발라 놓은 것 같았다. 생긴 게 고급스러운 만큼 비싼 물건일 텐데, 조심해서 다뤄야 했다.

티 캐디와 모양을 맞춘 작은 하늘색 시계의 바늘이 째깍째깍 움직였다. 바늘을 유심히 바라보던 유온은 시간에 맞추어 찻주전자에서 찻잎을 꺼내고, 쟁반에 주전자와 잔을 얹었다. 윤서경은 차에 아무것도 넣지 않는다. 유온도 마찬가지였다.

유온은 쟁반에 놓인 찻주전자와 잔 받침, 찻잔을 이리저리 살폈다. 옆에서도 보고 위에서도 보았다. 놓인 모양이 비뚤어지거나 이상하지 않은지 여러 번 검토한 후에야 쟁반을 들고 윤서경의 방으로 향했다.

"……."

침실 앞에 오니 문을 열 손이 없었다. 눈을 굴리던 유온은 또 윤서경이 자신을 눈치채고 나오기 전에 어깨로 슬쩍 문을 밀어 열며 안으로 들어갔다.

책상 앞에서 서류를 보고 있던 윤서경이 시선을 들었다. 어둠 속에서 스탠드 불빛만으로 밝혀진 곳에 앉아 일을 하는 모습이 세련되고 멋있었다.

유온은 두근거림을 누르며 책상으로 다가갔다. 빈자리에 쟁반을 내려놓자, 윤서경은 아무런 말도 하지 않고 찻주전자와 빈 잔 하나를 보다가 유온에게 눈길을 돌렸다.

올려다보는 시선을 받은 유온은 눈을 피하듯 깜빡거리며 뒤로 한 발 물러섰다. 혹시 싫어하는 차였을까. 아니면 밤이라서 홍차는 싫었나? 눈치가 없었다……. 분명히 허브차도 있었는데.

하지만 윤서경은 타박하는 대신 차분하게 물었다.

"차 좋아합니까."

"네……? 아."

생각 못 한 질문에 눈을 둥글게 떴던 유온이 얼른 끄덕였다.

"뭘 같이 먹는 게 제일 좋습니까."

"우, 우유."

엉겁결에 대답한 후 유온의 얼굴이 발개졌다. 우유요, 라고 끝까지 말을 하지도 못하고 입을 중간에 다물어 버렸다. 사실, 사실 그렇긴 한데 굳이 자신 때문에 작게라도 냉장고 한 공간을 차지할 필요는 없었다.

차를 그냥 마시지 않으면 준비해 주는 쪽이 무엇 하나라도 더 손을 써야 했다. 그래서 처음부터 딸려 나오지 않으면 요구하지 않았다. 원래 차는 그렇게 마시는 거라고 생각하면 아쉬울 것도 없었다.

아무한테도 말한 적 없는데 왜 윤서경의 물음 한 마디에 입이 멋대로 움직였는지 모르겠다.

"알겠습니다. 내일부터 준비해 두도록 하죠."

"네? 아니, 괜찮……."

"이제 가서 자요."

"……네."

유온은 아무런 말도 못 하고 돌아섰다. 막 방을 나오려 하는데 아주 작게 한숨 소리가 들린 것 같았다. 흠칫 놀라 돌아보았지만 윤서경의 표정엔 변화가 없었다.

'잘못 들었나?'

정말 한숨을 쉰 거면 어쩌지 조마조마하면서도 워낙 윤서경이 아무렇지도 않은 얼굴이라 마음이 좀 놓였다.

문을 닫으며 다시 방 안을 본 유온은 고개를 갸웃했다. 알아채지 못했는데 방 안쪽, 창가 티 테이블에 스탠드가 켜져 있었다. 아무래도 윤서경은 잠깐 쉬고 저기에 가서 차를 마시려 한 듯했다. 방해하지 말아야겠다고 생각해서 유온은 얼른 물러났다.

하지만 문을 닫기 전에 살짝, 원래 열려 있던 틈보다 조금 크게 열어 두었다. 이유온에겐 꽤 용기가 필요한 일이었다. 그리고 방으로 돌아가선 자신의 방도 문을 한 뼘 정도 열어 두었다. 윤서경이 자신의 방 문을 완전히 닫지 않는다면 이대로 향이 흘러들어올 것 같았다.

침대에 앉자 자신은 차를 마시지 않았다는 게 떠올랐지만, 아무래도 좋았다.

* * *

다음 날, 간이 주방에서 냉장고를 연 유온은 희미한 시름에 잠겼다. 룸 메이드가 청소를 마치고 간 후, 냉장고에는 못 보던 것이 생겼다.

우선은 도자기 트레이 위에 놓인 밀크 저그 세 개. 그 옆에는 레몬과 오렌지 슬라이스가 각각 뚜껑 달린 유리그릇에 담겨 있었다. 차 종류는 여섯 가지로 늘어났고 여러 가지 모양의 반투명한 설탕에 꿀과 시럽까지 있다.

"……."

같은 모양의 티 캐디 세 개만 놓여 말끔하던 공간이 카페라도 된 것처럼 번잡했다. 유온은 두 손으로 머리를 끌어안았다. 우유가 좋다는 그 한 마디가 불러온 결과에 마음이 무거웠다.

"하아……."

자신 때문에 일부러 준비해 둔 건데 모르는 척할 수도 없다. 유온은 몸을 일으켜 차를 끓이기 시작했다. 케이스마다 호텔 직원이 어떻게 마시면 좋은 차인지 설명을 덧붙여 두었다. 레몬 슬라이스, 오렌지 슬라이스, 밀크 티 중에 무엇과 어울리는지. 유온의 손은 자연스레 밀크 티로 향했다.

뚜껑을 열자 캐러멜 향 비슷한 것이 퍼졌다. 종이에 쓰인 대로 차를 우리고 우유를 따르자 부연 액체가 구름처럼 퍼지며 찻물 색을 부드럽게 물들였다.

찻주전자와 세트로 놓인 고급스런 찻잔 대신, 조금 덜 부담스러운 머그컵에 밀크 티를 타서 거실로 온 유온은 소파에 두 발을 모아 얹으며 앉았다. 슬리퍼에서 빠져나온 발끝이 차가웠다.

일부러 이런 걸 준비해 주다니……. 사실 놀랄 일은 아니다. 원래 윤서경은 정중한 사람이었다. 유온과 결혼이 결정된 후로, 유온의 실체를 알면서 점점 질려 갔을 뿐이다.

윤서경의 두 번째 청혼. 물론 두 번 다 유온에게 직접 한 청혼은 아니지만, 다시 겪는 그 이후의 생활은 믿을 수 없을 만큼 모든 게 다 달랐다.

이렇게 변해 버린 가장 큰 이유가 무엇이었을까. 역시 그가 그날

제 뺨의 상처를 알아차려서? 어쨌든 혼담이 들어가고 부모님이 받아들일 게 확실한 이상 이유온은 그의 약혼자였다. 그의 말대로, 결혼할 사람이 뺨을 맞은 흔적 따위로 괜한 구설에 오르는 게 불편했을 터다.

그걸 가족과 분리시키는 것으로 해결해 주고, 이곳에 들였다는 이유로 불편한 게 없도록 최대한 성의를 다해 준다. 성실하고 친절했다. 유온은 머그컵을 두 손으로 감싸서 쥐었다. 손바닥은 따뜻하고 입 안에 달콤한 맛이 감돌았다.

기분이 좋고 편안한데도 한숨이 나왔다.

이런 건 너무 과분하다.

'익숙해지면 안 되는데.'

좋은 것엔 금방 익숙해지고 만다. 유온도 경험으로 알고 있다. 그리고 좋은 것에 익숙해지면 그게 지나간 후엔 몇 배로 초라하고 비참해진다.

마음에 든다고 해서 안 어울리는 옷을 입어선 안 되는 법이다.

그렇게 생각하며 머그컵을 내려다보았다. 아직 반쯤 남은 베이지색 밀크 티가 찰랑거렸다. 그래도…….

'이것까진 마시고…….'

달고 맛있으니까. 이것까지 중간에 포기하기는 아쉽다.

그러나 진짜 난관은 그날 저녁에 찾아왔다. 윤서경에게서 문자가 왔다. 6시쯤 할 일이 있느냐고. 없다고 대답하자, 정확히 6시에 그가 문을 열었다. 혼자가 아니었다.

유온은 방으로 소리도 없이 들어오는 행거 몇 대를 망연히 쳐다보았다. 유온이 자주 입는 몇몇 브랜드의 옷이었다. 익숙하긴 한데 가짓수가 문제였다. 거실을 꽉 채운 행거는 각각 매장 하나를 압축시켜서 가지고 온 것처럼 보였다.

"저기, 서경 씨……."

"네."

"……예복인가요?"

"누가 스웨터를 예복으로 입습니까."

혹여나 가능성이 있는 걸 물었으나 그런 대답이 돌아왔다. 행거에 있는 건 대부분 편하게 입을 수 있는 옷이었다. 스웨터에 티셔츠에 트랙팬츠까지 있었다. 누가 봐도 결혼식에 입을 예복은 아니다.

"며칠 동안 같은 옷만 입지 않았습니까."

"다, 다른 옷 입었는데."

이건 조금 억울했다. 유온은, 옷이 몇 벌 없다보니 같은 옷을 입긴 했지만 적어도 윤서경이 볼 때는 매번 다른 옷이었다.

"골라요."

윤서경이 흘끗 유온의 윗옷을 보았다.

"최대한 많이."

그의 말에 유온은 재빨리 제 옷을 내려다보았다. 앞단을 당겨서 살피고 소매를 이리저리 보아도 보풀 하나 없이 깨끗했다. 혹시 뭘 먹나 흘린 건 아닌지 구석구석 살폈으나 문제는 없다. 그러면…… 혹시 입고 있던 옷이 못 봐 줄 정도로 안 어울리나. 역시 그 이유밖에 없다. 어깨가 축 처졌다.

퍼스널 쇼퍼가 세 명이나 따라 올라왔지만 그들이 뭘 가져다

대도 유온은 미적지근하게 끄덕거리기만 했다. 거울 속에 비치는 자신은 옷이 불쌍해질 정도로 뭘 입어도 어울리지 않았다.

결국 모기 같은 목소리로 좋아요, 뭐든 좋아요만 반복하는 유온을 대신해 옷을 고른 건 윤서경이었다. 순식간에 옷이 잔뜩 쌓였다. 윤서경은 나중엔 퍼스널 쇼퍼의 추천도 없이 먼저 고른 것과 비슷한 라인, 비슷한 톤, 한 벌로 나온 다른 아이템, 이런 식으로 주문했다.

행거가 기차처럼 줄지어 나가고 구입한 옷은 세탁을 위해 호텔 직원들이 올라와 가지고 갔다. 소란이 지나간 거실에서 유온은 멍하니 있었다. 우르르 들어왔던 사람들이 행거와 함께 유온의 영혼도 흡수해서 나가 버린 것 같았다.

오늘도 머리카락 하나 흐트러지지 않고 완벽하게 차려입은 모습의 윤서경이 손목시계를 확인했다. 이어서 휴대폰을 보았다. 그대로 나갈 줄 알았는데, 그는 냉장고 쪽으로 향했다.

냉장고를 여는 그의 모습에 유온은 움찔했다. 우유와 레몬을 보는 건가 싶었다. 그렇게 정성껏 준비한 재료 중에서 유온이 쓴 건 우유 하나뿐이었다. 유온은 얼른 입을 열었다.

"죄송해요, 오, 오늘은 차를 별로 안 마셔서. 내일은 많이 먹을게요."

"……."

윤서경의 미간이 약간 찌푸려지는 모습에 더더욱 당황했던 유온은 그가 든 물병을 뒤늦게 발견했다.

"사용 안 한 건 룸 메이킹할 때 알아서 가지고 갈 겁니다. 새로 채워 줄 거고. 다 사용해도 되고, 아예 손 안 대도 상관없어요."

"네······."

방금 바보 같았겠지······. 유온은 한층 침울해졌다. 고개를 숙였더니 입고 있던 니트가 눈에 들어왔다.

"아. 이, 이건 되도록 안 입고 있을게요."

윤서경의 눈썹이 꿈틀했다.

"······왜요?"

"어······."

"아닙니다. 대답하지 말아요. 피곤할 텐데, 난 이만 나가 봐야 하니 들어가서 쉬세요."

윤서경은 그대로 꺼낸 물도 마시지 않고 나갔다. 혼자 남은 유온은 눈을 축 늘어뜨리며 옅은 하늘색 스웨터 자락을 만지작거렸다.

그가 어이없게 생각하는 것 같았는데 짚이는 게 너무 많아서 무엇에 대한 건지 오히려 알 수 없다. 유온은 힘없이 윤서경이 꺼낸 물을 제자리에 돌려놓았다. 가지런히 놓인 우유와 레몬이 더 마음을 우울하게 만들었다.

* * *

"모르겠는데."

"······네?"

"당분간 나한테 네? 하지 마."

불쾌감이 담긴 윤서경의 목소리에 그의 비서, 이한영이 당황한 얼굴을 했다. 그는 지금 막 오늘 오후 일정을 보고했다. 상사에게 '모르겠다'는 말을 들을 만한 내용은 아니었다. 게다가 이어진 말은 더 아리송했다.

"이한영 씨."

이한영은 긴장했다. 윤서경이 자신을 이름으로 부르는 건 별로 좋지 않은 조짐이었다.

"네, 대표님."

"잘해 줄수록 싫어하는 건 무슨 경우지?"

"네……에? 아, 아니. 실언입니다. 으흠. 글쎄요. 상대에게 무척 심하게 반감을 가지고 있다면 그러지 않겠습니까."

"……."

윤서경이 말없이 이한영을 노려보았다. 대체 왜 저럴까. 이한영은 억울함을 감추느라 헛기침만 열심히 할 수밖에 없었다.

* * *

'이유온 씨는 취미가 뭡니까.'

'피아노 치는 거요.'

유온은 대답을 입력해 둔 로봇처럼 대답했다. 맞은편에서 식기를 들고 있던 윤서경이 고개를 끄덕였다. 다시 두 사람 사이엔 침묵만 남았다.

현지에서 유명한 레스토랑의 바다가 보이는 테라스 자리. 주위에서 들리는 사람들의 말소리는 온통 즐겁고 유쾌해 보였다. 무거운 쟁반을 한 손에 하나씩 들고 돌아다니는 직원도 전혀 힘든 기색이 없다.

그 밝은 분위기 속에서 유온과 윤서경 주위만 성당처럼 엄숙했다. 유온은 윤서경에게서 말이 더 나오지 않을까 기다리다가 다시 포크를 움직였다.

시푸드가 수북이 쌓여 있었지만 유온 쪽에 있는 건 거의 줄어들지 않았다. 바다거북 등껍질처럼 쌓인 시푸드의 산에서 기껏해야 가장자리의 새우 몇 개, 흰 살 생선 한두 조각 먹은 게 전부였기 때문이다.

그나마도 갑자기 취미를 묻는 윤서경의 말에 손이 멈췄다.

피아노라고 대답한 건 반은 사실이고 반은 거짓이었다. 유온은 피아노를 배웠다. 그러나 개인 레슨을 해 주던 선생님에게나, 가족에게나 좋은 반응은 얻지 못했다.

그래도 한두 번쯤 잘했다는 말을 듣기는 했다. 유연 형의 절반 정도는 되는 것 같다, 아무리 오래해도 형을 따라가진 못하겠다는 말이 덧붙긴 했어도.

다른 사람의 실소밖에 사지 못하는 피아노였으나 유온이 다룰 수 있는 악기였다. 결혼이 결정된 후부터 가족들은 윤서경에게 피아노가 취미라 말하라고 거듭 일렀다. 어차피 유온은 취미라고 할 게 없었기에 고개만 끄덕거렸다.

유온이 쓸 피아노도 부모님이 미리 준비해 주셨다. 취미가 피아노이니 집에 피아노를 놓아도 될지 물은 후에 들이라는 말이었다.

그런데 신혼여행을 온 이날 이때까지 한 번도 윤서경에게 제 취미가 무엇인지 말할 기회가 없었다.

신혼집으로 배송만 기다리는 피아노를 창고에 두고 부모님은 며칠에 한 번씩 어떻게 된 거냐고 물었다. 이유건은 유온을 앞에 두고 원하는 게 있으면 상대가 억지로라도 말을 하게 하라고 다그쳤고, 이유연은 '여태껏 취미 한 번 안 물어보셨니?' 하며 내심 즐거운 기색이었다.

그러다 보니 윤서경의 질문에 이렇게 반갑게 대답할 수밖에 없었다.

'피아노요?'

'네, 레슨도 받았고, 치는 것도 조, 좋아해요.'

'그렇군요. 몰랐습니다.'

윤서경은 조금 뜻밖이라는 기색이었다. 느릿느릿 삼킨 새우가 도로 올라올 것 같아서 유온은 커다란 유리잔에 담긴 라임 워터를 끌어당겼다.

안 그래도 시푸드의 소스가 입에 맞지 않아서 끙끙거리고 있었는데, 취미 화제에 더욱 입맛이 사라졌다. 치는 걸 싫어하지 않지만 취미까진 아니었다. 취미도 없는 주제에 윤서경에게 거짓말을 했단 생각에 불편했다.

차가운 물만 홀짝거리고 있자니 윤서경이 지나가던 서버를 불러 세웠다. 그가 유창한 현지 말로 뭔가 주문하자 서버는 친절하게 고개를 끄덕이고 사라졌다가, 재스민 라이스로 만든 볶음밥 두 개를 들고 돌아왔다.

볶음밥은 무난한 맛이었다. 한국에서 먹어 본 적 없는 맛의 시푸드 양념보다는 훨씬 입에 맞았다. 윤서경도 잘 먹는 것 같았지만 은근히 물렸던 모양이라고 유온은 혼자 동질감을 느꼈다.

밥을 우물거리며 유온은 주위를 한번 둘러보았다. 가족 여행을 여러 번 갔기에 여행이 영 낯설진 않았지만, 이런 로컬 레스토랑에 와 보긴 처음이다. 영어도 반은 통하고 반은 통하지 않는 곳이었다.

호텔로 들어가기 전, 시가지에서 먼저 식사를 하고 가자는 말에 들른 곳이었다. 공항에서 이곳까지는 굉장히 낡고 오래된 건물만 줄줄이 있는 옛날 길을 지나기도 했다. 익히 들은 이 휴양지의 분위기와는 다소 달랐지만 구경할 것이 많아서 오는 내내 차창 밖을 쳐다보고 있었다.

식당에는 관광객보다 현지인이 더 많았다. 그렇다고 관광객을 흘끔흘끔 쳐다보며 재미있어할 정도로 드물지도 않았다. 애초에 관광 산업으로 유명한 도시이니 로컬 레스토랑이라 해도 그럴 일은 없겠지만.

유온도 나름대로 관광지며 식당 같은 걸 검색은 해 보았지만 결국 말은 못 꺼냈다. 공연히 제가 어딘가 가자고 말했다가 그곳이 따분하거나 맛이 없으면 어쩌나 싶어서였다. 게다가 여태 여행을 갔어도 거대한 리조트 안에서 며칠 동안 모든 걸 해결한 경우가 대부분이라 더더욱 어디에 가 보자고 말할 마음이 들지 않았다.

시푸드 대신 볶음밥으로 배가 찼다. 유온은 눈앞에 쌓인 음식을 까마득한 기분으로 쳐다보았다. 바닷가재의 큼직한 몸통이 위압적이기까지 했다. 그래도 시킨 음식이니까 다 먹어야겠지……. 내키지 않게 포크를 들었다. 가방에 소화제와 위장약도 들어 있으니까 식사 후에 먹으면 된다.

유온은 포크와 스푼으로 홍합 하나를 들고 와 살을 발랐다. 그리고 물을 마셨다. 다음엔 새우, 물 한 모금, 그 다음엔 생선 살, 음료수, 또 홍합, 음료수, 꾸물꾸물 먹다가 쉬면서 물. 입술에 묻은 양념을 작은 한숨과 함께 혀로 핥는데 윤서경이 시계를 보았다.

'식사 끝났으면 갈까요.'

'네!'

아주 드물게 유온이 눈까지 빛내며 대답했다. 대답하는 속도도 전에 없이 빨랐다. 윤서경은 바로 일어났다. 어느 틈에 한 건지 계산도 마친 뒤였다.

'시간이 좀 있습니다. 잠깐 걸겠습니까?'

윤서경의 말에 유온은 옆을 돌아보았다. 테라스에서 바로 해변으로 내려갈 수 있는 구조였다. 유온은 얼른 고개를 끄덕였다.

계단을 내려오자 바다가 더 잘 보였다. 산호섬의 얕고 투명한 바닷물이 흰 모래 위로 수없이 밀려왔다가 물러났다. 젖은 모래 위로 파도의 잔거품이 남았다.

'와……'

하늘을 본 유온은 저도 모르게 감탄했다. 한국에서는 볼 수 없는 화사한 분홍빛 노을이 하늘을 온통 덮고 있었다. 모래 위는 평지보다 걷기 힘들었다. 하지만 힘든 줄도 모르고 한참 걸었다.

오래도록 하늘을 물들이는 노을도, 이국적인 야자수의 그늘과 가로등처럼 걸린 조명도 예뻤다.

걷다가 문득 느꼈다. 윤서경이 처음 테라스에서 내려올 때보다 조금 가까웠다. 걸으면서 저도 모르게 다가간 듯했다. 그래도 별말이 없는 윤서경 덕분에 유온은 되도 않는 욕심을 냈다. 손을 들면 닿을 정도의 거리로 그에게 더 가까이 갔다.

그래도 신혼여행 온 건데, 싫어하는 것 같지도 않은데, 손 정도는 잡아도 되지 않을까……. 머뭇거리고 있을 때였다. 갑자기 윤서경의 분위기가 바뀌었다.

찬물을 끼얹은 듯한 변화였다. 유온은 놀라서 윤서경을 올려다보았다. 그는 식사할 때와 달리 무서울 만큼 차갑게 굳은 얼굴로 유온을 보더니, 돌아서서 해변을 빠져나갔다.

'서, 서경 씨.'

서둘러 그를 따라가자 해변 바깥쪽 길로 따라오고 있었는지, 곧바로 차가 와서 멈춰 섰다.

'먼저 타고 가세요.'

왜 그러느냐고 묻기도 전에 윤서경은 차 문을 연 채 싸늘한 눈으로 유온을 보았다. 결국 먼저 가라는 말에 뭐라 한 마디 하지도 못하고 유온은 얌전히 차에 올라탔다. 윤서경이 밖에서 문을 닫았다.

그가 아직 노려보고 있을까 무서워서 고개도 들지 못한 채 유온은 차 바닥에 흩어진 해변의 모래를 바라보았다.

자신이 뭘 잘못했는지 되새겼다. 식당에서 보기 싫게 깨작거려서? 아니면 해변을 걸을 때 너무 바보처럼 정신이 팔려 있었나?

문제가 너무 많아서 어느 게 문제였는지 모르겠다. 유온은 호텔에 도착할 때까지 푹 숙인 고개를 들지 못했다. 그날 이후로 신혼여행 기간 내내 유온과 윤서경은 다른 방을 사용했다. 창밖으로 온통 보이는 풍경도 눈에 들어오지 않는, 바늘방석에 앉은 듯한 며칠이었다.

　신혼여행을 끝내고 새집에 들어가자 넓은 거실 한쪽에 피아노가 놓여 있었다. 유온의 부모님이 진작 주문해 두었지만 유온이 취미를 말하지 못한 탓으로 창고에서 먼지만 뒤집어쓰던 피아노였다.

　윤서경이 그 피아노를 치우게 한 건 그로부터 반년이 지났을 때였다.

　신혼여행 때 일을 떠올린 건 오늘 낮에 갑자기 찾아온 손님 때문이었다. 프런트에서 전화가 와 손님이 오셨다고 말했을 때는 또 가슴이 철렁했다. 유온에게 손님이라고 찾아올 사람은 가족밖에 없었기 때문이다.

　하지만 곧 마음을 놓았다. 손님은 양손에 호텔 로고가 박힌 쇼핑백을 든 윤서경의 비서였다.

　"안녕하세요! 이한영이라고 합니다. 일어나 계시다고 해서 왔는데, 혹시 제가 너무 일찍 왔나요? 오늘은 마침 오후에 개인적인 용무가 있어서요, 다음엔 이렇게 이른 시간에 찾아뵙는 일은 없을 겁니다."

　"아……, 그……."

안녕하세요, 그러시군요. 그 비슷한 말을 하려고 했지만 늘 그렇듯 제대로 되진 않았다. 일방적으로 구면인지라 섣불리 입을 열었다가 말실수할 것 같았다. 유온은 어정쩡하게 고개를 끄덕이며 가장 쉬운 대답을 했다.

"네……, 괜찮아요."

벌써 시간이 오전 10시였다. 아무리 요 며칠 자고 싶을 때 자고 먹고 싶을 때 먹고 있다지만, 이 시간이 너무 일러서 싫다고 하자니 게으르게 보일 것 같았다. 그건 그렇고 이 사람은 왜 왔을까?

그런데 다음이라니, 설마 다음에 또 오나?

유온이 주뼛거리고 있자, 이한영은 들고 온 쇼핑백을 테이블에 내려놓았다.

"며칠째 외출을 못 해서 무료하실 것 같아서요, 취미 삼아 할 만한 것들을 가지고 왔습니다. 마음에 드는 게 있으시면 더 준비해 드리겠습니다."

"……."

"그럼 가 보겠습니다."

이한영은 순식간에 사라졌다. 그가 남긴 흐릿한 찬 바람이 가라앉을 때까지 멍하니 있던 유온은 테이블 위로 시선을 돌렸다. 쇼핑백엔 뭐가 잔뜩 들어 있었다.

컬러링북.

비즈.

입체 퍼즐.

소이 캔들 만들기 세트.

마크라메.

니들 펠트.

명화 따라 그리기.

뜨개질…….

"……."

유온은 황망한 얼굴로 쇼핑백 안을 들여다보았다. 어디 감금된 사람에게 심심하지 말라고 가져다주는 물품 같았다. 밖으로 나가 보려 한 적은 없지만, 이 물건을 보니 당분간 외출을 원해도 허락 하지 않겠다는 뜻으로 들렸다.

하지만 유온도 밖에 나가고 싶은 생각은 없었다. 소파에 앉아서 한참 쇼핑백을 뒤적거린 유온은 입체 퍼즐을 꺼냈다. 그것과 캔들 만들기가 그나마 쉬워 보였는데, 캔들은 왁스를 녹이는 게 번거로 울 것 같았다.

부품이 많아서 소파에 앉은 채 하는 건 어려워 보인다. 아래로 내려가 테이블 앞에 바짝 달라붙어 앉아서 세트의 래핑을 뜯었다.

'갑자기 이런 걸 왜…….'

심심하지 않았고, 심심하다고 말한 적도 없는데. 부품의 포장을 하나하나 뜯은 유온은 가만히 설명서를 들여다보았다.

설명서에 따라서 부품을 뜯어 하나로 합칠 뿐인 과정은 생각보 다 금세 유온의 정신을 빨아들였다. 독일 고성의 첨탑을 조심조심 세우던 유온은 코를 스친 향에 정신이 들었다.

고개를 들자, 윤서경이 팔짱을 낀 채 유온을 내려다보고 있었다.

"……아."

놀라서 허둥거리던 유온은 거의 다 만들어 가던 고성의 첨탑을 꽉 쥐어 버리고 말았다. 그런대로 모양이 잘 잡혔던 예리한 모양의 첨탑이 톡 부러졌다. 멍청한 소리를 냈다가 고개를 들었다.

주위가 어두웠다. 꽤 오래 이걸 붙잡고 있었던 모양이다. 마지막 장식만 올리면 끝이었는데 첨탑 지붕 하나가 부서지고 말았다.

하지만 완성품이 망가졌다는 생각보단 윤서경이 언제부터 서 있었을까, 여기에 혼이 팔려서 이상한 얼굴을 하고 있진 않았을까 하는 생각이 먼저 들었다. 유온은 손으로 얼굴을 만지려다 멈췄다. 색이 칠해진 부품을 한참 만지작거린 손이 잔뜩 건조하고 지저분해진 채였다.

"손 씻어요."

"앗, 네."

유온은 손에 쥐고 있던 부품 조각을 조심조심 내려놓고 욕실로 달려갔다. 손을 깨끗이 닦고 거울을 보자 머리는 헝클어지고 뺨이 붉은 얼굴이 있었다.

"……."

물을 가장 차가운 쪽으로 조절한 뒤 한참 손을 적시고, 물기를 닦아 낸 손등으로 양 뺨을 눌렀다. 차가운 물을 오래 맞은 손이 욱신거렸다. 거실로 다시 나가자 윤서경은 휴대폰을 보고 있었다.

"씻고 나왔어요……."

"마저 만들 겁니까?"

시선을 든 윤서경의 말에 유온은 흠칫 놀라서 뒷걸음질했다.

"아, 아니요. 치울게요. 죄송해요."

"……."

후다닥 다가가서 어질러진 테이블을 치우려 하는데, 윤서경이 다시 유온을 불렀다. 자신이 없을 때 치우라는 걸까. 주춤대고 있자 윤서경은 짧게 한숨을 쉬곤 말했다.

"저녁에 할 일 있습니까."

"아니요, 없는데요……."

"그럼 옷 입어요. 나갑시다. 호텔 안이지만."

호텔 안……? 시간을 보면 저녁을 먹으러 가는 건지도 몰랐다. 유온은 묻는 대신 고개만 끄덕이고 방으로 들어와서 다급하게 옷을 골랐다. 조바심이 나니 옷 모양도 잘 안 보이는 것 같았다. 그래도 어찌어찌 5분 안에 옷을 갈아입고 나왔다.

제 차림이 이상할까 걱정했으나 윤서경은 아무런 말도 안 하고 돌아섰다. 또 발이 묶이기라도 한 듯 서성거린 유온이었지만, 먼저 나간 윤서경이 현관문을 잡고 있는 걸 보고 얼른 따라갔다.

유온이 빠져나오자 윤서경은 곧바로 엘리베이터 홀로 향했다. 전용 엘리베이터는 기다릴 필요도 없이 곧바로 문이 열렸다. 윤서경은 전망대가 있는 층의 버튼을 눌렀다. 한쪽이 유리벽으로 트인 전망 엘리베이터가 최상층에서 천천히 아래로 내려갔다.

엘리베이터를 타긴 했어도, 전망대는 스위트룸에서 한 층 아래였다. 층고가 높아서 3, 4층을 내려가는 것이긴 했으나 좁은 공간에서 윤서경과 단둘이 있는 어색함을 느낄 새도 없이 금방이었다.

그나저나 웬 전망대일까. 한창 붐빌 시간일 텐데. 사람이 많은 곳은 쥐약이었다. 자신의 모습이 그 많은 사람들의 눈에 어떻게 보일지 너무 신경이 쓰여서였다.

하지만 걱정이 무색하게 엘리베이터 홀에서 바로 연결되는 전망대 입구에는 사람이 하나도 없었다. 호텔 유니폼을 입은 직원 여럿이 나와 윤서경과 유온을 정중하게 맞을 뿐이었다.

어릴 적부터 유온도 어디에 갈 때 줄을 서거나 기다려 본 적이 없다. 항상 직원이 나와 인사하며 우선해서 안내해 주는 게 익숙했다. 숨 쉬듯 당연한데도 유온은 그게 마냥 편하지 않았다. 제게 어울리지 않는 것들임을 잘 알기 때문이었다.

전망대 안쪽으로 들어가자 역시 사람이 거의 없었다. 그나마 있는 사람도 유니폼을 입은 직원이다. 둥글게 난 전망대의 벽 가까운 곳에 테이블이 놓여 있었다. 주위에 조명도 장식해 둔 게 꼭 레스토랑 같았다. 전망대 한가운데에 이런 게 있을 리 없으니 일부러 세팅을 해 둔 듯했다.

윤서경을 따라서 테이블로 다가가자 직원이 와 의자를 빼 주었다. 식기와 그릇, 물잔 같은 것도 평범한 디너 테이블이었다. 아주 호화로운 테이블 하나짜리 레스토랑 같았다.

여기가 서울 시내에서 두 번째로 높은 전망대라는 걸 생각하면 호화로운 수준을 넘어섰다. 야경을 감상하기 위해서인지 전망대는 식사가 어렵지 않을 정도로만 밝았다. 고개를 끝에서 끝까지 돌려도 전부 지상이 보여서 하늘에 발판을 두고 떠올라 있는 기분이었다.

"저, 서경 씨, 왜 전망대에 사람이……."

"휴무일입니다."

"……."

아닐 텐데……. 유온이 알기로 이 호텔 전망대의 휴무는 매주 화요일이었다. 그리고 오늘은 화요일이 아니다. 더 물어볼까 했지만 자신이 꼭 알아야 하는 일이 아니었다. 유온은 말없이 물컵을 들었다. 반달 모양으로 자른 라임이 들어 있었다.

곧 직원이 식사를 가지고 왔다. 거창한 코스 요리일 줄 알았는데, 다행히도 접시에 음식을 조금씩 담은 단출한 저녁 식사였다. 유온은 이쪽이 훨씬 좋았다.

조용한 식사였다. 적당한 음량으로 틀어 둔 음악과 직원들이 움직이는 소리 말고는 아무것도 들리지 않았다. 그 안에서 윤서경이 말을 걸면 거는 대로, 조용하면 조용한 대로 불편했다. 빨리 식사를 끝내자는 생각에 유온은 평소보다 서둘러 음식을 입에 넣었다.

유온이 식사를 끝낸 것과 비슷한 타이밍에 윤서경도 식기를 내려놓았다. 바로 근처에서 대기하고 있던 직원이 음식을 담았던 접시를 모두 가지고 가고, 디저트와 차를 내왔다.

배가 부르다고 생각했는데 작은 타르트 위의 딸기가 빨갛게 반짝거려서 맛있어 보였다. 유온이 막 포크를 그 위로 가져가려 했을 때였다.

"이유온 씨."

"……네?"

하마터면 포크를 떨어뜨릴 뻔했다. 허둥거린 유온은 얼른 포크를 제자리에 내려놓았다.

"검사 결과가 나왔습니다. 다행히 다른 문제는 없지만, 백혈구 수치가 낮은 편이라 추적 검사를 하자고 하더군요. 결과지는 거실 테이블 위에 놓아두었으니 보도록 하세요."

"네……."

유온은 그저 고개를 끄덕였다. 두 손은 이미 테이블 아래로 내리고 있었다. 말을 마친 건지 윤서경이 입을 다물었다. 그의 시선은 유온의 접시에 향한 채였다.

"……먹어요."

"앗, 네, 지금 먹을게요……."

허둥거리며 다시 포크를 들고 먹으려 하다가 포크를 또 떨어뜨릴 뻔했다. 겨우 고쳐 쥐니 이번엔 윤서경이 제지했다.

"아니. 됐습니다."

기분 탓인지 말에 한숨이 섞인 것 같았다. 우물쭈물하고 있자 그는 직원을 손짓해 불러서 뭔가 지시했다. 얼마 후 테이블에는 작은 상자 하나가 놓였다. 타르트를 포장해 온 듯했다. 자리에서 일어난 윤서경이 상자를 손에 들었다. 유온도 얼른 일어나서, 벌써 저만큼 걸어간 윤서경을 따라갔다.

엘리베이터에 오를 때까지 윤서경에게 붙어 쫓아가는 것만으로 바빴다. 문이 닫힌 후에야 유온은 그에게 두 손을 내밀었다.

"저어, 제, 제가 들게요."

그러자 윤서경은 평소와 똑같이 무표정한 얼굴로 유온을 빤히 쳐다보더니 말했다.

"안 무겁습니다."

"아."

대답은 그렇게 했지만 무겁고 안 무겁고의 문제가 아니었다. 엘리베이터가 올라가고 객실 문 앞으로 가는 짧은 시간 동안 계속 윤서경의 손에서 시선을 떼지 못했다. 유온은 체하기 직전이었다.

문을 연 윤서경은 식탁에 케이크 상자를 내려놓고, 테이블 쪽을 짧게 눈짓한 뒤 다시 나갔다. 문이 닫히고 실내에는 윤서경의 체향과, 상자에 담겨 있는데도 가려지지 않는 딸기 냄새만 남았다.

유온은 배 위에 손을 짚었다. 먹은 음식이 그대로 돌이 되어 버린 것처럼 배가 무거웠다. 딱딱해진 명치 근처를 손바닥으로 쓸며 탈의실로 들어갔다. 체했을 때 먹는 약 두 가지를 골라내 나와서 물과 함께 삼킨 뒤, 겉옷도 벗지 않고 소파에 누웠다.

체기 때문에 눈앞이 빙글빙글 돌았다. 윤서경이 곧바로 나가서 다행이었다. 기껏 좋은 곳에서 먹여 준 걸 이런 결과로 보여 줄 뻔했으니까.

혼자가 된 뒤 이렇게 누워서 생각하자 아까운 기분이 들었다. 기껏 둘이 같이 간 전망대였다. 게다가 직원들이 있긴 했지만 단둘인 것에 가까웠다. 그런데 너무 긴장해서 화려한 야경에도 맛있는 음식에도 집중하지 못했다. 좀 더 제대로 보아 둘걸……. 야경도, 윤서경의 얼굴도.

휴무인 전망대에 테이블을 가져다 두고 식사한 건 윤서경의 다정한 배려일 것이다. 나름대로 약혼자라고, 마음대로 돌아다니지 못한다고, 혼자 있는 게 심심해 보인다고, 그래서.

멀쩡한 사람이었다면 특별하게 독점한 야경에 감탄하고 그런 자리를 만들어 준 윤서경에게 상냥한 말씨로 고맙다고 말했겠지.

'나도 그럴 수 있으면 좋았을 텐데.'

사실 윤서경에게 어울리는 건 그의 호의에 그만큼 답해 줄 수 있는 사람이었다. 예를 들면 작은형, 이유연 같은 사람. 아무래도 자신은 영 어울리지 않는다.

죽었다 깨어났는데도 별로 변한 게 없었다.

약 기운이 도는지 금방 일어날 수 있게 되었다. 평소보다 컨디션이 금방 나아진 것 같았다. 몸을 일으킨 유온은 테이블 한쪽에 놓여 있던 서류 봉투를 집었다. 윤서경이 말한 피 검사 결과지인 듯했다.

"……으음……."

서류를 꺼낸 유온은 눈을 가늘게 뜨며 내용을 처음부터 끝까지 여러 번 살폈다. 하지만 이렇게 봐서는 뭐가 뭔지 아무것도 알 수 없었다. AST, ALT, Hct……, 이런 건 다 무슨 뜻일까. 그 외에도 온통 어렵게 나열된 단어와 숫자들이 가득했다.

피검사 같은 걸 해도 항상 주치의나 형에게 말로만 설명을 들었지, 이렇게 종이로 보는 건 처음이다.

암호 같은 글자 사이로 한 줄에 형광펜이 칠해져 있었다. 거긴 한글로 설명이 덧붙여져서 알아들었다. 백혈구 수치였고, 평균치보다 절반 가까이 낮았다.

유온은 서류를 든 채 생각에 잠겼다.

자신이 병으로 죽긴 했지만 아마도 그건 간 수치니 백혈구니 하는 것과 별 관련이 없을 거였다. 유온이 생각하기에 그 병은, 좀 추상적이다.

서류를 가져다 둔 사람이 한 건지 첨탑 하나가 망가진 입체 퍼즐과 부품은 테이블 한쪽에 깔끔하게 정리되어 있었다. 유온은 서류를 옆에 끼고 간이 주방에서 차 한 잔을 끓여, 케이크 상자와 함께 방으로 가지고 왔다.

조금 전까지 속이 그렇게 안 좋았는데 벌써 케이크를 먹을 수 있을 것 같았다. 서류를 침실 책상에 내려놓은 유온은 창가로 가서 앉았다. 전망대에서 보지 못한 야경을 여기서라도 보려는 듯이.

물결처럼 쉼 없이 흐르는 불빛은 예뻤지만 전망대에서처럼 환한 밤하늘로, 반짝이는 밤바다로 보이진 않았다.

창가에 앉아서 타르트를 한 입 깨물자 온통 달콤한 맛이 퍼졌다. 그 자리에서 먹지 못한 걸 굳이 포장까지 해 준 윤서경이 새삼 고마웠다. 근사한 야경을 한 조각 가지고 돌아온 기분이었다.

절반 남은 타르트를 내려놓고 침대 옆으로 왔다. 머리맡 스탠드 아래에 며칠 동안 울린 적 없는 전화기와 메모지가 있었다. 유온은 낮은 사이드테이블 앞에 웅크리고 앉아서 비치된 연필로 쪽지를 적었다.

[오늘 감사했어요.]

"……."

그리고 뭐라고 쓴담. 야경이 정말 예뻤어요, 맛있는 음식이었어요, 케이크……, 아니, 피 검사……? 그것도 아니고……, 고민하던 유온은 겨우 다음 말을 적었다.

[서경 씨는 정말 좋은 분이에요.]

겨우 다 쓰고 생각해 보니 윤서경이 이 쪽지를 읽는 건 오늘 중이 아닐 것 같다. 그냥 오늘이라고 써 두고 아무 때나 주자니, 윤서경은 유온이 고마워할 일을 너무 자주 해 준다. 무슨 일에 대해 인사하는 건지 알 수 없을 것이다.

쪽지를 노려보던 유온은 연필 뒤에 붙은 지우개를 만져 보았다. 다행히 연필 자국을 이리저리 번지게만 만드는 가짜 지우개가 아닌 듯했다. 그것으로 윗줄을 공들여 지운 뒤 새로운 글귀를 썼다.

[항상 감사합니다.]

겨우 완성했다. 거실에 놓는 건 좀 그렇고, 윤서경의 침실에 두고 나올 수도 없기에 일단은 그 자리에 그대로 두었다. 창가로 돌아가던 유온의 시선이 잠시 침대에 닿았다가 떨어졌다.

만약에 이대로 시간이 흐르면 자신은 병에 걸리지 않고 계속 살아 있을 수 있을까?

"……."

아마 아니겠지……. 시작이 조금 다르더라도, 이유온이 이유온인 이상 변하는 건 없다. 윤서경은 어차피 유온을 싫어하게 될 거고 결말은 죽음이다. 오히려 그가 지금 잘해 주는 만큼 더 무서웠다. 끝을 아니까. 어두운 엔딩으로 가는 길에 행복이 잠시 지나가는 건 비참할 뿐이다.

유온은 남은 케이크 조각을 입에 넣고 차를 마셨다. 벌써 다 식어 있었다. 자리를 정리하고 씻은 뒤 입욕제를 가지고 나왔다. 입욕제는 처음 한 번은 사용했지만 그 후로는 항상 베개맡에 두고 잤다. 그러면 바로 곁에서 윤서경의 향이 나는 것 같았다.

체했는데 케이크까지 먹은 것 때문에 밤에 배가 아파 깰 줄 알았지만, 눈을 뜨자 아침이었다. 드물게 푹 잠든 밤이었다.

부스스 일어난 유온은 사이드테이블을 잠시 보고 고개를 갸웃했다. 메모지가 좀 비뚤어져 있는 것처럼 보였다. 하지만 방에 들어와 메모지를 만질 사람은 없으니 기분 탓이겠지.

오늘따라 아침에 윤서경의 향이 많이 나는 기분이었다. 잠결에 입욕제 주머니를 코에 문지르기라도 한 모양이다. 콧등을 만지작거린 유온은 똑같이 하루를 시작했다.

그리고 자기 전 입욕제를 가지러 욕실에 들어갔을 때 고개를 갸우뚱해야 했다. 무슨 일인지 선반에는 입욕제가 두 개 놓여 있었다.

* * *

아침으로 나온 오믈렛을 먹고 있는데 휴대폰이 울렸다. 윤서경이 보낸 메시지였다. 내용은 늘 그렇듯 간결했다.

[좀 더 자세한 결과지를 메일로 보냈습니다. 시간 날 때 확인
해요.]

시간이 날 때 확인하라고 했지만 유온은 얼른 포크를 내려 두
고 메일에 접속했다. 유온이 메일을 쓸 일은 거의 없다. 메일함을
열자 역시나 전부 스팸 메일이었다.

제일 상단에 낯선 이름에 첨부 파일이 들어 있는 메일이 하나
있었다. 혈액 검사 관련 결과 고지 및 안내사항. 유온은 의자에서
아예 조금 돌아앉아서 내용을 확인했다.

어제 본 결과지와 대강 비슷하지만 한글로 적혀 있었고, 수치마다
설명이 따라붙었다. 빈혈과 백혈구 수치를 빼면 전부 '정상 소견'
또는 '다소 높거나(혹은 낮거나) 정상 범주'였다. 이 결과만 보면 자
신은 생각보다 건강한 모양이었다. 안도의 한숨 비슷한 걸 내쉬다가
메일함으로 돌아간 순간, 유온은 입을 다물었다.

왜 못 본 건가 싶을 만큼 익숙한 이름이 결과 통보 메일 바로
아래에 있었다.

큰형에게서 온 메일이었다.

"……."

뒷골이 서늘해졌다. 확인하고 싶지 않지만 확인해야 했다. 유온
의 손이 휴대폰 화면 위를 불안하게 움찔거리다가 결국 꾹 눌렀다.
메일 내용이 표시되었다.

유온아, 형이야.

잘 지내고 있니? 아픈 곳은 없고?

어떻게든 말을 전할 길이 없을까 하다가 네 메일 주소가 떠올라서 보내 둔다. 읽을 수 있으면 좋을 텐데.

갑자기 연락도 안 되게 되어 형도, 부모님과 유연이도 걱정하고 있다. 워낙 너는 몸이 약하고 겁도 많은데 혹여나 여러모로 부담을 느끼고 있는 건 아닌지 우려가 되는구나.

네가 워낙 착한 아이이다 보니 더욱 그래.

휴대폰으로 전혀 연락이 되지 않던데, 혹시 윤 대표가 못 하게 하는 거라면, 그건 정말 큰 잘못이야. 네가 충분히 싫다고 말해도 되는 일이고.

아닐 거라 믿지만 네가 원해서 윤 대표와 함께 있는 거라면 형은 너한테 꼭 말하고 싶어. 윤 대표에겐 윤 대표의 방식이 있겠지만, 적어도 유온이 너는 그게 잘못된 일이라는 걸 알아줬으면 한다.

유온아. 우리는 네 가족이고 세상에서 가장 너를 아끼는 사람들이야. 너한테 무슨 일이 있어도 지지하고 지켜 주는 게 가족이야.

아무리 결혼할 사이라 해도 서로 도리를 지켜야 해. 사회의 규율이라는 게 있고, 특히 상류층에 있는 가족의 체면을 생각한다면 네가 먼저 나서서 윤 대표를 설득해야 할 일이지.

그런데 이렇게 며칠을 연락조차 되지 않아서 솔직히 말해 형은 네게 서운하고, 실망스럽기도 하다. 형이 너를 아끼고 사랑한다는 걸 알 텐데, 걱정하는 형의 마음을 네가 조금이라도 헤아려 주면 좋겠구나.

네가 말하기 어렵다면 형이 윤 대표와 상의하마.

결혼하면 집을 떠나게 될 텐데, 그때까지 짧은 시간이나마 부모님과 유연이도, 형도 너와 함께 지내고 싶은 마음이다. 사려 깊은 너이니 우리 마음을 알아줄 거라 믿는다.

윤 대표는 형이 네가 있는 방으로 올라가는 것도 막고 있어. 형은 물론이고 부모님까지. 유온아, 다시 말하지만 이건 사회적으로, 도덕적으로 아주 옳지 못한 일이야. 범죄라고 해도 틀리지 않다.

메일이 수신 확인되면 그날부터 형이 매일 오전 11시에서 12시까지 맞은편 C호텔 라운지에서 기다릴게. 네가 올 때까지 매일 올 테니, 너는 언제든 기회가 되면 빠져나오렴. 만나기만 한다면 형이 지켜 줄 테니까.

맞은편 호텔까지도 나오지 못하게 한다면 그때는 정말 강경한 방법을 생각하마. 너는 아무것도 걱정하지 말고 기다리렴.

착하고 귀여운 유온아, 형은 네가 정말 보고 싶어.

라운지에서 만나자. 형이 계속 기다릴게.

밥 잘 먹고, 아프지 말고.

ㅡ너를 사랑하는 형이

"……."

내용을 모두 읽고 나자 죄책감이 밀려들었다. 형과 가족들은 이렇게 자신을 생각하고 걱정하는데, 자신은 그저 혼나는 게 무섭다는 이유로 휴대폰까지 꺼 두고 숨어 있었다. 게다가 가족을 만나지 않아도 된다는 말에 기뻐하기까지 했다.

 죄책감에 섞여 희미하게 소름이 돋았지만, 유온은 형에게 철저히 배운 반성을 하느라 제 몸을 내달리는 한기도 깨닫지 못했다.

 이와 비슷한 일은 벌써 여러 번 있었다. 윤서경을 만나기 전에도 만난 후에도. 유온은 항상 똑같은 잘못을 저질러서 이유건에게 혼이 났다.

 '지금 윤 대표가 유온이랑 무슨 대화를 합니까. 유온이는 우느라 정신이 없는데. ……귀한 자식을 데리고 갔으면, 그에 맞는 대우를 해 줘야죠. ……유온이는 며칠 집에서 쉬게 하겠습니다. 마음이 풀리면 집으로 데려다줄 테니 그렇게 알아요.'

 ―……네. 유온 씨에게 편하게 쉬다 오라고 전해 주십시오.

 고요한 방 안에 전화 너머로 들리는 윤서경의 목소리가 울렸다. 유온은 숨을 가쁘게 할딱거리며 바닥에 쓰러져 있었다. 뺨이 붓고 입가는 다 터졌고, 옷에 가려진 몸에는 멍이 가득했다.

 '이유온.'

 '……네, 형…….'

 방이 아니라 현관 곁에 붙은 창고였다. 이유건이 유온을 크게 혼낼 때 데리고 들어오는 장소이기도 했다. 유온에게 이곳은 공포의 상징이나 마찬가지였다.

 '아까 했던 말, 그대로 다시 해 봐.'

 '자, 잘못했어요, 형.'

 이유건이 몸을 굽히나 싶더니 머리가 확 들려 올라갔다. 머리채를 움켜쥔 손에 두피가 바짝 당겨 아파왔다.

'형이 지금 잘못했다고 말하라고 했어?'

유온은 눈물을 뚝뚝 흘리는 얼굴로 고개를 가로저었다.

'그럼 똑바로 말해.'

'서경 씨, 한테……, 약, 안 주면 안 되는지, 아……!'

말이 채 끝나기도 전에 손바닥이 날아왔다. 머리채를 잡힌 채 뺨을 맞은 유온은 맥없이 휘청거리다가 다시 억지로 이유건을 보았다.

'형이 윤 대표한테 이상한 거라도 먹여?'

'그게, 그게 아니라, 서경 씨가 싫어하는 것 같아요…….'

이유건이 실소했다. 재차 손에 힘을 준 그가 유온의 머리카락을 잡고 질질 끌고 갔다. 몇 걸음 끌려간 유온은 그대로 뒤통수를 눌려 소파 쿠션에 얼굴을 박았다. 먼지가 일어나고 숨을 쉴 수 없게 되었다.

창고에 있는 쓰지 않는 물건들도 대체로 이렇게 이유건이 유온을 혼낼 때 쓰는 것들이었다. 숨을 쉬지 못한 유온이 버둥거리는 걸 보고 있던 이유건이 겨우 손을 치웠다. 헐떡이며 간신히 숨을 쉰 것도 잠시, 얼굴로 차가운 물이 쏟아졌다.

줄줄 흐르는 물을 감히 닦을 생각도 하지 못하고 유온은 울먹이며 이유건을 올려다보았다. 그는 커다란 유리컵을 손에 든 채 유온을 보다가, 컵을 내려놓고 젖은 뺨을 올려붙였다.

'윤서경이 좋아하고, 싫어하고, 그게 형 말보다 중요해?'

'잘못, 잘못했어요.'

그러자 이유건은 빤히 유온을 바라보다가 또 피식 웃었다.

'다신 안 그러겠다는 말은 안 해?'

'······.'

그 말은 할 수 없었다. 유온은 며칠 전 이유건의 지시를 어겼다. 이유건은 영양제라고 말하며 윤서경에게 약을 한 통 먹이라고 했다.

외국 영양제 브랜드의 로고가 쓰여 있긴 했지만 어딘가 묘했다. 원래 이 브랜드는 뚜껑 안쪽 실링에도 로고가 있는데, 자신이 받은 건 아무 표시도 없는 그냥 종이였다.

왜인지 차마 묻지는 못했으나 윤서경에게 주지 않았다. 하지만 안 들킬 수 없는 일이다. 사소한 영양제 하나라도 선물을 받은 이상 윤서경은 가족에게 고맙다는 말을 전해야 했다. 공적인 인사에 가까웠기에 말없이 넘어갈 일은 없었다.

그런데 윤서경이 조용하자 이유건은 곧 이상함을 알아챘고, 집에 찾아와 유온을 다그쳤다. 당연히 유온은 그에게 거짓말을 하지 못했다. 윤서경이 퇴근하기 전, 유온은 그대로 이유건의 손에 본가로 끌려왔다.

집으로 돌아간 건 거의 두 주가 지나서였다.

이유건은 유온을 때리는 것에 능숙했다. 맞는 동안 시끄럽게 굴면 벌은 더 크게 돌아왔다. 그걸 알면서도 비명을 지르거나 울지 않고는 못 견딜 만큼 아픈데, 뼈가 부러지도록 다치는 일은 좀처럼 없었다.

이유건은 매일 유온의 방까지 올라와서 상처와 멍에 약을 발라 주었다. 열흘을 좀 넘겼을 때 유온이 입은 옷을 들춰 본 이유건이 물었다.

'윤 대표랑 섹스 안 하지.'

'…….'

노골적인 질문에 심하게 당황했지만 아무런 관계도 없는 건 사실이었다. 유온은 고개를 끄덕였다. 이유건은 유온의 배에 아직 남은 멍을 들여다보다가 말했다.

'혹시 하겠다고 하면 피해. 멍 없어질 때까지.'

'네…….'

약통을 옆에 내려놓은 이유건은 유온의 뺨을 부드럽게 만졌다.

'착하다, 유온이.'

'……아니에요……, 감사합니다, 형.'

덜 나은 멍을 달고 집으로 돌아왔을 때 윤서경은 흘끗 유온을 보고 왔습니까, 하고 말할 뿐이었다.

유온은 메일 화면을 하염없이 들여다보며 생각했다. 이유건은 윤서경과 관련된 일이면 유독 더 신경을 쓰는 것 같았다. 하기야, 윤서경 같은 사람 곁에 유온이 있으니 걱정이 될 법도 했다. 윤서경의 기분을 상하게 하면 유온만 벌을 받고 끝나는 게 아니라 집안 망신이고 가족에게 피해가 갈 것이었다.

아, 형한테 답을 해야 하는데. 유온은 메일이 발송된 날짜를 확인했다. 이틀이나 지나 있었다. 수신 확인이 안 된 걸 그쪽에서 알 수 있다고 해도……. 유온은 조급한 마음으로 답장하기 창을 열었다.

저 괜찮아요, 형. 오늘 나갈게요.

그렇게 썼지만 그 이상 손이 움직이지 않았다.

평소였다면 초조한 기분으로 전송 버튼을 눌렀을 것이다. 그러나 손끝이 그 작은 버튼으로 좀처럼 가지 않았다. 작은 타르트의 맛, 거실에서 읽은 책, 반지와 시계, 방 안을 떠도는 윤서경의 향이 이상할 정도로 생각났다.

하지만 결국 태어나서 지금까지 이유온을 지배하는 건 이유건이었다. 유온은 짧은 문장이 쓰인 메일을 전송하려 했다. 하지만 이번에도 마음대로 되진 않았다. 전송 버튼을 누르기 전에, 유온이 느끼기엔 폭죽이 터지듯 커다란 음량으로 초인종이 울렸다.

유온은 놀라서 휴대폰을 떨어뜨렸다. 초인종 소리가 오늘따라 유독 큰 것 같았다. 갑자기 소리가 커졌을 리 없으니 분명 기분 탓이었다. 한 번 울린 초인종은 간격을 한참 둔 후에 다시 울렸다. 부랴부랴 일어난 유온이 인터폰을 들었다. 이한영이었다.

"아, 안녕하세요."

문을 열며 유온은 이한영의 시선을 피했다. 형에게 메일을 보내려고 한 게 괜히 찔리는 기분이었다. 형이 보낸 메일 내용이 내용이어서 그런 듯했다. 윤서경을 무척 나쁘게 말하고 있지 않은가.

그리고 사실 감금이라고까지 할 건 아니지만 윤서경이 자신이 호텔 밖으로 나가는 걸 별로 원치 않는 것 같기도 했고. 이번엔 어떨지 몰라도 옛날 결혼 생활 때 그가 자신이 가족을 만난다고 하면 표정부터 굳어지던 게 떠올랐다.

"안녕하세요, 유온 씨! 이런, 아직 식사 중이셨네요."

"아니에요. 다 먹었어요."

오믈렛이 절반 이상 남아 있었지만 더는 식욕이 없었다. 다행히 이한영은 더 먹으라느니 하는 말은 않았다.

"갑작스럽지만, 대표님이 지금 시간이 좀 나셔서요. 혹시 괜찮으시면 식장을 보러 가지 않겠느냐고 하십니다."

"식장이요?"

"네, 예식장이요."

식장이라는 단어에서 결혼식장은 생각도 못했던 유온의 눈이 둥글게 뜨였다.

"예식장도 제가 직접 보나요⋯⋯?"

"당연하죠. 유온 씨랑 대표님 결혼식이잖아요. 두 분이 같이 봐야죠."

유온은 괜히 제 뺨을 만졌다. 식장도 원래는 따로 보러 다니거나 하지 않았다. 부경이 국내에서 1, 2위를 다투는 호텔을 소유하고 있는데 다른 식장을 고려할 이유가 없었다. 결혼식은 지금 있는 이 호텔의 가장 큰 홀에서 어지러울 정도로 화려하게 올렸다.

"후보에 야외 식장도 있어서 대표님은 낮에 가 보는 편이 좋겠다고 하셨는데, 괜찮으십니까?"

"네⋯⋯. 저는⋯⋯."

형이 11시부터 맞은편 호텔에서 기다리겠다고 했다. 예식장을 보러 가면 형에게 갈 수 없었다. 가지 않아도⋯⋯ 된다. 유온은 홀린 듯 이한영에게 고개를 끄덕였다.

문제는, 세수만 겨우 한 상태였다. 어제 자기 전에 샤워하긴 했지만 식장을 보러 가는 거면 옷도 제대로 입어야 하는데. 이한영을 기다리게 하는 게 미안하다고 생각하고 있었더니 그가 안으로 슥 들어왔다.

"전 대표님 방에서 찾아야 할 서류가 있습니다. 좀 걸릴 것 같아요."

"네! 편하게 찾으세요. 저는 옷 갈아입고 나올게요······."

잘됐다는 마음으로 유온은 재빨리 방에 들어왔다. 샤워를 다시 하고 싶었지만 겨우 서류를 찾는 건데 그 정도까지 시간이 걸릴 것 같진 않았다. 세수만 한 번 더 하고 서둘러 옷을 골라서 갈아입고, 머리도 열심히 빗었다. 특징이라곤 없는 까만 생머리는 어떻게 빗어도 바뀌는 게 없었다.

최대한 빠르게 준비를 마치고 나오자 식탁은 깔끔하게 치워진 뒤였고, 아까 바닥에 떨어뜨린 휴대폰이 식탁 위에 놓여 있었다. 순간 가슴이 철렁했다. 누가 올려놓은 건지 몰라도 휴대폰 화면의 내용을 본 게 아닐까.

누가 들어온 기척은 느끼지 못했다. 준비에 정신이 팔려 깨닫지 못한 것일 수도 있으나, 정말 아무도 안 들어온 거라면······. 혹시 이한영이 식탁을 치우면서 본 게 아닐까. 불안하게 꾸물대고 있는데 윤서경의 침실 문이 열렸다.

"아, 끝나셨나요? 저도 마침 다 찾았는데요."

"네······."

그래도 눈치는 잘 보는 편이라고 생각하는데, 이한영이 자신을 이상하게 생각하는 기색은 없어 보였다. 유온은 친절하게 자신을 현관 쪽으로 안내하는 그를 따라갔다.

이한영은 로비가 아닌 지하 주차장으로 바로 내려갔다. 엘리베이터 홀에서 연결되는 주차장 문 바로 앞에 검은색 세단이 주차되어 있었다.

유온은 세단 앞에서 조수석에 타야 할지 뒷좌석에 타야 할지 짧게 고민하다가 앞쪽 문을 열었다. 이한영은 윤서경의 부하 직원이지 제 부하 직원이 아니었다.

"호텔 식장은 마지막에 볼 예정이고요, 오늘 오후부터 날이 흐려진다고 해서 우선 야외 식장으로 가겠습니다. 대표님도 그쪽으로 바로 온다고 하셨습니다."

"네……."

어색한 자리에 있으면 늘 그렇듯 유온은 '네……'밖에 못하는 사람이 되었다.

"40분 정도 걸립니다."

"네."

꽤 오래 걸린다. 괜히 조수석에 탔나 싶었다. 어색한 시간이 될 것 같았다. 하지만 이한영은 말이 없어도 분위기를 편하게 만드는 사람이었다. 조금은 마음을 놓으며 앞 유리 너머를 보고 있는데 이한영이 입을 열었다.

"대표님이 자주 못 들러서 서운하진 않으세요?"

"아, 아니요……."

"아시겠지만 일이 많습니다. 그나마 요즘은 좀 나은 건데, 한창

때 비서실 사람들 별명이 지박령이었어요."

"왜요……?"

"회사에 붙어서 안 떠나서요."

"……."

윤서경이 바쁘니 비서들도 바빠서 자리를 못 떠났다는 뜻인가. 유온은 농담의 뜻을 곰곰 생각해 알아채고 고개를 끄덕였다.

"그래서 대표님한테 참다못해 제가 말을 했죠. 요즘에 비서들 다 하도 집에 안 가서 별명이 지박령이다, 다른 직원들이 비서실에 부적이라도 써야 한다고 한다, 좀 쉽게 해 달라. 그랬더니 대표님이 뭐라고 했는지 아세요?"

유온은 고개를 가로저었다.

"부적값 비용 처리하라고요."

"……."

"너무하지 않습니까?"

미묘한 표정으로 잠시 멍하니 있던 유온은 이내 저도 모르게 작은 웃음을 터뜨렸다. 윤서경도 그런 농담을 한다니 의외였고 재미있었다. 손으로 입을 가리고 웃다가 룸미러를 통해서 이한영과 눈이 마주쳤다. 유온은 얼른 웃음을 지웠다.

"죄, 죄송해요."

"아니요, 왜요? 저야말로 쳐다봐서 죄송합니다. 웃으시니까 더 어려 보이셔서."

"어……."

"대표님이 정말 좋은 분과 결혼하시네요."

"......."

예의 차리는 말임을 알지만 말없이 있을 때의 몇 배로 어색해졌다. 유온은 칭찬에 면역이 없었다. 지나치며 한두 마디 듣는 말도 서먹한데, 좁은 차 안에서 둘이 있는 중에 듣는 건 말할 필요도 없었다.

이한영은 그 후로 말을 시키지 않았고 태평해 보였다. 유온은 혼자서 어색함과 싸웠다. 얼마 후, 차가 목적지에 도착했다. 고풍스러운 분위기의 호텔 야외 예식장으로 정문에 차를 대자 곧바로 직원들이 마중을 나왔다.

"윤 대표님은 안쪽에서 기다리고 계십니다."

이한영과 함께 직원의 뒤를 따라 들어가자, 매니저로 보이는 사람과 이야기중인 윤서경이 보였다. 맞춤 정장을 입은 커다란 뒷모습에 유온은 눈을 깜빡였다. 저 사람과 함께 결혼식장을 보러 왔다는 사실만으로 가슴이 뛰는 것 같았다.

"대표님."

부르는 목소리에 윤서경이 뒤를 돌아보았다. 그는 인사하듯 가볍게 이한영에게 눈짓한 뒤 유온 쪽으로 손을 뻗었다.

"이쪽으로 와요."

그 순간에는 가슴이 뛰다 못해 터질 것 같았다. 유온은 새빨개졌을 얼굴을 고개를 숙여서 감추며 그에게로 다가갔다.

윤서경에게 가까이 오자 그제야 식장의 모습이 눈에 제대로 들어왔다. 탁 트인 공간 뒤쪽으로는 호텔 스위트룸으로 쓰이는 고풍스런 건물이 있고, 건물을 벽 삼아서 야외 결혼식장이 꾸며져 있었다.

매니저가 대기실이며 로비, 식사에 대해서 부지런히 설명했지만 유온의 귀에는 잘 들리지 않았다. 식장을 한 번, 윤서경을 한 번 쳐다보며 정신이 팔려 있다가 매니저가 자신에게 시선을 돌렸을 때에야 겨우 그를 마주 보았다.

"이유온 님께서는 혹시 특별히 바라는 사항이 있으신가요?"

아직 이곳으로 결정된 건 아니겠지만 매니저는 뭐든 맞추겠다는 태도로 물었다. 부경 집안의 결혼식이니 계약을 성사시키고 싶은 게 당연했다.

"아, 저는……."

특별히 바라는 건 없어서 생각을 해야 했다. 잠시 고민하다가 할 말이 생각났다.

"꽃이 많았으면 좋겠어요."

꽃을 좋아하는 건 유온이 아니라 윤서경이다. 하지만 윤서경이 원하는 게 유온이 원하는 것이었다. 유온의 말에 직원이 웃으며 제안했다.

"그러시다면 양쪽에 아치를 놓거나, 하객석까지 지지대를 넓게 놔서 라일락 종류를 늘어뜨리는 건 어떨까요? 향도 아주 풍부할 겁니다. 아니면 통로 양쪽에서 꽃이 넘치는 모양으로 장식하는 것도 아름다울 거고요."

윤서경이 어떠냐고 묻듯이 시선을 주었다. 유온은 그냥 고개를 끄덕였다.

"알겠습니다. 자세한 사항은 서면으로 받죠."

"네! 그럼 추천드릴 꽃을 중심으로 작성해서 보내 드리겠습니다."

시큰둥한 윤서경과 우유부단한 이유온 때문에 맥이 빠질 법한 데도 매니저는 끝까지 웃으며 두 사람을 배웅했다. 이한영이 운전하는 차를 타고 다음 식장으로 가는 동안 윤서경은 일을 했고, 유온은 멍하니 앉아 있었다.

휴대폰은 꺼낼 생각도 하지 못했다. 수신 확인이 되었으니 형이 뭔가 메일을 더 보냈을지도 몰랐다. 그 생각을 하니 순간 마음이 무거워지려 했으나, 바로 곁에서 느껴지는 알파의 체향에 씻기듯 사라졌다.

두 번째 식장도 야외, 이번엔 엘리베이터를 타고 한참 올라와야 하는 공중 정원이었다.

외국 대저택 같은 분위기의 새하얀 외벽에 비친 햇살을 본 유온은 생각했다. 본식을 올리는 게 딱 오후 12시 무렵이다. 날씨가 똑같이 좋다면, 지금 보는 풍경을 봄으로 바꿔 놓은 게 결혼식 날의 풍경일 것이다.

유온은 매니저와 이야기하며 세 걸음 정도 멀어진 윤서경을 물끄러미 보았다. 그는 햇살과 잘 어울렸다. 기억 속 결혼식의 그 흰 예복을 입고 이곳에 선다면 마치 그림처럼 보이겠지. 곁에 오점처럼 선 자신을 빼면. 꼭 다 만들어 놓고 망친 그 고성 같았다.

"……유온 씨."

"……."

"이유온 씨."

낮은 목소리에 유온이 멈칫해서 윤서경을 보았다. 매니저와 함께 쳐다보고 있는 게 한참 전부터 자신을 부른 듯했다.

"아, 네⋯⋯. 죄송해요, 못 들었어요."

"피곤합니까?"

"아니요, 안 피곤해요. 괜찮아요."

"야외는 이 두 군데밖에 없으니 이만 돌아가죠. 급한 회의가 잡혔습니다."

이것도 정말인지, 자신을 배려한 건지 모르겠지만 유온은 순순히 고개를 끄덕였다. 윤서경은 유온을 방까지 데려다준 뒤 돌아갔다.

문이 닫힌 후 유온은 팔을 들어서 냄새를 맡았다. 짧은 시간이었지만 가까이 있어서인지 온몸에 윤서경의 체향이 가득했다. 유온은 그대로 겉옷도 벗지 않은 채 거실 소파에 앉아서, 그 향에 자신의 체향을 조심스레 섞으며 몸을 웅크렸다.

* * *

사무실로 돌아온 윤서경은 얇은 코트를 대충 벗어 옷걸이에 걸며 뒤도 돌아보지 않고 물었다.

"이유건은?"

"아직 C호텔 라운지에 있는 것 같습니다."

"한가한 모양이야."

순하다 못해 하루 종일 고개 한번 제대로 못 들고 사는 이유온과 달리 이유건은 누군가를 윽박지르거나 깔보는 게 습관이 된 사람이었다. 그 동생 이유연으로 말하자면 매사 자신감이 넘치고 상쾌한 성격이었지만 어딘가 석연치 않은 구석이 있었다.

화명의 회장 이중권은 큰 기업체를 거느린 중년 남자의 보편적인 상 그 자체였고, 이따금 얼굴을 비추는 그 아내 성민희는 우아하나 눈매가 차가웠다.

이유온은 정말로 그 집에 어울리지 않았다. 이유온 같은 성격이 그들 가족 사이에 있으면, 지금까지 살아온 시간과 앞으로 살 시간이 어떨지 불을 보듯 뻔했다.

호텔 직원의 심부름을 해 주질 않나, 어쩐 일로 차를 마시자고 하나 했더니 비서라도 된 것처럼 윤서경이 마실 차 한 잔만 달랑 내오질 않나.

어떤 인생을 살면 저렇게 사람과 눈 맞추는 것도 힘들어하게 되는지, 윤서경은 궁금했다. 처음 이유온을 본 순간부터 그렇게 생각했던 것 같다.

"……."

눈을 가늘게 뜬 채 무언가 생각하던 윤서경은 코트를 다시 집어 들었다.

"대표님?"

"C호텔로 가지."

갑작스런 말이었지만 이한영은 부언하지 않고 곧바로 차를 준비시켰다. 혹시 도착하기 전에 돌아가려 하면 막으라고 그 근처의 경호원들에게 지시해 두었으나, 지시가 무색하게 이유건은 계속 자리를 지키고 있었다.

윤서경은 라운지 안에 드문드문 있는 사람들이 저를 흘끔대는 걸 무시하고 안으로 들어갔다. 업무를 보고 있었는지 손에 서류를

든 이유건이 인기척에 고개를 들었다가 눈을 크게 떴다. 윤서경은
앉으라는 말도 나오기 전에 이유건의 맞은편에 앉았다.

"이렇게 얼굴을 보는군요, 윤 대표."

"반갑습니다. 내 호텔에 왔던 날 후로 처음이죠?"

윤서경의 목소리에는 반가움은 고사하고 결혼할 사람의 본가
식구를 대하는 일말의 예의조차 없었다. 철저하게 아랫사람에게
하는 태도였다. 이유건이 어처구니가 없다는 듯 헛웃음을 쳤다.

"윤 대표. 어디서 기분 상하는 일이라도 있었던 모양인데, 지금
화를 낼 사람은 윤 대표가 아니고 납니다."

"그래요? 안 좋은 일이라도 있으셨던 모양입니다."

서로 감정이 좋지 않은 두 알파는 언짢은 분위기의 페로몬을
그대로 내뿜었다. 짐승 두 마리가 서로를 쳐다보듯 아슬아슬한 공
기가 주위를 떠돌았다.

"유온이는 어떻게 하고 있습니까? 신체적으로도 정신적으로도
취약한 아이입니다. 윤 대표가 무슨 생각을 하는 건지 모르겠지
만, 이쯤 하고 돌려보내 줬으면 합니다."

"아, 취약. 확실히 그런 모양이더군요. 약이 그렇게 많은 걸
보면."

"……필요해서 가지고 있는 겁니다. 유온이의 주치의가 직접
처방한 거고요. 집안일이니 너무 간섭하지 않으면 좋겠는데요."

윤서경이 피식 웃었다.

"사람을 약물 중독으로 만드는 게 집안일이라니, 화명은 재미있
는 가풍을 가진 것 같습니다. 하지만 이제 내 집안사람이 될 거고

난 내 약혼자이자 결혼할 사람이 그 많은 약을 달고 사는 걸 원하지 않습니다."

"말조심하세요, 윤 대표."

치밀어 오르는 화에 이유건의 얼굴이 일그러졌다. 그는 그때까지 들고 있던 서류를 테이블에 던지듯 내려놓고 말했다.

"집안사람 운운하니 말씀드리겠습니다. 지금 당신이 유온이에게 하는 짓은 납치고 감금입니다. 아무리 결혼할 사이라고 해도 지금은 두 사람이 남남이고, 결혼한 뒤에 해도 범죄예요. 당장 돌려보내지 않으면 법적인 조치를 취할 겁니다."

법적인 조치라……. 윤서경은 차가운 시선으로 이유건을 보았다.

집안을 통해 혼담을 넣었다고 말하려 이유온을 만난 첫날, 그는 부어오른 뺨을 머플러와 모자로 가리고 있었다. 따뜻한 실내에서 더위에 얼굴이 발개진 채로도 그걸 벗지 않는 모습이 이상하게 보이리라는 건 생각도 못한 듯했다.

심지어 그렇게 열심히 가렸어도 뺨이 심하게 부은 게 훤히 드러났다. 윤서경은 당황했다. 손을 뻗어 코까지 덮은 머플러를 내리며 이건 뭐냐고 묻고 싶었다.

어디서 얻어맞고 온 건가 했는데 답은 꽤 쉽게 찾았다.

이유온과 친근하게 대화한 적은 없지만 몇 차례 자선 파티니 후원회 모임이니 하는 곳에서 그를 보았다. 청혼하기 바로 전에 그를 본 건 부경이 후원하는 음악 학교의 정기 발표회에서였다. 그는 형인 이유건과 함께 와 있었다.

식사 시간에 앞에 차려지는 음식을 느릿느릿 조용하게 먹던 그는 무화과가 나오자 눈을 몇 번 깜빡이더니 망설였다. 그리 길지 않은 망설임이었다. 내키지 않는 기색으로 입에 넣는 모습에 무화과를 별로 안 좋아하는 모양이라고 생각하며 보는데 얼마 안 지나 그가 손등을 쥔 채 몰래 그 위를 긁었다.

손톱 아래에서 긁힌 피부는 순식간에 새빨갛게 부풀어 올랐다. 얌전히 앉아 있던 그에게 점점 불편한 기색이 더해지더니, 결국 자리에서 조용히 일어나 어디론가 향했다.

직원에게 다가간 이유온은 목소리를 죽여 물었다.

'저, 혹시……. 알레르기 약 있을까요?'

그는 직원을 따라 의무실로 갔고, 얼마 후에 걸음을 서두르며 돌아왔다. 자리에 앉는 이유온을 향해 이유건이 인상을 찌푸린 채 어딜 다녀오는 거냐고 말했다. 이유온은 얼굴이 파래져선 죄송하다고 사과할 뿐이었다.

이때부터 이상하게 여기다, 상견례 자리에서 만났을 때 확신했다. 그날 이유온의 뺨을 때린 건 이유건이었다. 게다가 이유온은 그런 일에 익숙하다.

그래서 무작정 이유온을 데리고 나와 호텔에 두었다. 자신과 함께 나가는 이유온의 등 뒤로 이유건이 한 마디를 던졌다. 그 말에 새파 래지는 그의 얼굴을 보며 돌려보내지 말아야겠다고 생각했다.

생각해 보면 이유건이 말한 대로 감금이라 받아들일 수 있다. 그러나 이유온을 가족에게 보내선 안 된다는 생각이 막연히 들 었다.

이유건이 호텔에 찾아와 거의 난동에 가깝게 소란을 피웠을 때 그 생각은 더 굳어졌다. 윤서경이 나타나자 정신이 들었는지 짐짓 점잖은 척 이유온의 약을 가져다주러 왔다고 말하긴 했지만.

그가 가지고 온 약의 양을 보고 어지간한 윤서경도 놀랐다. 고맙다고 말하며 받아 드는 이유온의 모습은 더더욱 놀라웠다. 이유온이 그런 성격이 된 것에 이 남자는 상당 부분 일조했을 터다.

"감금이라니, 누가 들으면 오해하겠습니다. 유온 씨는 결혼 준비를 하면서 내 호텔에 머물고 있을 뿐입니다."

"유온이의 의사를 무시하고요?"

"글쎄요. 유온 씨는 싫다고 말하지 않던데요."

"원래 그런 말을 잘 못 하는 애입니다. 직접 만나야겠으니, 유온이를 여기로 보내 주시죠."

윤서경이 전혀 호의적이지 않은 웃음을 지었다.

"좋습니다. 단, 내가 동석해야 합니다."

"윤 대표."

"어차피 결혼식에서 만나게 될 텐데 왜 그렇게 조급해하시는지 모르겠군요."

"그 애는 내 동생이라고!"

이유건의 목소리가 대번에 커졌다. 라운지에 있던 다른 사람들이 놀라 그들에게 고개를 돌렸다. 몸을 거의 일으키다시피 한 이유건은 시선을 깨닫곤 이를 악물며 자리에 앉았다.

윤서경은 조금 떨어진 곳에 있던 이한영에게 눈짓했다. 부경의 삼남이 결혼 상대의 형과 얼굴을 붉히며 싸우더라는 이야기가 밖으로 퍼져서야 곤란했다.

"윤 대표의 약혼자이기 이전에 우리 집안사람이고, 내 동생입니다."

"소유권이라도 주장하는 말로 들립니다."

"왜곡하지 말아요. 난 유온이를 걱정하고 있을 뿐입니다."

"유온 씨는 아주 잘 있습니다. 만약에 유온 씨가 원한다면 차 마실 자리라도 마련하도록 하죠. 그러니 무작정 이 근처를 맴도는 건 자제해 주시겠습니까."

오늘 갑자기 이유건이 맞은편 호텔 라운지에 나타났다는 보고를 들었다. 혹시 몰라서 호텔 근처에 배치한 경호원의 보고였다. 공교롭게도 이 근처에서 약속이 있는 것으론 보이지 않았다.

그는 혼자 라운지에 앉아 있었다. 무슨 꿍꿍이로 그런 건지 알 수 없지만, 이유온을 찾아온 건 분명했다.

그가 있는 호텔도 아니고 맞은편 라운지에 있는 걸 보면 어떻게 연락을 한 건지도 몰랐다. 그래서 과한 짓이 아닐까 생각하면서도 이유온을 곧바로 호텔에서 먼 곳으로 데리고 나왔다.

중간에 심하게 피곤해 보이기에 다시 방에 데려다 둔 후 확인하니 이유건은 여전히 같은 자리에 있었다. 벌써 몇 시간째. 해서, 직접 만나러 온 것이다.

"그렇게 할 정도로 유온이를 걱정하는 거란 생각은 안 드십니까?"

윤서경은 말없이 웃었다. 무표정보다 차갑게 보이는 웃음이었다. 이유건의 태도는 전혀, 조금도, 걱정하는 것으로 보이지 않았다. 웃음으로 대신한 대답이 더욱 신경을 거슬렀는지 이유건이 이를 악물었다.

"……좋습니다. 자리를 마련해요. 유온이는 절대 싫다고 안 할 겁니다."

"그럴까요."

"내 동생이니 내가 제일 잘 압니다. 만약 유온이가 거절한다면 결혼식까지 아무 말 없이 기다리겠습니다."

"그래요. 그럼……."

윤서경은 가볍게 턱짓했다.

"이만 돌아가 주시죠. 부경과 가족이 될 분이 서울 한복판에서 수상하게 어슬렁거린다는 말을 듣는 건 원치 않으니까요."

"……."

얼굴이 시뻘게질 정도로 화가 난 이유건이었으나 여기서 어찌 할 방법은 없었다. 그는 거칠게 제 짐을 챙겨 라운지를 빠져나갔다. 이미 이한영이 라운지의 다른 사람들도 모두 내보낸 뒤였다. 홀로 남은 라운지에서 윤서경은 미간을 희미하게 찌푸리곤 페로몬을 거두어들였다. 순간 절제도 모르고 쏟아냈던 체향은 상대 알파의 향을 짓누르고도 화가 가라앉지 않아 씨근대듯 일렁거렸다.

이유온을 주눅 든 성격으로 만들고, 손찌검도 서슴지 않는 형.

분명 화가 날 일이긴 했다. 그러나 왜 이렇게까지……, 기회가 된다면 죽이고 싶다는 생각까지 드는 건지는 모를 일이었다.

* * *

이유온이 윤서경을 처음 만난 것은 어느 선박 회사의 진수식에

서였다. 아버지가 유온을 혼자 보낸 만큼, 그렇게 의미 있는 행사
는 아니었다.

윤서경의 방문은 예상치 못한 이벤트였다. 그는 유온은 TV에서
밖에 본 적 없는 유력 정치인과 동반해서 진수식에 깜짝 방문했다.

구석에 조용히 서 있던 유온은 지루한 얼굴로 대충 셔터를 누
르던 기자들이 안색을 바꾸고 뛰어가는 모습에 그가 왔다는 걸
알았다. 윤서경이래. 윤서경이 여길 왜 와? 사람들이 저마다 수군
거렸다.

조용하던 행사의 분위기가 단숨에 끓어올랐다. 유온은 오가는
들뜬 말소리들을 피해 더욱 눈에 안 띄는 곳으로 숨었다. 흥분한
누군가가 말이라도 걸까 봐 걱정이었다.

원래는 기자가 한둘씩 빠지기 시작하면 돌아와도 좋다고 아버
지가 말했다. 하지만 윤서경의 등장으로 기자의 수는 두 배, 세 배
로 쑥쑥 불어났다. 유온은 이 갑작스러운 귀빈의 등장이 별로 반
갑지 않았다.

한순간 출입구 쪽으로 사람이 몰려 텅 빈 것 같아졌던 홀은 곧
엄청나게 붐비기 시작했다.

윤서경은 그야말로 유명인이었다. 부경그룹 회장의 셋째 아들
로 유력한 후계자 후보였고, 얼굴은 여느 배우보다 근사했다. 유
온도 TV에서 그를 볼 때마다 세상엔 저런 사람도 존재하는구나,
신기하게 생각했었다. 자신과는 태생부터 다른 사람이었다.

또한 그는 부모님이 작은형 이유연의 혼처로 가장 바라는 상대
이기도 했다. 이유연 역시 윤서경과 결혼하고 싶어 했다. 그 같은

알파에게 호감을 느끼지 않을 오메가가 있을까 싶었지만 유온은 TV 속 윤서경에 대해 깊게 생각해 본 적이 없었다. 까마득한 재벌의 중심인물이자 작은형의 결혼 상대. 유온에게는 너무 먼 세계의 사람이었다.

그런데 그날, 유온과 윤서경의 세계가 맞닿았다.

아주 짧은 순간이었다. 눈에 띄지 않는 벽 쪽에 서 있을 생각이었는데, 인파를 휘감은 윤서경이 유온이 있는 방향으로 왔다. 사람이 더 몰리기 전에 도망치려 했으나 이미 눈앞이 복잡했다.

기자들 틈을 헤치고 빠져나가려 했을 때였다. 카메라를 머리 위로 든 채 정신없이 윤서경을 찍던 기자 한 사람이 불쑥 가까이 다가왔다.

유온은 저도 모르게 손등을 코끝에 댔다. 기자는 알파였고, 갑작스러운 기삿거리에 흥분했는지 텁텁한 페로몬이 흘러나왔다. 체향이라는 게 다 그렇듯이 평소엔 잠잠하다가 어느 순간 확 느껴지곤 했다. 유온은 타인의 그런 향에 민감한 편이었다. 이렇게 갑자기 덮쳐 온 향을 맡으면 순식간에 머리가 아파지거나 속이 뒤집힐 정도로.

안 그래도 어색한 자리에서 긴장한 채 있느라 컨디션이 좋지 않았기에 고역이었다. 순식간에 얼굴이 하얗게 질렸다.

메스꺼움까지 느끼며 나갈 길을 찾았다. 급히 움직이려 하니 더욱 어디로 가야 할지 알 수 없었다. 사람이 너무 많고 그 기자를 시작으로 하여 이젠 온갖 체향이 뒤섞여 느껴졌다.

여기서 쓰러지면 얼마나 혼날까. 기자들이 어떻게 행동하는지 유온은 잘 알고 있었다. 유온이 쓰러진다면 우선 사진부터 찍을 것이다. 아버지도 형도 그런 멍청한 꼴을 용서할 리 없었다.

울 것 같은 걸 겨우 버티며 서 있는데, 등 뒤로 커다란 손바닥이 와서 닿았다. 동시에 주위를 불쾌하게 채우던 향을 밀어내며 은은한 체향이 번졌다. 막혔던 숨통이 트이는 것 같았다.

'나가고 싶으면 이쪽으로 가면 됩니다.'

나지막한 목소리가 머리 바로 위에서 들렸다. 향수 냄새가 조금 섞인 체향이 온몸을 감쌌다. 윤서경이 제 등에 손을 얹은 채 사람들을 등지고 서 있었다. 타인의 체향을 좋다고 생각해 본 건 처음이었다.

윤서경이 몸을 돌리던 짧은 한순간. 유온은 빠르게 주위를 살피고, 자신이 잠깐의 사각지대에 있다는 걸 깨달았다. 머뭇거리면 이 모습이 기자들의 눈에 띄고 만다.

바로 곁에 유온이 선 자리에선 발견하지 못했던 통로가 있었다. 곧바로 그리로 걸음을 옮긴 유온은 자신보다 한참 시선이 높이 있는 윤서경을 향해 작게 인사하곤 도망치듯 자리를 빠져나왔다.

번잡한 행사장을 나온 유온은 미지근한 바닷바람 속에서 한숨을 쉬었다. 그늘진 벽에 기대서자 등부터 서늘한 감각이 퍼졌다.

'…….'

손이 닿았다……. 같은 세상에 살고 있는 사람이 맞긴 하구나. 유온은 천천히 그 자리에 주저앉았다. 몇 시간 동안 행사장에서 느끼던 불편함이 씻은 듯 사라지고, 낯설고 달콤한 감각만 남았다. 머리는 멍하고 몸은 둥둥 떠 있는 것 같았다.

잠깐이었지만 코앞에서 윤서경을 보았다. 그렇게 가까이서 보자 잘생겼다는 말을 넘어 비현실적인 사람이었다. TV에서는 차갑고 무서운 인상이었는데, 그렇게까지 냉랭하게 보이지도 않았다. 한순간 흠뻑 뒤집어쓴 체향 때문에 그렇게 느껴졌는지도 모른다.

등에 잠시 닿았던 손은 친절하고 정중하고, 사심이 없었다. 눈을 깜빡이는 시간 동안 유온은 수없이 많은 생각을 했다. 그 손이 자신의 등을 제대로 감싸 안으면 얼마나 따뜻할까, 라는 헛된 생각이었다.

인사하며 잠시 눈이 마주쳤다. 그때 저도 모르게 웃음을 짓고 말았다. 이상한 사람으로 보였을 것이다. 유온은 그대로 소금기 어린 바람이 부는 항구의 구석에서 윤서경의 잔향이 사라질 때까지 가만히 앉아 있었다.

유온은 작은 부품을 자리에 맞춰 넣으려다 멈칫했다. 절반쯤 만든 대성당을 내려다보다가 문득 이상한 기분을 느꼈다.

그때 유온이 탁한 바닷물 냄새 때문에 점점 흐려지는 윤서경의 체향을 좇으며 한 생각은, '조금만 더 이 향을 맡을 수 있으면 좋을 텐데'였다.

그런데 지금은 그의 체향이 느껴지는 공간에 있었다. 그가 이따금 찾아오고, 결혼 예물을 함께 골랐고, 결혼식장을 보고 왔다.

어떻게 자신에게 이런 일이 일어나는지 그저 신기할 뿐이었다.

윤서경과 결혼을 준비하는 건 두 번째였다. 하지만 첫 번째로 준비할 땐 이런 일이 없었다. 윤서경이 한 차례 의견을 주고 유온이 그중에서 형과 상의해 선택하는 식이었다. 그나마도 최종 결정은 형이 했다.

유온은 도톰한 부품을 다시 쥐고 조심조심 제자리에 집어넣었다. 하지만 복잡한 생각이 스며들기라도 한 것처럼 돌 벽이 잘못 끼워져 모양이 이상해지고 말았다. 다시 빼내려고 하면 부러질 것 같고, 이대로 두자니 벽이 찌그러져 아무리 보아도 잘못 만든 티가 났다.

"……"

설명서대로 맞춰 넣을 뿐인 퍼즐 하나 제대로 만들지 못한다. 유온의 시선이 책꽂이로 향했다. 가장 아래 칸에 아크릴 케이스 하나가 어색하게 들어가 있었다. 청소하는 직원이 케이스를 가지고 와서 첨탑이 부러진 고성을 넣어 둔 것이었다.

'이건 어디에 놓아둘까요?'

친절하게 묻는 말에 유온은 우물쭈물 대답을 하지 못했다. 벌써 케이스에 넣어온 걸, 망쳐서 버리려고 했다고 말할 수가 없었다.

'아, 혹시 아직 만들던 중이셨나요? 대표님이 완성한 것 같다고 말씀하셔서……. 그렇다면 죄송합니다.'

'아니에요! 아, 다 만든 거 맞아요. 저한테 주시면, 제가 적당한 곳에 둘게요.'

그제야 윤서경이 부품을 보며 마저 만들 거냐고 물었던 게 떠올랐다. 아니라는 말을 그는 완성이라는 뜻으로 알아들은 듯했다.

일부러 케이스를 가지고 온 게 윤서경의 지시든 직원의 친절이든 묘하게 칭찬을 받은 기분이었다. 그래서 지금도 또 이렇게 앉아서 새로운 도안을 따라 만들고 있다.

또 망쳤고.

가만히 어설픈 성당을 내려다보던 유온은 손에 힘을 주어 그것을 툭툭 부수고, 부품 틀과 함께 테이블 위에 잘 정리해서 쌓아 놓았다. 더는 안 할 거라고 말하는 것처럼.

혼자서 너무 들떴다. 7살 아이가 만든 것보다 어설픈 모형인데도 케이스에까지 담아 준 게 기뻐서, 꼭 칭찬을 반복해 조르는 듯한 일을 하고 있었다. 자신은 이런 게 문제였다. 한 번 칭찬을 해 주면 기어올라 한도 끝도 없이 바란다. 이것 때문에 형에게 혼난 게 몇 번인데 고칠 줄을 몰랐다.

좋은 건 너무 빨리 익숙해진다. 익숙해진 후에 손을 떠나가면 상실감은 말할 수 없이 크고 아쉽고 오래도록 미련이 남았다. 마치 윤서경을 처음 본 순간 느낀 설렘에 아직까지도 빠진 채 헤어 나오지 못하는 것처럼.

몇 년의 결혼 생활 동안 그 감정은 변하지 않았다. 심지어 지금까지도 이어진다. 다만 윤서경의 마음이, 처음엔 그나마 친절하던 태도가 처음 만난 날 그의 체향처럼 점점 유온을 떠나갔을 뿐이다. 자신은 그날 맡은 항구 구석의 비린내였다. 서늘하고 기분 좋은 향을 밀어내고야 마는 악취.

유온은 두 손으로 뺨을 괸 채 고개를 숙이고 작게 중얼거렸다.

"서경 씨."

입 밖에 내는 것만으로 가슴이 간질간질해지는 이름을.

"네."

"······!"

머리 위에서 갑자기 들린 목소리에 유온은 놀라서 거의 나동그라지다시피 했다. 테이블 위의 물건이 죄다 바닥으로 떨어져 이리저리 굴러갔다.

물에 빠지기라도 한 것처럼 휘청거리다 테이블에 머리를 부딪칠 뻔했으나, 그 직전에 몸이 위로 휙 끌어 올려졌다. 눈을 깜빡이자 소파 위에 앉아 있었다.

잠깐 사이 꿈이라도 꿨나, 하기엔 방금 자신이 소란을 피운 흔적이 그대로 남아 있었다. 부품과 모형 조각이 테이블 위는 물론이고 바닥에까지 쏟아져 굴러다녔다. 당황한 유온이 다시 테이블로 다가갔다.

"지, 지금 치울게요. 죄송해요."

"됐습니다. 일어나요."

"죄송해요……."

"이유온 씨."

제 이름을 부르는 목소리에 유온은 어디로든 몸을 웅크려 도망치고 싶어졌다. 윤서경이 자신을 저렇게 낮은 목소리로 부를 때, 한 번도 좋았던 기억이 없다.

코끝이 시큰하고 눈은 빨갛게 뜨거워졌다. 유온은 눈을 크게 떴다가 깜빡이며 눈물이 나오려는 걸 참았다. 눈물을 참는 건 자신이 있었다.

"전부터 궁금했습니다."

"네……."

"대체 뭐가 그렇게 죄송합니까?"

윤서경의 질문은 이상했다. 죄송하다는 말과 감사하다는 말은 아무리 해도 부족한 거라고 항상 배웠다. 잘못을 하면 죄송하다고 하고, 상대가 무언가 해 주면 감사하다고 말한다.

가뜩이나 유온은 다른 사람 앞에서 말을 우물거리고 제대로 못 하는지라 인사나마 똑바로 잘 하게 되었을 때 형에게 드문 칭찬을 받았을 정도였다. 그리고 지금은 자신이 잘못을 한 상황이었다. 당연히 사과가 필요했다.

말끔하던 방을 지저분하게 했고 또 칭찬을 바라듯이 모자란 솜씨로 모형이나 만들고 있고. 큰형이나 작은형이 보았다면 무슨 말을 들었을지 몰랐다.

"제가 잘못했으니까 사과를 해야……."

"뭘."

순간 체향이 훅 가까워졌다. 윤서경의 몸이 손을 대면 닿을 거리에 있었다. 유온은 놀라서 몸을 잔뜩 움츠렸다. 갑작스런 접근은 대체로 매가 따라왔다. 숨을 삼킨 유온이 날아들 충격을 각오하며 눈을 질끈 감았다. 몸이 부들부들 떨리고 있었다.

"당신이 뭘 잘못했어요."

"이, 이거요. 이제 안 할게요. 어질러서 죄송해요."

"……하라고 가져다준 겁니다. 멋대로 케이스에 넣어서 화가 났습니까?"

기다려도 그가 뺨을 때리거나 머리채를 휘어잡지 않자 유온은 조금씩 고개를 들었다. 화가 나다니, 당치 않았다. 유온은 절레절레 머리를 흔들곤 말했다.

"아니에요. 아, 저기 둔 건 어디에 둬도 이상한 것 같아서…….
죄송…….."

죄송하다고 말하려다 윤서경이 더 화를 낼 것 같아 급히 입을
다물었다. 부피까지 큰 쓰레기를 부숴서 버리면 될 걸 저렇게 장
식까지 해 준 건 그의 호의일 텐데, 그런 호의에 이런 반응밖에
할 줄 모르니 그도 답답할 것이다.

하지만 적어도 지금 당장 때릴 것 같진 않았다. 유온은 그 사실
하나에는 마음을 놓았으나 여전히 이 분위기가 거북해서 어쩔 줄
몰랐다. 입술만 달싹이고 있는데 다행히도 윤서경이 먼저 등을 돌
렸다.

추궁 아닌 추궁에서 벗어난 건 좋은데, 이대로 윤서경이 나가
버리는 것도 불안했다. 하지만 윤서경은 거실을 가로질러 나가는
대신 한 번도 사용한 적 없는 창가 티 테이블로 향했다.

"와서 앉아요."

"네……."

얼른 그리로 다가와 앉았다. 윤서경은 휴대폰을 잠시 만지더니
그것을 내려놓고, 고개를 비스듬히 한 채 유온을 보았다. 시선이
불편했다. 윤서경을 똑같이 마주 볼 수도 없었다. 유온은 시선을
돌려 밤의 어둠에 까맣게 가라앉은 유리창을 통해 윤서경을 훔쳐
보았다.

얼마 후 노크하는 소리가 들리더니 직원이 안으로 들어왔다. 손에
든 쟁반에 차와 삼단 트레이, 포션 잼과 버터 같은 게 있었다.

이곳에서 먹는 음식이 다 그랬지만 삼단 트레이의 접시에 놓인

샌드위치와 푸딩, 케이크는 보석으로 만들어 놓은 것처럼 예쁘고 반짝거렸다. 작은 장식 하나하나에서 겨울 느낌이 물씬 들었다.

"양은 일부러 적게 준비하라고 했습니다. 저녁을 먹었다고 해서."

유온은 네, 하며 고개를 끄덕였다. 직원은 테이블에 티 세트를 세팅해 둔 뒤 돌아갔다. 윤서경은 트레이에서 가장 아래에 있는 접시를 직접 꺼내 유온 앞에 놓았다.

각각 재료가 다른 샌드위치는 손가락 한두 마디 크기 정도로 작고 한 입에 넣을 수 있을 만큼 얇았다. 다른 디저트도 모두 마찬가지였다. 이렇게 작은데 예쁘게, 재료를 많이 써서 만들 수 있다는 게 신기할 정도였다.

윤서경은 차까지 직접 따라 주었다. 황송하기까지 했다. 꾸벅꾸벅 감사하다고 인사한 뒤 유온은 샌드위치 하나를 입에 넣었다. 부드럽게 녹는 연어와 빵을 금방 삼킨 뒤, 그제야 윤서경을 보았다.

그는 언제나 짓는 무표정한 얼굴로 유온을 쳐다보고 있었다.

"이유온 씨."

"네……."

"앞으로 죄송하다는 말은 안 했으면 합니다."

"……."

아무리 윤서경이 하는 말이라도 이건 조금 받아들이기 어려웠다. 사람은 죄송하다는 말을 하지 않고 살 수 없다.

"나한테도, 다른 사람한테도. 호텔 직원에게도 하지 말아요. 여기서 당신은 무슨 짓을 하든, 누구한테도 죄송하다면서 고개를 숙이지 않아도 되는 귀한 사람입니다."

"하지만 저는……, 그, 그건 이상한 것 같아요. 저는 실수도 너무 많이 하고, 폐도 많이 끼치고, 그리고 사, 사과는 사람이 꼭 해야 하는…….."

"앞으로 죄송하다고 한 번 말할 때마다 호텔 직원이랑 5분 동안 대화하세요."

"……."

유온은 정말로, 아주 오랜만에 억울하다는 기분을 느꼈다. 유온의 도덕적 기준에서 사과하지 않는 사람은 아주 안 좋은 부류였다. 하지만 직원과 5분 동안 대화하라니 유온에게는 고문이었다. 불합리하다고 생각하는 유온을 알면서도 윤서경은 그 문제를 훌쩍 넘어가 버렸다.

"궁금한 거 있습니까?"

"……궁금한 거요?"

화제가 너무 다른 곳으로 튀었다. 유온은 이게 방금까지 하던 말의 연장인지 아닌지 고민했다.

"나한테 궁금한 것 말입니다. 아니면 주위 상황에 대한 것도 좋고."

"……."

궁금한 것이라……. 당장 떠오르는 게 없었다. 묻고 싶은 게 없는 건 아니었다. 오히려 너무 많아서 무엇을 물어야 할지 모르겠는 상태였다.

유온이 침묵하는 동안 윤서경은 차를 마시며 기다렸다. 두어 모금 마신 후에도 유온의 입이 열리지 않자 그는 찻잔을 내려놓았다.

"그럼 내가 묻죠."

유온은 고개를 끄덕였다.

"여기서 먹는 음식은 입에 맞습니까?"

"네? 네……, 맛있어요. 이것도 맛있고요."

"침실은 편합니까?"

샌드위치 접시를 만지작거리며 유온은 다시 고개를 끄덕였다.

"여기서 지내는 건 괜찮아요?"

"네……. 좋아요. 정말요."

"나랑 결혼하는 건?"

그건 말할 것도 없었다. 유온은 간절하기까지 한 눈으로 윤서경을 보며 빠르게 고개를 끄덕였다. 순하게 처진 눈이 젖은 듯 반짝거렸다. 기쁨에 저도 모르게 체향을 흘릴 뻔해서 간신히 붙잡았다.

"좋아요. 저, 전 정말 좋아요. 저는……."

"그래요."

"전, 아."

유온은 제 목소리가 순간 무척 높아졌다는 걸 알고 얼른 입을 다물었다.

"시끄럽게 해서 죄송……."

"5분."

"……."

또다시 조금 억울해졌다. 평소라면 이쯤에서 대체로 체했을 텐데, 신기하게도 두 번째 샌드위치로 손이 갔다. 달걀 샌드위치를 완전히 삼킨 후 차를 마셨다. 차는 약간 특이한 맛이었다.

가지런히 놓여 있던 샌드위치 세 개가 사라지자 윤서경은 두 번째 접시를 내려놓았다. 케이크 종류로, 역시 한 입에 넣을 수 있는 작은 것들이었다.

"맛은 어때요."

"마, 맛있어요."

호박 타르트를 막 입에 넣었던 유온은 그걸 급하게 삼키고 대답했다.

"모레부터 라운지에서 판매될 티 세트입니다. 정식으로는 이유온 씨가 가장 먼저 먹는 거고. 차도 시즌에 맞춰 블렌딩한 겁니다."

"네……."

"케이크 좋아합니까?"

"네."

"그럼 우리 호텔에서 앞으로 판매될 디저트는 전부 당신이 제일 처음 먹어 보게 될 겁니다."

"왜, 요……?"

윤서경은 당연한 일을 말하듯 담담하게 대답했다.

"당신이 내 배우자인데, 케이크를 좋아하니까요."

"……."

목 안쪽이 간질거리는 느낌이 들었다. 유온은 조용히 찻잔을 들어서 연달아 몇 모금 마셨다. 아직 조금 뜨거웠지만 그걸 느끼지도 못할 정도였다. 간질거림은 가슴 속에서 따뜻한 찻물에 녹듯이 퍼졌다. 폭신한 솜 속에 들어와 있는 기분이었다.

유온의 머릿속에 조금 전 윤서경이 궁금한 걸 물었을 때 하지 못한 물음이 떠올랐다.

제가 싫지 않으세요?

저와 결혼하는 게 싫지 않으세요?

정말로, 저와 같이 살아 주실 건가요?

……언제까지?

"천천히 먹어요. 배부르면 억지로 다 먹지 않아도 됩니다. 남긴 건 내일 다시 가지고 오게 할 테니까. 더 먹고 싶은 게 있으면 말하고."

평소와 똑같이 서늘한 목소리였다. 그런데 유온의 귀에는 다정하게 들렸다.

주제 파악도 못 하는 멍청이……. 녹아 버릴 걸 알면서 눈송이가 너무 예뻐 손바닥을 펼치는 것과 똑같았다. 하늘하늘 예쁘게 내리던 눈은 손에 떨어지자마자 차가움만 남기고 작은 물기가 되어 사라진다.

"감사합니다……."

중얼거리며 윤서경을 보았다. 설마 감사하다는 말도 못하게 하는 건가 싶어 슬쩍 눈치를 봤지만, 그렇게까진 하지 않는 듯했다.

"그리고 한 가지 더."

"네."

"같이 당신 가족을 좀 만나야 할 것 같습니다."

"……."

갑자기 입 안의 달콤함이 싹 물러가는 것 같았다. 형의 메일이 떠올랐다. 유온은 윤서경이 밖에 나가지 못하게 한다는 걸 이유로 11시에서 12시를 방에서 서성거리며 흘려보냈다.

형을 기다리게 하고 있을 테니 당장 나가야 한다는 생각을 했다. 형에게 잘못했다고 사과해야 했다. 죄책감을 해소하기 어려웠다. 하지만 역시 만나는 게 무서운 건 사실이었다. 그런 두려움에, 윤서경이 밖에 나가지 못하게 한다는 건 좋은 핑계였다.

신기한 것은 핑계 뒤에 숨은 자신의 마음이었다. 형은 다정할 땐 다정하지만 혼낼 일이 있으면 엄격한 사람이다. 이대로 영영 만나지 않을 수도 없는데. 회피한다 해도 언젠가는 형의 손에 창고로 끌려 들어갈 터였다.

그런 걸 생각하면 불안에 몸이 떨려야 할 텐데, 묘하게도 형이 기다리는 그 시간이 되면 약간 초조해지는 것에 그쳤다. 심지어는 잊고 있을 때마저 있었다. 조금 전처럼.

"어차피 결혼식 전에 한 번은 만나야 했습니다. 내가 당신을 막무가내로 데리고 와 여기에 가둬 두고 있는 건 사실이니까요."

"가, 가둬 두셨다는 생각 안 해요."

진심이었는데, 윤서경은 유온을 흘끗 보더니 짧게 한숨을 내쉬었다.

"싫습니까?"

"네……?"

"싫으면 싫다고 말해요."

유온은 고개를 가로저었다. 무서워도 가족이다. 유온을 걱정하고 있었다. 오히려 이 기회에 윤서경이 있는 자리에서 형과 이야기할 수 있으니 다행이라는 생각마저 들었다. 형에게 얻어맞을 걱정 없이 자초지종을 설명할 수 있을 테니까.

윤서경의 뒤에 숨지 않으면 가족에게 사과하러 가기도 어려운 자신의 한심함에 한숨이 나왔지만, 역시 좋은 기회다.

"싫지 않아요."

그 대답에 윤서경이 눈을 가늘게 떴다.

* * *

신년이었다. 명절에 유온의 가족들은 여행을 갈 예정이었기에, 그에 앞서 집으로 인사를 드리러 갔다. 결혼한 후 처음으로 맞는 새해는 그다지 들뜨지 않았다. 크리스마스도 마찬가지였다. 윤서경은 아예 집에 돌아오지도 않았다.

유온의 집으로 가는 동안 차 안에는 아무런 말도 없었다. 윤서경은 묵묵히 일을 했고, 조금 떨어져 앉은 유온은 창밖을 보는 척 멍하니 있었다. 윤서경의 차가 작았다면 좋았을 텐데, 하는 생각을 했다. 그러면 조금이라도 가까이 있을 수 있었을 테니.

집에서 본가로 오는 길은 늘 그렇듯 야속할 정도로 가까웠다. 두 사람이 집에 들어서자 가족들은 현관까지 나와서 반갑게 맞아주었다.

'유온아! 왜 이렇게 오랜만에 왔어.'

이유연이 그렇게 말하며 유온을 끌어안았다. 그는 쾌활한 성격답게 상큼하고 기분 좋은 냄새를 가지고 있었다. 같이 살 때도 가끔 느끼던 그 향을 다시 맡자 약간의 부러움과 반가움, 또 약간의 두려움이 일렁거렸다.

'어서 와라. 식사 전이지?'

아버지도 평소보다 부드러운 표정으로 둘을 맞았다. 현관에서부터 음식 냄새가 나더니, 주방에 가자 정말 식탁에 자리가 없을 정도로 음식이 차려져 있었다.

'어머니가 오늘 아침부터 준비하셨어.'

'얘는, 그런 말은 왜 하니. 두 사람 부담스럽게.'

어머니는 가사 도우미 두 사람과 함께 앞치마를 두르고 있었다.

'자주 찾아뵙지 못해서 죄송합니다.'

'하하, 무슨 소리인가. 바쁜 사람이 어디 그렇게 자주 다닐 시간이 있겠어. 자, 빨리 앉게. 유온이 너도 앉아라.'

'여기 앉아, 유온아.'

이유연이 자기 옆자리를 두드렸다. 윤서경이 상석에 앉은 아버지의 오른편에 앉고 유온이 그 옆, 이유연은 유온의 옆이었다. 맞은편에 어머니와 이유건이 순서대로 앉았기에 유온은 그와 마주보게 되었다.

고개를 들었다가 이유건과 눈이 마주쳤다. 그는 다정한 웃음을 지었다. 음식이 대부분 기름져서 안 그래도 거북했는데, 이유연이 옆에서 자꾸만 유온이 별로 좋아하지 않는 음식을 집어 접시에 놓아주었다.

'유연이가 저렇게 잘 챙겨 준다니까. 유온이 만난 게 그렇게 좋니?'

새우튀김 두 개를 겨우 먹었는데 이유연이 두 개를 더 집어 유온의 접시에 놓았다. 그러며 어머니의 말에 생글생글 웃었다.

'당연하지. 유온아, 엄마 음식 먹고 싶었지? 많이 먹어.'

'네…… 감사합니다. 형도 드세요.'

'응. 너 먹는 거 보고 먹을게.'

이유연이 웃는 모습에 유온은 억지로 새우튀김을 입에 넣었다. 튀김옷의 기름과 함께 느끼한 맛이 입 안에 퍼졌다. 다 씹고도 목으로 넘어가지 않아서 물을 마셔야 했다. 오늘따라 왜 이렇게 잘해 주는지, 이유연은 이번엔 두툼하게 부친 녹두전을 접시에 놓았다.

'혀, 형, 저…….'

'응. 왜?'

'저 점심을 조금 늦게 먹었어요.'

'정말? 말을 하지. 미안. 체하겠다, 먹지 마.'

접시를 얼른 거둬 가고 가사 도우미에게 새 접시를 달라고 하는 이유연의 모습에 안도했다. 하지만 이미 속이 메슥거리기 시작했고, 고개를 들었다가 짧게 이유건과 눈이 마주치자 더더욱 소화를 시킬 수 없어졌다. 이유건의 눈빛에 책망이 조금 담겨 있었기 때문이다.

칙칙하진 않지만 화기애애하지도 않은 분위기 속에서 식사를 마치고 거실로 나왔다. 과일과 차를 앞에 두고 오가는 이야기에 유온은 전혀 집중할 수 없었다.

'이유온. 유온아?'

'아……. 네, 형.'

'잠깐 방에 올라가자.'

이유건이 유온을 불렀다. 유온은 무심코 윤서경을 보았고, 그는 방해하지 않겠다는 듯 유온을 한 번 보았다가 시선을 돌렸다. 유온은 자리에서 일어나서 이미 계단 가까이 간 이유건을 따라갔다.

방의 문을 닫은 순간 유온은 멈칫했다. 이유건이 차가운 눈빛으로 자신을 내려다보고 있었다. 순간 속이 크게 울렁거렸다. 유온은 재빨리 두 손으로 입을 가리며 이유건에게 말했다.

'형, 잠시만……, 저 토할 것 같아요…….'

이유건은 인상을 찌푸렸지만 유온을 욕실로 데리고 들어가 토하는 내내 등을 두드려 주었다. 기진맥진했지만 먹은 걸 토해 내자 몸 상태가 조금 나아졌다. 입 안과 얼굴, 손까지 깨끗하게 씻은 후 몸을 일으켰다.

그동안 욕실 문에 기대서 서 있던 이유건은 유온이 가까이 다가오자 손을 뻗었다. 유온의 몸이 잔뜩 굳었다. 이유건의 우악스러운 손이 유온의 머리카락을 움켜쥐고 앞으로 잡아끌었다. 벌벌 떨리는 몸이 무력하게 끌려갔다.

머리채를 잡힌 채 침대까지 끌려온 유온은 그대로 베개에 얼굴이 처박혔다. 푹신한 베개가 푹 꺼질 정도로 깊게 얼굴을 눌리자 숨이 막혀 왔다. 유온은 반사적으로 버둥거렸다. 유온을 죽도록 괴롭게 하면서도 흔적은 전혀 남지 않는 체벌 방식이었다.

얼굴을 짓눌렀다가 떼고, 또 짓누르길 몇 번 반복하던 이유건이 말했다.

'유온아, 형이 다른 사람 앞에서 어떻게 하라고 했지?'

'흑……, 똑바로, 답답하게 굴지 말라고……, 멍청한 짓 하지 말라고…….'

'그래. 잘 아네. 그런데 왜 그걸 못 해서 유연이를 민망하게 만들어? 점심을 늦게 먹었으면 식사 전에 그렇게 말했어야지. 너 챙겨 준 유연이, 음식 만드신 어머니랑 아주머니들 생각을 왜 못 해.'

'……잘못했어요…….'

형의 말이 맞았다. 속이 안 좋아서 못 먹을 것 같으면 처음부터 말하고 알아서 챙겨 먹었어야 했다. 그 말을 못 하는 버릇을 못 고쳐서 이렇게 항상 혼이 나는 것이다.

'꼭 혼나야 말을 듣지, 유온이는.'

'잘못했어요……. 안 그럴게요, 다음부터 잘할게요.'

'며칠 내로 집에 와.'

'…….'

'윤 대표랑 있는 거 피곤해 보이더라. 와서 한동안 쉬다 가.'

한순간 대답을 머뭇거렸다. 이유건은 그 망설임을 용납하지 않고 유온의 머리를 다시 베개에 짓눌렀다. 호흡을 되찾았을 때 유온은 눈물 때문에 엉망이 된 얼굴로 고개를 끄덕였다.

이유건은 유온의 머리카락을 손으로 빗겨 정돈해 준 뒤 물과 약을 가지고 왔다. 이유건이 입에 넣어 주는 대로 약을 먹고 물을 삼켰다. 그는 손수건을 물에 적셔 와 유온의 얼굴을 닦아 주었다. 눈이 조금 발간 것 말고는 방에 올라올 때와 똑같은 상태가 되었다.

'향 내보내 봐.'

'……'

유온은 조금씩 체향을 흘렸다. 평소 밖에서는 절대 향을 내지 않도록 조심했다. 윤서경 앞에서도 마찬가지였다. 이유는 단순했다. 남에게 내보일 만한 향이 아니었기 때문이다.

향을 맡은 이유건이 인상을 찌푸리며 생각에 잠겼다.

'큰일이네. 이제 결혼도 했으니까 계속 이런 상태면 안 될 텐데.'

'……'

유온은 고개를 푹 숙였다.

'형이 괜찮은 향수 구해 놓을 테니까, 앞으로 윤 대표랑 있을 때 써. 알겠지?'

'네.'

이유건은 유온의 머리를 쓰다듬었고 함께 거실로 내려왔다. 그런데 거실 분위기가 올라가기 전과는 조금 달랐다. 무슨 대화를 하고 있었는지, 도저히 신년에 가족끼리 모인 자리 같지 않았다. 게다가 두 사람이 내려오자 시선이 쏠렸다. 윤서경 또한 차가운 얼굴로 유온을 보고 있었다.

'……너무 늦게까지 있었군요. 이만 돌아가 보겠습니다.'

'우리야말로 늦은 시간까지 잡아 둬서 미안하네. 조심해서 돌아가게. 유온아, 집에 도착하면 연락하고.'

아버지의 말에 유온은 고개를 끄덕이며 순순히 대답했다. 집으로 돌아갈 때의 분위기는 올 때 이상으로 무거웠다. 분명 윤서경의 기분이 무척 상한 것 같은데, 이유를 알 수 없었다.

집에 들어가면 혹시 자신이 자리를 비운 사이 무슨 일이 있었는지, 아니면 자신이 뭔가 잘못했는지 물을 생각이었다. 그러나 윤서경은 유온을 집에 내려 주고는 아무런 말도 없이 그대로 차를 탄 채 어디론가 나가 버렸다.

첫 신년을 그렇게 보내고 이후로 윤서경과 함께 가족을 만난 일은 손에 꼽을 정도였다. 1년에 한두 번, 명절이나 가족의 생일도 대체로 걸렀기에 당연했다.

이번엔 상견례 이후 처음 만나는 것이었다. 윤서경이 왜 갑자기 가족과의 만남을 제안한 건지 알 수 없었다.

어차피 결혼식 전에 한번 봤어야 했다고 하는데, 아닌 것 같았다. 유온을 처음 방에 데리고 오던 날의 그는 평생 가족을 만나지 못하게 해도 이상하지 않을 정도였다.

지금 생각하면 그것 역시 이상하긴 하지만…….

"그쪽은 먼저 도착해 있다고 하는군요."

"아, 네."

유온은 퍼뜩 고개를 들며 대답했다. 약속 장소는 윤서경이 경영하는 체인 호텔 중 한 곳의 한식당이었다. 같은 체인이라서 직원이 돌아가며 근무하는지 주차장에서부터 익숙한 얼굴이 더러 보였다.

한식당 입구로 들어가자 직원들이 안쪽으로 두 사람을 안내했다. 평일에도 예약이 어렵다는 곳이지만 텅 빈 채였다. 직원이 안쪽 개인실의 문을 열어 주었다. 유온의 가족들은 이미 와서 앉아 있었다.

당연히 분위기는 좋지 않았다. 윤서경이 혼담을 넣었을 때 이상으로 불편하고 딱딱한 분위기가 유온을 휘감았다. 유온은 익숙하고 반갑지 않은 가족들의 태도에 겁먹은 채로 애써 웃음을 지으며 인사했다.

"그, 그동안…… 연락도 안 드려서 죄송해요."

"그래. 유온아, 얼마나 걱정했는지 아니? 이리 와 보렴."

어머니는 처음엔 굳은 표정이었으나, 유온을 보더니 조금 풀어져 손을 내밀었다. 주춤주춤 다가가자 어머니는 유온을 곁에 앉히고 얼굴을 살폈다.

"어디 아팠던 건 아니지? 휴대폰은 왜 계속 꺼져 있었어."

"아……. 충전을……, 죄송해요."

일부러 충전하지 않은 것이었지만 다른 문제가 있었던 듯이 얼버무렸다. 죄송하다는 말을 하며 유온은 저도 모르게 윤서경의 눈치를 보았다. 그는 다행히 다른 말은 없이 유온을 자기 쪽으로 다시 부를 뿐이었다. 어머니가 조금 당황했다. 그 당황을 모른 척 윤서경의 옆으로 갔다. 이유건의 시선이 느껴졌다. 어떤 표정을 하고 있을지 확인하는 게 무서웠다.

"유온아! 이리 와. 형 옆에 앉아."

이유연이 밝은 목소리로 말했다. 윤서경의 옆자리는 이유연의 옆자리이기도 했다. 늘 그렇듯 어머니의 맞은편에 윤서경이, 이유건의 맞은편에 자신이 앉는 배치였다. 원래는 차만 마실 예정이었는데 아버지의 강경한 말에 식사를 하는 것으로 바뀌었다. 유온은 언제나 그렇듯 체할 생각으로 왔다.

"우선 설명을 들어야겠네, 윤 대표."

아버지가 엄한 눈으로 윤서경을 바라보며 말했다. 윤서경은 마주 볼 뿐 큰 반응은 하지 않았다. 자신은 옆에서 이렇게 보기만 해도 무서운 눈빛인데 윤서경은 아무렇지도 않은 듯했다.

"설명할 것도 없습니다. 제가 유온 씨를 돌려보내고 싶지 않아서 데리고 있었을 뿐입니다."

"그게 이유가 되나?"

"여기 두 분이 알파시니 이해하실 거라고 생각합니다."

그 말에 아버지와 이유건이 인상을 찌푸렸다. 형질의 특성을 가지고 따지면 반박할 말이 없었다. 유온은 혹시나 누군가가 제게 사실인지 물을까 걱정하며 고개를 푹 숙였다.

윤서경이 알파로서 오메가인 자신을 곁에 붙잡아 두고 싶어 했는가, 그렇게 묻는다면 유온은 잘 모르겠다는 말밖에 할 수 없었다.

"유온아."

가장 걱정하던 순간이 왔다. 제 이름을 부르는 이유건의 목소리에 유온은 뻣뻣하게 굳은 채 그를 보았다. 이유건은 아버지와 빼닮은 엄격한 얼굴을 하고 있었다.

"네, 형."

"지금 네 뜻으로 윤 대표랑 같이 있는 게 맞니?"

"……."

"네 가족은 우리야, 유온아. 이런 상황에서 우리가 어떻게 당황을 안 하겠어. ……스스로 판단이 어려우면 도와 달라고 해야지. 세상에 너를 도와줄 사람은 가족뿐인데."

유온은 당황해서 입을 다물었다. 그가 말하는 '이런 상황'은 유온이 윤서경의 호텔에서 밖으로 나오지 않는 상황일 것이다. 이유건은 마치 윤서경이 유온을 가둬 두었고, 판단력이 약한 유온이 현실을 분간하지 못하고 있는 것처럼 말했다. 유온은 스스로의 의지로 윤서경 곁에 있는 것이었다. 몇 년 전부터 그래 왔듯, 또 앞으로 그럴 것이듯.

하지만 유온이 틀렸다고 확신하는 이유건의 말투는 늘 그렇듯이 유온을 흔들었다.

"우선 식사하시죠."

손끝만 말아 쥐고 있었을 때 윤서경이 아슬아슬하던 분위기를 깨뜨렸다. 그제야 유온은 그를 보았다. 이유건의 말은 상당히 직접적으로 윤서경을 공격하고 있었다. 그러나 그는 그런 말을 듣지 못한 것처럼 차분했다.

밖에서 기다리고 있었는지 직원들이 곧 죽과 전채를 내왔다. 유온은 작은 그릇의 죽을 내려다보았다. 먹고 싶지 않지만 먹어야 했다. 숟가락을 들려 하는데 윤서경이 입을 열었다.

"말씀하신 문제는……."

유온이 그 말에 흠칫한 것과 동시에 그의 품에서 휴대폰이 진동했다. 바로 휴대폰을 확인한 그가 미간에 주름을 새겼다.

"잠시 실례하겠습니다. 시간이 걸릴 것 같으니 편히 식사하시고 계십시오."

유온의 가슴이 쿵쿵 뛰었다. 윤서경이 없으면 가족들 사이에 자신 혼자 남는다. 저도 모르게 숟가락을 꽉 쥐는데, 몸 위로 윤서경의 페로몬이 훅 내려앉았다. 최근 들어 느낄 일이 잦은 그의 체향에 불안이 누그러졌다.

윤서경이 자리를 뜨고 잠시 식기가 부딪치는 소리만 울렸다. 정적을 깬 건 이유건이었다.

"이유온."

"……네."

유온은 곧바로 숟가락을 내려놓고 이유건을 보았다.

"형이 보낸 메일 읽었어?"

"네……. 다, 답장, 죄송해요."

형이 그렇게 메일을 보내 주었는데 답장조차 하지 않았다. 그 사실이 유온을 괴롭게 만들었다. 양심이 아프고, 마음이 무거웠다.

"네가 잘 있었으니 됐어. 그보다……."

때마침 직원이 문을 두드렸다. 다음 코스가 나온 듯했다. 이유건은 말을 멈췄다가, 직원들이 음식을 모두 내려놓고 빈 죽 그릇을 가지고 나간 뒤 다시 이었다.

"네가 원한다면 당장 파혼하자."

"……."

유온의 얼굴이 굳었다. 시선이 저도 모르게 가족을 죽 둘러본다. 유온에겐 너무 놀라운 말인데 가족 누구도 동요하지 않았다. 이미 상의를 마친 모양이다. 자신과 관련된 일은 대체로 가족들이 상의한 후 통보하는 식이었다. 이번에도 그랬다.

그 뜻밖의 말에 유온은 눈을 느리게 깜빡이다가 고개를 저었다. 자신이 해 놓고도 순간 깜짝 놀랄 만큼 반항적인 행동이었다.

"아, 아니요, 저, 저는 파혼은…….'

이유온에게 이 결혼을 자신이 먼저 무른다는 선택지는 절대 존재하지 않았다. 윤서경에게 버림받는다면 모를까, 가능하면 무슨 일이 있어도 그와 결혼하고 싶었다. 똑같이 괴로운 결혼 생활을 해야 한다고 해도 좋았다.

"그러니? 너는 싫다고?"

"……전…….'

이유건의 말은, 다시 기회를 줄 테니 잘 생각하라는 뜻이었다. 그가 원하는 선택지는 윤서경과의 파혼 하나인 듯했다. 그래도 집 안에 이득이 되니 결혼을 허락할 거라고 생각했는데 아니었다.

시계의 초침 소리가 들리는 기분이었다. 째깍째깍, 이유건이 시선으로 카운트를 하고 있었다. 유온의 입에서 제가 원하는 대답이 나올 때까지. 다급함에 입이 마르는 듯했다. 그러나 유온은 보일 듯 말 듯 작게 고개를 끄덕였다.

파혼을 원하지 않아요.

이유건이 바란 답이 아니었다.

"그래. 하지만 형은 네가 윤 대표와 파혼했으면 해."

"…….'

눈앞에 놓인 음식의 냄새가 역했다. 가족들은 자연스럽게 식사를 하기 시작했다. 우아하게 수저를 움직이는 가족들 사이에서 유온은 젓가락조차 들지 못한 채 마른 목을 물로 적셨다.

"그런데……, 형, 서경 씨랑 결혼하는 게, 회사에 더…… 좋지 않을까요."

이건 유온이 생각할 수 있는 가장 타당한 이유였다. 그러나 유온이 그 말을 하자마자 이유연이 날카롭게 유온을 노려보았다.

"네가 윤 대표님이랑 결혼하면, 진 회장은?"

"……."

"진 회장은 어쩔 건데?"

진 회장은 원래 유온이 결혼하려던 건설사의 회장이었다. 이전부터 이야기가 나오던 사이인지라 그쪽은 완전히 화명의 두 오메가 자식 중 한 명과 결혼할 것으로 생각하고 있다.

당연히 그건 유온의 역할이었다. 이유연은 한 번도 그런 소문도 안 좋고 나이 든 알파와 결혼할 거라 생각해 본 적이 없을 테니까. 그러나 그건 유온이 윤서경과 결혼하게 되지 않을 경우의 일이었다.

혼담을 깨기에 진 회장은 너무 위험하고 힘이 있는 사람이었다. 유온이 가지 못한다면 이유연이 그와 결혼해야 했다.

하지만, 그렇다 해도 파혼이라니. 아버지와 형은 부경과 확실하게 사돈이 될 수 있는 기회를 놓치지 않을 것이다. 그것만은 확실했고 실제로도 그랬었다.

그런데 지금은 분위기가 완전히 달랐다. 자신을 빤히 쳐다보는 가족들의 눈길은, 정말로 유온이 파혼하기를 바라고 있었다. 왜 반응이 이렇게 바뀐 걸까. 이유연이 절대 진 회장과 결혼할 수 없다고 해서? 아니, 예전엔 그걸 이유로 파혼 이야기를 꺼내지 않았었다.

당황한 유온이 우물우물 입을 열었다.

"저는……."

"회사 걱정은 안 해도 괜찮아. 윤 대표는 유연이가 알아서 할 테니까."

이유건의 말에 이유연이 테이블에 두 팔을 대곤 유온의 얼굴을 들여다보았다.

"생각보다 윤 대표 눈이 낮더라. 좀 더 어려울 줄 알았는데 그렇지도 않네? 부경이랑 혼담은 내가 알아서 할 테니까, 너는 걱정 말고 진 회장님이나 잘 모셔."

"형……."

"왜? 네가 했는데 난 못 할 것 같아?"

"……."

"그게 말이 돼?"

이유연이 자못 다정하게 물었다. 윤서경이 남기고 간 향은 그 잠깐 사이 가족들에게서 흘러나온 향에 희석되었다. 어머니가 테이블 위에 한 손을 올렸다. 아까 유온을 쓰다듬던 손이었다.

"유온아."

"……네, 어머니."

"형이 네 대신 힘들어하는 걸 봐야 마음이 풀리겠니?"

원래, 이렇게까지……, 이렇게까지 하지 않았었는데. 애초에 파혼하라고 말하지 않았고, 이렇게 유온을 몰아세우지도 않았다. 잠시 혼란스러운 기색이다가 금방 결혼을 허락했다. 심지어 그런 대로 만족하는 분위기였다. 이유연도 부모님이 억지로 달랬다. 그런데 지금은 대체 왜? 멍하니 있는데 아버지까지 유온을 불렀다.

"너한테 실망하고 싶지 않구나."

하마터면 거기서 유온은 네, 그렇게 할게요, 하고 대답할 뻔했으나 입을 꾹 다물었다. 가족들의 얼굴이 점점 더 굳어졌다. 평소라면 진작 고개를 끄덕여야 했을 유온이 고집을 부리고 있어서였다.

압박감은 점점 심해졌다. 차가운 시선이 쏟아지는데도 알겠다는 그 짧은 대답을 할 수가 없었다. 자신 때문에 작은형은 안 좋은 상대와 결혼해야 하고, 부모님과 큰형은 속이 상한다. 그걸 아는데 미련이 너무 커서 욕심을 부리게 됐다. 이유온. 이유건이 다시 낮은 목소리로 유온을 불렀다.

속이 뒤집혔다. 유온은 납처럼 파리해진 얼굴로 눈을 깜빡였다. 등이 식은땀 때문에 축축했다. 왈칵 올라오는 구역질에 유온은 얼른 물을 마셨다.

"죄송해요, 저, 화장실 좀 다녀올게요……."

"그래."

이유건이 대답했다.

"다녀오면서 생각하고, 오면 바로 대답해."

유온은 그 말에 고개를 끄덕이고 휘청거리며 일어났다. 급하게 화장실로 달려갔지만 먹은 게 없으니 헛구역질밖에 나오지 않았다. 나와서 거울을 보자 눈에 실핏줄이 터져 벌겠다.

손을 씻고 입을 헹구고 천천히 나오는데 마침 익숙한 얼굴의 호텔 직원이 보였다. 같은 체인이다 보니 그쪽 호텔 룸과 이곳 식당을 오가며 일하는 듯했다.

식사를 가지고 올 때 잠깐씩 마주칠 뿐인 사이였지만 그 공간에 있는 사람이라는 것만으로 반가웠다. 유온은 공연히 그에게로 다가갔다.

"저……."

"네. 식사는 맛있게 하고 계세요? 불편한 점은 없으시고요?"

"괜찮아요. 아, 혹시…… 물 좀 가져다주실 수 있을까요? 그리고 라임도요……."

새큼하고 차가운 물을 마시면 가슴의 무게가 해소될 것 같았다. 유온의 부탁에 직원은 칭찬이라도 들은 것처럼 밝게 웃으며 사라졌다. 그 뒷모습을 보고 있는데 뒤에서 누군가가 어깨를 툭 쳤다.

"야."

"아……. 형."

이유연이었다. 그는 멀리 사라진 직원과 유온을 번갈아 보더니 푸핫 소리를 내며 웃었다.

"너 지금 직원한테 지시한 거야? 하하, 진짜 웃기다. 그런 것도 할 줄 아세요, 이유온 씨? 누가 보면 엄청 대단한 사람인 줄 알겠네."

정말 우스운 일을 봤다는 듯 깔깔거리는 이유연 앞에서 유온의 얼굴이 조금씩 뜨거워졌다. 맞는 말이었다. 제가 뭐라고 남한테 뭘 요청하고 있었을까. 이유연이 웃을수록 부끄러움은 커졌다. 어찌할 바를 모르며 고개를 숙이고 있을 때였다. 이유연의 표정이 딱딱하게 굳었다.

불쑥 다가온 체온이 등부터 어깨를 넓게 감쌌다. 모든 부정적인 감정을 밀어낼 듯 부드럽고 편안한 체향이 머리끝부터 온몸을 덮었다. 멍하니 고개를 들자, 윤서경이 차가운 얼굴로 이유연을 바라보고 있었다.

"내가 자리를 오래 비웠죠."

굳은 표정에서 눈매만 조금 풀며 그가 말했다. 유온은 자신을 안고 있는 체온에 어리둥절한 상태로 눈앞의 이유연을 보았다. 조금 전까지 그렇게 무섭게 느껴지던 형의 얼굴이, 크게 변한 것도 없는데 갑자기 평범했다.

"유온 씨."

머리 위에서 목소리가 들렸다. 처음 만난 그때처럼. 불안을 잠재우는 향이 안개처럼 몸을 감쌌다. 코끝에, 입술에, 눈과 귀와 온몸의 피부에 윤서경이 닿아서 스며들었다.

윤서경의 등장에 이유연은 표정을 구겼다. 당장 뭐라고 소리칠 듯한 모습에 저도 모르게 움츠리자 윤서경은 유온의 몸을 약간 틀어 시선을 피하게 하곤 손으로 이마를 짚었다.

시계를 찬 손목이 가까워지자 향수 냄새도 함께 가까워졌다. 그의 체향을 가리지도 체향에 눌리지도 않고 잘 어울리는 향수였다.

"열이 조금 있네요. 음식이 입에 안 맞았습니까?"

유온은 겨우 고개만 저었다. 그제야 그가 이유연에게 짧은 눈길조차 주지 않고 있다는 걸 알았다. 윤서경이 휴대폰을 꺼내더니 어디론가 전화해서 올라와, 짧게 한 마디 했다. 계단에라도 있었는지 이한영이 익숙한 얼굴의 호텔 직원 한 사람과 함께 올라왔다.

"차에 가서 기다려요."

"아……. 아뇨, 안에 부모님이랑 형……."

"인사는 내가 하고 갈 테니까."

그렇게 말한 윤서경이 한 번 더 유온의 어깨를 힘주어 안고 떨어졌다. 어느새 이한영과 직원이 가까이 다가와 있었다.

"괜찮아요. 금방 가겠습니다."

윤서경의 목소리는 부드러웠다. 꼭 자신을 달래는 것 같았다. 이한영과 직원은 재촉하는 기색이 없도록 반걸음 정도 떨어져서 시선을 내린 채 서 있었다.

유온은 그 두 사람과 윤서경과 이유연을 번갈아 두리번거리다가 다시 짧게 재촉하는 윤서경의 말에 걸음을 옮겼다.

가족들이 안에서 기다리고 있는데 그냥 돌아섰다. 휴대폰을 꺼놓고 형의 메일에 답을 하지 않은 것처럼 또 가족들로부터 도망쳤다. 정말 윤서경과 파혼하고 집에 돌아가면 무서울 정도로 크게 혼날 게 분명했다. 그런데 뭘 믿고 이렇게 행동하는 걸까. 눈앞에 진창이 있다는 걸 알면서도 무작정 걸어가는 기분이었다.

왜인지 그 진창에 빠지지 않을 것 같은 이상한 생각이 든다.

레스토랑은 건물 3층이었다. 이한영과 직원은 로비가 있는 1층을 지나 지하 2층까지 내려갔다. 주차장 특유의 어둑한 조명 아래, 출입구 바로 앞에 윤서경의 차가 주차되어 있었다.

"대표님은 금방 오실 겁니다. 추우니까 차 안에서 기다리시죠."

이한영이 웃으며 차의 조수석 문을 열어 주었다. 올 때는 이한영이 운전해서 왔는데, 윤서경이 올 거라고 하면서 조수석 문을 열어 주는 걸 보니 돌아갈 땐 따로 가는 모양이었다.

직원이 총총 돌아가고 이한영은 시동을 걸어 히터만 틀어 둔 뒤 바깥에 나가서 섰다. 조수석 옆에 서 있는 게 꼭 보초라도 서 주는 것 같았다.

오래 지나지 않아 윤서경이 내려왔다. 그는 아무 일 없었다는 듯 태연한 태도로 나와 직접 운전석 문을 열었다. 유온은 주행 시동을 거는 그를 보며 무슨 말이라도 해야 할 것 같아 우물거렸다.

유온이 입을 열기도 전에 윤서경은 차를 출발시켰다. 뒤에서 이한영이 꾸벅 인사를 하고 있었다. 빠르게 주차장을 빠져나간 차가 복잡한 도로로 올라탔다. 여전히 할 말을 찾지 못한 유온이 제 손톱을 내려다보기 시작했을 때, 윤서경이 먼저 입을 열었다.

"그쪽에서 파혼 이야기를 하더군요."

"……."

아, 윤서경에게도 직접 말했구나……. 그만큼 가족들의 뜻이 강한 것 같아서 순간 막막해졌다. 아무리 자신이 원해도 가족의 반대가 있으면 결혼이 어려워지지 않을까. 왜 갑자기 기억과 다르게 흘러가는 건지 알 수 없었다.

"이유온 씨는 어떻게 생각합니까."

"저는……. 부모님이랑 형들이 반대하시는 게, 거, 걱정……."

"난 이유온 씨랑 결혼하는 거지, 그쪽 집안을 보고 결혼하는 게 아닙니다."

"……."

"화명이랑 결혼해서 내가 얻을 이득은 아무것도 없습니다."

유온은 운전하는 윤서경의 옆모습을 물끄러미 보았다. 그는 유온과 함께 식사를 하고, 유온에게 케이크를 건네줄 때와 똑같은 모습이었다. 하지만 평소보다 조금 거친 것 같았다. 차분하기만 하던 체향에 날 선 기색이 얼핏 비쳤다. 티 내지 않으려 하는 듯했지만 예민한 유온이 그런 알파의 분위기를 알아채지 못할 리 없었다.

"집안의 의견 같은 건 고려하지 않을 거라는 뜻입니다."

"그래도……."

그래도 온가족이 반대하는데 어떻게 그렇게 쉽게 결혼할 수 있을까. 부모님과 형들의 표정과 말이 떠올랐다. 낙심하는 유온에게, 윤서경이 고개도 돌리지 않은 채 물었다.

"내가 자리 비운 사이에 무슨 말을 들었습니까?"

"아, 겨, 결혼 이야기 하셨어요……. 걱정하시는 것 같아요."

"걱정?"

"……네……."

윤서경이 헛웃음을 터뜨렸다. 유온은 눈을 내리깔았다.

"내가 실수했습니다. 역시 다시 만나지 않게 하는 게 나았는데."

그 후 윤서경은 잠시 조용했다. 뭘 생각하는 기색이었다. 멀리 자신이 머무는 호텔이 보였다. 벌써 며칠을 저기서 지냈는데 외관은 여전히 낯설었다. 외출을 거의 하지 않으니 당연한 일이었다.

방에 올라갈 때까지도 아무런 말이 없었고, 유온은 먼저 말을 붙일 성격이 못 되었기에 침묵만 흘렀다. 현관을 열어 유온을 들여보낸 뒤 윤서경은 복도에 선 채로 말했다.

"바로 쉬어요. 허기지면 데스크로 연락하고."

"네……."

오늘 죄송했다고 해야 할지 감사했다고 해야 할지 또 갈피를 못 잡아서 헤맸다. 아무 말도 못 하고 시선을 떨어뜨렸을 때, 매끄럽게 닦인 구두 끝이 성큼 다가오는 게 보였다. 의아하게 고개를 든 유온의 몸이 앞으로 끌려갔다.

유온은 천천히 눈을 깜빡였다. 자신이 윤서경의 품 안에 있었다.

등에 손을 짚어 가려 줬을 때나 어깨를 감싸였을 때도 거리가 가깝긴 했다. 그러나 이 정도는 아니었다. 체향이 가까워지는 걸 넘어 심장 소리까지 들렸다.

일정한 속도의 심장 박동은 느리고 안정적이었다. 반면 제 박동은 미친 듯이 빨라지고 있었다. 윤서경의 한 손이 등을 감쌌고, 다른 한 손은 그보다 한 박자 늦게 올라와 뒤통수를 감쌌다. 머리를 안은 손에 가볍게 힘이 들어가고 그의 가슴에 완전히 몸을 기대게 되었다. 심장 뛰는 소리가 더욱 선명하게 들렸다.

옅게 뿌린 향수 냄새와 체향이 섞이면서 어지러울 지경이었다. 윤서경의 체온은 유온보다 무척 따뜻했다. 한겨울에 바깥을 헤매다가 따뜻한 장소를 만나면 꼭 이럴 것 같았다. 온몸이 사르르 녹고, 마음까지 온기로 간질간질하게 더워지는.

좀 더 가까워질 수 있다면 그렇게 하고 싶은데 유온은 그 상태로 뻣뻣해진 채 아무것도 하지 못했다. 두 팔도 어설프게 든 그대로였다. 이래서야 윤서경이 커다란 조각상을 껴안은 꼴이었다.

그러나 윤서경은 그런 유온의 등을 쓸어내리더니 자신 쪽으로 좀 더 끌어당겼다. 유온은 완전히 그 품에 들어가 푹 안겼다.

포옹은 사람의 마음을 위로한다고 한다. 유온은 여태껏 그 의미를 실감한 적이 없었다. 지금 이 순간 전까지는. 가족들도 유온을 꼭 안아 주긴 하지만 이런 편안함을 느껴 보진 못했다. 오히려 더 긴장될 뿐이었다. 이, 온몸이 녹아 버리는 듯한 안온함과는 달랐다.

숨을 크게 쉬어 윤서경의 체향을 들이마신 유온은, 용기를 내어 팔을 조금씩 뻗었다.

채 마주 안기도 전에 윤서경이 몸을 떼어내고 가 버리면 어쩌나 걱정했다. 하지만 유온의 두 팔이 그 단단한 몸을 끌어안을 때까지, 윤서경은 그저 유온을 안은 채 이따금 손을 쓸어내리거나 할 뿐이었다.

이제 완전히 몸이 밀착했다. 두 몸 사이에는 차가운 바람이 몰래 끼어들 빈틈조차 없는 듯했다. 유온은 그게 어색하고 당황스럽고, 심지어 미안한 마음마저 들면서도 가만히 머리를 그쪽으로 기울였다. 이유온이 태어나서 처음 해 보는 어설픈 기댐이었다.

가족들에게 다그침을 받으며 잔뜩 풀이 죽었던 마음이 물들듯 편안해지고 있었다. 한참 후, 윤서경이 유온의 머리카락에 코끝을 댄 채 숨을 들이쉬고 천천히 팔을 풀었다.

내내 쏟아진 윤서경의 체향에 절여지다시피 한 유온은 나른한 얼굴이었다. 조금 전 가족들과 그런 일이 있었다고 스스로도 믿을 수 없을 만큼 마음이 흐물흐물하게 풀어져 있었다.

무심코 배 위에 손을 얹었다. 며칠은 아무것도 먹지 못할 것 같았는데 허기가 졌다.

"배가 아픕니까?"

윤서경의 물음에 유온은 얼른 고개를 저었다. 배고프다는 말은 하지 않았다. 안 그래도 식탐이 심하다고 자주 혼났기에 남에게 식사 이야기는 절대 하지 않으려 했다. 윤서경에게 그런 모습을 보이는 건 더더욱 싫었다.

"그럼 간단한 걸로 식사를 올려 보낼 테니까 먹고 나서 쉬어요."

유온은 머뭇대다 고개를 끄덕였다. 간단한 걸 올려 보내겠다는 말에 좋다고 하는 정돈 괜찮을 것 같았다.

"많이 긴장했던 것 같은데, 마사지라도 하겠습니까?"

하지만 마사지까진 필요하지 않았다. 이번엔 고개를 저으며 작은 소리로 말했다.

"밥만 먹을게요……."

"그렇게 해요."

윤서경이 평소보단 조금 느린 걸음으로 현관을 빠져나갔다. 강하게 떠도는 향은 신경 안정제라도 된 것처럼 점점 긴장을 누그러뜨리고 심지어 기분이 조금 좋아지게까지 만들었다.

소파에 늘어지듯 앉아 있던 유온은 직원이 가지고 온 더운 샐러드와 수프를 금방 다 먹었다. 그리고 두 개로 늘어난 입욕제 중 하나를 써서 목욕하고, 한층 나른해진 채 나머지 입욕제 하나를 끌어안고 자리에 누웠다.

* * *

그날 새벽이었다. 오후가 되기도 전에 잠들었던 유온은 묘한 기척에 눈을 떴다. 윤서경의 향이 났다. 입욕제에서 나는 건지, 그가 주위에 뿌려 두고 간 것의 잔향인지. 하지만 어느 쪽도 아니었다. 생생하고 어딘가 난폭한 향이었다.

침대에서 내려와 문을 연 유온은 사냥감이라도 잡듯 강렬하게 몸을 덮친 향에 저도 모르게 눈을 질끈 감으며 움츠렸다가 조심스럽게 다시 떴다. 어둠 속에 윤서경이 서 있었다.

체향이 흘러나오다 못해 눈에 보이지 않을까 싶을 정도로 넘실거렸다. 고개를 숙이고 있던 그가 흘끗 시선을 들었다. 평범하던 눈동자는 짐승의 것처럼 위압적으로 빛나고 있었다. 표정은 무서울 정도로 굳었고, 눈에는 핏발이 선 채였다. 그가 천천히 고개를 모로 기울이더니 중얼거렸다.

"아, 그래……. 여기 있었지……."

갈라진 목소리가 나지막이 흘러나왔다. 유온은 곧바로 상황을 알아차렸다. 윤서경의 러트였다.

* * *

반갑지 않은 타이밍에 급한 용건이 들어왔다. 윤서경이 어떤 자리에 있는지 알면서 사소한 일로 연락할 이한영이 아니었다. 나가 보자 과연, 협력 업체가 부경과 복잡하게 얽힌 외국 기업체의 부도 소식이었다. 고의 부도였으나 전혀 조짐이 없어 부경조차 예상치 못한, 갑작스러운 사태였다.

우선 급한 일을 처리하는 것만으로 꽤 시간이 걸렸다. 아무리 내키지 않는 자리라 해도 식사하는 중간에 30분 가까이 돌아가지 않는 건 결례였다. 게다가 이유건이 하려 한 말과, 그걸 듣는 이유온의 태도가 마음에 걸렸다.

서둘러 돌아가는데 날카로운 목소리가 들렸다.

이유온의 작은형이 말도 안 되는 이유로 이유온을 비웃으며 즐거워하고 있었다. 말 그대로, 즐거워했다. 이유온은 그 앞에서 얼굴이 발개진 채 아무런 말도 하지 못했다.

사실 윤서경은 이유온의 저런 모습이 조금 답답했었다. 제 할 말은 아무것도 하지 못하고, 누가 괜한 트집을 잡아도 제 잘못이라 여기며 입을 다물고, 가끔 상대의 의중을 파악하려는 의도가 지나쳐 기상천외한 동문서답을 하기도 했다.

한데 헛소리에도 그저 기가 죽어 아무런 말도 못하는 걸 보니 뒤늦게 짐작이 갔다. 가족이 저 모양이다. 처음엔 이유건과, 아마 그의 폭력을 모르는 척했을 가족들로부터 떨어뜨려 놓자고 생각했었다. 그런데 그 수준이 생각을 훨씬 뛰어넘었다. 이유온은 태어나서 지금까지 매일, 매일, 저런 폭력 속에서 자랐다.

큰형은 신체적으로, 작은형은 심리적으로 이유온에게 폭력을 휘두르고 있었다. 이유온의 태도로 보아 이따금 있는 일도 아니었다. 그 부모는 어떤지 모르겠으나 자식들 둘이 하는 꼴을 보면 어렵지 않게 짐작이 갔다.

이유온을 먼저 차로 보내고 이유연을 지나쳤다.

'대표님!'

이 정도로 상대하지 않겠단 의사를 보였으면 조용해질 법도 한데,

이유연은 밝은 웃음을 지으며 따라왔다.

'아까는 장난친 거였어요. 유온이도 평소에는 잘 웃는데, 오늘은 몸이 조금 안 좋은가 봐요. 제가 챙겼어야 했는데.'

'상대가 무안해하면 장난이라고 할 수 없지 않습니까?'

이유연은 움찔했지만 쾌활한 미소를 지우지 않았다. 말하는 소리는 명랑했고 티 없이 자란 느낌이 확 나는, 천진한 도련님이었다. 한 집안에서 자란 두 사람이 이렇게 다를 수 있을까.

'유온이가 좀 조용하죠? 감수성이 예민해서 그래요. 저랑 같이 피아노도 배웠는데, 유온이는 완전히 감성적으로 쳐요. 신기하다니까요.'

이런 말만 들었다면 윤서경은 이유연이 정말 이유온을 칭찬하고, 예뻐한다고 생각했을지도 몰랐다.

'유온 씨가 피아노를 칩니까.'

'아, 말 안 했구나. 피아노 쳐요. 나중에 저랑 같이 치는 거 보여 드릴게요. 유온이도 저랑 듀엣으로 치는 거 좋아하거든요. 나중에 유온이랑 같이 집에 오시면 쳐 볼게요.'

윤서경은 가만히 이유연을 내려다보았다.

'유온 씨가 당신이랑 피아노를 칠 일은 없을 겁니다. 혹시 듀엣 상대가 필요하다고 하면 내가 더 제대로 된 사람을 찾아 줄 테니 이유연 씨는 끼어들 필요 없습니다.'

이 말을 할 땐 식당의 입구에 이르러 있었다. 잠시 자리를 비웠던 오늘의 유일한 손님을 위해서 직원 몇 사람이 입구 근처에 나와 있었고, 그들 모두 윤서경의 말을 들었다. 겉으로 반응하는 사람은 없었으나 이유연의 얼굴이 재빨리 그들을 향했다가 붉게 달아올랐다.

피아노라.

윤서경은 피아노 생각을 하며 이유연을 그 자리에 두고 식당 안으로 들어갔다. 이유온의 부모와 이유건은 꽤 화기애애한 분위기 속에서 식사 중이었다.

'대표님, 식사는 한꺼번에 올릴까요?'

'됐습니다. 지금 있는 것도 내가세요. 차만 한 잔 부탁하죠.'

'네.'

직원들이 조용히 움직여 윤서경 앞의 상을 치웠다. 이유온의 어머니가 고개를 갸웃하며 말했다.

'윤 대표, 그래도 식사해야지요. 유연이는 오는 길에 유온이 못 만났니?'

'유온 씨는 제가 먼저 차로 보냈습니다. 몸이 안 좋은 것 같더군요.'

'네?'

세 사람의 얼굴에 당황한 기색이 역력했다.

'얼굴이 안 좋던데, 불편한 소식이라도 들었습니까?'

'우리가 언제까지 이렇게 경우 없는 무례를 참아야 합니까, 윤 대표.'

이유건이 말했다. 윤서경은 흘끗 그를 보았다. 제 아버지도 가만히 있는데, 이유건은 알파 페로몬을 감추지 않고 쏟아냈다. 하긴, 이유온의 아버지는 딴에 무게를 잡느라 나서지 않는 것이긴 했다.

그렇게 생각하는데 마침 이유온의 아버지가 입을 열었다.

'유온이가 없는 자리라서 조금 그렇지만, 언제 또 윤 대표의 얼굴을 볼 날이 올 수 없으니 지금 이야기하지. 이 결혼은 없었던 일로 했으면 하네.'

'유온 씨가 동의하지 않았을 것 같습니다.'

'유온이는 심약한 애예요. 윤 대표한테 휘둘리면서 힘들어하는 모습은 더는 못 보겠습니다. 집으로 돌려보내 주시죠.'

마침 직원이 들어와 찻잔을 내려놓았다. 마실 생각은 없지만 구색을 맞추려 내오게 한 차인데, 찻잔을 보자 괜히 그날 달랑 윤서경의 찻잔 하나만 들고 왔던 이유온의 모습이 떠올랐다.

'듣고 있습니까? 내 말을 잊은 건 아니겠죠. 유온이를 계속 그렇게 감금해 두면 법적인 조치를 취할 거라고. 부경의 삼남이 오메가를 호텔에 감금했다는 뉴스가 나오면 꽤 재미있을 겁니다.'

윤서경은 흘끗 눈을 들었다. 대놓고 자존심이 상하고 화가 난 이유연과 달리 이유건은 겉으로 보기엔 차분했다. 그러나 쏟아져 나오는 페로몬으로 보아 그가 가장 흥분한 상태였다.

가만히 그를 보던 윤서경의 미간이 찌푸려졌다. 이유건이 이유온을 향해 느끼는 감정은 아무리 봐도 소유욕이었다. 알파가 오메가인 형제에게 소유욕과 집착을 가지는 건 생각보다 흔한 일이다. 남을 존중하지 않는 성격일수록 그 경향이 심각했고.

여과 없는 소유욕에 윤서경은 무척 불쾌해졌다. 한집에 살 때 이유온이 이유건의 페로몬을 덮어썼을 생각을 하니 역시 눈앞의 이 알파를 죽이고 싶었다.

……어렵지 않을 텐데.

그러나 윤서경은 그 욕구를 참고 말했다.

'원하는 대로 해 보세요. 대신, 화명은 부경의 삼남이 원하는 오메가와 결혼하기 위해서 무슨 짓까지 하는지 보시게 될 겁니다.'

'윤서경 씨!'

윤서경은 곧바로 자리에서 일어났다. 이유온을 오래 혼자 두려니 걱정스러웠다. 지하 주차장으로 내려가자 이한영이 차 앞에 서있었다. 차에 오르자 이유온은 죄라도 지은 것처럼 눈을 깜빡였다. 어이가 없었다. 뭘 잘못했다고 이래.

아니, 제 실수였다. 가족과 역시 마주치지 않도록 해야 했다. 이번 식사도 이유건의 헛소리를 받아 줄 마음이 없었건만 흔쾌히, 당연하다는 듯이 고개를 끄덕이는 이유온의 모습에 방심해 버렸다.

이렇게 될 줄 알았으면 만나게 하지 않았을 텐데.

곧 호텔에 도착했고 방에 데려다주기만 한 뒤 나오려고 했다. 그런데 현관에서 돌아섰을 때, 이유온의 얼굴은 희었고 온몸이 젖은 것도 아닌데 물에 빠졌다 나온 것처럼 축 처진 채 무겁게 보였다. 그러면서 당장 날아가 버릴 듯 가벼워 보이기도 했다. 발밑에 드리워진 그림자까지 침울했다.

윤서경은 저도 모르게 그를 향해 다가갔다. 그리고 끌어당겨 품에 안았다. 그렇게 하지 않으면 그가 저 창문 너머로 하늘하늘 날아가 버리기라도 한다는 듯이.

끌어안자 목각 인형이라도 되는 것처럼 뻣뻣하게 있던 이유온은 얼마 후 주춤거리며 윤서경의 몸에 팔을 둘렀다. 그 별것 아닌 동작에 윤서경은 이상할 정도로 가슴이 뛰었다. 안은 팔에 힘을 주었을 때 희미한 향이 코끝을 스쳤다.

이유온의 향이었다. 고집스러울 정도로 내놓지 않아서 윤서경은 그가 혹시 베타가 아닌가 생각한 적도 있을 정도였다. 지금도 향이 난다고 말할 정도는 아니었다. 착각인 듯 여리고 간신히 느껴지는 수준이었다. 하지만 그 조금마저도 놀랄 만큼 달콤했다. 윤서경은 이유온의 머리에 코끝을 묻은 채 조금이라도 더 향을 느껴 보려 했다.

꽃이 가득 핀 정원의 안개. 시적인 표현이지만 그보다 더 이 향을 잘 표현할 말은 없었다. 향은 잦아들었다가 조금 피어나길 반복했다. 이유온이 일부러 감추는 것 같았다.

체향은 원래 모두 조금씩은 편안하게 흘리고 다니는 것이었다. 그걸 완전히 감추고 있는 건 단정하면서 어딘가 금욕적인 느낌까지 들었다. 칼라가 높은 셔츠의 단추를 끝까지 채우고 온몸에서 손과 얼굴 말곤 드러낸 부분이 없는 차림처럼.

더 있으면 무슨 짓을 할지 몰랐다. 윤서경은 이유온에게서 떨어져 방을 빠져나왔다. 엘리베이터를 타고 내려가며 머릿속을 맴도는 그의 모습을 잊기 위해 다른 걸 생각했다.

피아노라. 정말 좋아하나? 이유연이 말한 것이라 쉽게 믿을 수 없었다. 좋아한다면…… 그 방에 피아노를 놓을 자리가 있던가?

피아노 브랜드를 생각하며 업무에 복귀했다.

그날 밤에 예상치 못한 일이 벌어졌다.

"서경 씨⋯⋯."

유온은 조금 겁먹어서 그를 불렀다. 그는 평소와 똑같은 차림이었지만 조금 달랐다.

재킷만 벗은 차림, 팽팽하게 조인 셔츠와 베스트 아래 가슴이 쉴 새 없이 씨근거렸고, 머리카락은 손으로 흐트러뜨렸는지 느슨했다. 더웠는지 반쯤 걷어붙인 소매 아래 굵은 팔엔 핏줄이 잔뜩 곤두선 채였다. 오른쪽 손목의 시계가 어두운 속에서 창밖의 빛을 시리게 반사했다.

윤서경은 유온을 잡아먹을 듯 빤히 쳐다보다가 천천히 다가왔다. 날뛰는 체향이 거실을 온통 채우고 있었다. 실체도 없는 냄새가 유온의 두 발목을 휘어감는 것 같았다. 유온은 움직이지도 피하지도, 그렇다고 마주 다가가지도 못했다.

윤서경의 걸음은 느렸다. 표정은 조급하고 사나웠다. 눈동자는 젖은 듯 몽롱하지만 날카로웠다. 밀도 높은 체향에 유온의 눈이 점점 풀어졌다. 몸이 오싹한 기분이 들었다. 발갛게 물들기 시작한 유온의 눈가에 윤서경의 손이 닿았다. 큰 짐승이 눈앞에 와 있는 것 같았다.

윤서경은 유온의 속눈썹을 만지다가 손을 뒤로 넘겨 머리카락을 쓸었다. 손끝이 귓바퀴를 따라 내려가고 다시 올라와 뺨을 감쌌다. 얼굴이 천천히 가까워진다. 긴 속눈썹이 내리깔리며 윤서경의 뺨에 그림자가 졌다. 모양 좋은 입술이 점점 가까워지다가 거의 맞닿은 순간, 윤서경이 움직임을 멈췄다.

"……."

뺨을 감싼 손이 떨어지고 유온의 얼굴 바로 옆에서 움켜쥐어졌다. 유온은 그가 자신을 당연히 때리려 하는 줄 알고 순순히 눈을 감으며 바들바들 떨기 시작했다. 입술에 가벼운 숨결이 닿았다.

윤서경의 몸이 멀어졌다. 눈을 뜨자 그는 두 걸음 정도 떨어진 자리에 서 있었다. 헐떡이는 숨과 뜨거운 체온이 여전히 느껴졌고 체향도 그대로였다. 그러나 그는 유온에게서 돌아서더니 소파에 던져두었던 재킷을 잡아채듯 들어 걸음을 옮겼다.

멀어지는 뒷모습에 유온의 두 발이 저절로 움직였다. 윤서경이 막 현관문의 손잡이를 잡으려 한 순간, 유온은 그의 베스트 끝단을 꽉 쥐었다.

러트가 올 때마다 윤서경이 집에 들어오지 않던 게 떠올랐다. 그럴 때면 어쩔 수 없이, 지금 어디에 가 있을지 생각하느라 잠도 자지 못했다. 그렇다고 윤서경에게 어딜 갔느냐 물을 수 있는 처지도 아니었다.

지금이라면, 잡으면 잡혀 줄 것 같았다. 이런 상태인 그가 여길 나가 어디로 가는 것도 싫었다. 무심코 잡고도 차가운 뿌리침과 뭘 하는 거냐 물을 목소리를 생각하니 무서웠다. 그래도 손을 놓진 않았다.

윤서경이 느리게 고개를 돌려 제 옷을 잡은 유온의 손을 보았다. 긴장해서 떨리는 손이 그의 눈에 비쳤다. 그다음 행동은 빨랐다. 윤서경은 곧바로 유온을 안아 들더니 입을 맞췄다.

말캉한 입술을 위와 아래 번갈아 빨아서 벌리게 한 그가 안으로 혀를 밀어 넣었다. 고작 입 안이라 해도 처음으로 몸속에 타인의 살이 들어오는 것이었다. 유온은 아무것도 하지 못한 채 입만 벌리고 있었다.

　혀로 입 안을 샅샅이 핥은 윤서경은 단 과일의 즙이라도 빨듯이 유온의 입술을 세게 빨았다. 순식간에 입술이 부풀었다. 그러나 그런 강렬한 키스에도 유온은 집중할 수 없었다. 윤서경이 유온의 몸을 끌어당겨 다리를 벌린 채 제게 매달려 안기도록 하고는, 트랙팬츠 위에서 엉덩이와 그 사이를 더듬고 있었다.

　바지 아랫단이 자세 때문에 끌려 올라가 종아리가 절반쯤 드러났다. 슬리퍼도 들려 안기면서 한 쪽씩 툭툭 떨어져 맨발이었다. 키스에 열중하는 사이 유온은 자연스럽게 두 손을 윤서경의 어깨에 올리고 있었다.

　윤서경의 손이 말랑한 볼기를 꽉 쥐었다가 놓았다. 손은 그대로 미끄러져 옷에 가려진 구멍 위를 가만히 더듬었다. 헐떡이며 거칠게 호흡하는 소리가 귀를 적셨다.

　은밀한 곳에 닿은 손길에 유온은 흠칫 놀라서 입을 다물며 물러서려 했다. 하지만 윤서경은 허락하지 않고 유온을 한층 세게 끌어안더니, 입 안으로 더 깊이 파고들었다. 미끈한 살덩어리가 점막에 밀착하며 좁은 입 안을 꽉 채울 듯 집요하게 빨아 댔다. 신음과 숨결이 섞인 거친 입맞춤이 오래 이어지며 심장을 더 빨리 달리도록 재촉했다.

　윤서경의 손은 힘이 잔뜩 들어간 채 얇은 옷 한 겹을 사이에 두고 아래를 감싸 더듬었다. 제가 들어갈 자리를 가늠하고 확인하는 손길은 러트를 맞은 알파답게 조급하고 사나웠다. 그의 손이 아래를 만지면 만질수록 피부 아래로 물기가 번지듯 간지러워지는 것 같았다.

배 속이 따끈따끈했다. 심장이 뛰며 솟구친 혈류가 뜨거워져 갔다. 꽉 다물어져 있는 몸속을 유온은 뒤늦게 자각했다. 제 몸, 납작한 아랫배 뒤쪽으로 그런, 타인의 신체를 받아들이기 위한 공간이 있다는 사실을.

윤서경은 축축한 그 길의 입구와 유온의 아랫배를 거푸 더듬었다. 허벅지 아래, 옷에 눌린 채 얼핏 닿는 성기가 벌써 단단했다.

귓가에 내리는 뜨거운 호흡에 몸을 움츠렸던 유온은 아래를 스치는 옷의 감촉에 순간 움찔했다. 저도 모르게 다시 다리를 움직여 보자 역시 아래가 미끌미끌했다. 그곳이 젖어 가는 걸 바로 알지 못했던 유온이 눈을 가늘게 떴다. 윤서경을 바라며 밀부가 젖어 가고 있었다. 젖은 구멍 위로 천이 닿는 느낌이 이상했다. 미끌미끌하고 축축했다. 조금 전까지 평범하게 입고 있던 옷이라 더 부끄럽게 느껴졌다.

윤서경은 이제 옷 위로도 알 수 있을 만큼 젖은 그곳을 손가락과 손바닥으로 질컥질컥 문지르고 비벼 댔다. 천을 잡아당기거나 점막 안까지 닿는 게 아닐까 싶을 만큼 세게 누르기도 했다. 그건 유온의 기분을 더더욱 이상해지게 만들었다.

유온은 한 손을 내려 꾸물거리며 바지를 벗으려 했다. 윤서경이 그 손을 잡아 끌어당겨서 아예 자기 목에 감도록 하더니, 직접 옷을 벗겼다. 바지와 속옷이 한꺼번에 떨어지고 하체가 훤히 드러났다.

"아……."

유온의 작은 신음을 들으며 윤서경은 고개를 옆으로 기울여 아래쪽을 보았다. 낮게 숨을 몰아쉬는 윤서경의 얼굴에는 열이 가득하지만 그래도 이성이 남아 있었다.

희고 가느다란 허벅지와 무릎을 물끄러미 보던 그가 그 위로 손을 얹어 길게 쓸어 올렸다. 윤서경의 손에 덮일 만큼 가는 허벅지에는 안쪽을 빼면 살이 없는 편이었다.

매력이라곤 없을 그 허벅지를 보이는 게 싫어서 꾸물거리며 다리를 오므렸으나, 윤서경은 유온의 뺨에 입 맞추며 허벅지를 손으로 세게 움켜쥐어 벌렸다. 허벅지 안쪽의 부드러운 살이 거센 아귀힘에 그의 손가락 사이로 동그랗게 올라올 만큼 꽉 쥐어졌다.

씻을 때나 옷을 갈아입을 때 제 손으로 만지면서는 한 번도 느껴본 적 없는 이상한 감각이 내달렸다. 유온이 움츠리자 윤서경은 허벅지를 쥐었던 손을 놓고 그대로 아래로 미끄러뜨려 지금까지 옷위로만 만지던 음부를 직접 만졌다.

"아……."

저도 모르게 작은 신음이 샜다. 윤서경의 손가락은 길고, 매끈하고, 끝이 단단했다. 그 손가락이 젖은 채 꽉 다물린 음부를 느릿느릿 더듬어 만졌다. 유온의 머릿속에 윤서경의 손가락 모양이 선명하게 떠올랐다. 그것이 자신의 신체 일부를 더듬고 있다 생각하니 배 속 어딘가가 시큰시큰해지는 것 같았다.

젖은 구멍을 윤서경의 손끝이 갉작갉작, 느리게 어루만졌다. 감질날 정도로 얕은 자극이었다. 러트인 만큼 사실 자신을 그대로 엎드리게 해 짓눌러 놓고 어느 정도 정신이 돌아올 때까지 함부로 해댈 수도 있을 거라 생각했다. 하지만 윤서경은, 눈빛이나 내뱉는 숨결을 보면 분명 심하게 흥분해 있는데 완전히 이성을 잃지 않았다.

손길은 계속해서 손가락 한 마디 정도 되는 깊이까지만 겨우 들어오며, 대체로 그마저도 거의 들어오지 않고 유온의 앞과 뒤쪽을 고루 만져 주며 애무했다.

유온의 눈이 점점 더 열에 젖어 들었다. 연약한 살을 내리 더듬는 자극에 안쪽에선 점점 더 애액이 흘렀고, 습하고 미끌미끌하게 풀어져 갔다. 윤서경은 그대로 유온을 안은 채 걸음을 옮겼다.

큰 보폭으로 걸어 침실로 들어간 윤서경은 유온을 너른 침대 한가운데에 눕히고 그대로 그 위에 올라탔다. 안겨 있을 때와 달리 위에서 그가 그림자를 드리우며 내려다보자 위압감이 느껴졌다. 흐트러져 흘러내린 머리카락 사이로 흥분한 눈빛이 형형했다.

주위가 어두운데도 그의 얼굴 윤곽은 뚜렷했다. 발정기에 제 앞에 놓인 오메가를 보는 눈길은 욕구와 욕정으로 넘실거렸다. 무거울 정도로 강렬한 페로몬이 그의 전신에서 쏟아졌다. 속옷조차 입지 않은 채 여과 없이 그에 노출된 유온의 몸도 그의 온도에 맞추어 물이 끓듯 달아올랐다.

유온은 키스로 부은 입술과 젖은 눈을 한 채 윤서경을 보았다. 그게 윤서경의 어떤 심리를 자극했는지, 그는 유온의 한쪽 다리를 붙잡아 들어 올리더니 자신의 어깨에 걸쳤다. 두 다리가 크게 벌어졌다.

놀란 유온이 몸을 가려 보려 하기도 전에 윤서경은 벌어진 허벅지 안쪽을 손끝으로 죽 쓸며 내려가 구멍 입구까지 가서, 그곳이 얼마나 젖었는지 확인하듯 회음과 입구 근처에 손가락을 짚은 채 벌렸다.

"……아……."

구멍이 열려 벌어지는 느낌과 함께 입구 근처로 미끄러운 액체가 재차 맺혔다. 윤서경이 눈을 가느스름하게 뜨더니 둥그런 입구 근처를 손가락으로 어루만졌다. 점성이 있는 액체가 그의 손가락에 엉기고 문질러졌다. 유온이 발등으로 침대 시트를 문지르며 신음하자, 그는 가늠하듯 계속 밀부 근처를 꾹꾹 누르고 문지르다가 어느 순간 미끄러지듯 손가락을 안으로 찔러 넣었다.

"아!"

잠깐 사이 꽤 젖었다고 생각했는데도 손가락이 들어오자 아픔이 느껴졌다. 유온은 몸을 굳혔고, 윤서경도 유온의 안에 손가락을 집어넣은 채 잠시 가만히 있었다.

몸속에 타인의 신체 일부가 침입하는 건 기묘한 기분이었다. 만진 적도, 존재를 제대로 인식해 본 적도 없는 곳, 성교를 위한 기관의 내벽을 단단한 손가락이 만지고 있었다. 좋아하는 상대의 손이었다. 그 생각만으로 다시 아래가 축축해졌다.

윤서경은 흘끗 유온의 얼굴을 살피곤 손을 움직였다. 이물이 들어오자 구멍은 더더욱 젖기 시작했다. 안쪽에서 물이 흘러나오는 게 느껴질 정도였다.

안아 들듯 올리고 있는 유온의 무릎에 입을 맞추거나, 입술로 쓸거나 하면서 윤서경은 젖은 구멍을 손가락으로 드나들었다.

겨우 한 손가락이 들어오는 것에 익숙해졌을 때 윤서경은 손가락의 개수를 늘렸다.

"으응, 으……, 웃……."

하나도 간신히 익었고, 두 개로 늘어나면 빠듯할 것 같았는데 안을 밀고 들어온 크기는 그보다 컸다. 윤서경은 둥글게 모은 세 손가락으로 좁은 아래를 벌리며 깊게 들어왔다. 유온은 배를 들듯이 하며 몸을 비틀었다. 헐렁하게 몸에 걸쳐져 있던 티셔츠가 흘러내려 가슴이 드러났다.

배 속이 뻐근했다. 유온은 얼굴을 새빨갛게 물들이곤 눈을 가늘게 뜬 채 할딱거렸다. 내뱉는 숨이 뜨거웠다. 손가락을 깊게 집어넣은 채 잠시 가만히 있던 윤서경은 유온의 얼굴을 보고 있다가, 가쁘게 내뱉던 숨이 조금 가라앉은 것 같자 손목을 빠르게 움직이기 시작했다.

"아, 아……! 아아, 응, 으읏……!"

힘 있는 팔이 안으로 거칠게 손가락을 밀어 넣고 빼내며 드나드는 마찰에 점막이 마구 문질러졌다. 안을 긁히면 긁힐수록 배가 자꾸만 뜨끈하게 달아오르고 근질근질해졌다. 몸에 전류가 흐르는 것 같았다. 생소한 감각은 무섭기까지 했다. 무엇이라도 붙들고 싶었다. 되는 대로 손을 뻗자 잡힌 건 베개였다. 유온은 그것을 끌어당겨 얼굴에 닿지 않도록 끌어안았다.

그래도 크게 달라지는 건 없었다. 구멍은 점점 벌어졌고 안쪽은 민감해졌다. 빠르게 몰아세우는 손길에 숨은 달음박질이라도 친 것처럼 가빴다. 마른 가슴이 확 부풀었다가 꺼지길 반복했다. 애 액이 줄줄 흘러서 윤서경의 손가락이 드나들 때마다 찰박거리며 튀었다. 허벅지를 타고 흐르는 액체가 제 몸에서 나온 게 맞는지 이상할 지경이었다.

"아, 아……."

언제부터인가 아프다는 생각은 사라졌다. 부드럽게 풀어진 구 멍은 알파의 손길에 그저 기뻐하기만 했다. 젖은 내벽을 만지고 입구를 누르며 오가는 손에 머리가 저릿했다. 유온은 베개를 안은 팔에 힘을 주며 너무 크게 튀어 나올 것 같은 신음을 참았다.

윤서경이 갑자기 손을 빼냈다. 안에 잔뜩 고여선 그의 손을 적 셔 놓던 애액이 밖으로 확 튀었다. 유온의 입에서 가느다란 신음 이 흘러나왔다. 윤서경이 젖은 손으로 어깨에 걸치고 있던 다리를 쥐어 놓으면서, 침대 위로 유온의 두 다리가 모두 축 늘어졌다. 유 온은 허전해진 안쪽을 저도 모르게 조였다. 윤서경의 시선이 오므 라드는 구멍에 고정되었다.

여전히, 아니, 조금 전 이상으로 그의 눈은 열에 들떠 있었다. 평소와 달리 전혀 여유가 없는 얼굴에 유온은 가슴이 뛰기까지 했다. 그와 처음으로 보내는 러트였다. 몇 시간, 길면 며칠을 그에 게 안겨 있을 수 있을지도 몰랐다.

기쁜 기분으로 물끄러미 윤서경을 올려다보는데, 그가 다시 유온 의 몸 위를 덮더니 유온이 안고 있던 베개를 빼앗아 옆으로 던졌다.

유온의 시선이 베개를 따라갔다. 윤서경은 베개 대신 제 몸을 유온에게 안겨 주었다.

유온이 기꺼이 베개 대신 윤서경의 목을 끌어안았을 때 아래에 축축하고 단단한 것이 닿았다. 매끄러운 부분이 구멍 입구의 주름 하나하나를 만지듯 문질러졌다. 귀두와 기둥이 고루 회음부터 구멍과 엉덩이 골, 성기 아래쪽까지 닿았다. 유온은 약간 당황했다. 원래, 원래……, 이렇게…….

아래를 보고 싶었지만 윤서경의 상체에 가려져서 보이지 않았다. 하지만 느끼는 것만으로도 안에 넣을 수 있을 것 같지 않다. 유온은 무심코 도망치려 몸을 움찔했다. 그게 알파를 자극했다. 윤서경은 유온이 움직이지 못하도록 허벅지를 꽉 틀어쥐고 성기 끝을 구멍에 누르더니, 그대로 박아 넣었다.

"흐, 으……!"

유온의 눈이 크게 뜨였다. 단번에 긴장한 온몸이 빳빳하게 굳었다가 그대로 격렬하게 떨렸다. 들이켠 숨이 채 내뱉어지지도 않았다. 넣을 수 있을 것 같지 않던 성기는 허벅지 사이가 미끄러워질 정도로 질척하게 흐른 애액과 윤서경의 힘에 쉽게 밀려 들어왔다.

하지만 삽입만 쉬웠을 뿐 충격은 고스란했다. 배가 완전히 윤서경의 것으로 꽉 차 버린 것 같았다. 윤서경과의 체격 차이, 성기의 크기, 삽입한 자세, 살이라곤 없는 유온의 몸 때문에 배에 희미한 굴곡이 생겼다.

"……아, 아……."

유온은 부들부들 떨며 간신히 신음을 흘렸다. 윤서경이 흥분에 흐려진 얼굴을 한 채 그런 유온을 만족스럽게 내려다보았다. 그 눈길에 긴장이 조금 풀렸다.

아래는 더 벌어질 수 없을 만큼 빠듯하게 열렸고, 입구를 벌린 그 압박감 그대로 명치 언저리까지 성기가 들어차 있었다. 버거운 물체를 받아들이기 위해서 애액이 계속 흘렀다. 내벽을 적시고 흘러나오는 미끄러운 액체를 윤서경도 민감한 살갗으로 느끼고 있을 것 같았다.

억지로 벌어진 충격에 굳은 듯하던 안쪽의 살이 조금씩 움찔거리기 시작했다. 바르르 떨리듯 움직이는 내벽이 윤서경의 성기에 달라붙어 조여들었다. 윤서경이 눈을 가늘게 뜨더니, 몸을 굽혀 유온에게 입 맞췄다.

그가 몸을 움직이면서 안쪽에서 성기도 위쪽으로 조금 들렸다. 유온이 다시 몸을 떨었다. 연약하게 내뱉은 숨결이 윤서경의 입 안으로 들어갔다. 윤서경은 그렇게 유온에게 입술을 붙인 채 허리를 쳐올렸다.

"아……!"

입술이 잠시 떨어진 틈이었다. 성기가 반쯤 빠져나갔다가 다시 안을 때리며 들어왔다. 그 잠깐 사이 조밀하게 다물렸던 길이 비틀려 열렸다. 숨을 내쉰 윤서경이 유온의 뺨과 목덜미에서 냄새를 맡다가 갈라진 목소리로 속삭였다.

"체향. 감추지 말고……, 내보내 봐요."

"웃……."

유온은 고개를 가로저었다. 그제야 주위에 자신의 체향이 흐르고 있다는 걸 깨달았다. 쏟아진 애액에서 나온 향이었다. 이미 그가 맡았다고 해도, 체향을 억누르는 건 오랜 습관이었고 타인 앞에서, 그것도 윤서경 앞에서 내보내고 싶진 않았다.

거듭 말해도 유온이 듣지 않자 윤서경은 화가 난 것처럼 유온의 두 손목을 붙잡더니 거칠게 움직이기 시작했다. 윤서경에 비하여 작은 몸이 마구 흔들렸다.

"······아, 아, 아! 으응, 흑, 아아······!"

아프다고 말할 뻔했지만 그러면 윤서경이 멈출 것 같아서 속으로 넘겼다. 배 속을 얻어맞는 듯했다. 하지만 아픈 것만이 아니라, 무섭게 일어선 성기가 내벽을 때릴 때마다 온몸이 떨렸다. 태어나서 처음 느끼는 열락이었다.

"흑, 으응······, 으, 흑! 아!"

점점 생각이 무뎌졌다. 쾌락에 절어 머리가 마비되어 가는 것 같았다. 아래는 철벅거릴 정도로 젖었고 애액이 허리를 타고 뚝뚝 떨어졌다. 윤서경이 잠깐이라도 나갈 때마다 배 속이 근질거리다가, 안을 세게 문질러 주면 해소되었다. 격렬한 감각에 온몸에 땀이 솟았다. 새빨개진 얼굴로 눈물을 흘리던 유온은 견디지 못하고 억제하던 체향을 확 흘렸다.

한순간 윤서경의 움직임이 멈췄다. 그는 살이 맞닿을 만큼 유온의 안에 성기를 바짝 밀어 넣은 채 고개를 모로 기울였다. 체향을 느끼는 것 같았다. 얼른 다시 거두려 했으나, 윤서경은 팔을 뻗어 유온의 몸을 와락 껴안고 뺨과 귓가에 비비듯 입을 맞추며 속삭였다.

"그대로 있어요."

"……웃, 하지만……, 맡기 싫으실, 텐데……."

"왜요?"

유온은 배가 아픈 듯, 저린 듯, 이상한 감각 속에서 대답했다.

"이상하다고 했는데……."

그러자 입맞춤이 멈췄다.

"누가?"

"……."

"누가 너한테 그런 말을 했어?"

낮고 갈라진 목소리였다. 기분이 좋지 않은 것 같았다. 머리카락을 쓰다듬던 손이 그대로 머리채를 잡아챌 거라 생각하고 유온은 눈을 감았다. 하지만 윤서경은 유온의 머리를 살살 쓸어내렸다.

"그대로 있어요. 거두면 나도 거둘 거니까."

"……."

유온은 고개를 끄덕이는 수밖에 없었다. 윤서경이 다시 허리를 움직이기 시작했다. 잠시 소강되는가 싶던 열이 곧바로 올라왔다. 살이 부딪치는 소리가 적나라했다. 윤서경의 손이 몇 번쯤 묽은 액체를 쏟은 유온의 성기로 향했다.

"아……! 흐윽, 아, 안 돼……."

양쪽으로 밀려드는 쾌감이 버거웠다. 그의 손이 감싸고 몇 번 쓸어주며 안쪽을 함께 찌른 것만으로 머릿속이 하얗게 비더니 정액이 쏟아졌다. 한 차례 절정을 겪었으나 갈증은 전혀 해소되지 않았다. 윤서경은 그런 유온의 상태를 안다는 듯이 계속해서, 지금까지보다 빠르게 하반신을 밀치듯 쳐올렸다.

"아, 아……, 아, 으, 응……!"

이상한 일이었다. 분명 사정했는데, 몸속에 고인 무언가가 해소되지 않은 기분이었다. 유온은 어찌할 바를 모르고 윤서경에게 매달렸다. 그는 유온을 안은 채로 점점 더 빠르게 움직였다. 안쪽은 이미 잔뜩 부었고, 짓누를 때마다 유온의 입에서 비명을 끌어냈다.

그러던 순간 갑자기 온몸이 서늘해지듯 이상한 느낌이 퍼졌다. 배가 빳빳해지고 현기증이 일었다. 이어, 파도처럼 격렬한 감각이 덮쳐들었다.

"흐으윽……! 아, 아……, 아…….”

멍한 신음밖에 나오지 않았다. 머릿속에서 희게 무언가가 번쩍거렸다. 사정과는 완전히 다른, 알파와의 섹스로 인한 절정이었다. 안에서 애액과 다른 액체가 흘러나오고 있었다. 미끈거리는 물이 꽉 조인 내벽과 성기의 틈새를 조금씩 적셨다. 유온은 정신없이 떨며 여파가 다 지나가기를 기다렸다.

윤서경 또한 덜덜 떠는 유온을 몰아세우지 않았다. 그는 가쁜 숨을 쉬며 유온을 지켜보다가, 떨림이 조금 가라앉나 싶으니 곧바로 움직이기 시작했다. 성기가 다시 안을 찌르고 들어왔을 때도 유온의 몸은 아직 들떠 있었다. 그 몸에 다시 새로운 자극이 찾아오니 도망치고 싶었다. 또다시 침대를 짚으며 몸을 빼려 하다가 윤서경에게 붙들렸다.

"왜 자꾸 도망가."

"아……, 아, 아, 잠깐, 잠깐, 서경 씨, 잠시만……!"

유온의 입에서 나오는 목소리가 점점 높아졌다. 괴롭기까지 한 쾌감 속에서 유온은 마구 버둥거렸다. 눈을 깜빡일 때마다 눈물이 떨어졌다. 숨결이 잔뜩 섞이고 드문드문 끊어지는 긴 비명이 새어 나왔다.

그때 윤서경이 유온의 두 다리를 벌려 허벅지에 얹으며 상체를 가까이했다. 그도 사정하면 끝날 거라는 생각에 숨을 몰아쉬며 올려다보는데, 안쪽의 느낌이 묘했다. 할딱거리며 윤서경을 보던 유온의 눈이 커졌다. 안에서 윤서경의 성기가 느릿하게 부풀고 있었다.

"으, 응, 아, 안 돼……, 아……, 웃……!"

그러나 노팅을 시작한 알파는 제정신이 아니었고 유온이 버둥대다 못해 팔뚝을 손톱으로 긁어도 전혀 개의치 않았다. 이렇게 안에서 성기가 커지다간 배를 비집고 나와 버릴 것 같았다. 윤서경의 단단한 허벅지 위에 올라간 다리가 맥없이 미끄러져 더욱 벌어졌다.

유온이 겁을 먹기 시작했을 때, 또다시 새로운 감각이 찾아들었다. 절정과는 달랐다. 애액이 안을 흠뻑 적시며 쏟아지고 온몸이 풀어졌다. 노팅을 받아들이기 위한 반응이었다. 전신을 고양시키는 감각에 유온은 눈을 가늘게 뜨며 신음했다. 이제는 안에서 성기가 커지면 커질수록 짜릿하고 달콤한 쾌감만 퍼졌다.

"하아, 아……, 아……."

피부 여기저기가 따끔따끔 저렸다. 윤서경이 손을 뻗어 유온의 뺨을 감쌌다. 자신을 안는 알파의 손길에 유온은 저도 모르게 얼굴을 기댔다. 입술이 내려왔다. 잔뜩 붓고 젖은 입술로 키스를 나누며 두 사람은 같은 쾌감 속에 빠져들었다. 몸속에서 성기가 완전히 부풀고, 얼마 후 안으로 배가 불러질 만큼 많은 양의 정액을 쏟아냈다.

정액은 대부분 몸속 어딘가로 흘러 들어갔다. 원래 크기로 돌아온 성기를 천천히 움직이던 윤서경이 안에서 빠져나갔다. 빠끔 벌어진 구멍에서 흘러들지 않고 남은 정액이 뭉클거리며 흘러나왔다.

지친 입술 사이에서 색색거리는 숨이 샜다. 유온은 거의 풀린 눈으로 멍하니 윤서경을 바라보다가 눈을 감았다.

* * *

유온은 고요함에 눈을 떴다. 소란이 아니라 정적에 깨어나다니 신기한 일이었다. 몸을 일으켰을 때, 왜 잠이 깬 건지 알 수 있었다. 넓은 창밖으로 희끗희끗 눈이 내리고 있었다. 첫눈이고 함박눈이었다.

창가로 다가가기 위해 일어나는데 온몸이 저릿했다. 유온은 주위를 둘러보았다. 평소 자신이 머무는 방이 아니라, 윤서경의 침실이었다. 왜 여기에 있으며 몸이 아픈 건지 생각하다 잠들기 전 있었던 일을 떠올렸다.

얼굴을 새빨갛게 물들인 채 유온은 제 몸을 내려다보았다. 섹스를 한 흔적은 남아 있지만 어디 하나 지저분한 곳 없이 깨끗했다. 시트도 마찬가지였다. 그렇게 적셔 놨는데.

부끄러운 생각을 밀어내며 유온은 자리에서 일어났다. 창가로 다가가자 내리는 눈이 더 잘 보였다. 어두운 하늘에서 떨어진 눈은 멀리 땅 위에 쌓였다. 이따금 우산을 쓴 사람들이 조그마하게 지나갔다.

왜 눈이 내리면 이렇게 조용해질까.

물끄러미 창밖을 보던 유온은 어둠 속에서 현관문이 열리는 소리를 들었다. 다행히도 옷을 입고 있다. 유온은 그대로 슬리퍼도 신지 않은 채 현관으로 향했다.

현관은 불이 켜지지 않았는지 어두웠다. 창밖에서 들어오는 눈에 비친 희부연 빛이 유일한 조명이었다. 그 차가운 어둠 속에 윤서경이 서 있었다.

유온은 고개를 갸웃했다.

윤서경의 분위기는 이상했다. 눈은 멍했고, 뺨은 굳어 있었고, 입술은 꽉 다물린 채였다. 엘리베이터를 타고 올라오면서도 다 녹지 않은 눈송이가 검은 코트에 묻어 있었다. 차디찬 바람이 그의 몸에 배어 무척 추워 보였다. 또한 지칠 대로 지친 듯, 피로와 무력함이 역력했다.

그는 꼭…… 먼 길을 돌아온 사람 같았다.

유온이 그를 부르려 막 입을 열었을 때, 그가 먼저 말했다.

"……미안합니다, 이유온 씨."

"서경 씨……?"

"미안합니다."

2

유온은 의아할 뿐이었다. 그가 무엇에 대해 사과하는 건지. 아, 혹시 오늘 있었던 일일까. 그거라면 윤서경이 미안해할 필요가 없었다. 저는 그런 일로 윤서경에게 사과를 받을 만큼 가치 있는 사람이 아니었다. 유온이 고개를 가로저었다.

"사과 안 하셔도 괜찮아요. 저는……."

그러자 윤서경은 침울한 얼굴을 들었다. 그는 느리게 손을 뻗어 유온의 손을 잡고 조심스럽게 들었다. 손이 마른 팔을 가늠하듯 쓸어 올리며 감쌌다. 마치 귀중한 것이라도 다루는 듯한 움직임에 유온은 당황했다.

다른 손이 얼굴을 향해 뻗어 왔다. 뺨에 손끝이 닿은 순간 저절로 눈이 가늘어졌다. 조금 전까지 제 안에 있었고, 노팅해서 넘칠 정도로 정액을 쏟아낸 상대의 손길이 황홀했다. 섹스하던 도중에 그랬던 것처럼 유온은 뺨을 그의 손에 기댔다.

윤서경이 짧은 숨을 내쉬었다. 조금씩 둘 사이의 공기에 열이 깃들었다. 이대로 있으면 다시 그와 몸을 나누게 될 것 같았다. 아직도 온몸이 아픈데도 거부감은 없었다. 느꼈던 열락은 달콤했다. 괴로움도 충분히 감수할 수 있을 만큼.

그러나 그 분위기는 금방 깨어졌다. 창밖에서 울린 긴 클랙슨 소리 때문이었다. 워낙 고층이라 지상의 소음도 잘 올라오지 않는데, 눈길에 차가 미끄러지기라도 한 건지 유독 요란해서 이곳까지 닿았다.

윤서경이 손을 거두고 손길을 대신하듯 물었다.

"아픈 곳은 없습니까?"

사실 아래도 배도 팔다리도, 머리만 빼면 온몸이 다 욱신거렸다. 하지만 유온은 고개를 가로저었다. 윤서경은 곧 돌아갈 테니 그때 뭐든 약을 먹으면 될 것 같았다.

"조금 더 자는 게……."

윤서경이 말한 순간 유온은 한 걸음 뒤로 물러섰다. 그의 얼굴에 의아함이 번졌다. 그가 이상하게 생각하리라는 걸 알았지만 어쩔 수 없었다. 몸은 깨끗했지만 아직 안쪽에 정액이 남아 있었는지, 미지근한 액체가 허벅지를 타고 흐르고 있었다.

당황한 유온은 두리번거리다가 무작정 거실 욕실로 들어갔다. 거실 욕실은 문이 곧바로 보이는 게 아니라 벽 안쪽에 숨겨져 있었다.

그걸 끌어당겨 닫을 생각도 못 한 채 한 걸음 들어갔다가 멈춰 섰다. 울컥거리며 계속 다리가 젖어 들었다.

생각보다 몸속에 스며든 양이 얼마 되지 않는 건지, 아니면 들어가고도 이렇게 남을 만큼 많이 쏟아진 건지. 그러다 곧 정액이 흐르는 것 이상의 문제가 있다는 걸 깨달았다.

'아, 맞아……, 안에…….'

노팅을 했다. 유온의 당혹감이 순간에 불안함으로 모습을 바꾸었다. 아직 결혼식도 하지 않았고, 윤서경이 아이를 좋아할 것 같지도 않았다. 다른 사람들의 시선은 말할 것도 없었다.

유온은 윤서경이 있다는 것도 잠시 잊고 걸음을 돌려 탈의실로 갔다. 약 선반을 뒤지는 손길이 조급했다. 초조한 마음에 약통이 툭툭 떨어져 바닥을 굴렀다.

원하던 약을 찾아낸 유온은 그것을 손바닥에 쏟았다. 다급하게 세면대로 가서 생수 병을 집어 들었을 때였다. 갑자기 뒤에서 뻗어 온 손이 병을 쥔 유온의 손을 그대로 감쌌다.

등을 윤서경의 가슴이 덮었다. 다른 손을 세면대 가장자리에 얹어 유온을 품속에 가두듯 한 채로 그가 물었다.

"무슨 약입니까?"

"아……, 피, 피임약이요, 사후피임약……."

고개를 들자 거울에 자신과 윤서경의 모습이 비치고 있었다. 윤서경은 눈을 가늘게 뜬 채로 유온에게 시선을 고정한 채였다.

"그걸 왜 먹어요. 그리고, 왜 가지고 있습니까?"

"그야, 임신하면 안 되니까……. 약은 선생님, 주치의 선생님이 주셨어요. 혹시 무슨 일이라도 있으면 먹으라고."

"무슨 일?"

유온은 거울 속 윤서경을 보지 않고 시선을 떨어뜨렸다. 물 한 방울 묻지 않은 세면대가 보였다. 주치의가 이 약을 줄 때도 '무슨 일이 있으면'이라고밖에 하지 않았다. 지금까지 먹을 일이 없었고 앞으로도 어지간하면 먹지 않을 거라 생각했다.

"적어도 이 약은 안 먹는 게 낫겠습니다."

윤서경의 손이 유온의 손을 가만히 펼치며 약을 빼앗아 갔다. 그는 한 손으로 능숙하게 약 뚜껑을 열고는 내용물을 쏟았다. 유온의 눈앞에서 흰 알약이 와르르 쏟아져 일부는 세면대며 바닥으로 떨어지고, 일부는 윤서경의 손바닥에 남았다. 윤서경은 손에 남은 알약을 그대로 세게 움켜쥐었다.

손으로 쥐었을 뿐인데 약은 너무 쉽게 뭉개지듯 부서졌다. 가루가 된 약도 세면대로 마저 떨어지고, 윤서경은 물을 틀었다. 뜨거운 물이 흘러나오면서 유온이 이곳에 오고 한 번도 사용한 적 없는 세면대가 물에 젖었다.

흐르는 물에 약이 모양을 잃으며 녹아내린다. 알약 표면의 기호도, 모양도, 전부 흐물흐물하게 무너져 물살을 따라서 배수구로 완전히 사라졌다. 유온은 멍하니 그것을 보고 있었다.

유온에게 물이 튀지 않도록 세면대에서 조금 떨어뜨려 놨던 윤서경은 물을 잠그고 유온을 대리석 상판 위에 앉혔다.

차가운 상판이 하체에 닿자 몸이 움찔했다. 축축하게 젖은 옷이 아래에 스쳐 묘한 기분도 들었다. 윤서경이 고개를 숙여 유온의 다리를 보았다. 발목에서 한 뼘 정도 올라오는 길이의 바지 아래로 가늘게 흐른 정액이 반쯤 말라붙어 있었다.

윤서경은 유온을 안아 들고 욕조로 향했다. 물을 튼 뒤 욕조 가장자리에 앉은 그는 유온의 몸의 방향을 바꾸어 안고 헐렁한 바지를 내렸다. 여기서 다시 하려는 줄 알고 일순 몸을 굳히자, 윤서경은 유온의 등을 감싸 끌어안고 뺨에 입 맞췄다.

느리게 내려간 손이 아직 열을 품은 채 부은 아래를 더듬었다. 근처를 조금씩 만지자 그곳은 금세 다시 젖어 들기 시작했다. 윤서경은 연한 살을 누르고 안으로 들어왔다.

다른 것은 하지 않았다. 내벽을 조심스레 긁으며 안에 아직 고인 정액을 긁어낼 뿐이었다. 벌어진 틈에서 덩어리진 정액이 떨어져 유온의 다리와 윤서경의 옷을 적셨다. 고급스러운 정장 하의가 지저분해지는 걸 보며 유온이 버둥거렸지만, 윤서경은 그를 꽉 끌어안을 뿐이었다.

"저기, 서경 씨……, 저……."

유온은 안절부절못했다. 세면대에서 다 녹아 버린 약이 신경 쓰였다. 그게 있어야 할 것 같았다.

덜컥 임신했다고 하면 주변의 그 누구도 기뻐하지 않을 것이다. 윤서경은 왜 이렇게 반응할까, 그것도 신경 쓰였다. 아직 러트가 끝나지 않아서일지도 몰랐다.

이성적인 것처럼 보이지만 묘했다. 지나칠 정도로 다정하다. 그 자체는 이상한 일이 아니지만 상대가 자신이라는 게 문제였다. 유온은 입을 수 없을 정도로 더러워진 윤서경의 옷을 계속 신경 썼다.

정액과 제 안에서 흘러나온 애액이 뒤엉켜 어두운 색 정장이 희멀겋게 얼룩져 있었다.

아직 약효가 듣는 시간은 여유가 있었다. 자신이 그 시간 안에 피임약을 구하러 여기서 나갈 수 없을 뿐. 그렇다면…….

유온은 약 중에서 피임약과 비슷한 효과를 낼 수 있는 게 무엇인지 가늠해 보았다. 몇 가지 종류를 섞어 먹으면 될 것 같기도 했다.

그러는 사이 물이 가득 찼다. 욕실의 조명 때문에 어두운 유리벽에 물그림자가 어른거렸다.

이제 안에 남은 정액은 없었다. 하지만 윤서경의 손은 느른하게 안을 만지고 있었다. 다른 손이 윗옷의 단추를 하나씩 풀고 옷을 유온의 몸에서 끌어내렸다. 유온은 머뭇거리다가 그를 마주 끌어안고, 어설프게 허벅지를 움직였다. 윤서경이 멈칫했다.

멈칫했을 뿐이었다. 윤서경은 거기서 유온의 아래를 벌리며 성기를 밀어 넣는 대신, 입을 맞췄다. 연인 사이에 하는 것처럼 열렬한 키스가 이어졌다.

가까이 포개어진 입술에서 젖은 소리가 울렸다. 유온은 얼굴이 달아올랐다. 자신이 어설퍼서 윤서경이 식어 버린 것 같았다. 그 부끄러움을 키스의 열기로 감출 수 있어서 다행이었다. 괜한 짓을 했다는 후회가 들었다.

입맞춤만으로도 몸은 달아올랐다. 아래가 젖는 감각이 전에 없이 선명했다. 더운 숨을 내뱉으며 유온은 윤서경이 그가 원하는 행동을 하기만 기다렸다. 먼저 움직일 용기 같은 건 없었다.

"······으, 음······."

목에서 짧게 앓는 소리가 흘러나왔다. 윤서경이 또 멈칫하더니 입술을 떼고 유온을 안아 들었다. 발끝부터 따뜻한 물이 닿았다. 어느새 유온은 크고 둥그런 욕조 안에 앉아 있었다.

"서경 씨······."

"네."

"아, 대, 대답해 달라는 게 아니라."

"대답을 해야죠."

"······."

차분한 목소리는 맞는 말을 했으나 유온을 당황하게 만들었다. 멍해진 사이 윤서경은 옷을 갈아입고 오겠다며 일어났다. 눈으로 따라가자 그는 나가다 말고 돌아서서 잠시 유온을 보더니, 욕실에서 탈의실로 가는 문을 슥 당겨 닫았다.

분리된 공간에 혼자 남겨진 유온은 닫힌 문을 어리둥절하게 쳐다보다가 고개를 숙였다. 적당히 따뜻한 물은 결리고 아프던 몸을 조금씩 이완시켰다.

유온이 조금씩 움직일 때마다 물이 출렁거렸다. 조금씩 흔들리는 물결 속에서 유온은 발끝을 가만히 모은 채 바라보았다. 팔다리에 윤서경의 손에 잡혔던 멍과 입술이 닿았던 흔적이 남아 있었다.

앞으로······, 열 시간 정도는 괜찮을까. 적어도 그 안에 윤서경은 하고 싶은 걸 마치고 나가거나 잠들거나 할 터였다. 자신만 깨어 있으면 된다.

유온은 벌써부터 신경을 곤두세웠다. 아까는 정신을 놓고 있어서 까무룩 잠들었지만 잠들지 말아야 할 때 버티는 건 익숙했다. 아프거나 힘들 때도 마찬가지였다. 섹스를 또, 한다면 힘들겠지만 어떻게든 버틸 수 있었다.

그래도 지금은 얌전히 있어야 했다. 유온은 다리를 끌어안은 채 물그림자만 바라보았다. 유리벽 너머의 야경도 눈에 들어오지 않았다. 얼마 후 욕실 문이 열리고 윤서경이 보였다. 그는 정장보단 조금 가벼운 옷으로 갈아입은 뒤였다.

"⋯⋯."

욕실의 미닫이문을 잡고 선 그는 아무런 말도 없이 유온을 바라보다가, 유온이 더는 시선을 마주치지 못하고 이리저리 피하며 허둥거리기 시작했을 때 그 자리를 떠났다.

완전히 방으로 들어가거나 한 건 아니었다. 그는 거실 소파에 앉았다. 유온의 모습이 보이진 않지만, 유온이 욕조에서 나오면 바로 알 수 있는 위치였다.

윤서경이 거기서 움직이지 않으리라는 걸 안 유온은 조심조심 욕조에서 일어났다. 그가 자신을 기다리고 있는 건 아니었으나 신경이 쓰여서 가만히 앉아 있을 수가 없었다.

벽에 걸린 가운을 끌어당겨 걸치고 찰박거리며 욕조 아래의 푹신한 타월 매트를 밟고 서자 윤서경이 일어나 다가왔다. 손에 갈아입을 옷을 들고 있었다. 이렇게까지 해 주지 않아도 되는데, 조금 당황해서 옷을 든 손을 흘끗 보았다.

"조금 더 있지 그래요."

유온은 말없이 고개를 가로저었다. 섹스를 한 직후라서인지, 그가 오늘따라 이상하게 보여서인지 유독 눈을 마주칠 수가 없었다. 그래서 유온은 자신을 보고 있는 눈동자가 물결처럼 일렁이고 있다는 걸 알아차리지 못했다.

유온의 거절에 윤서경은 더 말하지 않고 옷을 건넸다. 유온은 받으면 안 되는 대단한 물건이라도 받는 것처럼 두 손을 내밀어 받고, 구석으로 꾸물꾸물 기어들어 가서 입었다.

말없이 그를 지켜보던 윤서경은 유온이 어색하게 든 가운을 가져가 욕조에 대강 걸쳐 두고 유온의 손을 잡은 채 욕실에서 빠져나왔다.

러트가 온 알파는 원래 이런 건가?

유온은 어찌할 바를 모른 채 윤서경이 이끄는 대로 끌려가 그의 침실로 들어갔다. 침실에 왔으니 또 섹스를 하는 걸까 생각했는데 윤서경은 유온을 제 옆에 눕히고는 그대로 끌어안았다. 자라는 것 같았다.

그러나 윤서경의 팔을 벤 채론 자는 건 고사하고 움직이는 일조차 할 수 없었다. 숨 쉬는 것마저 어렵다. 차라리 추운 한밤중에 맨발로 서서 버티는 게 나았다. 이대로라면 잠들지 않는 건 쉬울 테니 그나마 다행이라고 해야 할까.

피곤했는지 윤서경의 숨소리는 금방 고르게 가라앉았다. 힘이 들어간 몸으로 조금만 더 버티자고 생각하며 숫자를 셌다.

그리고 잠은 안 들 것 같아 다행이라 생각한 게 무색하게도, 100을 세기도 전에 깜빡 잠들었다.

퍼뜩 깨어난 유온은 놀라서 눈을 크게 떴다. 언제 잠든 걸까. 창밖이 어두운 걸 보면 그나마 오래 잠들진 않은 듯했다. 여전히 코앞에 있는 윤서경의 가슴은 느리게 오르내리고 있었다. 유온은 눈길이라도 걷는 것처럼 살금살금 움직여 윤서경의 품에서 빠져 나왔다.

침실도 거실도 맨발로 걷는 게 춥지 않을 만큼 난방이 돌아가고 있었다. 이 정도면 윤서경이 덥지 않을까. 일단 약을 먹은 후에 온도를 낮춰야겠다고 생각했다.

유온은 약 선반 앞에 서서 약을 골랐다. 페로몬 조절이며 히트 사이클에 관련된 약을 이것저것 같이 먹으면 확실히 피임에는 효과가 있다고 했다. 일반 피임약보다 몸에 안 좋을 뿐이다. 약통 몇 개를 앞으로 끌어내고 하나씩, 한 번에 몇 알을 복용해야 하는지 확인하고 있을 때였다.

커다란 몸이 뒤에서부터 유온을 덮었다. 굵은 팔이 배 위에 감기고, 다른 손은 유온의 손을 감싸 손에 쥐고 있던 약병을 떨어뜨렸다. 발등 옆으로 툭 떨어진 플라스틱 병이 굴러갔다.

"먹지 말라니까……."

알파가 낮은 목소리로 속삭였다.

딱딱하게 굳은 유온은 대답은커녕 작게 움직이는 것조차 할 수 없었다. 그가 하지 말라고 한 것을 지키지 않고 멋대로 행동했다. 이유건이었다면 유온을 질질 끌고 가 세면대에 물을 받고 거기에 얼굴을 처박았을 것이다. 윤서경은 그런 난폭한 짓을 한 적이 아직 없지만 습관적으로 몸이 떨렸다.

"노팅한 게 신경 쓰이는 거라면 내일 병원에 가죠. 약보다 그쪽이 훨씬 몸에 부담이 덜 갈 겁니다. 시간도 여유가 있으니 걱정하지 말아요. 이 약은……."

윤서경의 손이 유온의 손을 놓고 더 앞으로 뻗어 가까이에 있는 약을 죄다 쓸어냈다. 그 손에 밀쳐진 약병은 힘없이 떠밀려서 선반 아래로 와르르 떨어졌다. 약은 뚜껑이 열려 내용물이 쏟아지거나 멀리 세면대 아래나 욕조까지도 굴러갔다.

"뭐가 들어 있는지도 모르고."

"……."

나지막한 말에 유온은 아직도 선반에 잔뜩 남아 있는 약통을 보았다. 양만 많지 의사에게 처방을 받은 평범한 시판 약이었다. 형질과 관련된 약만 아직 국내에 유통이 안 되는 외국 제품이 몇 개 있을 뿐이었다.

윤서경의 눈이 선반 위와 바닥을 가볍게 훑더니, 뒤에서 유온을 안은 채 뺨에 입을 맞췄다. 연달아 입을 맞추면서 유온을 약 선반에서 떼어내듯 뒷걸음질해 멀어졌다. 그가 조용히 속삭였다.

"당신이 싫다고 하는 건 아무것도 안 할 겁니다. 오늘은 이만 들어가서 자죠."

유온은 한층 더 안절부절못했다. 윤서경의 태도는 아무래도 지나치게 다정했다. 마치 다른 사람이 된 것처럼, 아니, 다른 사람을 대하는 것처럼. 자신에게 주어진 몫이 아닌 걸 받고 있다는 생각에 불편해서 견딜 수 없었다. 하지만 윤서경은 어쩔 줄 모르는 유온을 집어 들듯 안아서 침실로 돌아갔다.

* * *

  눈이 부셔서 깨어나자 아침이었다. 커다란 창에는 반투명한 커튼만 쳐진 채였다. 유온은 아직 잠이 덜 깬 얼굴로 커다란 창문을 보았다. 침대도 방 자체도 유온이 원래 아는 곳보다 넓었다. 천천히 주위를 두리번거리던 눈이 커졌다. 윤서경의 침실이었다.

  주위에는 아무도 없었다. 유온은 침대 한가운데서 가장자리로 몸을 끌어당기다시피 해 내려왔다. 거실로 나갈 작정이었으나 마음대로 되지 않았다. 몸에 힘이 쭉 빠지더니 그대로 주저앉아야 했다.

  "……?"

  앉으며 무심코 사이드테이블에 짚은 팔도, 두 다리도 힘들거나 긴장했을 때처럼 떨렸다. 그리고 배 속과 아래가 아팠다. 이유를 생각할 것도 없이 유온의 얼굴이 붉게 달아올랐다.

  몸은 더 씻을 게 없을 정도로 깨끗했다. 침대도 마찬가지였다. 어젯밤 윤서경은 유온을 방으로 데리고 들어와 똑같이 끌어안은 채로 누웠다.

  대신 이번엔 먼저 잠들지 않았다. 유온이 잠들 때까지 유온의 몸에 체향을 쏟아내기만 했다. 전신을 나른하게 만들던 그것은 충동에 흔들리는 알파의 난폭한 기운이 아니었다. 윤서경의 러트는 이르게 끝난 듯했다.

  방 안은 따뜻했지만 언제까지고 바닥에 앉아 있을 순 없었다. 유온은 하다못해 침대로 올라가야겠다고 생각하며 사이드테이블에 짚은 손에 힘을 주었다. 그러다 자연히 옮겨 간 시선이 메모지에 붙잡혔다.

[출근합니다.]

유온의 입이 벌어졌다. 단정하고 말끔한 글씨체는 윤서경의 것이었다. 이곳에는 청소 때문에 들어오는 직원들 말고는 유온과 윤서경밖에 없었다. 직원에게…… 남긴 걸까?

설마 나한테…….

유온은 메모를 한참 쳐다보다가 건드리지는 못하고 꾸물대며 침대 위로 다시 올라갔다. 아직 자신의 체온이 남은 이불 속은 따뜻했다. 베개에 머리를 푹 묻은 채 어젯밤부터 지금까지 일어난 일을 찬찬히 생각했다. 아무리 생각해도 머릿속에 마지막으로 남는 건 의아함과 혼란이었다.

이리저리 돌아누우며 한숨만 푹푹 쉬던 유온은 침대 언저리에서 깜빡거리는 불빛에 그리로 눈을 돌렸다. 검은색 전화기가 소리도 없이 점멸하고 있었다.

다시 침대 가장자리로 다가가서 수화기를 들자 목소리가 익숙한 호텔 직원이었다. 그는 상냥하게 아침 인사를 하며 지금 식사를 가지고 가도 될지 물었다.

"음, 지금은……."

조금만 더 누워 있고 싶었다. 그러나 윤서경이 지시한 일일 거라는 생각과 이 사람에게 두 번 연락하는 수고를 안겨야 한다는 부담감이 입을 다물게 만들었다. 유온이 조용해지자 직원은 다시 물었다.

─그럼 거실 식탁에 올려두어도 될까요? 금방 식지 않으니 천천히 드시면 됩니다.

"아. 네, 감사합니다."

반가운 제안이었다. 얼른 답한 뒤 유온은 마음을 놓고 다시 제가 누워 있었던 자리로 돌아가려다 우선 커튼을 열었다. 유온이 눕는 사이 커튼이 낮은 기계음을 내며 열렸다.

창밖으로 건물 옥상에 눈이 쌓여 남아 있는 게 보였다. 펑펑 쏟아지던 함박눈은 새벽에야 그친 모양이었다. 눈이 희게 얼어 버린 걸 보니 지금도 밖은 추운 듯했다. 이곳은 미끄러운 땅에서 한참 멀고, 추위로부터도 안전했다. 멍하니 창밖을 보던 유온은 다시 어제 일을 생각하기 시작했다.

정말 이상한 일투성이였다. 윤서경이 지금 여기에 없는 게 다행인지 아닌지 모르겠다. 러트와, 어딜 다녀왔는지 찬 바람을 몰고 돌아온 윤서경의 묘한 태도, 그 후의 일. 머리가 복잡했다. 하지만 윤서경이 제게 주던 다정한 눈길, 손, 포옹은 몇 번이고 가만히 되새기고 싶을 만큼 좋았다.

그는 왜 그렇게 행동했을까. 변덕이었을까……? 어제 낮에, 그제는 무슨 일이 있었더라.

"……."

유온은 두 눈을 둥글게 떴다.

어제 낮에는 가족들을 만났다. 윤서경과의 결혼을 두고 심한 꾸중을 들었다. 시키는 대로 하지 않는 유온을 보며 온가족이 싸늘한 얼굴을 했다.

평소였다면 그 일은 며칠간 유온을 괴롭히고, 불안에 시달려 숨을 못 쉬게 하고, 눈물을 뚝뚝 흘리며 울게 했을 것이다. 그런데 그 일을 조금 전까지 잊고 있었다. 그 상황을 다시 떠올려도 그저 '있었던 일'로만 여겨졌다.

부모님과 형들을 생각해도 가슴이 무거워지지 않기는 처음이었다. 한동안 혼나지 않고 평화가 이어질 때도, 가족은 그저 그곳에 있는 것만으로 유온을 긴장하게 만드는 대상이었다.

윤서경과 파혼하라고 명령하던 이유건의 목소리가 떠올랐다. 그때 유온에게 허락된 유일한 반응은 고분고분 머리를 끄덕이며 알겠다고 말하는 것이었다.

이렇게 이유건의 말에 버릇없이 반항해 본 적은 몇 번 없었다. 그나마 괜찮았던 결과는 창고에 끌려들어가 오래도록 혼나는 거였다. 그리고 최악의 결과는……

'내일까지 내다 버려.'

고양이를 키울 때였다. 겨우 허락을 받고 데리고 들어와 제 방 밖으로는 나가지도 못하게 하며 키웠다. 용돈을 쪼개서 사료도 사고 간식도 샀다. 방에서 냄새가 날까 봐 고양이가 싫어하는 걸 알면서 목욕도 자주 시켰다.

이유건은 한동안 참아 주었다. 유온이 고양이를 좋아한다는 이유에서였다. 그렇게 몇 달 정도 키웠을 때, 방에 들어온 이유건에게 고양이가 털을 바짝 세우며 날카로운 소리를 질렀다. 이유건은 곧바로 고양이를 버리라고 했다.

그때 안 버리면 안 되는지, 계속 키우면 안 될지, 다신 이런 일 없게 하겠다며 애원했다. 이유건은 불쾌한 얼굴로 나가 버렸다. 내일까지 내다 버리라는 말에도 고양이를 놓지 못해서 계속 끌어안고 있었다. 그는 화가 머리끝까지 나서는 유온에게서 고양이를 낚아챘다.

'이유온, 잘 봐. 너 때문에 이게 어떻게 되는지.'

그때 이유건이 시키는 대로 했다면, 적어도 고양이가 죽진 않았을 것이다.

지금도 그때와 상황이 비슷했다. 유온은 형과 가족들의 구중을 감수하면서까지 윤서경과 함께 있고 싶었다. 고양이처럼 윤서경도 해코지를 당하게 될까.

윤서경은 이유건보다 까마득히 높은 지위에 있었고, 고양이만큼 무력하게 당하진 않을 것이다. 그래도 무서운 건 어쩔 수 없었다. 유온의 안에서 이유건은 말 그대로 절대자였다.

'서경 씨한테 또 폐를 끼치면 어쩌지……'

최소한 귀찮고 성가시게 구는 정도는 충분히 할 테다. 이전에 그랬던 것처럼. 이불을 코끝까지 끌어당겨 덮으며 유온은 생각의 바다를 가라앉을 듯 불안하게 부유했다.

그러다 어젯밤 자신에게 사과하던 윤서경의 모습에 닿았다. 순간 이유건에 대한 생각이 녹아 버리고, 그 자리를 온통 윤서경이 채웠다. 이유건과 가족은 유온이 인식도 못하는 사이 사고의 뒷면으로 떠밀려 갔다.

윤서경은 왜 사과를 했을까? 그 이상한 분위기는 대체 뭐였을까. 러트에 관계를 한 것 때문에?

윤서경은 역시 정중한 사람이었다. 그 자리에서 곧바로 말했어야 했다. 사과하지 않아도 된다는 모호한 말이 아니라, 자신에겐 사과 같은 게 필요하지 않다고. 후회가 되었다. 자신은 윤서경의 입에서 미안하다는 말을 들을 주제가 못 된다. 게다가 이성을 반쯤 잃은 윤서경을 침대로 끌어들인 건 자신이다.

'혹시 오늘 저녁에 돌아올까. 오면 사과해야 해.'

얼마쯤 더 누워 있던 유온은 힘겹게 일어났다. 후들후들 떨리던 다리가 이제 움직일 수는 있는 정도가 되었다. 온 사방에 가득한 윤서경의 체향을 느끼며 거실로 나왔다. 식탁 위에 상이 차려져 있었다. 도자기 웜 플레이트에 담긴 죽이었다.

아직도 갓 만든 것처럼 따뜻한 음식을 먹은 뒤 거실 욕실에서 몸을 씻었다. 식사와 뜨거운 물 때문인지 몸 상태가 좀 더 나아졌다. 머리를 수건으로 닦으며 나오는데 탈의실이 뭔가 허전했다.

"어……."

고개를 돌리자 선반에 가득 쌓여 있던 약통이 전부 사라져 있었다. 분명 어젯밤에도 보았다. 갑자기 사라져 버린 약에 유온은 텅 빈 선반을 멍하니 바라보았다. 뒤늦게 둘러보니 어제 바닥이며 세면대에 떨어졌던 약도 작은 조각 하나 보이지 않았다.

만약 집에서 이런 일이 일어났으면 겁에 질려 당장 이유건에게 달려갔을 것이다. 그런데 이 비어 있는 선반을 보자 신기하게도 다행이라는 생각이 들었다. 뭔가 어떤, 몸을 누르고 있던 안 좋은 것이 깨끗하게 사라진 기분이다.

약의 행방을 생각하며 물기를 닦은 발에 푹신한 슬리퍼를 신고 다시 거실로 나왔을 때였다. 찰칵 소리와 함께 현관문이 열렸다. 식사를 치우거나 뭘 가져다 두러 온 호텔 직원인가 했는데, 뜻밖에도 윤서경이 들어왔다.

그는 간밤처럼 피폐한 얼굴을 하고 있진 않았다. 거실에 유온이 서 있는 걸 보고 멈칫 반응하더니 가까이 다가왔을 뿐이다. 러트가 완전히 끝난 건 분명했다. 가까이 온 그를 보며 우물쭈물한 유온이 작은 소리로 중얼거렸다.

"저기, 서경 씨, 죄송해요."

"……."

윤서경이 말없이 눈썹을 치켜떴다.

"어제는 제가……."

"잊어버린 것 같은데."

"네……?"

"죄송하다는 말 한 번 할 때마다 직원과 5분 동안 대화하기로 했습니다. 마침 저것도 치워야 하니, 부를까요."

……잊고 있었다. 5분이나 남과 대화하라니 막막했다. 유온의 얼굴이 희어지자 윤서경이 말했다.

"하지만 왜 사과한 건지는 묻겠습니다. 당신 생각 흐름이 도대체 어떻게 되는 건지 알아야겠어요."

"음, 그게, 그냥. 러트인데 제가 붙잡았고, 또 사과까지 하시게 했고……."

윤서경의 미간에 주름이 생겼다. 제가 뭔가 잘못 말했다는 생각에 유온은 곧바로 고개를 떨어뜨렸다. 무엇에 사과하는 건지 사실은 스스로도 잘 몰랐다. 습관적으로 할 뿐. 유온의 사고는 이 정도가 한계였다. 어색하거나 이상한 일이 있으면 우선 사과한다. 사과하면 덜 혼나고 덜 맞으니까.

"다시 말하지만, 앞으로 무슨 일이 있어도 죄송하다는 말 안 해도 됩니다. 뭐든 원하는 대로, 하고 싶은 대로 해요."

"……."

사실, 원하는 것도 하고 싶은 것도 없었다. 트러블이 생기면 사과하는 게 심적으로 훨씬 편했다.

윤서경은 시계를 한 번 확인하더니 말했다.

"옷 갈아입어요. 병원에 갈 겁니다."

"병원이요?"

묻고 나서 유온은 어젯밤 피임약으로 윤서경과 몇 마디가 오갔다는 걸 떠올렸다. 윤서경이 아직 시간 여유가 있다고 말했으니 괜찮을 것이다.

유온은 서둘러 옷을 갈아입고 나왔다. 추울 것 같아서 두툼한 점퍼를 걸치고 나오자 윤서경은 그런 유온을 부담스러울 정도로 빤히 쳐다보았다.

"이, 이상한가요……? 지금 갈아입을……."

"안 이상합니다. 하나도."

윤서경은 푹신해진 유온의 팔을 잡고 가볍게 끌며 방을 빠져나갔다.

* * *

    윤서경이 처음부터 유온에게 무관심했던 건 아니었다. 결혼을 하고 얼마간 그는 충분히 배우자로서 책임을 다했다. 그러나 아무리 책임감이 있는 사람이라도 수없이 병원에 불려 나오고, 그때마다 아무 일 아니었다는 말을 듣는다면 지긋지긋할 수밖에 없었다.

    가끔씩 들이닥친 형은 유온의 상태를 살피고는, 유온이 아프지 않다고 하는데도 병원에 끌고 가곤 했다. 윤서경에게 연락하려 하는 것을 제가 직접 하겠다며 몰래 엉뚱한 번호로 전화를 걸고, 연락이 안 된다고 얼버무린 것도 몇 번이었다.

    병실 밖에서 한참 이유건과 이야기를 하고 들어온 윤서경의 표정이 지금도 선명했다. 그는 아픈 곳도 없이 침대에 누운 자신을 보며 한숨을 쉬었다.

    그러니 이 상황이 그때와 겹쳐질 수밖에 없었다. 윤서경과 함께 병원에 있으니까. 다만 기억과 다른 건 유온이 진료실에 있고, 윤서경은 자의로 밖에서 기다리고 있다는 점이었다.

    병원에서는 우선 임신 여부를 확인했다. 간단한 검사로 곧바로 결과가 나왔다. 임신이면 곧바로 시술을 하려 했지만, 필요하지 않았다. 그러나 중년의 의사는 어두운 얼굴을 했다.

    "몸 상태가 꽤 안 좋으시군요. 아마 당분간은 노팅해도 임신이 어려울 것 같습니다."

    "아……."

    유온은 멍하니 고개를 끄덕였다.

"두드러지는 큰 문제가 있는 건 아니지만 몸이 전반적으로 많이 약해졌고, 스트레스가 심한 상황에 오래 노출되어 있었습니다. 일상생활을 유지하는 것만으로도 벅차서 임신할 여력이 없는 거죠. 이 정도면 히트 사이클도 거의 오지 않을 것 같은데요……."

이번에도 고개를 끄덕였다. 히트 사이클은 드문드문 오다가 요샌 그냥 거르는 달이 더 많아졌다. 사실 히트 사이클이 오지 않기를 유온 자신도 늘 간절히 바랐다. 그럴 때 특별히 같이 있을 사람이 없는 데다, 유온은 집에서 열에 들뜬 시기를 보내는 게 불편했다. 이유건이 집에 있기 때문이었다. 형이라 해도 그는 한창 젊은 나이의 알파였다.

"복용하는 약이 꽤 많다고 들었습니다. 목록을 좀 살펴보았는데, 성분이나 효과가 중복되는 약물이 꽤 많더군요. 몇 가지 처방을 드릴 건데, 복약 지도를 참고해서 불필요한 약 복용은 자제하셔야 합니다."

"저, 그럼……, 몸이 아프면요……?"

그러자 의사는 유온을 보며 부드럽게 웃었다. 유온이 익숙한 주치의와는 퍽 인상이 달랐다. 그는 매번 유온을 차갑게 쳐다보거나 혼내기만 했다.

"아플 때 먹으라고 약이 있는 거긴 하죠. 하지만 지나치면 오히려 건강을 해쳐요. 대신 설명에 따라서 한두 알만 먹어 보세요. 충분히 효과가 있을 겁니다."

의사가 컴퓨터에 무언가를 입력했다.

한두 알로 정말 들을까? 가끔 찾아오는 몸 이곳저곳의 통증은 정말 끔찍할 정도였다. 약이 적어 안 듣기라도 하면 그걸 고스란히 견뎌야 했다.

"약효가 돌 때까지 가만히 누워서 기다려 보세요. 여러 알 먹었을 때와 작용 시간이나 효과는 크게 다르지 않을 테니까요. 그리고 배우자 되실 분의 체향을 많이 맡으면 심신 양쪽으로 도움이 될 거예요."

"네……."

힘없이 대답하자 의사는 격려라도 하듯이 한 번 더 웃음을 지었다.

"그럼 이제 보호자님과 이야기를 좀 하겠습니다. 대기실에서 잠시만 기다리시겠어요?"

유온은 고개를 끄덕인 뒤 대기실로 나갔다. 윤서경이 서서 기다리고 있었다. 그의 커다란 몸을 본 유온은 눈을 깜빡였다. 보호자. 자신의 보호자이고, 배우자인 윤서경.

그는 유온이 나오는 걸 보더니 대기실의 의자를 가리키고 안으로 들어갔다. 푹신한 의자에 앉은 채 유온은 진료실 문을 바라보았다.

의사는 윤서경의 집안사람을 전담하는 의료진 중 한 명이라 했다. 부경 병원에 와서 전용 출입구로 들어와, 대기실도 호텔처럼 화려한 진료실에 왔다. 유온도 상당한 부잣집에서 자랐는데 윤서경은 정말 사는 세계가 달랐다.

얌전히 앉아서 윤서경을 기다리기를 한참, 진료실 문이 열렸다. 의사가 대기실까지 나와 두 사람을 배웅했다.

"조심히 들어가세요. 약물 복용량은 꼭 지켜 주시고요."

윤서경이 유온 대신 짧게 대답하고 유온의 등을 가볍게 감쌌다. 곧바로 주차장으로 내려오는 걸음에 유온은 고개를 갸웃했다.

"저, 약을 아직⋯⋯."

"방으로 가지고 올 겁니다."

그렇게 말한 윤서경이 조수석 문을 열었다. 유온은 우물쭈물하면서도 얼른 조수석에 올라탔다. 병원에 오는 길에도 윤서경이 직접 운전을 했다. 이렇게 문을 열어 주기도 했다. 윤서경의 이런 모습이 모든 기억을 통틀어서 처음이었기에 유온은 제대로 반응할 수 없었다.

윤서경은 바쁜 사람이었다. 번거로운 걸 싫어하기도 했다. 지금 제게 이렇게 신경을 써 주는 것이 너무 고마웠다. 하지만 그만큼, 신경을 많이 써 주는 만큼 더 빨리 질리고 귀찮아질 것이다.

고민하는 유온을 태운 채 차는 복잡한 도로를 달렸다. 차에 탄 후로 윤서경은 말이 없었다. 운전석은 물론 룸미러도 볼 수 없어서 제 손만 쳐다보던 유온이 창 쪽으로 고개를 들었다. 추운 날씨인데 사람들이 길게 줄을 서 있었다.

의아해서 쳐다보니 전자 기기를 파는 매장이었다. 뭘 사려고 이 날씨에 바깥에서 저렇게 기다릴까 생각을 하다가, 오늘 꽤 유명한 게임 소프트가 발매되는 날이었다는 걸 떠올렸다.

사실은 유온이 좋아하는 게임 시리즈였다. 예전에는 이유건이 한정판 게임기와 소프트를 둘 다 구해서 유온에게 안겨 주었다. 구하기 힘든 물건 같아서 혼자서 휴대폰으로 조금 검색해 보다가 포기했는데, 어떻게 알았는지 형이 가져다주어 무척 기뻤던 기억이 났다.

줄을 선 사람들은 눈도 덜 녹은 추위 속에 있는데도 즐거워 보였다. 물끄러미 그들을 보고 있는데 신호가 바뀌고 차가 출발했다. 아직 문을 열지 않은 전자 기기 매장과 줄 선 사람들이 뒤로 멀어졌다.

어느새 차창에 손까지 대며 구경하고 있었다. 유온은 손가락 끝이 유리에 닿아 생긴 작은 자국을 슥슥 문질러서 지웠다. 물기가 조금 묻은 손을 옷으로 닦으며 고개를 든 순간 무심코 룸미러로 시선이 갔고, 그 안에서 윤서경과 눈이 마주쳤다.

유온은 놀라서 헛숨까지 삼켰다. 귀신이라도 본 것처럼 당황하는 유온을 보며 윤서경은 말없이 시선을 돌릴 뿐이었다. 놀라서 쿵쿵 뛰는 가슴을 누른 유온은 이게 오히려 좋은 기회라고 생각했다. 입 안으로 몇 번 말을 중얼거리며 연습한 유온이 입을 열었다.

"저기, 서경 씨."

"네."

"저, 저한테, 너무……, 신경 써 주지 않으셔도 괜찮아요."

"무슨 말입니까?"

차가 느리게 커브를 돌았다. 멀리 호텔 건물이 보이고 있었다.

"바쁘시잖아요, 귀찮으실 거고, 저는……. 저는, 그러니까……."

뒤로 갈수록 목소리는 작아졌다. 말하다 보니 윤서경이 제게 큰 정성이라도 들여 준다는 것처럼 느껴졌기 때문이다. 폐를 끼치고 있는 건 맞지만, 이렇게 요청하는 것 역시 주제넘은 일인 걸 입을 연 후에야 깨달았다.

얼굴이 점점 발개졌다. 어느새 차가 멈췄고 주위는 어두웠다. 주차장에 도착한 뒤였다. 윤서경은 핸들에 손을 얹은 채 유온을 쳐다보았다.

"이유온 씨."

"네……."

"……나한테 신경 쓰지 않아도 됩니다."

"……."

똑같이 되돌아온 말에 유온은 눈을 깜빡였다. 그게 자신이 윤서경에게 말한 것과 의미가 크게 다르지 않음을 깨달았을 땐 다시 시선을 손 근처로 떨어뜨려야 했다. 역시 윤서경은 좋은 사람이었다. 이런 사람을 냉랭하게 만들고야 만 자신은 대체……. 익숙한 자기혐오가 한층 크게 올라왔다.

"여긴 추우니 일단 올라갑시다."

유온은 고개를 끄덕이고 문을 밀어 열었다. 차 안에선 춥다는 생각이 들지 않았는데, 넓게 트이고 외부의 공기가 곧바로 들어오는 지하 주차장은 정말 추웠다. 운전석에서 나와 어느 틈엔지 바로 뒤에 선 윤서경에게 재촉이라도 받는 것처럼 엘리베이터에 올랐다.

머릿속이 계속 복잡했다. 이유온은 무서웠다. 윤서경에게 무엇이든 받으면 받을수록 기쁜 마음이 들지만 순수하게 그 기쁨을 계속 안고 있을 수가 없었다. 언젠가 이유연이 제게 말한 적이 있었다.

'넌 참 불쌍해.'

웃음기가 없는 목소리였다. 얼마나 자신이 답답하고 모자라면 그가 불쌍하다는 말까지 하는지, 그날은 그 말을 계속 상기하고 생각하느라 잠도 제대로 이루지 못했다.

어느새 엘리베이터가 멈췄다. 윤서경은 방까지 따라 들어왔다. 옷을 걸어두고 손을 씻으러 욕실에 들어간 유온은 문득 거울 속 자신과 눈이 마주쳤다. 요 며칠 잘 먹고 푹 쉬어서 안색이 나아졌을 줄 알았는데 그렇지도 못했다. 여전히 음울하고 가칠한 얼굴이다.

자신이 불쌍하다고 생각해본 적은 없었다. 그러나 눈앞의 거울 속에 이유연이 말하던 그 '불쌍함'이 있는 것 같았다. 유온은 수도 꼭지를 열고 쏟아지는 미지근한 물에 천천히 손을 씻었다.

고개만 들면 거울 속의 자신이 보일 터였다.

온몸이 으스스해졌다. 머리가 무거워지는 기분이다. 유온은 이게 어떤 전조인지 잘 알았다. 숨을 크게 쉬고 눈을 깜빡여 보았지만, 폐부로 한껏 들어온 공기가 오히려 찬 바람처럼 몸속을 에이는 것 같았다.

가슴이 짓눌리는 듯한 괴로움은 점점 심해지고 심장이 피부를 뚫고 나올 듯 거세게 뛰었다. 눈앞에서 흐르는 물줄기도 제 손도 거울도, 아무것도 보이지 않았다. 시야가 극단적으로 좁아졌다.

이것만은 약 없이 견딜 수 없었다. 아픈 건 참을 수 있지만 이건 아니었다. 이대로 당장 쓰러져 죽게 되리라는 상상이 뇌리를 막막하게 지배했다. 게다가 유온은 한 번 죽음을 경험했다. 그 순간과 지금은 크게 다르지 않았다.

쿵, 하는 소리가 들렸다. 무릎에 희미한 아픔이 느껴졌다. 바닥에 주저앉아 버린 듯했다. 죽음의 공포는 모든 걸 마비시켰다. 뺨이 굳어 간헐적으로 경련했다.

윤서경과 의사가 약을 먹지 말라고 했지만 너무 괴로웠다. 방으로 가지고 온다던 약이 지금쯤 도착했을까. 하지만 지금 당장 손에 약이 없는데 어떻게 해야 하지. 약을 먹어도 듣기까지 또 시간이 걸릴 텐데. 헐떡이며 욕실 바닥을 기던 유온의 몸을 누군가가 들어 끌어안았다.

향수병을 엎은 것처럼 강렬하게 체향이 퍼졌다. 유온에게 익숙한, 유온이 좋아하는 향이었다. 자신을 끌어안은 건 윤서경이었다.

믿기 어려운 사실에 눈이 둥글어졌다. 하지만 이어서 윤서경에게 이런 모습을 보이기 싫다는 생각이 들었다. 고개를 저으려 했으나 몸은 그 정도의 말조차 듣지 않았고, 윤서경은 유온을 품속에 완전히 가두어 안은 채 체향을 쏟아냈다.

놀랍게도 점점 몸이 편해졌다. 약 몇 알을 한꺼번에 먹어도 이렇게 빨리 안정되는 일은 없었다. 두려움도 추위도 사라지고 머릿속이 맑게 돌아왔다. 무서운 꿈속에 있다가 밝은 햇살에 깨어난 것만 같았다.

그의 품에서 벗어나려 몸을 뒤틀었지만 머리와 등을 감싼 손은, 단단한 두 팔은 힘을 풀지 않았다. 미약하게 버둥대던 유온은 강인한 품 안에서 차츰 저항을 포기했다. 쫓기는 것처럼 빠르게 뛰던 맥박이 조금씩 가라앉아갔다. 식은땀이 얇게 밴 차디찬 몸을 윤서경은 온몸으로 감쌌다.

몸이 밀착하고 있었기에 윤서경의 느릿한 심장 박동이 피부를 통해 전해졌다. 자신의 심박은 느려지고, 그의 심박은 조금 빨라졌다. 결과적으로 두 박동은 비슷한 속도가 되었다.

발작이 잠잠해진 후에도 윤서경은 한참 동안 유온을 안고 있었다. 따뜻한 물속에 잠긴 것처럼 모든 게 편안해졌다.

알파의 체향이라는 게 이렇게까지 심신을 나른하게 만드는 것인 줄은 몰랐다.

윤서경은 유온의 몸이 완전히 축 늘어진 걸 확인하고 안아 들어서 거실로 나갔다. 외투만 벗기고 소파에 유온을 눕히듯 앉힌 그가 시계를 확인하곤 말했다.

"나가 봐야 합니다. 자정 전에는 돌아올게요."

"……여기로요?"

"싫습니까?"

싫다고 하면 정말 안 들어올 것 같았다. 유온은 재빨리 고개를 저었다. 시계를 확인한 윤서경이 눈을 조금 가늘게 뜨더니 침실에 들어갔다가 나왔다. 들어갈 때와 다른 시계를 찬 채였다.

"직원이 곧 약을 가지고 올 겁니다. 쉬고 있어요."

"네……."

유온이 할 수 있는 대답은 그것밖에 없었다. 윤서경은 정말 급한 일이 있는지 빠른 걸음으로 방을 빠져나갔다. 일어나서 배웅하려 했지만 몸을 일으키기도 전에 윤서경이 어깨를 가볍게 눌렀다. 돌아선 윤서경을 향해 급하게 일어났을 때 그는 이미 현관문을 열고 있었다.

어떻게 저렇게 서두르는 기색도 없이 빨리 걷지……. 신기한 기분이었다. 그가 나가고 다시 소파에 털썩 앉아서 멍하니 있었다. 직원이 초인종을 누른 건 20여 분 정도 지나서였다.

인터폰을 확인하자 익숙한 호텔 직원의 얼굴이 보였다. 손에 호텔 로고가 있는 쇼핑백을 든 채였다. 문을 열자, 직원은 정중한 인사와 함께 손에 들고 있던 쇼핑백을 내밀었다.

"감사합니다……."

인사와 함께 손잡이를 잡았는데 팔이 아래로 쑥 내려갔다. 예상했던 것과 너무 다른 무게 때문이었다. 웃기는 모습이었겠지만 호텔 직원은 오히려 같이 놀라더니 쇼핑백 아래쪽을 다시 받쳐서 들고 말했다.

"다른 물건이 같이 들어 있어서요. 미리 말씀을 드렸어야 했는데, 죄송합니다."

"아, 아니에요."

유온은 얼른 고개를 저었다. 이럴 정도로 무거운 건 절대 아니었다. 생각도 못한 무게감 때문에 당황했을 뿐이다. 괜히 신경을 쓰게 한 것 같아 쇼핑백을 끌어당겨서 한 손에 들었다. 직원은 한 번 더 유온을 확인하고는 가 보겠다는 인사와 함께 고개를 숙였다.

문을 닫고 돌아선 뒤 유온은 쇼핑백을 빤히 쳐다보았다. 대체 무슨 약이기에 이렇게 무거울까. 의아한 나머지 소파까지 가지도 못하고 그 자리에서 안을 뒤적거렸다.

갈색의 지퍼 백에 들어 있는 건 유온의 이름과 처방 날짜가 적힌 약통 몇 개였다. 그 아래에 상자가 하나 더 보였다. 약 봉투를 손에 들고 상자 패키지를 확인한 유온의 눈이 동그래졌다. 아까 사람들이 줄을 서서 사려고 하던 그 게임기와 소프트였다.

'이걸 어떻게…….'

산더미처럼 안겨 준(그리고 아직 제대로 끝낸 게 없는) 취미 생활 용품 중 하나일까. 아니면 병원에서 오는 길에 줄 선 사람들을 쳐다본 걸 보고 자신이 갖고 싶어 한다 생각한 걸까. 어느 쪽이든 유온은 오랜만에 물건을 보며 설렜다.

쇼핑백을 한쪽 팔에 건 채로 이번엔 약을 확인했다. 작은 통에 소분되어 담긴 약은 다섯 종류였고, 복약 지도서는 길었다. 대강 어디가 아플 때 먹는 것이라는 식으로만 약을 분류해 온 유온에게는 거의 약에 대해 설명한 사전 수준으로 보였다.

약을 어디에 둬야 할지 고민하다가 일단 그대로 쇼핑백에 넣어 두었다. 원래 먹던 약들이 있던 자리에 이걸 놓기가 싫었다. 왜인지는 알 수 없다. 굳이 말하자면, 뭔가가 섞여 버리는 듯한 느낌이 들었다.

테이블 한쪽에 약이 든 쇼핑백을 두고 게임기 패키지를 뜯었다. 알록달록한 게임기 본체며 귀여운 캐릭터가 그려진 소프트가 익숙했다. 이유건이 사 준 후로 죽기 전까지 생각날 때면 하던 게임이니까.

그러고 보니 그때 마지막으로 게임을 한 게 언제였더라……, 본가에 가지고 갔다가 깜빡 두고 왔고, 그 후로 찾지 못했던 것 같다.

밖에 오래 있다가 들어와서인지 게임기 본체가 차가웠다. 액정에 부옇게 김이 서려 있는데도 곧바로 전원을 켰다. 배터리가 어느 정도는 있는 상태였는지 바로 부팅이 되었다.

이런저런 세팅을 하고 소프트를 집어넣자 귀엽게 생긴 동물 캐릭터가 팔짝거리며 나타났다. 캐릭터의 이름을 짓고, 앞으로 캐릭터가 살게 될 집의 이름도 지었다. 몇 년 동안 모은 아이템 같은 건 하나도 없고 처음부터 시작해야 했으나 큰 불만은 없었다. 처음부터 다시 시작한다는 건 나쁜 일만은 아니었다.

"……."

그 후로 한참 동안 유온은 게임에 정신이 팔려 있었다. 외투는 윤서경이 거실 옷장에 우선 걸어 두었지만 외출복을 갈아입지도 않은 채였다. 이름만 짓고 옷 갈아입어야지, 집만 짓고 해야지, 나무만 심고, 여기 물만 주고…… 게임을 처음 시작할 때 나오는 퀘스트는 끝도 없이 많았고 하나씩 하다 보니 시간이 순식간에 갔다.

그러다 현관문 잠금이 풀리는 소리를 듣고서야 깜짝 놀라 일어나서 제 방으로 뛰어갔다. 근래 들어 이유온이 가장 빠르게 움직인 순간이었다.

아슬아슬하게 방문을 닫는 것과 현관문이 완전히 열리는 게 겹쳤다. 유온은 빠르게 옷을 갈아입고 거울을 보며 흐트러진 머리를 손으로 대강 빗은 뒤 거실로 나왔다.

윤서경이 소파 근처에 서서 테이블을 내려다보고 있었다. 온 거실에 게임의 아기자기한 기본 배경음이 들렸다.

가장 작은 볼륨으로 해 두었는데 거실이 너무 조용하다 보니 이런 일이 일어났다. 유온은 얼굴이 발개져서 테이블로 걸어가 게임기를 집어 들었다. 윤서경의 시선이 게임기에서 유온에게로 이동했다.

"……다, 다녀오셨어요."

할 말을 찾다가 그렇게 중얼거리자 윤서경이 눈을 가늘게 떴다. 잘못 말했나 싶어서 덧붙일 말을 또다시 찾았다. 그러나 유온이 제 언어의 한계를 실감하며 자책하기 전에 윤서경은 대답했다.

"네."

윤서경의 말은 항상 짧아도 의미가 분명했다. 유온처럼 얼버무리는 소리가 아니다. 게임기 테두리를 만지작거리던 유온이 작은 소리로 말했다.

"서경 씨, 이거……."

"아까 가게를 쳐다보는 것 같아서 사 오게 했습니다. 마음에 안 듭니까?"

"아니요, 아뇨. 너무 좋아요. 그래도 구……."

구하기 어려우셨을 텐데, 라고 말하려다 입을 다물었다. 윤서경에게 이 세상에서 구하기 어려운 물건이 뭐가 있겠는가. 유온은 그런 말 대신 짧고, 자신도 의미를 확실히 전달할 수 있는 말을 했다.

"고맙습니다."

그렇게 말했는데 윤서경이 조용했다. 게다가 시선이 느껴졌다. 눈을 들어서 확인한 유온은 그대로 뻣뻣해졌다. 아주 희미했지만, 윤서경이 입매를 부드럽게 하며 웃고 있었다.

유온은 그 웃는 얼굴에 단숨에 마음을 빼앗겼다. 가만히 보면 웃음인지 아닌지 구분도 안 될 만큼 옅은 미소였지만 유온에게는 충분했다. 그래서 저도 모르게 똑같이 웃음이 나왔다.

웃음을 짓자, 윤서경은 잠시 자신을 가만히 바라보았다. 유온이 당황할 만큼 오래. 제 웃음이 역시 이상했던 건가 싶어 입술을 우물대는데 윤서경이 물었다.

"지금까지 받은 것 중에 저게 가장 마음에 듭니까?"

유온은 말뜻을 가만히 곱씹다가 고개를 저었다.

"아니요, 저는, ……시계랑, 반지요."

반지요, 라고 말하는 목소리는 제 귀에도 잘 들리지 않을 만큼 작았다. 그러나 기어들어 가는 말이 끝난 순간 윤서경은 유온의 뺨을 감싸고 입 맞췄다. 갑작스러웠지만 유온은 키스를 거절하지 않았다. 고개를 기울인 윤서경은 유온의 숨이 가빠질 때까지 오랫동안 키스했다.

"반지는 내가 당신한테 준 게 맞습니다. 하지만 시계는."

"……"

"당신이 나한테 주는 겁니다."

"하지만……."

자신은 그런 비싼 시계를 살 능력이 없었다. 형이 골라 준 게 아니니 부모님이나 형이 값을 대신 내줄 리도 없다. 유온의 그런 마음을 읽기라도 한 것처럼 윤서경이 짧게 입 맞추곤 다시 말했다.

"골라 준 것만으로 충분합니다."

"……."

온 피부에 모래가 쏟아지는 것만 같다. 당연히 가슴에도 쏟아지고 모래바람까지 일고 있다. 상대방이 잘해 주면 잘해 줄수록 기쁘면서도 무섭다니. 스스로 생각하기에도 음울한 사고방식이었다.

기대는 머릿속의 낡은 화로에 불을 붙이고 현실은 그 위에 물을 끼얹는다. 몇 번이고 반복해서 물에 젖은 화로엔 점점 불씨가 피어오르기 어렵게 된다. 유온의 화로는 너무 많이 젖었고 군데군데 썩기까지 했다.

이전에도 윤서경은 예물로 나눈 시계를, 유온이 골라 준 것만으로 충분하다고 생각했을까. 반지를 자신이 유온에게 주는 것이라고 여겼을까.

아닐 것이다. 혹은 처음엔 그렇게 생각했어도 얼마 지나지 않아 진저리가 났겠지. 이렇게 다정하고 좋은 사람을 그렇게 만들다니 자신도 참 다른 의미로 대단했다.

머리를 쓸어내리는 손길이 느껴졌다. 윤서경이 유온의 머리를 쓸어 정리하고 있었다. 머리가 엉망이었나 싶어 얼른 두 손으로 제 머리를 만지작거렸다.

"갑자기 일이 좀 생겨서 미리 말하러 왔습니다. 자정을 넘기거나 오늘은 못 들어올 것 같아서요."

"네……? 아, 그, 그렇게까지 해 주지 않으셔도 괜찮아요, 전 먼저 자도 되고, 아니면……. 문자만 보내 주셔도 되는데."

"내가 그러고 싶어서요."

"……."

"내 행동을 사사건건 알리고 싶습니다. 당신한테. 그리고 원한다면, 당신도 알려 주면 좋겠습니다."

유온은 아무런 말도 하지 못했다. 그는……, 그는 이유온이라는 사람이 얼마나 귀찮은지 아직 모르는 게 분명했다. 입이 떨어지지 않았다. 제가 어떤 인간인지 설명해야 하는 걸 알지만 조금이라도 더 윤서경이 이렇게 대해 줬으면 좋겠다는 생각이 자꾸만 엉켰다.

"이유온 씨."

"……네."

"걱정하지 말아요."

윤서경의 목소리에는 힘이 있었다. 유온은 저도 모르게 눈을 감고 그에게 기대고 싶어졌다. 하지만 그는 이제 다시 나가야 한다고 말했다. 유온은 조심스럽게 그에게서 떨어졌다.

"조심히……."

시선이 따가울 정도였다. 유온은 조심히 가시라는 말을 삼키고 다른 말을 꺼냈다.

"……다녀오세요."

윤서경은 유온의 뺨에 다시 키스하고 나갔다. 현관문이 닫힌 후 문 근처를 서성거리던 유온은 소파로 돌아왔다. 음악은 시간이 오래 지나면서 멈췄지만, 키우는 캐릭터가 그 자리에서 움직이지 않고 고개를 갸웃거리며 움직이고 있었다.

이웃집 오리 캐릭터와 피크닉을 다녀오라는 퀘스트가 깜빡거렸다. 유온은 현실과 상관없는 평온한 일상 게임으로 복잡한 생각을 잊으려 했다. 그러다 시계를 보려고 테이블 위에 있던 휴대폰을 들었다. 켜진 화면에 새로운 메일 알림이 있었다.

게임기를 메일 계정에 연동시키며 받은 안내 알림이라 생각하고 별 뜻 없이 눌렀다. 그러나 메일함을 연 유온은 게임기를 테이블에 떨어뜨렸다. 메일의 발신인은 이유건이었다.

조금 전까진 그래도 풀어져 있던 유온의 얼굴이 불쌍할 정도로 얼어붙었다.

역시 자신에게 좋은 일이 일어날 리 없었다. 행복은 별처럼 멀었다. 바라볼 때는 아름답지만 손에 쥘 수 없는 것이었다. 고작 메일이 하나 온 것만으로 유온의 사고는 늘 그랬듯 극단으로 치달았다.

머리는 열고 싶지 않다고 말하지만 멋대로 손이 움직였다. 메일 본문의 내용은 짧았다.

형이 그동안 너한테 많이 잘못한 것 같다.
화내지 않을 테니까 전화 한 번만 줘. 걱정된다.

"……."

목소리를 듣지 않아도 느껴지는 다정한 말투였다. 심하게 혼이 나고 풀이 죽어 있을 때 머리를 쓸어 주거나, 선물을 사 주거나 끌어안아 줄 때와 같았다. 유온의 머릿속에서 공포는 잠시 모습을 감추고 대신 죄책감이 그 자리를 채웠다. 유온은 다급하게 자리에서 일어나 제가 쓰던 침실로 달려갔다.

휴대폰을 넣어 둔 서랍을 열 생각이었다. 형에게 전화를 걸기 위해서. 그러나 서랍 손잡이를 쥔 순간 유온은 멈칫했다. 윤서경의 체향이 이곳에도 떠돌고 있었다.

코끝을 맴도는 향에 손이 멈춘 채 움직이지 않았다. 마치 향이 자물쇠가 되어 서랍을 잠가 버린 듯한 기분이었다. 손으로 당겨도 열리지 않고, 열어도 안이 텅 비어 있을 것 같다.

불안으로 날카로워졌던 눈동자가 윤서경을 떠올리면서 점점 가라앉았다. 두려움도 죄책감도 그를 생각하는 마음 뒤로 가려진다. 정신이 그의 등 뒤로 도망치는 것처럼. 언제 그가 돌아서서 차가운 말을 내뱉을지 모르는데, 당장 단단한 벽이 눈에 보이니 거기에 몸을 감추고 싶은 것이다.

결국 유온은 서랍을 열지 않았다. 새 휴대폰도 액정이 보이지 않도록 뒤집어서 손이 닿지 않을 곳에 놓았다. 게임기를 들어서 평온하고 사소한 일을 몇 가지 했다. 물고기를 잡고 나무 열매를 따고, 한참 하다가 그것도 내려놓은 뒤 무릎을 끌어안고 앉았다.

거실은 넓은 공간 특유의 고요한 울림 때문인지 평온했다. 따스한 공기 속에서 얼핏 잠이 들었는지, 정신이 멍해져 있었는지 고개를 들자 시간이 조금 흐른 것 같았다. 같은 자세로 오래 있던 온몸이 뻐근해 다리를 내렸다.

여전히 게임 화면 속에선 예쁜 옷을 입은 캐릭터가 즐거운 듯 고개를 갸웃대며 다음 일을 기다리고 있었다. 배터리 부족 표시가 상단에 떠 있기에 전원을 연결하는데 문 열리는 소리가 들렸다.

유온은 시간을 확인했다. 새벽 2시를 넘겼다. 불편한 자세로 오래도 잤다고 생각하며 윤서경을 맞았다. 이런 시간인데도 늘 그렇듯 그는 완벽한 차림이었다. 제 주름이 간 옷과 헝클어진 머리를 알아챈 유온은 얼른 손으로 머리를 만졌다.

윤서경의 시선이 테이블 위로 향했다.

"……설마 지금까지 게임했습니까?"

"아, 아니요."

유온은 고개를 마구 저었다. 윤서경이 나가고 벌써 몇 시간이 훌쩍 지났는데 그 동안 내내 게임이나 하고 있었다고 생각되다니 싫었다.

"잠깐 잠들었어요……. 정말이에요."

윤서경이 믿지 못할 것 같아서 황급히 다음 말을 덧붙였다. 그러자 윤서경은 유온의 머리에 손을 얹었다. 상대가 눈앞에서 손을 들면 반사적으로 몸이 움츠러든다. 그런 유온의 머리를 윤서경은 천천히 쓰다듬었다.

"별일 없었습니까?"

"……."

고개를 끄덕이려던 유온은 이유건의 메일을 떠올렸다. 입이 달싹였다. 말을 할까, 하지 말까, 해도 될까. 안 될까. 윤서경은 옷을 갈아입으러 가려는 기색도 없이 유온을 보고 있었다.

"저, 형……."

"형?"

"형한테, 연락이 와서……."

목소리가 떨렸다. 이 한 마디를 하려고 평생 치 용기를 다 짜낸 것 같았다. 윤서경의 얼굴을 쳐다보진 못했다. 대답이 돌아오기까지 시간이 터무니없이 느리게 흐를 것 같았으나, 다행히 윤서경은 곧바로 답했다.

"어디로 왔습니까. 전에 쓰던 휴대폰?"

"아, 아니요, 메일이요."

"봐도 될까요."

괜히 말한 걸까. 유온은 휴대폰을 집어서 메일함을 열어 윤서경에게 내밀었다. 메일을 빠르게 읽은 그가 유온을 보았다.

"이것 말고 더 있습니까?"

"그……, 전에도 있어요."

윤서경은 휴대폰을 몇 번 조작하더니 이유건이 처음 보낸 메일을 확인했다. 유온은 그 긴 본문을 읽느라 한참이 걸렸는데 그는 흘끗 훑어본 것만으로 내용을 다 파악한 듯했다.

그의 분위기가 어두워졌다. 괜히 보여 준 걸까. 특히 전에 보낸 메일, 거기엔 윤서경을 나쁘게 말하는 내용으로 가득했는데. 유온은 발끝을 꾸물거리며 후회했다.

"이유온 씨."

"……네."

윤서경이 손가락을 몇 번 움직이더니 유온에게 휴대폰을 돌려주었다. 무심코 화면을 확인하자 이유건의 메일이 없어져 있었다.

"앞으로는 이런 연락 받을 일 없을 겁니다. 혹시 다른 주소로 또 오거나, 가족 중에 다른 사람이 메일을 보내거나 하면 나한테 먼저 보여 줘요. 당신이 읽을 필요 없는 내용이에요."

메일을 지우고 휴지통까지 비웠는지, 메일함에는 얼마 안 되는 스팸 메일과 피 검사 결과 통지밖에 없었다. 이유건의 메일은 처음부터 없었던 것처럼 사라졌다.

"혹시 새로 쓰는 번호, 다른 사람에게 알려 준 적 있습니까? 그랬다면 미안하지만 새 번호로 다시 바꾸도록 하고, 아는 사람과 연락은 당분간 하지 않았으면 합니다."

"아……, 네, 저, 전 아는 사람 없어서 괜찮아요."

윤서경의 눈썹이 약간 꿈틀했다. 말해 놓고 유온은 또 후회했다. 아는 사람도, 친구도, 연락을 주고받을 사람이 아예 없는 건 사실이었지만 이렇게 대놓고 말하니 윤서경이 저를 모자란 사람으로 볼 것 같았다.

"이만 자요. 늦었습니다."

그가 시선을 게임기 쪽에 한 번 두었다가 말했다. 게임 그렇게 많이 하지 않았는데. 앞으로는 윤서경이 안 보는 곳에서만 해야겠다고 생각했다. 윤서경의 말대로 바로 자려고 했으나, 오래 웅크리고 있어서인지 몸이 뻐근했다.

"저는 씻고 잘게요……."

어차피 다른 침실에서 잘 거고 문을 닫으면 욕실 소리는 그의 방에 들리지도 않을 텐데 유온은 솔직하게 말했다. 윤서경은 습관처럼 시계를 들어 한 번 보더니 고개를 끄덕였다.

그가 침실로 들어간 후 유온은 휴대폰과 게임기, 충전기를 주섬주섬 챙겨 자신의 방으로 왔다. 난방이 돌아가고 있는데도 조금 썰렁했다. 침대 밑에 충전기를 꽂고 잠옷을 챙기고 욕실로 와서 물을 틀었다.

온도를 이리저리 맞추며 또다시 상념에 푹 가라앉으려 했을 때 노크와 함께 문이 열렸다. 침실 안까지 들어올 사람은 한 명밖에 없었다. 윤서경이다. 유온은 아무것도 입지 않은 상태였다. 깜짝 놀라 몸을 움츠리자 윤서경은 그런 유온을 빤히 보았다.

표정이 이상했다. 뭐에 놀라거나 당황한 사람 같다. 심지어 걱정이나……, 걱정을 넘어 불안까지 띤 것처럼 보였다. 그는 샤워 부스 구석에 서서 손으로 물 온도를 재는 유온을 한참 보다가 물었다.

"거기서 뭐 합니까?"

"……따뜻한 물 틀려고…….""

"……."

이번엔 현실적으로 이상하다는 표정을 지은 윤서경이 욕실 입구의 버튼을 몇 번 눌렀다. 금세 물이 유온이 원하던 온도로 바뀌었다. 매일 지나치면서도 그냥 냉난방 온도만 조절하는 장치인 줄 알았는데.

"……갑자기 미안합니다. 잘 자요."

윤서경은 그대로 나가 버렸다. 유온의 머릿속에 물음표가 떠올랐다. 갑자기 무슨 일일까, 용건이 있었는데 잊어버리기라도 했나. 그러다 제 몸을 내려다보고 흠칫 놀랐다. 천장에서 쏟아지는 물에 가려지긴 해도 아무것도 입지 않은 채였다.

유온은 제 어깨를 만지작거리며 물줄기 아래로 들어갔다. 역시 러트라도 오지 않으면 이런 몸엔 관심도 생기지 않을 것이다. 비쩍 마르기만 했지 매력이라곤 하나도 없으니까.

거품을 내고 몸을 씻어내는 손길이 느릿느릿했다.

* * *

"피아노요?"

다음 날, 윤서경은 일찍 나가지 않고 유온과 아침을 같이 했다. 자신이 너무 느리게 먹으면 윤서경이 나가기 불편해질 거라는 생각에 서두르고 있는데, 갑작스런 그의 물음에 손이 멈췄다.

피아노 치는 걸 좋아하느냐는 물음이었다.

호불호를 따지자면 좋아하는 편이다. 하지만 남에게 들려줄 정도는 아니었다. 이전 신혼집에도 피아노가 있긴 했으나 윤서경이 말없이 치워 버렸다. 한두 번 쳐 본 게 전부긴 하지만 시끄럽다는 뜻이었을 것이기에 아무 말 없이 있었다. 그 후로는 한 번도 쳐 본 적이 없다.

"좋아해요?"

"그게, 싫진 않은데……."

"저 근처에 피아노가 있으면 좋을 것 같아서 그럽니다. 싫으면 안 들일 거고요."

유온은 고개를 휙휙 저었다.

"아니에요. 서경 씨 원하는 대로 하세요. 전, 음, 좋아요."

다행히 윤서경이 자신을 생각해 피아노를 두려 한 건 아닌 듯했다. 이 시점에서 그가 자신이 피아노를 친다는 걸 아는지도 불투명하다. 윤서경은 알겠다고 말하곤 식사를 다시 시작했다. 유온도 깨작거리는 것처럼 보이지 않게 열심히 밥을 먹었다.

윤서경이 나간 후 두어 시간도 안 되어 정말 피아노가 거실로 들어왔다. 거실 한쪽에 장식물이 놓여 있던 공간이 비워지고 그 자리를 피아노가 차지했다.

검은색 그랜드 피아노는 흑백 대리석으로 깔끔하게 꾸민 거실에 원래 있던 물건처럼 잘 어울렸다. 유온은 그 근처를 서성거렸다. 매끈한 표면에 제 모습이 비치면 물러나고, 다시 기웃거리길 반복했다.

그러다 아직 윤서경이 돌아오려면 먼 시간인 걸 확인한 뒤 슬금슬금 피아노 앞에 앉았다. 건반에 손을 얹어 보니 의자의 높이는 조절할 필요도 없이 딱 맞는 것 같았다. 손가락을 흰 건반에 올리고 몇 번 누르자 소리가 울렸다.

오랜만에 듣는 피아노 소리였다. 유온은 건반을 누르며 기억나는 멜로디 몇 개를 연주했다. 제가 듣기에도 어설픈 연주였지만 치는 기분이 나쁘진 않았다. 클래식, 가요, 게임 배경 음악, 생각나는 대로 아는 소절만 연주했다.

그러다 한 곡 전체가 떠오르는 노래가 있어서 쳐 보았다. 악보를 본 게 아니어서 틀린 음도 많았겠지만, 어차피 혼자서 치고 혼자서 듣는 건데, 혼자…….

"……."

고개를 든 유온은 피아노 옆쪽에 선 윤서경과 눈이 마주쳤다.

대체 언제 들어온 건지, 소리도 듣지 못했다. 책장에 기대 비스듬히 서서 유온을 보고 있던 윤서경이 물었다.

"그건 무슨 노랩니까?"

"아, 그냥 생각나는 대로……. 아마 가요일 거예요……."

왜 항상 윤서경은 자신이 뭔가에 집중해 있을 때 불쑥 들어오는 걸까. 또 이상한 모습을 보였다는 생각에 얼굴이 발개졌다.

"피아노를 잘 치네요."

"제가요……?"

"네."

"아니에요, 형이 훨씬 잘 쳐요."

"이유건 부사장이요?"

"아뇨, 유연이 형이요……."

반사적으로 튀어나온 말이었다. 누군가 듣는 자리에서 피아노를 칠 일이 생기면 대부분 가족 중 한 사람이 곁에 있었다. 유온이 칭찬을 받으면 곧바로 이유연 쪽이 훨씬 잘 친다는 말이 따라붙었다. 유온을 칭찬했던 사람들은, 그보다 더 실력이 좋은 이유연에게로 관심을 옮겼다.

칭찬이 고팠던 시절에는 이유연의 솜씨가 부러웠으나 점점 재능의 차이는 어쩔 수 없다는 쪽으로 생각이 바뀌어 갔다. 현실을 잘 파악하는 게 스스로에게도 좋은 일이었다.

윤서경이 피아노를 돌아 유온의 뒤쪽으로 왔다.

"아무거나 연주해 봐요."

그 말에 유온의 손이 건반을 누르지도 못한 채 한참 더듬거렸다. 아무거나 연주하라는 말에 떠오르는 곡이 하나도 없었다. 가족과 손님들 앞에서 치기 위해 죽도록 연습한 곡도 제대로 기억이 나지 않았다. 고민한 끝에 유온은 그나마 긴 구절이 기억나는 클래식을 한 곡 쳤다.

하필 윤서경이 선 자리는 레슨할 때 선생님이 서던 자리였다. 조금이라도 틀리면 무섭게 혼났던 일이 생각났고, 오랜만에 피아노를 쳐서 긴장했고, 윤서경이 보고 있다는 사실에 손이 떨리기까지 했다. 결국 유온은 간단한 곡 하나를 몇 번이나 틀려 가며 쳤다.

마지막 건반을 누른 뒤 풀이 죽어 있는데 윤서경이 말했다.

"잘 치네요. 당신 연주가 이유연보다 훨씬 좋습니다."

"네……. 감사합니다."

유온은 윤서경 쪽으로 돌아앉아서 고개를 꾸벅 숙였다. 예의를 차린 칭찬에는 예의 바르게 대답해야 했다. 작은형은 원래 이곳저곳에서 피아노를 쳐 달라는 청을 받으니 윤서경 어딘가에서 그의 연주를 들은 듯했다. 애초에 이유연이 피아노를 배운 것부터 윤서경의 눈에 들기 위한 일이었으니까.

그래서 더욱 친절한 칭찬이었다. 이유연의 연주를 듣고도 그렇게 말해 주는 것 아닌가. 부끄러움에 목덜미를 만지작거리던 유온은 뒤늦게 제가 오늘 막 설치한 피아노를 멋대로 만졌다는 걸 깨달았다.

"아, 멋대로 만져서, 죄송해요. 오랜만에 보니까 신기해서……."

그러자 윤서경이 잠시 입을 다물었다가 말했다.

"죄송해할 필요 없습니다. 당신 거니까요."

"……제 거요?"

"네. 당신 피아노. 치고 싶을 때 치고, 치기 싫으면 장식품으로 그냥 두면 됩니다. 조율이나 악보가 필요하면 버틀러나 데스크 직원한테 말해요."

"네……, 그게……, 감사합니다. 잘 쓸게요."

눈을 굴리던 유온은 타이밍을 놓치기 전에 얼른 감사하다고 말했다. 이전엔 피아노를 치지 말라고 가지고 갔던 윤서경이, 이번에는 먼저 내주었다. 갑자기 피아노가 매우 귀한 물건으로 보였다. 안 그래도 귀하게 보였지만 그 이상으로.

그때 유온은 윤서경에게 왜 피아노를 치운 건지 묻지 못했다. 또한 지금은 왜 피아노를 제게 주는 건지 묻지 못한다. 의미가 다른 질문이지만 사실 본질은 같았다.

"이유온 씨."

갑작스러운 부름에 유온이 놀라서 눈을 들었다. 또 어느새 코끝이 땅에 닿을 듯 바닥만 쳐다보고 있었다. 시선이 제 발끝에서 윤서경의 얼굴로 향했다. 그는 평소와 같이 차분한 얼굴이었다.

"또 필요하거나 가지고 싶은 것 있습니까?"

어려운 질문이었다. 유온은 얼른 머리를 저었다.

"아무것도?"

"네, 지금도 좋아요……. 충분히 많아요. 감사합니다."

"고맙다는 말도 한 번이면 됩니다. 당신은 뭐든 원하는 걸 말해요. 그럼 내가 들어줄 테니까."

"……."

지금 고맙다고 말하는 건 윤서경이 말하는 한 번에 들어가는 걸까, 아닐까…….

"저녁 먹죠."

고민하는 사이 유온은 저녁까지 윤서경과 같이 먹게 되었다. 언제부터인가 식탁에 올라오는 메뉴는 작은 곁들임 하나까지 유온의 입맛에 맞는 것들로만 구성되었다.

처음 여기에 왔을 때부터 좋아하는 음식이 많이 나오긴 했지만, 요즘은 신기할 정도였다. 아니면 집을 나와 있는 것만으로 좋아서 모든 게 맛있게 느껴지는 건지도 몰랐다.

하지만 유온이 좋아하는 음식은 전부 속이 더부룩하지 않고 매끄러운 종류였다. 윤서경이 먹기엔 심심하지 않을까 걱정이 되는데 그는 뭔가 추가로 요리를 가지고 오게 하거나, 싱겁다는 말도 없이 그릇을 비웠다.

식사를 마친 후엔 더욱 이상했다. 갑자기 거실 욕실을 사용하라고 해서 의아하게 여기면서도 씻고 있는데, 불쑥 안으로 들어와 유온을 깜짝 놀라게 하더니 또 바람처럼 나가 버렸다.

한참 후 샤워 부스에서 나와 보니 커다란 욕조에 거품이 가득 차 있었다. 몽글몽글 움직이는 거품을 물끄러미 쳐다보고 있자 윤서경이 다가왔다. 유온은 수건으로 어설프게 몸을 가린 채 여기서 나가야 할지, 가만히 있어야 할지 고민했다.

직접 받았으니 목욕을 하려는 건가 했으나 그는 재킷만 벗은 차림이었다. 옷만 그대로이면 모를까 시계까지 차고 있어서 지금 씻으려는 것으론 보이지 않았다. 자신이 나가면 벗을 생각인가 싶어서 두 걸음 정도 움직였지만, 윤서경이 묘하게 문가를 막듯이 서 있었다.

"저기, 서경 씨……. 저 나갈게요."

"목욕해요. 좋아하지 않습니까."

"그게, 그렇긴 한데 서경 씨 쓰려고 받아 놓으신 거……."

"아닙니다. 들어가요."

그 말에 고개를 돌리니 여전히 거품이 풍성했고, 좋은 냄새가 났고, 창밖의 야경은 아름다웠다. 유온은 망설이다가 욕조로 향했다. 발끝을 살짝 담자 거품 아래 물의 온도는 적당히 편안할 만큼만 뜨거웠다.

유온은 큰 수건을 든 채 욕조 안으로 들어와, 거품에 완전히 몸이 가려진 후에야 내려놓았다. 고개를 들었더니 유리창을 통해 윤서경과 눈이 마주쳤다. 그는 유온이 물속에 완전히 들어간 걸 확인하고는 손목시계를 보았다.

시계에서 떨어진 시선이 유온을 향했다.

"책 줄까요?"

"아니요……. 젖을 텐데……."

"젖어도 됩니다."

"괘, 괜찮아요. 밖에 구경할게요."

"그래요."

그대로 나가는가 싶던 윤서경은 뭔가를 가지고 들어왔다. 모래시계였다.

"이, 이런 건 어디서."

"거실에 있던 물건입니다. 본 적 없어요?"

유온이 고개를 저었다. 스위트룸의 거실에는 선반 하나하나 빈

곳 없이 값비싼 장식품이 자리 잡고 있었지만, 첫날 한번 훑어본 이후 자세히 들여다본 적이 없어서 뭐가 있는지 세세히 알지 못한다.

윤서경은 그건 중요하지 않다는 듯 모래시계를 유온의 눈에 잘 보이는 위치에 두고 빙글 뒤집었다. 백금을 갈아 놓은 것처럼 반짝이는 모래가 좁은 틈으로 가늘게 쏟아졌다.

"다 떨어질 때까진 있어요."

그리고 이번엔 정말로 나갔다. 귀를 기울이자 그가 거실을 가로질러 침실로 들어가는 소리가 들렸다. 문은 여전히 살짝 열린 채였다. 윤서경의 체향과 입욕제의 향이 자연스럽게 섞이고, 뜨거운 물까지 더해져 몸이 나른하게 늘어졌다. 젖은 머리카락의 감촉마저 기분 좋았다.

평소였다면 언제 나가야 할지 초조하게 주위를 살피느라 바빴을 텐데, '모래시계가 다 떨어질 때까지'라고 시간이 정해지자 신기하게 여유가 생겼다.

따뜻하고 부드러운 거품에 잠겨 바깥을 바라보는 건 편안했다. 주위가 고요해서 거품이 톡톡 터지는 소리와 모래시계의 모래가 떨어지는 소리밖에 들리지 않았다.

모래가 다 떨어질 때까지 유온은 창밖만 멍하니 보고 있었다. 강을 가로지른 다리 위로 차량이 끝없이 오가는 모습은 오래 보아도 질리지 않았다. 거품은 여전히 풍성했고 물의 온도도 똑같이 뜨거웠다. 머뭇거리던 유온은 손을 뻗어 모래시계를 뒤집었다. 15분이 처음부터 다시 흘러내렸다.

그대로 또 오래도록 바깥을 구경하며 시간을 보냈다. 그쯤 있자 조금씩 어지러워지는 것 같아서 꾸물대며 욕조의 마개를 열고 나와, 몸에 묻은 거품을 씻어냈다. 온몸이 부들부들하게 달아올라 있었다.

욕조 근처를 정리하고 가운을 걸친 유온은 조심스레 거실로 나왔다. 윤서경의 침실 문이 조금 열려 있었고, 불은 켜진 채였다. 슬리퍼를 어디에 두었는지 보이지 않았다. 별수 없이 물기가 없도록 닦은 뒤 맨발로 냉장고로 향했다.

유리잔을 꺼내서 손에 든 뒤 물을 꺼내 일어났을 때였다.

"이유온 씨."

"……!"

갑작스러운 목소리에 놀란 유온은 짧은 비명까지 지르며 움찔했다. 그 바람에 손에서 잔이 미끄러져 그대로 대리석 바닥 위로 곤두박질쳤다. 얇은 유리잔은 요란한 소리를 내며 깨져 버렸다.

잔이 깨지는 순간 눈을 질끈 감았던 유온이 허둥지둥 몸을 숙였다. 이미 깨진 잔이라 어찌 할 수 없다는 걸 알면서도 손이 움직여 큰 파편을 집으려 했다. 그러나 유리 조각에 손이 닿기 직전에 몸이 위로 들렸다.

"아……."

유온의 고개가 천천히 돌아갔다. 어느새 곁으로 다가온 윤서경이 자신을 안아 들고 있었다. 그와 눈이 마주친 즉시 유온은 사과했다.

"죄송해요, 컵……, 제, 제가 치울게요."

"다칩니다."

윤서경은 유온을 든 채 걸음을 옮겼다. 저도 모르게 몸을 버둥거렸으나 발끝도 바닥에 닿지 않도록 들린 상태에선 아무 소용없을 걸 알고 얌전해졌다.

유온을 안은 채 전화기까지 간 윤서경이 직원을 불렀다. 전화를 끊은 후에는 그의 침실로 들어갔고 침대에 눕혀 주더니, 가장자리에 앉아 유온의 발과 종아리를 살폈다. 그러곤 유리 파편에 긁힌 자국이 하나도 없다는 걸 확인한 후에야 일어났다.

희멀건 다리를 내려다보는 유온의 안색은 창백했다. 고작 유리잔 하나인데도 윤서경이 가진 무언가를 깨뜨렸다는 생각에 눈앞이 빙글빙글 도는 것 같았다. 그런 와중에, 침대 곁을 떠났던 윤서경이 다시 왔다. 수건과 드라이어를 들고서.

일단 젖은 머리를 말리라는 뜻인 것 같았다. 드라이어로 손을 뻗으려 했지만 작은 기계는 유온의 손을 피해 높이 움직였다. 얼떨결에 시선도 그를 따라갔다. 윤서경은 드라이어를 머리 위로 든 채 말없이 코드를 연결하더니 스위치를 올렸다.

"……."

위이잉, 낮은 기계음과 함께 더운 바람이 나와 머리카락을 흔들었다. 상황을 이해하지 못한 유온이 멍해졌다. 머리가 말라 가기 시작했을 때 정신을 차린 유온은 몸을 돌리려 했다.

"제, 제가 할게요. 제가 말릴게요."

"가만히 있어요."

"그게, 하지만, 아니."

더듬더듬 말하며 의미 없이 피하려 하는 사이에도 윤서경은 계속 드라이어를 내려놓지 않았다. 결국 머리가 다 마를 때까지 유온은 그에게 붙잡혀 있었다.

드라이어가 꺼진 다음에야 유온은 윤서경을 보는 방향으로 돌아앉았다.

"죄송해요, 컵……."

"밖에 아직 직원이 있는데요."

그 말이 무슨 뜻인지 알아들은 유온이 입을 다물었다. 죄송하다는 말을 할 때마다 호텔 직원과 5분씩 대화를 하기로 했다. 아직까지 지켜진 적은 없지만.

머리카락에는 아직 따뜻한 바람의 온기가 남아 있었다. 괜히 제머리를 만지작거린 유온은 드라이어를 정리하러 사라진 윤서경의 자리를 물끄러미 보았다. 그가 왜 자신에게 이렇게 잘해 주는지 모르니 가슴이 답답할 뿐이었다.

"……놀라진 않았습니까?"

침대 곁으로 돌아온 윤서경이 물었다. 놀라기야 했다. 심장이 튀어나오는 게 아닐까 싶었을 정도로. 하지만 고개를 가로젓자, 윤서경은 작은 한숨을 내쉬곤 물었다.

"당신이 쓰던 예전 휴대폰이요. 내가 가지고 가도 될지 물으려고 했습니다."

"휴대폰이요……? 아, 네. 괜찮아요. 지금 가지고 올게요……."

"아니요. 그 차림으로 어딜 갑니까."

그 차림?

제 몸을 내려다본 유온의 얼굴이 오늘만 벌써 몇 번째인지 모르도록 빨개졌다. 헐렁한 샤워 가운 한 장만 입은 채였는데, 속옷도 없고 가슴팍과 허벅지가 다 드러나 있었다. 유온은 얼른 옷을 여미며 이불을 끌어당겨 몸을 가렸다.

　이렇게 다 벗다시피 한 꼴에도 윤서경은 크게 동요하지 않았다. 이불 속으로 숨는 유온을 한번 보곤 휴대폰이 어디에 있는지 물은 뒤 방에서 나갔을 뿐이다. 그리고 얼마 후 방전된 지 오래인 유온의 예전 휴대폰을 가지고 돌아왔다.

　그는 휴대폰을 충전기에 올려둔 뒤 유온이 어깨까지 끌어 올리고 있는 이불을 가볍게 들었다. 반사적으로 잡으려 팔을 뻗었으나 손이 닿지 않았다.

　윤서경의 손이 가슴을 툭 눌렀다. 닿은 것도 겨우 알 정도의 힘이었는데 유온의 몸은 흐느적거리며 뒤로 풀썩 쓰러졌다. 푹신한 베개에 뒤통수가 닿았다. 윤서경은 그 위로 이불을 떨어뜨렸다.

　"먼저 자요."

　"제가 여기서 자면 서경 씨는……."

　그러자 윤서경은 아무렇지도 않게 유온의 옆자리를 손으로 가리켰다. 일을 하려는지 그는 책상 쪽으로 향했다가, 다시 와서 휴대폰을 챙겨 가지고 갔다.

　그러고 보니 편안한 차림이고 머리카락도 자연스럽게 내려와 있었다. 유온은 저 모습을 좋아했다. 그가 '집'에 있다는 생각이 들어서. 그리고 그 집에 자신도 함께 있다는 사실에.

　잠이 안 올 것 같았지만 순식간에 눈이 가물가물 감겼다.

* * *

'나가세요. 아니, 내가 나가죠.'

윤서경은 찬바람이 떨어지는 목소리로 말했다. 그의 표정은 냉랭했고 역겨움마저 담겨 있었다. 유온은 그의 눈에 담긴 경멸과 온몸으로 쏟아내는 혐오감을 고스란히 맞았다.

'저, 제가, 뭘 잘못한……, 죄송해요, 저는.'

'입 다물고 있어 주면 좋겠습니다. 내가 나갈 때까지.'

그렇게 말한 윤서경은 외투만 걸치고 정말로 유온의 곁을 지나쳐 나가 버렸다. 문이 닫히는 순간까지 유온은 그에게서 분노로 점철된, 감정 때문에 주체되지 않은 희미한 체향만을 맡았을 뿐이다. 오랜만에 맡는 향이 그런 것이었다.

덩그러니 방문 앞에 남겨진 유온은 바닥을 쳐다보다가 눈을 깜빡였다. 고여 있던 눈물이 툭 떨어졌다. 원래 유온은 잘 울지 않았다. 특히 누군가가 곁에 있을 땐 어떻게든 참았다. 울음은 상대방을 더 화나게 할 뿐이었기에.

하지만 도저히 참을 수 없었다. 혼자가 되었다고 생각하니 더욱 그랬다. 코끝이 새빨개지고 서러운 흐느낌이 올라왔다. 힘겹게 소리를 죽였다. 아무도 없는 곳에서조차 마음 놓고 엉엉 울진 못했다.

유온은 본가에서 막 돌아왔다. 이유건이 집까지 바래다주었다. 겨우 그의 곁에서 벗어나 집에 들어온 건데, 윤서경의 반응은 무서울 정도로 싸늘했다.

제 잘못이 무엇인지 짐작이 안 가서 더욱 앞이 캄캄했다. 잘못을 알면 그걸 빌기라도 하겠건만, 무작정 죄송하다고 말해 봐야 윤서경의 화가 풀릴 것 같지 않았다.

흐느낌은 조금 잦아들었지만 눈물은 계속 흘렀다. 멍하니 뜨인 눈이 쉼 없이 젖었다. 눈이 잘 보이지 않을 정도가 되어 닦아 내기 위해 손을 들었던 유온이 작게 신음했다. 긴 소매에 가려진 손목이 퉁퉁 부어 있었다.

본가에 끌려갈 용건이야 한 가지였다. 또 혼날 짓을 한 것이다. 이유건이 너무 많은 이유를 들었기에 무엇 하나 명확히 기억나는 잘못이 없었다. 대부분 윤서경과의 관계에서 유온이 제대로 처신을 못 하고 있다는 문제였다.

유연이였다면 절대 너처럼은 안 했어. 제발 유연이의 반의반이라도 닮아 봐. 그런 말들이 떠올랐다. 옷 밖에 보이는 부분에 맞은 흔적을 남기지 않으려 하는 손찌검은, 마음대로 손을 휘두를 수 없다는 짜증 때문인지 한층 유난했다. 너무 맞아서 멍해지다 못해 잠깐씩 정신을 잃을 정도였다.

그러다 풀려나 집에 돌아오는 길에 유온은 계속 손목을 만지작거렸다. 언제 다친 건지도 모르겠지만 아직 화난 기색의 이유건에게 말할 수가 없어서 집까지 그냥 왔다. 이 정도로 다치는 일은 좀처럼 없는데, 이유건이 얼마나 화가 났던 건지 알 수 있었다.

시간이 지날수록 손목은 점점 부었고 아픔도 참기 어려운 정도가 되었다. 어떻게든 버티려 하다 망설이면서 윤서경의 방문을 두드렸다. 혹시 병원에 데려다줄 수 있는지 묻기 위해서였다. 바빠

보인다면 다녀오겠다 말만 하고 택시라도 타고 가려 했다. 근처에 병원이 어디에 있는지도 이미 찾아 두었다.

그렇지만 윤서경의 반응은 예상치 못한 것이었다. 무엇을 잘못했는지 모르겠고, 윤서경이 무서웠고, 손목이 너무 아파서 눈물이 났다.

아픈데도 이제 병원에 갈 마음은 들지 않았다. 유온은 조용히 제 방으로 돌아가서 약을 찾아 먹었다. 진통제 여러 알을 먹고 가만히 기다리자 아픔은 견딜 만한 것이 되었다. 몸이 아픈 건 누그러들었지만 윤서경의 표정은 머리에서 지워지지 않았다.

다음 날, 유온만 있는 집에 이유건이 찾아왔다.

'옷 입어, 병원 가게.'

'아……'

유온은 저도 모르게 손목을 만졌다가 얼굴을 찡그렸다. 이유건의 얼굴도 같이 굳어지더니, 불쑥 손을 뻗어 다친 팔을 들어 올렸다. 억센 손이 부어 있는 손목을 쥐었다.

'악……!'

저도 모르게 큰 비명을 질렀다. 이유건은 그 손목을 보더니 물었다.

'윤 대표가 이거 보고도 아무 말도 안 해?'

그는 화가 난 기색이었다. 유온이 얼른 고개를 저었다.

'서경 씨는 못 봤어요. 어제는, 급한 일이 있어서 나갔고……'

'나와.'

옷을 챙긴 유온은 이유건을 따라 병원으로 향했다. 엑스레이를 찍어 보니 손목뼈에 금이 가 있어서 깁스를 하고 와야 했다. 이걸 윤서경에게 어떻게 숨길지, 넘어졌다고 하면 믿을지 생각했으나 쓸모없는 고민이었다. 윤서경은 유온의 팔이 다 낫고도 거의 일주일을 더 집에 들어오지 않았다.

잠에서 깨어나 흐린 시야에 손목이 보였다. 유온은 손가락을 꾸물거려 보았다. 손목은 부어 있지도 아프지도 않았고, 자유롭게 움직였다.

자리에서 일어나면서 무심코 메모 패드를 보았지만 새 메모는 없었다. 실망인지 무엇인지 모를 기분으로 침대에서 빠져나오려는데 휴대폰이 깜빡이는 게 보였다.

윤서경에게서 문자가 도착해 있었다. 급하게 내용을 확인했다.

[출근합니다. 3시쯤 예복을 보려 하는데 괜찮습니까?]

유온은 시간을 확인했다. 문자는 이른 아침에 온 것이었고 아직 오전 10시였다. 결혼식에 입을 예복……. 유온의 눈이 잠깐이나마 반짝였다. 혼자 고개만 끄덕이다가 정신을 차리고 답장을 보냈다.

[네, 좋아요.]

두 손으로 휴대폰을 꼭 잡고 가만히 보고 있는데 곧바로 답이 왔다.

[3시에 직원들이 방으로 올라갈 겁니다. 나는 30분에 도착할 테니 편한 곳에서 기다려요.]

좀 늦게 일어날 걸 그랬다고 생각했다. 10시에서 3시까지가 이렇게 길게 느껴진 적이 없었다. 책은 눈에 들어오지 않았고 게임을 하다가도 자꾸 시계만 확인했다. 피아노도 치고 그림도 그리고 혼자서 부산스러운 낮을 보내려니, 간신히 초인종 소리가 기다리던 시간을 알렸다. 유온은 후다닥 나가서 문을 열었다.

그리고 문 밖에서 들어오는 물건을 보며 그 기세에 떠밀렸다. 한 명씩 밝게 인사를 하며 들어온 직원들이 넓은 거실에 물건을 늘어놓았다. 조명, 두꺼운 커튼이 달린 이동식 탈의실, 행거, 소품이 담긴 걸로 보이는 상자……. 드레스 샵을 그냥 통째로 이동해 놓은 것 같았다.

"안녕하세요! 웨딩플래너 김현주입니다."

호텔 직원들과 비슷하게 머리카락을 깔끔히 넘긴 여자가 다가왔다. 거실을 오가는 사람들의 모습에 약간 기가 눌린 유온이 꾸벅 인사했다. 문자로만 한 번 말을 나눴던 웨딩플래너였다.

"예물 같은 건 대표님이 두 분이서 결정하겠다고 하셔서요. 인사가 늦었네요. 예복부터 신혼여행까지는 제가 부족하지만 의견을 드리게 될 것 같아요."

"앗, 네……. 잘 부탁드려요."

"제가 드릴 말씀이죠!"

밝고 에너지가 넘치는 사람이었다. 유온은 이런 사람 곁에 있으면 한층 조용해졌다. 제가 굳이 말을 하지 않아도 분위기를 이끄니 어설픈 목소리로 끼어들 필요가 없어서였다.

종류별로 구분한 옷에 색색으로 맞춘 꽃다발이며 코르사주, 신발이 가지런히 놓였다. 세팅에 30분 정도 걸린다기에 방에 들어가 있을 생각이었는데 막상 보니 홀린 듯 구경하게 되었다.

정확히 30분에 현관이 열렸다. 윤서경은 들어와서 곧바로 유온에게 다가왔다.

"앉죠."

"아."

유온은 그제야 제가 사람들을 감시라도 하는 양 멀뚱멀뚱 서 있었다는 걸 깨달았다.

윤서경을 따라 소파로 가자 김현주도 함께 왔다. 그녀는 테이블 위에 챙겨두었던 큰 책자 여러 개를 하나씩 테이블에 펼쳐 놓았다. 전에 한 번 보고 왔던 예식장 사진이었다.

"개인적으로 식장에 따라서 추천 드리는 예복은 이런 분위기입니다."

김현주가 예복 사진을 책자 위에 몇 장씩 올려 두었다. 두 벌이 세트로 된 것도 있었고, 한 장씩 따로인 것도 있었다. 유온의 시선이 디자인을 통일한 예복으로 내려갔다. 모양이 완전히 똑같진 않지만 커플용이라는 건 분명하게 보였다.

"유온 님은 특별히 선호하시는 디자인이 있으신가요?"

김현주의 말에 유온은 고개를 들었다. 선호하는 디자인은 따로 없지만…….

"……흰색이 아니었으면 좋겠어요."

"그렇다면 흰색은 전부 제외할까요? 우선 다른 색상을 중심으로 보여 드리겠습니다."

가만히 듣고 있던 윤서경이 물었다.

"흰색 싫어합니까."

"아, 그런 건 아니고, 그냥요."

흰색이 싫은 건 아니었다. 단지 이전 결혼식에서 자신이 입었던 예복이 흰색이었을 뿐이다. 그때와 겹쳐지지 않도록 하고 싶었다. 당연히 그런 사실은 모를 윤서경은 고개만 끄덕였다. 그가 손목시계를 한 번 보았을 때, 직원이 준비가 끝났다고 말했다.

"우선 이쪽 세 벌을 추려 봤습니다."

나란히 걸린 세 벌의 예복은 옷걸이조차 비싼 물건이었다. 사이즈는 전부 유온의 것이었다. 윤서경이 유온에게 고개를 돌렸다.

"어때요?"

"전 다……, 아니, 저거요."

다 좋아요, 라고 말하려다 멈추고 오른쪽에 있는 옷을 가리켰다. 세 벌 중에서 가장 수수하고 색이 어두운 것이었다. 물론 결혼 예복인 만큼 다른 것에 비하여 비교적 그렇다는 의미였다. 유온은 이유건이 고른 새하얗고 화려한 예복이 제게 얼마나 안 어울렸는지 아직도 기억했다.

"그럼 착용하시는 것 도와드리겠습니다."

남자 직원 둘이 커튼을 둥글게 둘러 만든 탈의실을 손바닥으로 가리켰다. 안으로 들어가자 정말 평범한 드레스 숍과 다르지 않았다.

혼자서 정리할 수 없는 부분을 직원들이 도와주어 옷 한 벌을 입고 나자 커튼이 열렸다.

주위는 익숙한 호텔 룸의 거실이었지만 자신은 예복을 입은 채 서 있었고, 윤서경은 그 모습이 잘 보이는 소파에 앉아 있었다. 결혼을 앞둔 커플이라면 대부분 하는 일일 것이다. 그러나 유온에게는 처음이었다. 이전에는 윤서경이 바쁘다는 이유로 이유건과 이유연이 대신 왔었다.

자신을 본 윤서경의 눈매가 조금 부드러워진 것 같았다.

"잘 어울리지만, 좀 더 화려해도 좋겠습니다."

"맞아요. 그 정도는 평소에도 입고 다니셔도 괜찮을 것 같아요."

아니, 그건 조금⋯⋯. 고개를 갸웃했지만 하라는 대로 좀 더 화려한 옷을 입었다. 두 번 정도 그렇게 옷을 갈아입었고, 나올 때마다 윤서경은 끄덕였으나 재차 주문했다. 더 화려하게.

결국 네 번째로 유온이 입은 건 흰색은 아니지만 밝은 톤에 온갖 장식이 달리고 반짝거리는 옷이었다. 코르사주까지 장식하자 이전 결혼식과 비슷할 정도로 화려했다. 당연히 어울리지 않았다. 그러나 윤서경과 김현주는 마음에 든다는 얼굴이었다.

가만히 앉아 있던 윤서경이 자리에서 일어났다. 그는 정리된 코르사주를 슥 둘러보다가 그 안에서 또 가장 화려한 걸 찾은 뒤 유온에게 다가왔다. 체향과 향수 냄새가 함께 느껴질 정도로 가까워진 뒤, 그는 유온의 가슴에 있던 코르사주를 빼내고 자신이 가져온 걸 대신 꽂았다.

윤서경의 손끝이 가슴을 가볍게 스치고 지나갔다. 새로 꽂은 코르사주에서는 싱그러운 풀냄새가 났다. 윤서경이 가만히 유온을 바라보았다.

"이게 더 잘 어울립니다."

"……."

굳이 여기서 저한테 그런 건 어울리지 않는다고 말해 분위기를 깰 성격이 못 되었다. 대신 유온은 다른 걸 물었다.

"서, 서경 씨 옷은요?"

"당신 옷에 맞춰서 만들 겁니다."

이 옷과 맞춘 예복 차림의 윤서경은 분명 근사할 테지만 여전히 그 옆의 자신이 걱정이었다. 그러나 생각해 보면 무엇을 입든 옷이 아니라 자신이 문제였다. 그러니 그가 말이나마 마음에 든다고 하는 옷을 입는 게 나았다.

유온은 손을 올려 가슴의 코르사주를 살짝 만지작거리다, 시선이 느껴져 고개를 들었다. 윤서경이 자신을 또 뚫어져라 쳐다보고 있었다. 눈매가 가늘었다.

"……갈아입고 나와요."

어쩐지 분위기가 이상했다. 주위 다른 사람들은 인식하지 못하는, 미묘한 느낌이었다. 탈의실로 들어가 원래 입고 있던 옷으로 갈아입고 나오자 주변은 벌써 정리를 마무리하는 중이었고 윤서경만 소파에 앉아서 손에 든 코르사주를 보고 있었다.

곧 정리를 마친 직원들이 깍듯이 인사한 뒤 방에서 나갔다. 그렇게 거실이 가득 찼었는데 누가 들어왔던 흔적조차 남지 않았다.

윤서경이 눈을 들었다. 눈이 마주친 순간 그가 소리 내 부른 것도 아닌데 다리가 그가 있는 쪽으로 움직였다. 동시에 윤서경도 일어났다.

그는 손짓이라도 하듯 자연스레 팔을 뻗더니 그 팔로 유온을 안아 올렸다. 조금 전 느낀 그 분위기는 한층 강해져 있었다. 꼭, 눈에 보이지 않는 아지랑이 같은 게 그의 몸 주변에 남실거리는 듯한. 입을 꽉 다문 채 굳은 얼굴 표정은 무섭기까지 한데 그의 체향이 그가 화가 난 게 아님을 말해 주고 있다.

눈을 두 번 깜빡이기도 전에 침실에 도착했고 윤서경은 유온을 안은 채 한 팔로 문을 열었다. 서두르는 것처럼 느껴지기까지 했다. 그는 성큼성큼 침실을 가로질러 침대로 가선 몸을 굽혀 유온을 그 위에 내려놓았다. 푹신한 침구가 풀썩, 몸의 모양을 따라서 푹 꺼졌다.

윤서경은 곧바로 두 다리를 침대에 얹으며 올라왔다. 알파의 페로몬이 훅 밀려들더니 유온의 얼굴에 그림자가 드리워졌다. 커다란 손이 침구를 짚는 소리와 함께 윤서경이 유온의 입술에 키스했다.

오래 목이 타거나 굶주렸던 사람처럼 다급한 키스였다. 윤서경은 입을 벌려 유온의 입술을 깨물고 핥고, 머금었다. 침구가 바스락거리며 두 사람의 체중을 따라 이리저리 구겨지고 흐트러졌다.

얼굴이 반쯤 묻힐 정도로 꺼진 깃털 침구 위에서 유온은 조금 당황한 채로 윤서경의 입맞춤을 받아들였다. 윤서경에게서 쏟아지는 페로몬은 직접적이고 정제되지 않아 거칠었다. 그것이 온몸을 뒤덮었다. 제게서도 언젠가부터 향이 흘러나오고 있었다.

입술을 잘근잘근 깨물고 사탕이라도 되는 양 빨아 당기는 것에 여린 살이 금세 부었다. 부풀고 따뜻해진 입술을 윤서경은 더욱 달다는 듯이 제 입에 삼키고 입 안으로 혀를 집어넣었다. 머리카락을 헤치고 쓸어내리는 손길이 다정했고 옷 위로 허리와 가슴을 두서없이 만지는 손은 조급했다.

과격하기까지 한 키스에 유온의 머리는 점점 어지러워졌다. 숨결이 샐 틈도 없이 틀어막힌 상태에서 코로 숨을 충분히 들이마시는 건 유온에겐 익숙지 않고 어려운 일이었다. 간신히 할딱할딱 호흡하곤 있지만 점점 머리로 스며드는 산소가 희박해졌다.

머릿속이 희어지는 걸 느끼며 유온은 힘겹게 두 손을 들어 윤서경의 등을 끌어안고, 너른 등을 덮은 셔츠를 더듬더듬 움켜쥐었다.

"……."

그 행동에서 유온의 호소를 알아차린 건지 윤서경이 얼굴을 뗐다. 열기와 욕구에 푹 젖어 깊게 침잠한 눈이 유온을 정면으로 내려다보았다. 시선으로 제자리에 못이 박힐 수 있다면 지금 유온은 옴짝달싹 못 하게 되었을 것이다. 유온은 심하게 헐떡이지 않도록 숨을 가늘게 고르며, 숨소리를 죽였다.

그 모습을 집요하게까지 느껴지는 눈길로 응시하던 윤서경이 몸을 일으켰다. 격랑 같던 페로몬이 의식적으로 거두어졌다. 분명 급하게 흥분했고 아직 가라앉지 않았는데, 윤서경은 미련이 없는 것처럼 유온의 위에서 물러났다.

"……갑자기 미안합니다."

유온은 당황으로 눈을 깜빡였다. 이대로 그가 제 옷을 벗길 거라고 생각하고 있었다. 또한 그게 싫지 않았다. 그런데 이렇게 물러나다니. 얼떨떨한 듯, 불안한 듯, 이상한 기분이 들었다. 벗고 있는 자신을 보고 아무것도 느끼지 못한 것처럼 가 버렸을 때와 똑같았다.

"서경 씨."

"처리해야 할 일이 있습니다. 얼마나 걸릴지 모르니 먼저 자고 있어요."

그렇게 말한 윤서경은 침대 위에 엎드리면서 조금 구겨진 옷매무새를 정돈하고 돌아섰다. 현관문이 닫히는 소리가 들릴 때까지 아무런 말도 하지 못하던 유온은 혼자 남은 침실에서 가만히 제 입술을 만졌다. 말캉하고 따뜻하게 부어올라 있었다.

그가 남기고 간 잔향이 주위를 떠돌았고, 입술엔 미열이 아른거렸다. 잠시 더 입술을 만지작거리다가 창밖을 보았다. 겨울의 짧은 해는 거의 떨어져 창밖에 검푸른 잔광만을 남기고 있었다. 이미 야경의 불빛도 전부 점등되어 어렴풋한 어둠 속에서 반짝였다. 이제 곧 완전히 어두워질 것이다.

유온은 침대 아래쪽 어중간한 위치에 내버려지듯 누운 몸을 일으켰다. 그리고 침구를 잡아당겨 침대에 제대로 덮어 둔 뒤 일어나 자신의 방으로 왔다.

방에 들어오자 윤서경의 침실에 있을 때와는 비교도 할 수 없을 만큼 향이 옅었다. 벌써 그의 침실이 그리웠다. 하지만 입맞춤하다가 그대로 가 버린 윤서경이 마음에 걸렸다.

이미 러트에 한 차례 잠자리를 가졌다. 결혼식을 올리기 전이라고 조심스러워 할 필요는 없었다. 그러니 그렇게 흥분했던 상태에서 나갈 이유가 있다면 윤서경이 원치 않기 때문이라는 것밖에 떠오르지 않는다.

고개가 툭 떨어졌다. 이곳에 온 이후로 항상 불안했다. 윤서경이 제게 주는 친절이 어리둥절한 한편으로 기뻤으나, 기쁨이 커질수록 그게 떠나간 순간에 올 슬픔이 두려웠다. 윤서경이 해주는 모든 행동이 유온에겐 벅차오르는 행운이었지만 동시에 언제 꺼질지 모를 거품덩어리였다.

바쁘다는 말은 사실인지, 이 관계는 언제까지인지, 결혼생활은 어떻게 될지, 복잡한 생각이 머리를 맴돌았다. 시계는 느리게 흘렀고 초조하고 불안한 심정만 가득했다. 심지어 윤서경이 돌아오기 전에 어디론가 도망쳐 버리고 싶다는 충동까지 들었다.

늘 식사가 올라오는 시간에 식탁이 채워졌지만 앞에 앉은 순간 모든 음식 냄새가 역하게 속을 뒤집었다. 해산물이 섞인 토마토소스부터 샐러드의 드레싱과 풀냄새, 올리브유와 진한 식초, 빵, 후식으로 같이 온 과일까지. 스트레스가 심해질 때면 늘 있는 일이었다.

유온은 메스꺼움을 참으며 음식의 뚜껑을 모두 닫고 라임이 들어간 물 한 잔만 남긴 뒤 커다란 쟁반을 들어 현관 밖으로 내놓았다. 여전히 음식 냄새가 떠돌며 후각을 괴롭혔다. 얼음이 달그락거리는 물 한 잔을 겨우 비우곤 제 방으로 들어와 문을 닫았다.

* * *

윤서경의 나지막한 목소리가 들렸다.

눈을 감으면 달려오는 불안감 때문에 서성이다 간신히 잠든 새벽이었다. 잠든 지 고작 한 시간 정도가 지났을 뿐이다.

거실에 윤서경이 있는 듯했다. 문이 다 닫혀 있고 그는 잔뜩 톤을 낮추어 말하고 있는데도 소리가 다 들려왔다. 유온은 조심스레 문을 열었다. 윤서경은 소파 앞에서 등을 돌린 채 서 있었다. 유온이 나온 걸 눈치채지 못한 것 같았다.

유온은 아직 몽롱한 상태였다. 소리가 나지 않도록 문을 열고 나온 건 몸에 밴 습관 탓이었다. 의식도 거의 가라앉아 있었고, 윤서경의 목소리에 반응해 밖으로 나온 것에 가까웠다.

그런 유온에게 윤서경의 듣기 좋은 목소리 위로 다른 남자의 음성이 겹쳐지는 게 들렸다. 전화 너머에서 흘러나오는 소리였다.

―그 애는 내 동생이고 부모님도 멀쩡히 살아 계세요. 가족이 있는데 다른 사람의 보호를 받을 이유가 없습니다.

그 말에 유온의 몸이 굳었다. 여전히 정신은 반쯤 꿈속을 헤매고 있었다. 그러나 그런 상태로도 충격적인 일이 있으면 몸은 반응한다. 전화에서 흘러나오는 목소리의 주인은 이유건이었다.

―결혼할 사이라도, 아니, 이젠 그것마저 아니죠. 다시 경고하는데 지금 당신이 하고 있는 짓은 감금입니다.

"글쎄요. 난 뭐가 문제인지 모르겠군요."

―나는 분명히 말했습니다. 후회하게 될 거라고.

"당신이 날 후회하게 만드는 게 가능하긴 합니까."

ㅡ그건 두고 보죠.

물속에 던져진 듯 주위가 먹먹하게 일그러졌다가 곧 제 모습을 찾았다. 낡은 소파와 쿠션, 잡동사니, 먼지, 유온은 본가의 창고에 있었다. 눈앞에는 이유건이 있다.

뒤돌아서 서 있던 그가 손에 쥔 휴대폰을 내리며 천천히 다가왔다. 유온은 어느새 아무런 소리도 없이 뺨만을 적시며 울고 있었다. 이유건이 싸늘한 얼굴로 유온을 보았다.

죽기 얼마 전처럼 후각이 오락가락하는지 아무런 냄새도 나지 않았고, 눈앞은 흐릿했다. 귀도 먹먹하여 고요와 물소리 같은 게 번갈아 청각을 물들였다. 몸이 이곳저곳 아팠다. 벌써 한참 얻어맞은 듯했다.

가까이 다가온 이유건이 손을 들었다. 유온의 몸이 잔뜩 움츠러들었다. 벌벌 떠는 모습에 때릴 생각을 거두었는지, 손이 느리게 내려간다. 그게 기회라도 된 것처럼 유온은 중얼거렸다.

"저……, 집에 가고 싶어요…….."

"뭐?"

"집, 집에 가고 싶어요. 보내, 주시면, 안 될까요, 다신……."

"……."

"다시는 안 그럴게요. 자, 잘못했어요, 형."

이유온, 하고 이름을 부르려던 목소리가 왜인지 중간에 끊겼다. 놀라기라도 한 것처럼 아무런 말도 없이 서 있을 뿐이다. 유온은 형이 왜 그러는지 생각할 겨를이 없었다.

어디로 돌아가겠다는, 그 비슷한 말이 띄엄띄엄 들렸다. 유온은 이곳에 있고 싶지 않았다. 윤서경이 제게 어떤 태도를 취하든 그가 있는 집으로 돌아가고 싶었다. 창고는 두려웠고 제 방은 삭막했다.

이렇게 본가로 불려올 때마다 이유건은 말했다. 윤 대표가 언제까지 너를 데리고 있을 것 같으냐고. 누구보다 유온이 잘 알고 있었다. 윤서경이 자신을 참아 주고 있다는 걸. 불쾌하고 당장 내쫓고 싶음에도 아직 얼마간은 참아 줄지 모른다는 것도.

"서경 씨가, 나가라고 할 때까지만이라도, 형⋯⋯."

이제는 숫제 애원하는 것에 가까운 모양이었다. 형에게 보이면 더욱 혼이 날 뿐인 눈물을 뚝뚝 흘리면서 이유건에게 빌었다. 집에 보내 달라고. 그런 말을 할 때면 이유건은 항상 웃으며 대답했다. 네 집은 여기야, 유온아. 그 말을 들을 때마다 아니라고 고개를 젓고 싶었다. 하지만 무서워서 할 수 없었다. 그러나 지금은 절박함이 무서움을 눌렀다.

아니에요, 형, 제 집은, 제가 있고 싶은 곳⋯⋯.

⋯⋯윤서경이 있는 곳.

이유건이 다가왔다. 유온은 눈물 때문에 엉망인 얼굴을 가만히 들었다. 이유건이 뺨을 때릴 수 있도록 고분고분 그 앞에다 대는 것이었다. 머리채를 붙들려 언어맞는 것보다는 나았다.

그러나 다음 순간에 이유건이 유온의 몸을 끌어당겼다. 동시에 체향이 부드럽게 쏟아졌다. 코끝을 스친 향에 유온이 젖은 눈을 천천히 깜빡였다.

온몸이 한 품에 안겨 있었다. 기도를 쾅쾅 울려 댈 정도로 거칠던 심장 박동이 맞닿은 몸의 느린 박자에 맞추어 조금씩 기세를 죽였다. 소름이 돋고 뻣뻣해진 피부 위를 페로몬이 촘촘한 습기처럼 감싸며 덮었다. 안온함이라는 낯선 감각이 유온을 끌어안았다. 커다란 손이 유온의 등과 머리를 감싸고 천천히 쓸었다.

　"나예요."

　낮게 울리는 목소리가 다정하게 속삭였다. 나예요, 그 짧은 한 마디가 유온을 지옥에서 현실로 데리고 나왔다. 눈앞에 있는 게 이유건이 아니다. 머리를 쓰다듬던 손이 움직여 유온의 눈물을 닦았다. 깨끗해진 시야에 자리한 것은 윤서경이었다.

　"……서경 씨."

　"네."

　대답까지 확인했으나 유온의 눈은 한참 그를 바라보다가 바닥으로 천천히 내려갔다. 윤서경은 억지로 유온이 고개를 들게 하는 대신 다시 품에 안고 일어서 침실로 향했다. 유온을 침대에 눕힌 뒤 윤서경은 몸을 숙여 유온에게 한 번 입을 맞추고 욕실로 향했다.

　이유건을 본 일이 꿈인 듯 멀었다. 꿈에 가깝긴 했다. 환각이라고 해야 할까. 불안정한 정신이 불러낸 허상이었다. 그를 이렇게 빨리 깨닫고 현실로 나와 있는 건 윤서경이 곁에 있던 덕분이었다.

　욕실에서 들리는 물소리를 들으며 유온은 느리게 눈을 깜빡였다. 물소리가 끊어진 후에는 옷을 입는지 부스럭거리는 소리와 드라이어 소리가 들렸다. 얼마 후 윤서경이 편안한 차림을 한 채 침실로 나왔다.

그때까지도 유온은 돌아눕지도 않은 채 멍하니 한 곳만 바라보고 있었다. 침대로 다가온 윤서경이 이불을 들추며 안으로 들어와 유온을 품에 끌어안았다. 심장이 두근두근 울렸다. 이번엔 불안한 박동이 아니라 뺨이 뜨거워지는 걸 동반하는 종류의 것이었다. 윤서경을 홀로 보고 좋아할 때 느끼던 것과 같은.

 "이유온 씨."

 "……네."

 "연극이나 영화 좋아합니까."

 "네?"

 뜬금없는 질문에 유온이 고개를 들었다. 좋은지 싫은지 물으면, 싫어하지 않았다. 하지만 사람이 너무 많고 간격이 좁기 때문에 앉아 있으면 가슴이 답답해져서 잘 가지 않는다. 고민한 유온은 답을 내놓았다.

 "사람이 없는 시간이라면……."

 이른 새벽이나 아주 늦은 밤에 가면 영화관은 괜찮았다. 자리도 넓고 새벽이나 심야 회차로 가면 거의 아무도 없는 곳에서 볼 수 있었다. 따지자면 영화보다 연극을 좋아하지만, 이건 시간이 정해져 있으니 사람을 피할 길이 없어서 포기할 수밖에 없었다.

 "전시회는요."

 "그, 그것도요."

 이것도 마찬가지였다. 유명한 작가의 전시회는 사람이 바글거린다. 예전에 혼자 무하의 전시회에 갔다가 제대로 보지도 못하고 튀어나왔던 기억이 떠올랐다. 그래서 간다고 하면 국내에 잘 알려지지 않은 작가의 전시회나, 상설 전시를 하는 소규모 개인 갤러리에 가는 게 전부였다.

알았다는 듯 고개를 끄덕인 윤서경이 말했다.

"내일은 외출할까요."

"……네."

"그럼 어서 자요."

신기하게도 어서 자라는 말을 듣자마자 눈이 살살 감겼다. 윤서경은 유온을 품에 안은 채 몸을 조금 움직여 사이드테이블에 놓아두었던 손목시계를 확인하고, 다시 침대 가운데쯤으로 돌아와 누웠다. 등을 토닥이는 손이 느리고 부드러웠다. 유온은 따뜻한 물속에 가라앉듯 평온하게 잠이 들었다.

* * *

다음 날. 윤서경이 유온을 불러낸 것은 꽤나 애매한 시각이었다. 오후 4시. 윤서경은 연극을 보자고 말했다. 이한영이 데리러 왔고, 호텔에서 20분 정도 차로 이동했다.

연극을 보기엔 애매한 시간이 아닌가 생각하는 동시에 조금 걱정이 되었다. 윤서경의 체향이 바로 곁에서 느껴지니 조금은 괜찮겠지만 수많은 사람들 틈에 섞여 한두 시간은 꼼짝도 못 하고 있어야 한다는 사실이.

두어 시간 정도니까 참으려면 참을 수 있겠지. 차를 타고 가는 동안 유온은 열심히 각오했다.

극장에 도착하자 이한영이 내려 문을 열어주었다. 그가 뭐라 잡담하는 것을 들으며 로비로 들어갔다. 유온은 눈앞에 보인 로비의 모습을 보고 조금 놀랐다. 중간 규모쯤 될 극장의 로비는 유니폼 차림의 직원을 제외하면 윤서경 혼자뿐이었다.

이한영은 로비 문을 열어 주고 윤서경에게 짧게 인사한 뒤 사라졌다. 유온은 썰렁한 로비를 한번 돌아보았다. 벽에 가득 지금 상연하는 연극의 포스터와 홍보물이 붙어 있었고, 아직 공연장의 문은 닫힌 채였다. 직원들은 관객이 많을 때와 똑같이 제자리에서 대기 중이었다.

"왔습니까."

"네, 그런데……, 사람이 없네요."

"네."

그 짧은 대답이 다였다. 왜 로비에 사람이 하나도 없는지에 대한 설명은 없다. 그는 그저 평소와 똑같은 얼굴로 시계를 한번 보았다. 그때 직원이 입장하실 시간이라며 정면의 문을 열었다.

유온은 혹시 다른 사람들은 먼저 들어가 있는 건가 생각하며 윤서경의 뒤를 따라갔다. 그러나 객석 역시 아무도 없기는 마찬가지였다.

아예 사람이 없는 건 아니었다. 몇몇, 관계자로 보이는 사람들이 문가에 서서 윤서경을 기다리다가 인사를 나누고 구석 자리로 흩어졌다. 윤서경은 유온을 무대가 잘 보이는 중앙 자리로 이끌었다.

나무로 된 집 모양의 무대 장치와 조명은 여느 연극 무대와 비슷한 분위기였다. 천을 씌운 푹신한 의자에 앉아 있자 곧 직원이

와서 공연의 팸플릿을 건넸다. 유온은 어색한 기분으로 팸플릿을 뒤적거렸다. 내용은 눈에 들어오지 않았다.

"요즘 공연하는 것 중에 가장 평이 좋다고 해서 골랐습니다."

윤서경이 유온의 혼란을 읽기라도 한 것처럼 말했다. 그러나 왜 극장에 아무도 없는지는 여전히 말해 주지 않았다. 가장 평이 좋은 연극이라고 하니 자리가 안 팔린 건 아닐 것이다. 어중간한 요일, 어중간한 시간. 원래 없던 공연을 끼워 넣기라도 한 걸까.

고민하던 사이 공연 시작을 알리는 안내 멘트가 나왔다. 관객은 아무도 없었지만 관객들에게 주의 사항을 안내하는 평범한 내용이었다. 그리고 곧 객석의 불이 꺼졌다.

팸플릿 내용이 전혀 눈에 들어오지 않았던 것과 달리 공연은 시작하자마자 유온을 끌어들였다. 주위에 사람이 없어 신경을 빼앗기지 않았던 것도 있어서, 유온은 연극에 완전히 몰입했다. 끝나는 순간까지 한 번도 눈을 떼지 못할 정도였다.

연극이 끝나고 배우들이 나와서 인사를 할 땐 열심히 박수를 쳤다. 이내 주위가 밝아졌다. 상기된 얼굴을 하고 있던 유온이 문득 고개를 돌렸다. 윤서경이 자신을 보고 있었다.

"재미있었습니까?"

"네…… . 정말요."

언뜻 윤서경의 눈매가 휘어지는 것 같았다. 그는 이만 일어나자며 유온을 데리고 객석 계단을 올랐다. 윤서경이 나오는 걸 본 관계자들이 몰려들었다.

"대표님, 어떠셨습니까. 마음에 드셨을지…… ."

"괜찮았습니다. 나중에 이야기하지요."

가볍게 그들의 말을 끊은 윤서경이 유온의 어깨를 감싸며 밖으로 나왔다. 차에 타기 전 그는 유온을 한 번 살폈다.

"힘들어요?"

"아, 아니요."

"갤러리에도 갈까 하는데, 언제가 좋겠습니까."

"네? 아, 전 언제든 괜찮아요……."

"화요일엔 낮에도 갈 수 있고, 다른 요일엔 아무래도 저녁 늦게 가야 합니다. 미리 티켓을 예약해 둔 관람객이 있어서요."

"……."

휴관일이나 폐관 후에 보러 간다는 뜻이었던 듯했다. 그럼 오늘 연극도 역시 원래는 공연하지 않는 회차거나, 객석을 통째로 빌리거나 한 모양이다. 새삼 윤서경의 재력에 놀랐고 그 재력을 자신에게 쏟아준다는 게 신기했다.

"식사는?"

유온이 고개를 들었다.

"밖에서 해도 괜찮겠습니까?"

이번엔 끄덕였다. 다행히 메뉴까지 뭘 먹고 싶은지 물어보진 않았다. 의견을 묻는 건 유온에겐 매우 어려운 질문 중 하나였다.

운전석의 이한영이 알아서 차를 몰았고, 도착한 건 삼청동 구석에 숨듯이 자리한 한옥이었다. 윤서경이 안으로 들어서자 미리 연락을 받고 있었는지 직원이 곧바로 별실로 안내했다.

방에는 창호 사이로 유리창을 내서 그곳을 통해 작은 정원이 보였다. 고즈넉한 분위기의 정원에는 소나무와 연못이 있었다. 연못 위로 낮은 바위를 타고 물이 떨어졌다. 물 떨어지는 소리가 음악 대신 평온하게 방 안에 흘렀다.

직원이 들어와 두 사람의 옷을 받아서 옷걸이에 건 뒤 상을 차렸다. 각자의 앞에 작은 냄비가 하나씩 놓인 전골 요리였다. 재료를 넣은 뒤 불을 켜자 금세 온기가 올라왔다. 재료는 직원이 때를 맞춰 들어와서 냄비에 모양을 갖추어 넣어 주었다.

채소가 숨이 죽어 갈 때쯤 직원이 고기 그릇을 가까이 당겨 준 뒤 나갔다. 전골에 들어간 재료는 굉장히 많았다. 채소만 해도 몇 종류에 버섯과 두부까지. 젓가락을 든 채 뭘 집어야 하나 들여다 보고 있는데 윤서경이 말했다.

"싫어하는 재료는 골라내도 됩니다."

"아, 아니에요. 괜찮아요."

말은 그렇게 했지만 유온은 채소를 접시로 옮기면서 자꾸 따라오려고 하는 표고버섯을 냄비 가장자리로 슬쩍 밀었다. 다행히 윤서경은 그 모습을 눈치채지 못한 것 같았다.

후식과 차까지 먹고 호텔에 돌아오자 9시가 다 되어 가고 있었다. 다소 노곤해진 유온은 방으로 들어가려다가 윤서경에게 한번 잡혔다.

"옷 갈아입고 잠시 나와요."

"네……."

고개를 끄덕인 뒤 유온은 자신의 방으로 들어가 가볍게 몸을 씻고, 편한 옷으로 갈아입었다. 거실에 나오자 윤서경도 외출복을 벗은 뒤였다. 소파에 앉은 그의 앞에 홍보물이 잔뜩 쌓여 있었다.

전시회와 관련된 것도 있었지만 몇 개는 가죽이나 벨벳으로 싼 얇은 책자였다. 방문 앞에 어정쩡하게 선 유온을 윤서경이 손짓해 불렀다. 가까이 다가가서 미적미적 서 있기만 하자, 윤서경은 커다란 몸을 일으키더니 유온을 제 옆에 아예 앉혔다.

"이건 나중에 훑어보도록 하고."

윤서경이 반들반들한 종이더미를 모아 한쪽에 놓으며 말하곤, 책자를 하나 집었다. 언뜻 보자 치워 놓은 건 연극이나 뮤지컬의 리플릿이었다.

유온의 시선이 책 표지로 향했다. 유명 호텔의 로고가 찍혀 있었다. 지난번에 보러 갔던 결혼식장이 있는 호텔이었다.

"그쪽 플로리스트들이 시안을 몇 개 보냈습니다."

그러니까, 지금……, 결혼식장에 장식할 꽃을 같이 보자고 하는 걸까. 순식간에 유온의 얼굴이 발개졌다. 흘끔 윤서경을 보았다. 그는 책을 펼쳐 유온에게 건네주었다.

"천천히 봐요. 난 먼저 봤습니다."

네, 하고 대답한 뒤 책자에 집중하려 노력했다. 옆의 윤서경이 계속 신경 쓰일 줄 알았으나 결혼식장에서 보낸 꽃 장식의 시안은 절로 시선을 붙들 만큼 아름다웠다. 햇살 아래 야외 결혼식장을 이런 꽃들로 채운다면 그 예식은 분명 누구도 잊지 못할 만큼 화려하고 찬란한 순간이 될 것이다.

유온이 막 세 번째 책자를 손에 들었을 때였다. 윤서경의 휴대폰이 짧게 진동했다. 무심코 유온도 그를 보았다. 메시지 내용을 확인한 윤서경은 표정을 바꾸지 않고 자리에서 일어나, 빠르게 옷을 갈아입고 나왔다.

"급한 일이 생겨서 잠깐 다녀와야 할 것 같습니다. 금방 오겠지만 혹시 내가 늦어지면 먼저 쉬어요."

"아, 네, 다녀오세요……."

윤서경은 유온의 뺨을 감싸 짧게 입을 맞추곤 방을 나섰다. 그의 온기와 체향으로 가득하던 공간이 금세 썰렁해졌다. 아쉬운 얼굴로 서성거리던 유온은 다시 소파에 앉아 책자를 펼쳤다.

식장마다 분위기는 달랐지만 하나같이 예쁜 꽃들이었다. 이런 꽃 장식은 꽃말을 고려하기도 한다던데. 그 사실에 생각이 미친 유온은 휴대폰을 집어 포털 사이트에 접속했다. 꽃 이름은 쓰여 있으니, 검색해 보면…….

"……."

그리고 곧바로 자신이 무엇을 하려 했는지 잊었다.

실시간 검색어에 윤서경의 이름이 오르내리고 있었다.

급하게 나간 건 이것 때문일까. 공연히 손이 떨렸다. 검색어는 계속해서 바뀌었다. 윤서경, 부경, 그리고……, 윤서경 결혼, 윤서경 결혼 상대……, 화명, ……이유온, 이유건.

좋은 일은 아닌 게 분명했다. 유온은 검색어 창을 키워서 계속 바뀌는 단어들을 들여다보고 있었다. 아주 잠깐씩 불온한 단어가 스치고 지나갔다. 스캔들, 범죄, 감금, 경찰 조사 같은.

당황스럽다 못해 비현실적이었다. 유온은 멍하니 스크롤을 내리다가 기사 몇 개를 열어 보았다. 대부분의 이상한 검색어와 기사는 부경 측에서 지우고 있는지 보이지 않았다. 그러나 이름도 처음 들어 보는 이상한 신문의 기사가 조회 수 때문에 포털 메인에 노출되고 있었다.

윤서경이 혼담을 거절당한 후 그 상대를 강제로 감금해 두고 있다는 말도 안 되는 내용이었다.

알파와 오메가는 서로에게 거절당하는 걸 받아들이지 못하여 다양한 형태로 불만을 드러냈다. 그 불만은 몸집이 커지면 자신을 해치기도, 남을 해치기도 했다. 권력이 있는 경우에는 비도덕적인 수단을 동원해서 강제로 결혼을 요구하는 경우도 있었다.

그러나 그게 윤서경은 아니었다.

왜 윤서경이라는 이름 옆에 이런 단어가 붙어 있는 건지 이해가 가지 않았다. 그는 이런 말을 들어도 되는 사람이 아니다. 함께 따라붙는 이유온, 이유건이라는 세 글자가 범죄를 뜻하는 단어와 똑같이 혐오스럽게 보였다.

또 이렇게, 이런 식으로 그를……

'인터뷰.'

윤서경이 그렇게 말하는 것과 동시에 발치로 휴대폰이 날아왔다. 맞지는 않았지만 휴대폰은 액정이 깨지며 옆으로 굴러갔다. 그가 물건을 직접 집어 던지는 일은 처음이었다. 유온의 맨발이 불안하게 꼼질거렸다.

'했습니까?'

그가 뭘 보고 그러는 건지 잘 알고 있다. 이유건과 친분이 있는 신문사에서 단독 보도를 냈다. 이름을 밝히지 않은 어떤 오메가의 결혼 생활에 관한 것이었다. 익명이었으나 기사를 읽으면 누구나 그의 결혼 상대가 누구인지 알 수 있었다.

유온은 윤서경의 추궁에 아무런 말도 하지 못했다. 자신이 기자의 질문에 꼬박꼬박 대답한 건 사실이었으니까. 비록 곁에 이유건이 있었고, 머리가 멍해지는 약을 먹었고, 기자가 원하는 답을 내놓을 때까지 다그침을 받긴 했어도.

'얼마를 받았습니까. 얼마가 되었든, 나한테 달라고 말하지 못할 정도였어요?'

'……천만 원이요…….'

윤서경이 헛웃음을 터뜨렸다. 천만 원은 윤서경에게 푼돈이었다. 이유건은 일부러 적은 금액을 말하고 윤서경에게 가서 그대로 말하라고 했다. 고작 그 정도 돈에 제 체면이 구겨졌다는 걸 윤서경이 알게 하기 위해서였다.

'그럼 돈 때문은 아니었겠지.'

'…….'

'당신 형이 하라고 시켰습니까.'

그의 말에 유온은 움찔했다. 그 말대로였다. 형이 하라고 시켰다. 몽롱한 정신으로, 다른 알파까지 앉아서 보는 앞에서 형에게 혼이 났다. 기자는 내내 끈적끈적한 눈길로 유온을 훑고 있었다. 약 기운이 몸에서 빠져나가는 순간은 끔찍했다.

그걸 윤서경이 알아주길 바랐다. 형 때문에 어쩔 수 없었다는 걸, 나는 당신을 위해서 고통을 감수하고 형에게 거역하기에는 너무 약해 빠지고 멍청하니, 그걸 너그러이 봐주길 바란다는 걸.

하지만 다음 말은 유온을 얼어붙게 했다.

'당신이 그렇게 좋아하는 형 덕분에 내가 천하의 쓰레기라는 소리를 들으니, 어때요. 기분이 좋습니까?'

침묵이 내려앉았다. 유온은 아무런 말도 하지 못했다. 어깨가 바들바들 떨렸다.

'이유온 씨, 제발……. 내가 당신한테 청혼했던 걸 더 이상 후회하게 만들지 말아요.'

윤서경이 한숨을 내쉬었다. 입을 벌린 채 기다리던 수렁이 단숨에 유온을 집어삼켰다.

그때와 상황은 크게 다르지 않았다. 자신 때문에 윤서경의 명예가 먹칠되었다. 그때는 기사가 곧 내려가고 헛소문, 없었던 일로 처리되긴 했으나 한동안 불필요하게 사람들의 입에 오르내려야 했다. 체면도 땅에 떨어졌다. 지금도 그때와 똑같다. 온몸이 따끔거리고 아파 오는 것 같았다. 가슴에 서늘하고 무거운 덩어리가 들어찼다. 납을 삼킨 기분이었다.

어떻게 하지.

어떻게 해야 하지?

후회할 거라고 하던 전화 너머의 목소리가 떠올랐다. 그 목소리는 곧바로 이 일과 연결되었다. 이건 큰형이 벌인 일이다. 제 손으로 일을 수습하기 위해선 큰형의 도움이 필요했다.

형의 화를 풀어야 했다. 그러려면……, 집에 돌아가야 한다.

유온은 비틀거리며 일어났다. 급한 움직임에 다리를 테이블에 부딪쳤지만 아픔조차 느껴지지 않았다. 아무거나 잡히는 옷을 끌어내는 손이 주체가 안 될 만큼 떨렸다. 옷장 안으로 옷이 우르르 떨어졌다.

　실내복 위에 손에 잡힌 얇은 외투 하나를 걸친 뒤 무작정 밖으로 나갔다. 심지어 맨발이었다. 등 뒤에서 무거운 문이 완전히 닫히기도 전에 엘리베이터 홀에 있었다. 유온은 급하게 버튼을 눌렀다.

　그러나 유온이 버튼을 누르기 전 엘리베이터는 이미 올라오는 중이었다. 어지러운 유온의 시야에는 그것이 채 들어오지 않았다.

　경쾌한 소리와 함께 문이 열렸다. 안으로 무너지듯 들어가려던 유온의 몸이 무언가에 가로막혔다.

　"……그 꼴로 어딜 갑니까."

　윤서경이었다. 멍하니 그를 올려다본 유온이 말했다.

　"지, 집에, 요."

　"집에? 왜요."

　"……."

　윤서경이 뉴스를 알고 있을까. 알기에 나갔던 거겠지. 유온의 얼굴이 하얗게 질렸다. 발치로 던져진 휴대폰, 자신을 보던 윤서경의 화가 난 눈빛이 떠올랐다.

　"죄송해요, 서경 씨."

　"……."

　"죄송해요, 제가, 제가……, 아니, 일단, 저 집에 갈게요……."

　"가서 뭘 하려고요."

"형한테 잘못했다고 말하고……."

목소리가 벌벌 떨렸다. 유온의 머릿속을 채운 건 죽어 가던 고양이였다. 자신 때문에 죽은 아이. 자신이 키우겠다고 고집만 부리지 않았다면 죽지 않았을, 그 회색 고양이.

숨이 잘 쉬어지지 않았다. 죄송하다는 말만 끝없이 중얼거리고 있었다. 윤서경은 이제 후회할 것이다. 자신에게 청혼한 걸, 이렇게 결혼 준비를 해 온 걸, 이곳에 두고 돌봐준 걸, 전부 후회하며, 이번에야말로 차가운 얼굴을 하겠지. 그러면, 그때는…….

"아……."

헐떡이며 경련하는 어깨를 두 손이 붙잡았다. 추궁하고 뒤흔들려는 손이 아니었다. 극히 부드럽고, 다정하게까지 느껴졌다. 유온의 눈에 그제야 초점이 잡혔다.

"이유온 씨."

"……."

"당신은 그들에게 사과를 해야 하는 사람이 아닙니다."

유온의 입술이 달싹였다. 하지만 사과하는 것 말고는 해결할 방법을 알지 못한다. 길게 떨리는 몸을 윤서경이 안아 들었다. 맨발이 땅에서 떨어졌다. 현관문을 열고 들어오자 따스한 온기가 몸을 감쌌다. 윤서경은 유온을 데리고 와 소파에 앉히고, 발을 손으로 털어 주었다.

"이유온 씨."

"……."

"별것 아닌 일입니다. 당신이 이렇게 신경 쓰지 않아도 돼요."

유온이 천천히 눈을 들었다. 윤서경의 얼굴을 보는 건 무서웠다. 그러나 말하는 목소리가 너무 부드러워서, 그의 표정을 보아도 될 것 같았다. 눈이 마주쳤다. 검은 눈동자가 물끄러미 자신을 보고 있었다.

"당신 가족들……. 그래요. 마침 기회가 됐으니 말하죠."

"……."

"나는 지금부터 당신이 여태까지 누리지 못한 모든 걸 그들에게서 하나하나 다 빼앗아 줄 겁니다."

고개가 모로 기울어졌다. 윤서경의 말을 잘 알아들을 수 없었다.

"그러니까 이제 당신은 누구도 무서워할 필요 없습니다."

천천히, 윤서경이 팔을 뻗었다. 그의 손이 뺨에 닿았다.

"나를 포함해서요."

이제야 알았지만 윤서경은 유온의 앞에 무릎을 꿇은 채였다. 어떤 잘못이라도 고백하는 것처럼. 아직도 떨리는 무릎 위로 윤서경의 다른 손이 올라왔다.

"왜냐하면 나는……, 당신이 기억하는 것과 다르게."

그의 두 눈이 진심을 담아 유온을 바라보았다.

"당신을 사랑하니까요."

3

손목시계가 자꾸 같은 시각에 멈췄다.

오후 7시 22분. 우연이라기엔 기묘했다. 세 번째로 시계가 멈췄을 때 윤서경은 이걸 꽤 이상한 일이라 판단했다.

그나마 합리적으로 생각한다면 드레스 룸의 시계 수납장에 뭔가 문제가 생겼다는 것이었다. 혹은 자신이 움직이는 동선이 뭔가 이상하거나.

그래서 우선은 시계 수납장의 위치를 조정했다. 달라지는 건 없었다. 차를 바꾸고, 업무하는 자리를 바꿔 보았다. 역시 똑같았다. 식사하는 곳도 달리 해 보았다. 심지어 이한영이나 다른 비서들과 떨어져 있어 보기도 했다.

여전히, 시계는 며칠에 한 번씩 7시 22분이 되면 멈춰 버렸다.

무슨 조화인 건지 의아했다. 그러나 그런 일에 신경을 기울이기에 윤서경은 바쁜 사람이었기에, 예비용 시계를 어디에나 준비해 두고 멈추면 바꿔 차는 방법을 택했다.

이유온을 처음 만난 건 시계가 멈추기 시작하고 며칠 후였다. 어느 국회의원 때문에 뜻하지 않던 자리에 가야 했다. 지루하지만 대강 사람들을 상대하다 고개를 돌렸을 때, 저 구석에 오메가 하나가 얌전히 서 있는 게 보였다.

누가 보아도 자리를 불편해하는 기색이었다. 얼굴은 예뻤고, 몸은 호리호리했고, 키는 중간 정도였다. 얼굴만큼 몸의 선도 예뻐서 슈트의 라인이 눈을 잡아끌었다. 문제는 그 얼굴이 보이지 않도록 고개를 반쯤 숙이고 있다는 점이었다.

윤서경은 저도 모르게 그쪽으로 다가갔다. 벌 떼처럼 달라붙은 사람들이 우글우글 따라오는 것도 개의치 않고. 멍하니 있던 그는 순식간에 주위에 사람이 늘어나자 놀라더니 이내 당황했다. 그리고 자리를 피하려 했으나 마음대로 되지 않았다.

그는 벽처럼 주위를 에워싼 인파를 헤치고 나가기엔 너무 힘이 없어 보였다. 몸도 마음도. 밀어낼 팔 힘이 없고 비켜 달라는 말은 입에서 잘 나오지 않는 듯했다.

보다 못해 다가가서 도와주었다. 윤서경은 남에게 좀처럼 관심을 두지 않는다. 이런 일에서 도와줄 생각조차 하지 않는 건 당연했다. 그러나 몸이 움직였다. 하얗게 질린 얼굴 앞에 서서 등을 감싸고 나갈 길을 알려 주었다.

그러자 이유온은 얼핏……, 아주 짧게 웃었다.

웃으며 고맙다고 말하곤 급하게 사라졌다. 순간 그의 뒷모습을 눈으로 좇으며 실없는 생각을 했다. 두고 간 유리 구두 같은 건 없나?

그래서였다. 처음 보는 사람의 웃는 얼굴 때문에, 그게 누구인지 샅샅이 뒤져 결국 찾아내서 그가 참석한다고 하면 별 쓸데없는 행사에도 기웃거리게 된 건.

심지어 윤서경은 그의 뒷조사까지 했다. 유리 구두는 없지만 행사에 참석한 사람의 명단이 있고 얼굴도 보았다. 오메가라는 것까지 알았으니 구두가 아닌 신분증을 떨어뜨리고 간 것이나 마찬가지였다.

이한영이 다른 업무 보고의 막간을 이용해서 조사 결과를 이야기했다.

"혼외자라는 소문이 조금 있는데, 워낙 지하에서만 도는 말이라 진위 여부는 확실치 않습니다."

"어느 쪽."

"모친이요. 그래서 더욱 불확실합니다. 다만 이유건 부사장은 동생을 꽤 아낀다는 것 같습니다."

모친 쪽 혼외자라. 그러면 정말 화명의 안주인이 부정을 저질러서 낳은 아이라 하더라도 제대로 알려지지 않는 건 당연했다. 부친의 혼외자보다 숨기기 수월하니까. 아이의 생김새가 명백하게 다른 유전자가 아닌 이상은 그랬다.

이유온의 얼굴은…… 그 집에서 월등하다는 걸 빼면 '다른 유전자인가' 하는 질문에 곧바로 고개를 끄덕일 정도는 아니었다.

"아낀다고……."

윤서경은 책상을 손가락으로 천천히 툭툭 쳤다. 이유온의 모습을 보면 가족에게 그리 사랑받은 것 같진 않았다. 사람의 성격을 형성하는 건 어느 정도가 천성이고, 나머지 대부분은 가족이다.

"공적인 자리에 자주 나오는 편인가?"

"다른 가족에 비해서 다소 격이 떨어지는 행사에만 참석하는 것 같습니다."

"그래. 우선 이유온이 참석한다는 행사는 다 알아봐."

"……."

이한영이 잠시 입을 다문 채 윤서경을 보았다.

"왜?"

"대표님, 드디어 결혼 생각이 드셨습니까?"

"뭐?"

"원한이 있어서 찾으시는 건 아니지 않으십니까."

"……."

결혼, 결혼이라. 윤서경은 지금이 딱 적령기였다. 주위 이곳저곳에서 혼처를 들이밀지만 전혀 관심이 없을 뿐이다. 들어오는 혼처는 검토조차 한 적이 없고 맞선 권유가 들어오면 딱 잘라 거절했다. 가족들이 딱히 강요하는 것도 아니었기에 지금까지 정말 결혼에 관심 자체가 없었다.

그런데 잠깐 스쳐 지나간 수준인 오메가를 애타게 찾고 있으니 이한영이 그렇게 묻는 것도 어쩌면 당연했다. 아니, 딱히 이야기도 제대로 나눠 본 적 없는 상대랑 결혼을 생각하는 건 아니었다.

"아니."

"네……. 우선 리스트 정리해서 올리겠습니다."

"그래. 나가 봐."

결혼 같은 걸 생각하는 건 아니다.

그 후로 윤서경은 이유온이 참석한다는 행사에는 대부분 얼굴을 내밀었다.

대체로 이유온은 고개를 푹 숙이고 있다가, 윤서경이 온 걸 알면 몰래 흘끔거렸다. 신기해서 그러는지 처음 만난 날 도와준 걸 계속 생각해서 그러는 건지는 알 수 없었지만, 그렇게 쳐다보면서 자신이 모를 줄 안다는 게 퍽 재미있었다.

재미있다고 생각하고 몇 번 더 그와 같은 행사에 참석해 본 건데, 정신을 차리자 화명에 혼담을 넣은 뒤였다.

타당한 이유는 있었다. 이유온의 정략혼이 준비되고 있다는 사실을 알았기 때문이다. 심지어 터무니없는 상대였다. 게다가 지켜본바, 이유온을 아낀다는 이유건의 태도도 역시 어딘가 애매했다.

그래서 자신이 이유온과 결혼하겠노라 말했다. 안 그래도 어두운 그 얼굴이 쓰레기로 소문난 늙은이 옆에서 더더욱 어두워지는 건 윤서경에게 불쾌한 일이었다.

화명의 입장에선 부경의 중심이자 유력한 후계자인 윤서경을 절대 거절할 수 없었다. 얻을 수 있는 이익이 막대한 건 둘째 치고, 애초 화명은 부경을 거스를 주제도 배짱도 되지 못했다.

혼담을 넣고 곧바로 이유온을 불러냈다. 실상 혼담은 이유온의 의사가 조금도 반영되지 않은 것이었다. 그래서 부모를 통해 사실이 귀에 들어가기 전에 그에게 말이나마 해 두려 했다.

약속 시간보다 조금 전에 그는 불안하게 주위를 두리번거리며 라운지 카페로 들어왔다. 비밀스러운 만남이라도 가지러 온 사람처럼 보였다.

가까이 다가온 그를 보았을 때, 우선 청혼하길 잘했다고 생각했다. 더 빨리 해야 했었는지도 몰랐다. 이유온은 누군가에게 맞아서 부은 뺨을 머플러로 어설프게 가리고 있었으니까.

이유온은 정말 이상했다. 솔직히 말해 윤서경의 사고방식으로 이해할 수 없는 사람이었다. 대체 왜 사사건건 남에게 미안하게 생각하고, 세상 모든 일을 자기 잘못으로 돌린단 말인가.

정말로 사고 구조 자체가 달랐다. 길 가다 쓰레기를 밟아도 앞을 제대로 안 본 제 탓, 천천히 걷지 않은 제 탓이라고 생각할 사람이었다. 심지어 쓰레기를 버린 인간이 왜 남의 쓰레기를 밟느냐고 다그치면 쩔쩔매며 사과할 것 같았다.

그게 신경이 쓰였다. 점점 이유온을 보고 있으면 초조해졌다. 그가 누군가에게 미안하다고 말하며 기가 죽는 모습을 보는 게 싫었다. 불쌍해서 뭐라도 해 주고 싶었다. 그러면 정말 상상조차 못 한 반응을 보일 때도 있었지만.

이유온은 조금이나마 안정이 되어 갔다. 그걸 보는 윤서경의 기분도 괜찮아졌다.

이유건은 틈만 나면 호텔 로비에 나타나 이유온을 찾으며 발작했고, 윤서경이 없을 때 이유연까지 한 번 다녀갔다는 듯했다. 당연히 둘 다 걱정해서 찾는 기색은 아니었다. 특히 이유건은, 그는 아내를 빼앗긴 인간처럼 굴었다. 완전히 미친놈이었다.

시계는 여전히 7시 22분에 멈췄다. 아예 고장 나는 건 아니고, 얼마쯤 시간이 흐르면 다시 가기 시작했다. 가지고 있는 모든 시계의 수리를 맡겼으나 업체에선 아무 이상이 없다고 고개를 갸웃할 뿐이었다. 이상한 일이고 원인도 밝혀지지 않았지만, 하도 같은 시간에 멈춰 대니 나중엔 무뎌져서 곧바로 시계를 바꿔 차는 걸로 끝냈다.

시간이 흘렀다. 겨울은 깊어 갔다. 그나마 익숙해졌는지 몸을 잔뜩 옹송그려 앉진 않게 된 이유온이 마음에 들었다. 자꾸 멈추는 시계를 바꾸고, 거의 들어가지도 않던 호텔에 틈만 나면 얼굴을 내밀고, 뭘 좋아할지 몰라 이것저것 준비한 걸 이유온에게 내밀었다. 그 과정에서 생기는 이유온의 변화를 흥미롭게 보았다. 볼수록 청혼하길 잘했다는 생각이 들었다.

그런 중에 갑작스레 러트가 찾아왔다. 예상보다 일렀고, 제대로 준비도 해두지 않은 상태였다. 우선 어지러운 정신으로 호텔에 왔다. 원래부터 여기는 러트 때 혼자 있기 위해서 자주 찾던 공간이었다. 하지만 호텔에 비틀대며 들어온 순간까지 잊고 있었다. 그곳에는 이유온이 있었다.

발정한 알파의 눈에 그가 비쳤다. 그 예쁘고 새하얀 오메가는, 당장 그를 쓰러뜨려 제 냄새를 잔뜩 묻히고 여린 안쪽으로 파고들고 싶다는 충동을 격렬하게 키워 놓았다.

하지만 이유온은 러트의 알파를 당해 내기엔 너무 연약해 보였다. 그래서 한 번은 욕구를 으깨듯 짓누르며 그를 피하려 했다. 그 손이 제 옷자락을 잡기 전까지는.

결국 윤서경은 충동을 이기지 못했다. 혹은, 이기려고 하지도 않았다. 이유온은 제 몸 아래 깔려서 울고 신음하고 황홀한 향을 쏟아냈다.

잠든 이유온을 안은 채 윤서경은 선잠을 잤다.

눈을 뜨고 있는 느낌이 들었는데 꿈을 꾸었다. 자신이 어디론가 바삐 걸어가고 있었다. 뛰는 것에 가까웠고, 너무 서둘러서 그답지 않게 팔을 뭔가에 부딪치기까지 했다. 그를 본 모두가 놀랄 만큼 서둘렀다. 스스로 생각해도 이렇게 다급하게 걷는 건 학생 때 이후 처음이었다. 어쩐지 사나운 꿈자리일 거라는 예감이 들었다.

처음엔 어디를 걷고 있는지도 모르다가 저를 쳐다보는 사람들을 보며 겨우 알았다. 병원이었다. 웅성거리던 목소리가 곳곳에서 통곡이나 비명으로 바뀌어 가고, 그 사이를 황망히 가로질렀다. 발끝이 저릿저릿했다.

겨우 목적지에 도착한 순간 윤서경은 높게 울리는 기계음을 들었다.

누군가가 불쾌하게 내지르는 비명 같았다. 혹은 사형장의 바닥이 꺼지는 소리 같기도 했다. 비명을 지르는 것도 목이 매달린 것도 윤서경 자신이었다. 일정한 높이로 이어지는 음이 온몸을 납처럼 차갑게 굳혔다.

몸을 휩쓴 불안과 두려움이 일시에 마비되었다. 역치를 넘어 신경이 끊어져 버린 것에 가까웠다. 윤서경은 흔들리는 시선으로 정면을 보았다.

의사와 간호사 사이에 한 사람이 축 늘어져 누워 있었다. 침대 옆으로 쥐면 부러질 듯 마른 손목이 툭 떨어졌다. 옷을 잘라 내 드러난 가슴은 갈비뼈가 다 드러날 정도로 말랐고 CPR의 흔적으로 멍투성이였다. 얇은 살 아래 뼈는 분명 부러진 채일 것이다.

푹 꺼진 눈이 멍하니 허공을 보고 있다가 한순간 저를 향한 듯한 기분이 들었다. 윤서경은 지금 자신이 어떤 얼굴인지도 알지 못했다.

눈이 마주친 건 착각이었는지도 몰랐다. 이미 그의 심장은 멈춘 뒤였으니까. 깜빡임도 없이 응시하던 눈동자는 이내 완전히 까맣게 가라앉았다.

무슨 일이 일어난 거지.

윤서경은 그리로 한 걸음 다가갔다.

이렇게까지 작고 말랐었나?

손을 뻗고 싶은데 몸이 움직이지 않았다.

마지막까지 미약한 심장 박동을 끌고 오려 애쓴 의사는 기진맥진한 얼굴로 어렵게 입을 열었다.

'유감입니다, 대표님. 이유온 씨는…….'

의사는 시계를 확인하고 말했다.

그의 말이 질 낮은 농담처럼 귀를 파고들었다. 7시 22분, 늦은 오후였다.

거기서 시점은 또다시 이동했다.

자신은 휴대폰을 바라보고 있었다. 이날, 이 장소는 당연히 잘 알았다. 이유온에게 직접 혼담을 말하기 위해서 호텔 라운지로 나와 달라고 했고, 짧게나마 답을 받았다.

그러나 나타나야 할 이유온은 나타나지 않았다.

약속 시간을 넘기고 좀 더 기다려 보다가 자리를 떴다. 기억과 다르게 흘러갔으나, 여느 꿈이 그렇듯 머리는 이쪽을 자연스럽게 현실로 받아들였다. 라운지를 나서 차로 가면서 그야말로 의아했다.

천하의 윤서경이 바람을 맞을 줄 누가 알았겠는가?

뭐든 사정이 있었을 거라 생각했으나 다시 만난 자리에서 이유온은 그에 대해 언급하지 않았다. 사실, 이유온이 불쾌할 수 있는 상황이었다. 자신이 혼자 밀어붙여 결혼하는 것에 가까웠으니. 정략혼이라고 생각한 그 개뼈다귀 늙은 놈과 함께하고 싶었던 건지도 모르지 않나.

윤서경의 요구로 양가 부모님만 참석해 가진 상견례에서 이유온은 좀처럼 고개를 들지 않았다. 눈을 마주치고 싶지 않은 듯했다. 혼담을 넣기 전까지 이유온과 제대로 이야기한 적이 없다. 그나마 직전에 얼굴을 자세히 보긴 했지만, 그때도 말을 나누진 않았다.

혹시 말을 잘 못 하는 사람인가 생각할 정도였다. 신상에 대해 보고를 받을 때 그런 내용은 없었기에 아닌가 보다 했을 뿐이다. 상견례는 무난하게 끝났다. 이유온은 부모님과 함께 돌아갔고 윤서경은 그날 일정에 맞추어 움직여서 업무에 복귀했다. 특별한 일은 없었다.

다만, 그때부터 이어진 결혼 준비는 순탄치 않았다.

'……마음에 안 든다고 했다고? 또?'

이한영이 다소 불편한 기색으로 고개를 끄덕였다. 그의 손에는 하이 주얼리 브랜드의 책자가 들려 있었다. 다른 예물, 예복에 이어, 벌써 몇 번째 퇴짜였다.

이유온은 그 후로도 윤서경의 식사 제의부터 식장과 예물을 보러 가자는 말까지 전부 응하지 않았다. 전화를 걸면 연결이 안 되었고 메시지엔 답이 없었다. 집안을 통해 연락해도 거절은 마찬가지였다.

덕분에 결혼식에 필요한 모든 물건은 윤서경의 눈을 한 차례 거쳐 추려지고, 그걸 이유온에게 전해 결정하도록 했다.

하지만 그는 한 번도 윤서경이 고른 물건 가운데서 뭔가를 선택한 적이 없었다. 항상 전혀 상관없는 모델을 골랐고 그걸 이유건이 전달했다. 새로운 후보를 보내 달라고 하는 게 아니라 아예 다른 물건이 마음에 든다고 통보하는 식이었다.

오늘 거절당한 건 반지였다. 적어도 반지는 더 깊게 상의를 할 줄 알았건만 돌아온 건 윤서경이 골랐던 것과는 완전히 다른 디자인의 물건이었다. 이쯤 되면 정말 결혼하기 싫은 게 아닐까 싶었다. 그런데 파혼할 마음이 안 든다니 저도 이상한 놈이었다.

그 후 결혼식, 신혼여행, 흐름 자체는 부드러웠다. 이유온은 마찬가지로 윤서경의 의사는 들어가지 않은 흰색 예복을 입었는데, 예복을 입고 나온 그의 모습을 본 순간 자신의 의사는 썩 중요한 게 아니라는 생각을 했다.

이유온은 누구나 보고 홀릴 만큼 예뻤다. 예식장을 화려하게 꾸민 꽃이 눈에 들어오지 않을 정도로. 옷이나 장식만 보면 과한 느낌이 있는 예복인데도 그걸 이유온이 입으니 그의 외모를 돋보이게 하는 기능에 그저 충실할 뿐이었다.

결혼식에서 부부는 바쁘다. 손님을 맞고, 식을 올리고, 피로연에서는 또 손님들을 찾아다니며 하나하나 인사해야 했다. 이유온과 윤서경은 내내 붙어 있었으나 대화할 틈이 없었다. 예복을 입은 그의 모습을 진득하게 보지도 못했다.

예식과 그 후의 모든 절차를 마치고 나자 이유온은 피곤한 데다 긴장이 풀려서인지 꾸벅꾸벅 졸았다. 공항으로 가는 동안, 비행기 안에서도. 내리깔린 긴 속눈썹이 계속 움찔움찔 떨리는 게 어지간히 지친 모양이라 생각해서 굳이 깨우지 않았다.

그가 간신히 정신을 차린 건 입국 수속을 마치고 나와서였다. 짐을 미리 숙소로 보내 놓은 뒤 그에게 물었다.

'식사는 시내에서 하고 들어갈까요.'

리조트에서 공항이 있는 시내로 나오려면 상당히 번거로웠다. 미리 알아봐 둔, 현지인에게 유명한 레스토랑이 시내에 있었기에 그렇게 묻자 이유온은 잠이 조금 덜 깬 기색으로 고개를 끄덕였다.

'아……, 네. 좋아요.'

그렇게 레스토랑에 데려갔으나 그의 입맛은 현지인과 달랐다. 그는 해산물과 소극적인 영역 싸움이라도 벌이는 것처럼 손톱만큼 가져가서 입에 넣고, 얼굴이 흐려지고, 또 입에 넣고 얼굴이 흐려지기를 반복했다.

보다 못해 다른 식사를 시켰더니 그건 또 잘 먹었다. 그러다 산더미처럼 쌓인 해산물을 먹어야 할 것 같았던지 또 싸움을 시작했지만. 더 먹지 않도록 자리에서 일으켰다. 그가 드물게 반가운 기색을 드러내며 일어났다. 그렇게 먹기 싫으면 안 먹으면 될 텐데.

그 후에 해변을 산책했다. 분위기가 나쁘지 않았다. 이유온도 기분이 좋아 보였고, 차츰 서로의 몸이 가까워지며 노을이 지는 해변을 걸었다. 신혼여행이었다. 준비하는 과정이 다소 까다롭긴 했으나 적어도 앞으로는 직접 얼굴을 마주 보며 살 테니 나아지리라는 생각을 했다.

그러나 그 다음 순간, 이유온의 기분도 꽤 괜찮은 듯하다고 생각했을 때였다. 이유온에게서 무의식중에 체향이 흘러나왔다. 당연히 이유온의 것일 줄 알았으나, 그건 알파의 향이었다.

그의 형, 이유건의 체향. 피부 아래에 짙게 고여 사방으로 번지는 향기는 페로몬이 몸속에 쌓일 정도로 끈질기게 묻혀야 날 법한 수준이었다.

어이가 없었다. 제가 결혼한 오메가에게서 다른 알파의 페로몬이 돌았다. 이렇게까지 강하게 남으려면 결혼식을 하기 직전까지 바짝 붙어 있으며 체향을 쏟아부어야 했다. 조금 전까진 느끼지 못했으니 스스로의 체향처럼 조절이 가능할 정도로 오래, 익숙하게 받아들였다는 뜻이기도 했다.

게다가 오메가가 자신의 것이 아닌, 몸속에 있던 다른 알파의 체향을 흘린다는 건 곁에 있는 알파가 불편하다는 의미였다. 이 향을 맡고 멀리 떨어져 달라는.

한없이 불쾌해졌다. 이 사람은 친형의 페로몬을 묻힌 채 결혼식을 올리고, 지금도 이런 상태로 결혼한 상대 옆에 서 있는 건가? 이렇게까지 거부감을 노골적으로 드러내면서? 가슴이 서늘하게 식었다.

왜 이 사람을 만나고 나선 마음대로 되는 게 하나도 없는 것 같을까. 윤서경은 무언가를 얻기 위해 노력해 본 적이 한 번도 없었다. 그런데 이 사람은, 이유온은 왜…….

결국 윤서경은 이유온을 따로 보냈고 리조트에서도 멀리 떨어진 방을 사용했다. 다른 알파의 냄새를 흘리는 오메가와 한방, 한 침대를 쓰는 취미는 없었다. 신혼여행 기간 동안엔 커튼을 쳐 놓고 방에서 일만 했고, 이유온이 뭘 하는지는 묻지 않았다.

내내 그가 없는 것처럼 지낸 건 아니었다. 마음 같아선 그럴 수도 있었지만, 결혼반지 업체에서 연락이 왔다. 반지 디테일 하나가 주문한 것과 미세하게 다르다는 연락을 받았다고.

윤서경은 무심코 끼고 있던 반지를 내려다보았다. 자신의 의사가 반영되지 않은, 이유온이 혼자 고른 반지. 당연히 주문과 디테일이 어떻게 다른지는 모른다. 디자인화를 그렇게 유심히 보지도 않았고.

그럼 디테일이 다르다는 연락을 한 건 이유온이겠지. 아무리 방이 떨어져 있다고 해도 같은 빌라 안이다. 찾아와서 상의 한 마디라도 하려면 할 수 있었을 텐데. 한숨을 삼키며 이한영을 이유온에게 보냈다.

반지 디테일에 대한 대답을 듣고 올 줄 알았더니, 이한영은 다소 찌푸린 낯으로 뜻밖의 말을 했다.

'그게, 반지 디자인을 결정한 건 이유건 부사장이라고 합니다. 디테일이 다르다는 연락도 그쪽에서 간 것 같다고…….'

'뭐?'

정말로, 어이가 없다 못해서…….

윤서경은 끼고 있던 반지를 신경질적으로 빼, 책상에 내려놓았다. 정석적인 디자인의 결혼반지가 그의 손에 탁 덮였다가 구석으로 밀려났다.

그렇게 며칠이 지나고 한국에 돌아왔다. 윤서경은 바로 출근했고 결혼이 없던 일인 것처럼 일상으로 돌아갔다. 함께 신혼집에 들어온 이후, 이유온은 조용했다. 들어온 당일도, 그다음 날도. 어찌나 조용한지 하루 종일 뭘 하는지 모를 지경이었다. 이따금 윤서경이 있을 때 잠깐씩 나와 서성거리긴 하지만 곧 제 방으로 들어가 버렸다.

그게 차라리 나았다. 이유온이 있던 자리에는 종종 이유건의 체향이 남곤 했으니까.

한집에 사는 신혼부부였으나 관계는 그냥 집을 공유하는 사이만큼 데면데면했다. 이유온은 그런 중에도 꼬박꼬박 제 본가에 찾아갔다. 아니, 그런 중이어서 자주 간 건지도 몰랐다.

부모님, 형제들과 사이가 좋아도 본가에 가는 건 귀찮게 생각하는 윤서경으로선 이상할 따름이었다. 단순히 아직 어려서 가족의 품이 그리운 것일 수도 있었으나 그의 본가엔 이유건이 있었다.

동생에게 집요하게 향을 묻혀 두고, 결혼반지를 대신 고르는 형.

물론 그들은 친형제였고 사실 느껴진 페로몬도 성애와는 거리가 멀었다. 다만 배우자로서 아주 무시할 수 있는 문제도 아니었다.

게다가 집에 다녀오면 여지없이 이유건의 체향이 이유온에게서 돌았다. 오메가가 제 몸에서 다른 체향이 나는 걸 모르진 않을 터였다. 증거로 이유온은 집에만 다녀오면 평소보다 더 윤서경을 피했다.

또다시 이유온이 집에 다녀온 날이었다. 일정 하나가 취소되어 윤서경은 일찍 돌아왔다. 물을 꺼내러 주방에 갔는데 싱크대 앞에 이유온이 있었다.

'거기서 뭐 합니까?'

'⋯⋯!'

이유온의 어깨가 크게 들썩였다. 놀라서 손이 미끄러졌는지 뭔가가 떨어져 개수대 안으로 굴러 들어갔다. 말을 걸었을 뿐인데 왜 저렇게까지 놀라는지 알 수 없었다.

그가 천천히 몸을 돌렸다. 몸 앞쪽으로 조리대 위에 놓인 물병이 보였다. 열려 있는 걸 보니 이유온이 떨어뜨린 건 물병의 뚜껑인 것 같았다.

가사 도우미가 준비해 두고 간 걸까. 건강에 좋다고 차 같은 걸 냉장고에 넣어 두는 일은 종종 있었다. 그러나 이유온은 윤서경을 보자마자 얼굴이 하얗게 질리더니, 물병을 팔로 밀듯이 쳐서 개수대로 떨어뜨렸다. 옅은 색의 물이 죄다 쏟아졌다.

'아, 아무것도 아니에요.'

그렇게 말한 이유온은 허둥거리며 물을 틀어 쏟아진 액체를 정리하고, 병을 대강 씻는가 싶더니 아직 물방울이 뚝뚝 떨어지는 병과 뚜껑을 움켜쥐었다.

'병이, 깨, 진 것 같아요. 제, 제가 가져다 버릴게요…… 푹 쉬세요, 서경 씨.'

하지만 얼핏 보기에도 유리병은 멀쩡했다. 그리고 이유온에게 서는 또 빌어먹을 알파 냄새가 났다.

* * *

'윤 대표가 이해 좀 해 주게.'

이유온의 본가 거실에서 그 말을 들었을 때, 윤서경은 평생을 통틀어 손에 꼽을 만큼 화가 났다. 태어나서 지금까지 단 한 번도 받아 본 적 없는 대우였다.

원래 형제 사이가 각별했네. 아직도 유온이는 어린애가 엄마한 테 붙듯이 하고, 유건이는 품 안의 자식 다루듯 하니, 윤 대표와 있을 시간을 빼앗을 수도 있어. 유온이가 아직 정 붙일 곳이 없어서 자꾸만 형을 찾는데 유건이도 유온이를 워낙 예뻐해서 어쩔 도리가 없군.

윤서경의, 이유건이 불편하다는 말에 대한 이 회장의 답이었다.

윤서경과의 결혼 생활이 싫어서 이유온이 형에게 자꾸 달라붙 는다는 의미였다. 또한 그와 이유건이 어떤 관계인지에 대한 직접 적인 설명이기도 했다.

배우자가 가족 중 누군가와 과하게 친밀하다. 그 사실이 기분

좋진 않았다. 윤서경은 이유온과 제대로 된 결혼 생활을 보내지 못하고 있는 만큼…… 그 말에 속이 뒤틀렸다.

평소라면 자리를 뜨며 관계를 끝내고도 남을 일이었다. 그러나 윤서경은 참았다. 이들이 이유온의 가족이었기에.

그리고 얼마 후 2층에서 이유온이 제 형과 함께 내려왔다. 가까이 다가오지 않아도 체향이 느껴졌다. 윤서경은 이유온의 것보다 이유건의 체향을 더 빨리 알게 되었고 원치 않게 익숙해지기까지 했다. 그게 말할 수 없이 기분 더러웠다. 이 가족은 죄다 머릿속에 뭐가 들어 있는 건가 싶었다. 이유온을 포함해서.

돌아오는 길에 이유온이 드물게도 고개를 돌려 자신을 보았다. 윤서경은 그를 무시했다. 이유온은 무슨 말인가 하고 싶은 듯 입술을 달싹였으나 결국 아무런 말도 하지 못했다. 창을 통해서 그 모습이 어렴풋이 보였다.

정말 웃기는 일이었다. 생전 처음 자존심에 상처를 입었는데, 이유온의 저 모습을 보자 어깨를 쓸어 주고 싶었다.

그러나 그 어깨를 쓰다듬을 기회는 끝내 오지 않았다.

이유온은 늘 침울한 얼굴을 한 채 윤서경의 시선을 피했다. 그저 이유건과의 관계가 문제였다면 해결의 여지가 있었을 것이다. 하지만 그와 그의 가족들은 점점 더 상식 밖의 행동을 하기 시작했다. 본색을 드러낸 거라고 해야 할까?

애초 화명이 도덕적인 인간들이 아님은 알고 있었다. 이유온과 결혼한 후 어떻게든 이용하고 기생할 기회만 노리리라는 것도.

과연, 그들은 곧 손을 뻗었다. 우선은 집에 들어오는 물건부터 시작이었다. 이유온을 통해서, 혹은 그 가족으로부터 전해지는 것들은 그야말로 가관이었다. 성분을 알 수 없는, 몸이 나른해지는 향 같은 건 귀여운 수준이었다. 도청기가 나왔을 땐 이한영이 이혼해야 한다고 말하며 길길이 날뛰었다.

도청기도 한두 번 나온 게 아니었다. 조악한 것부터 정교한 것까지, 특히 이유온과 함께 온 거실 피아노에 설치되어 있었던 건 헛웃음이 나올 만큼 제대로 된 물건이었다. 원래는 신혼집 거실에서 윤서경이 중요한 손님을 많이 맞이할 예정이었으니 의도는 들어맞았다고 볼 수 있었다. 집에 손님을 초대하지 않게 되어 무용지물이 되고 말았으나.

피아노는 그대로 폐기처분했다.

도청기 이야기는 이한영만 아는 것이어서 다행이라 생각했다. 혹시 부모님의 귀에 들어가기라도 하면 이유온이 이혼당해 쫓겨나는 건 물론이고 아예 그 일가족이 한국 땅을 밟지도 못하게 될 수 있으니.

즉 그 지경이 되도록 윤서경은 이유온을 놓지 못했다는 뜻이었다.

이유온과 한 침대에 눕지 않는 것 정도가 윤서경의 최선이었다. 그 또한 웃기는 일이긴 했다. 어쨌거나 그렇게, 여러 면에서 버티는 것에 가까운 결혼 생활을 이어 갔다.

분명 윤서경의 감정은 이유온에게 호감을, 호감 정도가 아니겠지. 애정이라 말하는 게 맞을 것이다. 결혼하려 하는 거냐는 이한영의 물음에 아니라고 답했지만 돌이켜 생각하면 그때부터 이미 감정은 깊었다. 그렇지 않고서야 다른 사람이랑 결혼할 것 같다는 말에 대뜸 청혼부터 할 리 없었다.

그러나 번번이 배신으로 돌아오는 애정을 누가 고르게 유지할 수 있겠는가? 버티는 만큼 애정은 실망과 분노로 덧칠될 뿐이었다.

몇 년의 시간은 길지만 한집에 사는 사람들끼리도 서로를 온전히 알기 위해선 부족한 시간이었다. 지붕만 공유하지 한 사람은 화가 나 있고 한 사람은 우물쭈물 눈치만 보는 상태라면 말할 것도 없었다. 두 사람의 관계는 차라리 결혼 전이 더 온화했다.

단 한 번도 좌절할 필요가 없었다. 실망이 오래 이어진 적도, 기대를 배반당할 일도 없고, 불행도 고통도 분노도 그저 스쳐 갈 뿐이었던 삶이었다. 불가능은 뛰어넘으라고 있는 것이며 안 되는 일은 되게 하면 그만이었다. 제 능력과 배경으로 세상에 하지 못할 건 없었다. 이유온 하나만 제외하고.

윤서경은 같은 일을 두 번 실패해 본 일이 드물었다. 물론 아예 없는 건 아니었으나 두 번째에 안 되면 세 번 하면 된다고 여겼다. 하지만 이유온은 윤서경에게 끊임없는 실패였다. 이번엔 괜찮을 거라 생각해서 용서하면 배신하고, 한 번 더 용서하면 두 번, 세 번 배신했다.

그럴 때마다 자신은 화를 내고, 또 화를 내고, 그러면 이유온은 서러운 얼굴을 하면서 주춤주춤 물러나고, 또 용서할 수밖에 없게 되고……. 감정은 돌이킬 수 없이 으깨져 갔다. 어느 순간부터는 사랑이라는 향기의 흔적밖에 남지 않게 되었다. 오래도록 오염된 사랑의 향은 악취였다.

이유온은 윤서경에게 모든 걸 거절당하고도 질리지 않았다. 집 안의 눈이 닿는 곳엔 그가 사다 놓은 꽃이 놓여 있었다. 꽃을 볼 때면 생각하는 것이다. 이 꽃으로 또 내게 뭘 하고 싶은 건지 모르겠다고. 그럼에도 불구하고 그가 직접 장식해 둔 꽃이 예쁘다고.

계절은 잘도 바뀌었다. 몸을 상하게 하는 독이 너무 달아서 계속 먹게 되는 것처럼 이유온과는 계속 한집에 살았다. 해가 바뀔 때마다 올해는 달라질지도 모른다 생각했으나 언제나 똑같았다. 결혼하고 매 해 이유온은 해가 바뀌는 순간마다 메시지를 보냈다.

[올해도 고마웠어요. 새해 복 많이 받으세요.]

윤서경은 답을 하지 않았다.

한집에 있다면 굳이 메시지를 보낼 이유가 없었다. 매해 12월 31일에 이유온은 본가에 돌아갔다. 그리고 생일을 보낸 뒤에야 집에 왔다. 이유건의 차를 타고.

몇 번의 신년이 그렇게 지나갔다. 아무것도 변하지 않은 채로 결혼 생활은 3년 차가 되었다.

그 어느 날, 이유온이 문을 두드렸다.

용건은 늘 그렇듯 비슷한 말이었다. 중요한 전화를 하던 중이었고, 지긋지긋하기도, 화가 치밀기도 했다. 아무렇게나 말을 내뱉어 내쫓자 그는 금세 물러났다. 그대로 통화를 계속했고……

그로부터 고작 며칠 후, 윤서경은 병원에 서 있었다.

7시 22분이 되었다.

그 순간 꿈속의 꿈에서 깨어난 듯한 기분이 들었다. 눈을 깜빡이자 분명 현실로 겪은 몇 년의 시간이 함축되어 진짜 '현실'과 뒤엉켰다. 호텔 라운지에서 만난 것부터 다르게 흘러간 기억은 생생한 만큼 혼란스러웠다.

윤서경이 아는 오늘은 아직 결혼식도 올리기 전, 이유온에게 청혼한 날에서 해가 바뀌지 않은 시점이었다. 그러나 기억은 그보다 훨씬 긴 시간이었다. 결말은 불쾌하고 찜찜했다.

두 번이나 본 이유온의 죽음이 온몸을 새카맣게 태우는 것 같았다.

지금 자신은 어디에 있는 걸까. 주위의 감각이 모호하여 알 수 없었다. 아마도 아직 꿈속인 듯했다. 악몽 중에서도 질이 나쁘다고 생각했다. 꿈이라 확언해 주듯이, 눈을 깜빡이자 시야가 바뀌었다.

눈앞을 본 윤서경은 눈썹을 까딱였다. 이유온이 침대에 웅크린 채 자고 있었다. 한 번 주위를 둘러보고 여기가 이유온의 방이라는 걸 알았다. 하지만 좀 이상했다. 결혼 후 그의 방을 본 적이 있다. 이곳과 구조며 바깥에 보이는 풍경이 같지만 꾸며 놓은 모양이 달랐다.

큰 물건은 비슷한데, 자신이 본 방에서 장식물 같은 것만 싹 빼놓은 모습이었다. 가구 따위가 비싸 보이는 것에 비해 침구는 이상하게 수수하다. 초라하다고 할 정도까진 아니었으나 장식 따위가 아무것도 없어서 비즈니스호텔 방과 비슷하게 보일 정도였다.

왜 방을 이렇게 해 놓고 자고 있지.

몸을 말고 이불을 끌어안은 채 자는 이유온의 모습은 어쩐지 불쌍하게 보였다. 머리맡에는 휴대폰이 놓여 있었다. 무슨 상황인지 파악하려 서 있는데, 문이 열리고 누군가가 들어왔다.

이대로는 무단 침입한 괴한으로 보일 것이다. 설명할 방법을 고민하며 문 쪽으로 일단 몸을 돌렸다. 들어온 건 이유건이었다. 입을 열려던 윤서경은 그대로 다물었다.

그는 윤서경의 존재를 알아차리지 못했다.

내가 유령이라도 됐나? 아니면 역시 꿈이라서 그런 건가.

이유건이 아무것도 안 보이는 것처럼 침대 가까이 다가왔을 때 이유온의 휴대폰이 깜빡였다. 이유건은 태연하게 그것을 들고, 잠기지도 않은 대기 화면을 풀었다. 거기에 표시된 건 윤서경이 보낸 메시지였다.

이유건의 표정이 구겨지더니, 손을 움직였다. 네, 짧은 답을 보낸 뒤 그는 메시지를 삭제하고 번호를 수신 차단했다.

그대로 휴대폰을 다시 던지고 그는 방에서 나갔다. 윤서경은 방금 자신이 본 게 뭔지 생각하듯 미간을 찌푸렸다. 네. 저 짧은 메시지는 이유온에게 청혼하고 그를 불러낸 날 받은 것과 같았다.

그걸 왜 이유건이 입력하고 있지. 게다가 그 외의 연락할 수단을 차단해 두었다. 메시지는 삭제했고. 이유온의 휴대폰을 집으려 한 순간 윤서경은 자신이 지금 어떤 상태로 이 모습을 보고 있는 건지 알았다. 자신은 입체적인 화면 앞의 관객이었다. 화면 안으로는 손을 뻗을 수 없었다.

그러나 화면은 충실하게 상황을 보여 주었다. 누운 이유온이 살짝 뒤척이면서 이불이 흘러내렸다.

'…….'

이유온의 얼굴은 새빨갛게 부어 있었다. 역시 이건 호텔 라운지에서 만나기로 했던 그날이다. 자신은 지금 이유온의 시점에서 같은 기억을 다시 보고 있었다.

머플러와 모자가 이 얼굴을 조금이나마 가리긴 했던 모양이다. 자신이 보고 인상을 찌푸렸던 것보다 훨씬 심한 상처였다. 한두 대 맞은 걸로 이렇게 되진 않는다. 베개 옆에 미처 못 보았던 얼음주머니가 떨어져 조금씩 녹아 가고 있었다.

그래서…… 이유온은 윤서경을 바람맞힌 그날 윤서경이 기다리고 있다는 사실조차 몰랐다, 만나자는 말에 대답한 건 이유온의 휴대폰을 멋대로 훔쳐본 이유건이다, 이런 뜻인가?

멍하니 이유온의 얼굴을 보고 있다가 눈을 깜빡인 순간, 시간이 빠르게 흘러갔다. 며칠이 흐른 뒤였다. 눈앞은 다른 공간으로 바뀌었다. 이유건이 있는 걸 보아 그의 방인 듯했다. 이유온은 그 앞에 손을 모은 채 서 있었다.

'휴대폰 이리 줘.'

제 사생활임에도 이유온은 이유건의 명령에 고개 한 번 젓지 않고 유순히 휴대폰을 내밀었다. 이유건은 이유온의 것과 자신의 것, 양쪽에 어플을 몇 개 설치했다. 전부 해킹용 프로그램이었다.

그 행동 자체는 놀랍지 않았다. 제 집과 방에서 발견된 그런 류의 물건만 몇 개이며, 먹이려 하던 약은 몇 종류던가. 오히려 이전까지 안 하다 새로 설치한 것 같으니 늦게 시작했다는 감마저 있었다.

아니……. 이유온이 결혼해서 집을 나가게 되어서 그런 건가.

이유온은 중요한 일이 아니면 혼자 외출도 거의 하지 않는 사람이라고 했다. 그러니 가끔 이유온의 휴대폰을 확인하는 것만으로 충분하다가 이제야 필요를 느낀 건지도 몰랐다.

'남이랑 쓸데없는 연락하느라 시간 낭비하지 말고. 휴대폰 깨끗하게 써.'

'네······.'

'오늘 약은 다 먹었어?'

'네, 먹었어요.'

'약통 가지고 와.'

그러자 이유온은 조르르 제 방으로 달려가선 두 손에 들기도 어려울 만큼 많은 약통을 들고 돌아왔다. 전부 탈의실 선반에서 보았던 약이었다.

이유건은 그 약을 한 종류씩 책상 위에 쏟았다. 시선이 가볍게 움직인다. 알약의 개수를 세는 것 같았다. 원하던 개수가 맞았는지 이유건은 고개를 끄덕였다. 이유온이 약을 그러모아 원래 들어 있던 통에 집어넣었다.

'······약이 너무 많지?'

돌연 이유건은 부드러운 목소리를 냈다. 조마조마한 기색이던 이유온의 얼굴이 그에 풀어졌다.

'아, 아니에요, 제가, 형······, 신경 쓰시게 해서, 죄송해요.'

'이리 와.'

대체 뭐가 죄송한 거지. 멀쩡한 사람한테 약을 저렇게 처먹이는데.

이유온이 다가가자 이유건은 그의 머리를 쓰다듬었다. 이유온의 표정이 더 풀어졌다. 좋은 게 아니라, 안 좋은 일을 피해 마음이 놓인 얼굴이었다.

'이거 하나만 더 먹자.'

이유건이 서랍을 열고 약 하나를 꺼냈다. 저것도 익숙한 라벨이고, 어떤 용도인지 알고 있다. 형질과 관련된 신경계 질환에 사용하는 약이다.

부작용이 커서 반드시 필요한 경우가 아니라면 처방하지 않는다. 선반에서 그 약을 보았을 때는 최소한 의사가 이유온의 몸 상태를 보고 내준 거라 생각했다. 그런데, 이유건은 아무렇지도 않게 제 서랍에서 약을 꺼내고 있었다.

이유온은 무슨 약인지도 모른 채 네, 하고 고개를 끄덕였다.

그는 약이라는 게 제 몸에 어떻게 작용하는지 이미 판단할 수 없는 것 같았다. 대량의 약을 매일 먹는다면 약물의 위험이나 부작용에 대한 생각은 흐릿해진다. 몸이 부작용에 적응해 그게 어딘가 잘못된 신호라는 것조차 알지 못하게 될 정도로.

'지금 두 알 먹어.'

그렇게 말하며 약통을 이유온 쪽으로 밀고, 물 한 병을 내려놓은 이유건은 이유온이 입을 열어 약을 삼키는 모습을 지켜보았다.

'먹었으면 이리 와. 오랜만에 형이랑 이야기 좀 하자.'

'네…….'

'연주회 준비는 잘 하고 있어?'

'그, 그게…….'

연주회라는 말에 윤서경은 머리를 갸웃했다. 피아노 이야기인가? 이유온이 피아노 연주회 같은 것에 나간 적이 있나. 이 무렵이었다면 자신이 몰랐을 리 없다.

'왜. 연습하기 싫어서? 아무리 한 곡만 치는 거여도 열심히 해야지. 유연이도 네가 게스트로 와 준다고 해서 얼마나 좋아하고 있는데.'

'……'

'괜찮아. 네가 제일 좋아하는 곡이잖아. 잘 치는 곡이고. 형들도, 부모님도 기대하고 있어.'

이유건의 눈길은 온화했다. 얼핏 보면 다정하게 느껴질지도 몰랐다. 그러나 눈동자에 숨은 뱀 같은 악의와 교활함은 목소리와 눈웃음으로 감춰지는 게 아니었다.

'걱정되면, 이따 거실에서 쳐 볼래? 형이 들어 줄게.'

불안하게 눈을 굴리면서도 이유온은 이유건의 태도에 안심한 눈치였다. 끄덕끄덕 고개를 움직이는 이유온에게로 늪의 습기 같은 것이 느리게 가닿았다. 윤서경은 역한 느낌을 받으며 인상을 있는 대로 썼다. 이유건의 체향이 불쾌할 정도로 쏟아져 이유온에게 덮어씌워지고 있었다.

그러나 이유온은 온순하고 멍한 눈을 하고 있을 뿐이었다. 아무리 형의 것이라지만 이 상황에 움찔하는 기색조차 없었다. 베타조차도 알파가 이렇게까지 페로몬을 내뱉으면 주위 공기가 뭔가 이상하다는 걸 느낄 터였다. 그런데 저렇게까지 무방비하게 있다는 건, 이 공기를 아예 모른다는 뜻이다. 감각을 차단당하기라도 한 것처럼.

윤서경은 욕설을 내뱉었다. ……약 때문이다.

이유온이 습관처럼 먹은 형질과 관련된 약물. 그게 페로몬과 관계된 기관 어딘가를 망가뜨렸다.

지나간 몇 년의 기억 동안 이유온의 체향을 느껴 본 적이 없었다. 단단히 걸어 잠그고 있는 거라고만 생각했다. 현실에서도, 호텔로 데려온 후 러트가 오기 전까진 아주 희미하게 맡아 본 게 전부였다. 지금 모든 걸 알며 보는 상황에서야 이유를 알 수 있었지만 당시엔 당연히 짐작도 하지 못했다. 고집스러운 거절로 받아들였을 뿐.

두 사람의 대화는 이유건의 페로몬이 이유온을 질척하게 뒤덮은 상태에서 이어졌다. 내용 역시 그냥 들으면 별다를 게 없었으나 자세히 생각하면 아니었다. 이유온을 꽤나 칭찬하는 것 같았지만 의미를 파악할수록 칭찬을 가장한 개소리였다.

이유건은 꽤 한참 이유온을 붙잡고 이야기했다. 제 몸에서 어떤 향이 나는지도 모른 채 이유온은 유령처럼 흐늘흐늘 자기 방으로 돌아가선, 저녁에 피아노를 쳐 보라는 부름이 있은 후에야 나왔다.

피아노 앞의 이유온은 기가 잔뜩 죽어 보였다. 이유연이 즐거운 얼굴로 빨리 쳐 보라고 재촉했다. 마지못해 의자에 앉은 이유온이 건반에 손을 올렸다. 희고 검은 건반을 터치하는 손은 매끄러웠지만, 긴장한 게 한눈에 보였고 좀처럼 제대로 움직이지 못했다.

호텔에서 윤서경이 들인 피아노로 쳤던 곡은 대체로 조용했는데 지금 치려 노력하는 건 꽤 속도가 있는 곡이었다. 자신에게 맞지 않는 빠르고 힘 있는 곡이어도 이유온은 열심히 쳤고, 꽤 잘했다.

그러나 곡이 끝나자마자 그의 바로 뒤에 서 있던 이유건이 한숨을 내쉬었다.

'이유온. 연습 한 번도 안 했어?'

'아니요, 했는데…….'

'거짓말하지 말고.'

'…….'

'형이 너한테 얼마나 기대했는지 알지, 유온아.'

'……죄송해요…….'

이유연이 끼어들었다.

'뭐야, 나도 기대했는데. 이건 진짜 아니다. 관객들 있는데, 아무리 동생이라고 해도 어떻게 내보내?'

'너무 뭐라고 하지 말렴. 유온이도 어쩔 수 없는 일이잖니. 유연이, 다른 게스트 구해 줄까?'

'됐어요, 엄마. 이제 와서 누굴 구해. 한 곡 정도는 제가 더 칠 수 있어요. 관객들도 내가 치는 걸 좋아할걸?'

이유연이 치는 피아노를 몇 번 들은 적이 있다. 솔직히 그를 가르친 피아노 강사라면 창피해서 어디에 말도 하고 싶지 않을 솜씨였다. 재능이라곤 한 점도 찾아볼 수 없는 수준. 그런 그가 이유온을 두고 저런 소리를 하는 것 자체가 말도 안 됐다.

그러나 저 분위기를 보니 애초에 이유온이 피아노를 배운 건 이런 상황을 위한 일인 듯했다. 그가 피아노를 치고, 가족들이 그의 실력을 비웃고, 그것으로 이유연을 띄워 주기 위해서.

그 사이에 끼어들어 이유온을 데리고 나오고 싶었다. 하지만 윤서경은 그들 사이에 서 있는 것도, 한두 걸음 떨어진 자리에서 바라보는 것도 아니었다. 그들의 행동 모든 걸 영화처럼 관람하고 있을 뿐이다. 그렇다고 재생을 멈출 수도 없었다.

포커스는 이유온에게 맞춰져 있었다. 이유연의 연주회 이야기로 금방 화기애애해지기 시작한 분위기 속에서 이유온은 피아노 앞에 앉은 채 고개만 푹 숙였다.

대체로 그런 식이었다. 이유온이 정말 모친 쪽의 혼외자인지 아닌지는 알 수 없었다. 그 사실은 화면 안에 나오지 않았다. 단지 확실한 건, 집안에서 이유온은 이유건의 화풀이를 위한 도구이자, 이유연의 자신감을 키워 주기 위한 도구라는 사실이었다.

원래는 그러다 자기보다 훨씬 나이가 많은 상대에게 팔려가듯 결혼하여 집안을 도울 예정이었다. 그렇다고 결혼한 후 이 가족이 이유온을 놓아줄 것 같진 않았다. 온전히 도구로 사용해도 불만 한 마디 없고 눈치만 볼 뿐인 인간을 그리 쉽게 포기할 리가.

그러나 예정은 윤서경이 이유온에게 청혼했을 때부터 뒤틀렸다. 윤서경과의 결혼이 점점 현실로 닥쳐오기 시작했을 때 집안의 분위기는 크게 바뀌었다. 이유온의 부모는 이유연을 앉혀 놓고, 네가 원래 이유온이 결혼하려던 상대와 결혼해야 한다고 말했다.

이유연은 말 그대로 패악을 떨었다. 그는 윤서경 주위를 서성이는 수많은 결혼 적령기 오메가 중 하나였다. 설마 진짜로 결혼할 수 있으리라 생각하진 않았을 테지만……, 생각했다 해도 별로 중요하지 않다.

그런데 정작 윤서경과 결혼하게 된 건 그토록 무시하던 동생이고 자신은 늙은 알파에게 가야 한다고 하니. 오로지 이유연의 시점에서만 생각하면 날벼락이었다. 그 날벼락 같은 일을 이유온에게 당연한 듯 강요했다는 사실은 그들의 안중에도 없었다.

그럼에도 결혼 준비는 진행되었다.

진행 과정을 이유온의 시점에서 보게 된 덕분에 윤서경은 왜 그가 결혼 전에 그렇게 마지못한 듯, 싫지만 어쩔 수 없다는 듯 굴었는지 알았다. 왜 제 연락을 죄다 무시했는지도.

윤서경이 골라서 보낸 물건은 이유온의 손에 닿기도 전에 버려졌다. 이유온은 이유건이 고른 것 중 하나를 선택해야 했다. 그나마도 그걸 이유건이 마음에 들어 하지 않으면 선택을 바꿨다. 윤서경의 연락은 결혼식 직전까지 이유온의 휴대폰으로 전해지지도 않았다.

그러나…… 이유온은 계속해서 휴대폰을 보며 윤서경의 연락을 기다렸다. 그의 형이 이미 죄다 막아 놓았다는 걸 모르고.

이유온은, 형이 가지고 온 온갖 팸플릿을 윤서경의 의견이 닿은 것이라 생각하며 신중하게 골랐다. 그나마 자신이 아는 윤서경의 차림새 같은 걸 머릿속에 그리고 떠올리고 되새기면서.

그렇게 결혼식을 손꼽아 기다렸다.

* * *

'먹였어?'

이유온을 보자마자 이유연의 첫 마디는 그것이었다.

그때 이유온이 주방에서 앞에 두고 있던 유리병을 말하는 것이었다. 엎어서 버리고는 깨졌다는 핑계를 대며 병과 뚜껑까지 챙겨갔던 그것. 그게 이유연이 건넨 물건이었다. 대답하지 못하는 이유온을 보며 그는 예상했다는 듯 입꼬리를 올려 웃었다.

'그럴 줄 알았어. 네가 어디 그런 일을 할 수 있겠어? 어쨌든, 그럼 어떻게 했어. 네가 먹었니?'

'……'

'아니면, 버렸어?'

'……'

'버렸구나?'

속삭이듯이 물은 이유연이 곧바로 손을 들어 이유온의 뺨을 내리쳤다.

'너 정말 못됐다.'

그 소리에 서재 문이 열리고 이 회장이 나왔다. 그는 미간을 찌푸린 채로 두 아들들에게 물었다.

'무슨 소란이야.'

'아빠, 제가 윤 대표 가져다주라고 한 차가 있었는데, 유온이가 전해 주지도 않고 버렸대요.'

이 회장이 이유온을 보았다. 큰아들과 마찬가지로 뱀 같은 눈빛이었다.

'유온이, 아버지 방으로 들어와라.'

'……'

이유온의 얼굴이 새파래졌다. 이유건에게 끌려갈 때도 똑같이 겁먹고 벌벌 떠는 모습이었지만, 제 부친의 부름엔 더했다. 사형장에 끌려가는 사람도 저런 표정을 짓진 않을 것 같았다. 그러나 이 회장이 못마땅하게 미간을 찌푸리자 재빨리 발을 움직였다. 이유온을 삼킨 채 서재 문이 닫혔다.

그 안에서 일어난 일은 보이지 않았다. 아주 작은 비명 소리가 얼핏 들렸을 뿐이었다. 이유연은 닫힌 문을 기분 좋은 기색으로 보고 있다가 소파에 앉아 책을 뒤적이기 시작했다. 얼마 후 이유건이 집으로 돌아갔다.

'유온이 와 있어?'

'아빠 서재에.'

'어쩌다.'

'아, 걔가 내가 준 차 버렸대. 윤 대표 안 주고.'

불쑥 화가 난다는 듯 이유연이 말했다. 이유건이 인상을 찌푸렸다.

'언제쯤 들어갔어.'

'이제 막. 말리게?'

'좀 이따.'

'너무 빨리 들어가지 마. 걔가 혼날 짓 한 거야.'

이유연이 입술을 비죽거렸다. 앞뒤 사정을 모른 채 들으면 순진하고 귀엽게 보일 법한 모습이었다. 이유건은 고개를 끄덕이곤 자신의 방으로 들어갔다. 그가 나와 이 회장의 서재 문을 두드린 건 30분쯤 지나서였다.

안에서 무언가 이야기를 하나 싶더니 이유건이 이유온의 팔을

잡고 나왔다. 겉으로 보기에 달라진 건 없는데 이유온은 식은땀에
젖어 있었고, 눈빛은 죽은 듯 탁하게 흐렸다. 다리의 힘이 풀린 것
처럼 제대로 걷지도 못했다.

'네 방으로 올라가고, 오늘은 자고 가. 윤 대표한테 연락해 둘
테니까.'

'…….'

이유온은 머뭇거렸지만 이유건이 한 번 쳐다보자 흠칫 놀라서
고개를 끄덕였다. 거의 기다시피 하여 계단 난간을 붙잡고 힘겹게
올라가는 그의 곁으로 이유연이 다가갔다.

'유온아, 못 걷겠어? 형이 잡아 줄까?'

'괘, 괜찮아요, 형, 정말 괜찮아요…….'

더 안 좋아질 것도 없으리라 생각한 안색에서 한층 핏기가 가
셨다. 이유온은 제 몸을 억지로 질질 끌어서 계단을 올라갔다. 결
혼 전에 지내던 것보다는 조금 번듯해진 자신의 방에 들어가서,
침대로 갔다. 앉았다가 아예 누워 버리면서 멈칫멈칫하는 걸 보면
어딘가 맞은 건 분명한데 겉으로 보이는 게 없다. 그렇게 노려 때
리는 것이니 더 악질이었다.

침대에 누운 이유온은 곧 소리를 죽여 훌쩍거리기 시작했다. 눈
물을 닦은 이불이 푹 젖을 정도로 우는 동안 바깥으로 새어 나갈
만큼 큰 소리는 조금도 내지 않았다. 그러다, 울음소리를 참느라
바들바들 떨리는 손으로 휴대폰을 들었다.

텅 빈 메시지함을 연 그는 번호 하나를 불러냈다. 윤서경의 것
이었다. 가느다란 손가락이 하나하나 글자를 찍었다. 이 내용 저

내용, 몇 글자 쓰고 자꾸 지워 버린다. 그러다 겨우 읽을 수 있는 한 단어를 썼다. 데리러…….

하지만 결국 이유온은 그 이상 쓰지 못했다. 글자를 깨끗이 지우고 휴대폰을 덮어 놓고, 웅크렸다.

그는 그날 밤 본가에서 묵었다.

장면은 끊임없이 흘렀다. 몇 시간 이어지기도, 몇 달을 뛰어넘기도 했다. 분명한 건 이게 그 '기억'의 뒷이야기라는 것이었다. 윤서경의 눈에 보이지 않았던 서브텍스트.

이전 과거 속 이유온의 모습이나 가족과의 다른 관계는 알 수 없었다. 온전히 호텔 라운지에서 이후 이유온이 어떤 얼굴을 했으며 무슨 일을 당했는지가 보일 뿐이었다. 간섭도 정지도 하지 못하는 긴 영상이었다.

몇 번째인지 모를 이유온의 가출 후에 이유건에게서 전화가 걸려 왔다. 익숙하고 지겨웠다. 집에서 재우겠다는 말에 윤서경이 그러라 끊어 버린 뒤, 이유건은 이유온을 보았다. 그는 너무 맞아 눈이 풀려 있었다.

순순히 이유건이 시키는 대로 하겠다고 했다면 그 폭력은 그래도 수십 분 남짓으로 끝났을 것이다. 하지만 이유온은 고집스럽게 고개를 저었다. 그까짓 영양제. 그냥 가지고 왔으면 어차피 알아서 버렸을 텐데.

그 후로도 몇 번 이유온은 가족에게 반항했다. 한 번도 거스르려 한 적 없었던 그의 갑작스런 반발은 그들의 심기를 제법 상하게 했다. 폭력은 점점 집요하고 지독해졌다.

윤서경은 단 한 번도 이유온의 그런 상태를 알지 못했다. 옷을 한 번 걷어 봤으면, 아니, 걸어가는 걸 자세히 보기만 했어도 알았을 텐데. 그러지 않았다. 모든 상황은 이유온의 잘못이라고만 생각했다.

집에 다녀온 이유온이 무슨 일인지 윤서경을 찾아왔을 때 윤서경은 구역질이 날 정도로 강한 체향을 맡았다. 이유건의 것이었다. 순간 눈앞이 새빨개지는 것 같았다. 제 것임을 주장하는 듯 지독하고 질척거리는 다른 알파의 체향. 자신과 결혼한 오메가에게서, 이유온에게서.

그 불쾌감, 모멸감, 거북함, 혼란과 신물, 모욕, ……질투.

모든 걸 참을 수 없게 되어 이유온에게 나가라고 윽박질렀다. 그러나 미적거리는 그의 행동을 기다리느니 자신이 나가는 게 나을 것 같았다. 그래서 뒤에 버려두고 혼자 집을 나섰다.

이유온은 윤서경이 떠난 자리에 혼자 서서 울었다.

부어 오른 손목을 옷 아래 감추고, 아픈 걸 호소하고 싶은데 호소할 사람이 없어서, 윤서경이 야속해서 울었다. 참아도 흘러나오는 흐느낌을 막지 못한 채로. 그러곤 병원에 가는 걸 포기하고 자신의 방으로 돌아가 약을 잔뜩 먹고 누웠다. 밤새 손목이 아파 끙끙거렸다. 윤서경은 그 눈물의 흔적이 다 지워지고 금이 간 그의 손목이 다 나은 뒤에야 집에 돌아갔다.

긴 시간 동안 그는 집에선 윤서경의 싸늘한 태도와 짜증스러운 눈길을 받았고, 본가에서는 온갖 말도 안 되는 이유로 맞았다.

윤서경은 존재조차 몰랐던 대량의 약물을 계속해서 먹었고 몸은 나날이 약해졌다. 정신은…… 더 약해질 것도 없었다.

가족들이 제게 왜 그렇게까지 하는지 이유온은 몰랐다. 그에게는 너무 당연한 일이었다. 이유온은, 네가 이런 취급을 받는 건 너 자신 때문이라는, 그게 당연하다는 소리를 계속해서 들었다.

아마 태어났을 때부터 반복된 일이었을 것이다. 이유온은 그걸 옳은 말로 받아들였다. 학대를, 그는 제가 잘못하였으니 당연히 받아야 하는 체벌이라 여겼다.

지켜보는 윤서경은 알 수 있었다. 가족들이 이미 무슨 말을 해도 잘못했다고 빌기만 하는, 쉽고 편리한 존재를 사람이 아닌 특별한 재산처럼 여겼다. 온 가족이 한 핏줄답게 악독했다. 이유온은 그런 가족들의 폭력에 힘들어하다가도, 조금만 잘해 주고 웃어 주기만 하면 그 온기에 매달렸다.

시간이 조금 흐른 후였다.

무슨 꿍꿍이가 있었는지, 아니면 돈 때문이었는지 이유건은 자신이 아는 신문사를 통해 이유온에게 결혼 생활에 대한 인터뷰를 하도록 했다.

이유온은 오랜만에 반항했다. 두 번, 세 번 그럴 순 없다고 말한 결과는 비참했다. 이유건은 녹음기를 든 알파 기자 앞에서 이유온의 옷을 벗기고 억지로 입을 벌리게 해 약을 먹였다. 그리고 그대로 머리채를 움켜쥐어 끌고 가, 받아 둔 물에 머리를 처박았다.

차가운 물 때문에 새파래진 채 끌려 나온 이유온은 원하는 대답을 할 때까지 머리를 연달아 얻어맞았다. 그다음은 등이었고,

다음은 배였다. 작은 몸을 때리는 소리가 참혹하게 온 방을 울렸다. 이유온이 벗은 채 휘청거리는 모습을 기자라는 알파는 실실거리며 구경했다. 휴대폰으로 사진을 찍으려다 이유건에게 제지당하기도 했다.

약이 대체 어떤 종류였는지 약 기운이 물러날 때쯤 이유온은 쇼크로 떨었다. 혀를 찬 이유건이 이유온의 주치의를 불렀다. 링거를 맞으면서도 이유온은 끊임없이 구역질하고, 경련하고, 알아들을 수 없는 헛소리를 했다.

그렇게 해서 포털 사이트에 이유온이 인터뷰한 기사가 실렸다. 그 자체는 덮을 수 있는 일이었지만 이한영에게서 소식을 들은 순간엔 어처구니가 없었다. 집으로 돌아와 이유온을 보았다.

'당신이 그렇게 좋아하는 형 덕분에 내가 천하의 쓰레기라는 소리를 들으니, 어때요. 기분이 좋습니까?'

'……'

이유온이 저런 표정이었다는 걸 윤서경은 몰랐다.

형 때문이었냐는 말을 들은 순간 이유온은 고개를 확 들었다. 그 눈에 기대가 깃들었다. 발끝이 조금 움직여 윤서경에게 다가오려 했다. 하지만 찰나였다.

'이유온 씨, 제발……. 내가 당신한테 청혼했던 걸 더 이상 후회하게 만들지 말아요.'

티끌처럼 작은 기대는 그에게 막대한 절망으로 돌아왔다. 이유온의 입술 사이에서 가느다란 숨이 새어 나왔다.

생명이 내뱉는 마지막 숨결처럼 느껴졌다.

그를 매몰차게 외면한 윤서경의 시야 밖에서 이유온은 쓰러질 듯한 표정을 하고 있었다. 그건 가족에게 무슨 말을 들어도, 폭력의 한복판에 있을 때도, 한 번도 지은 적 없는 표정이었다. 뼈가 시릴 정도의 슬픔이고 속이 새카맣게 타들어 가는 듯한 외로움이었다.

아무도 그의 얼굴을 봐 주지 않았다. 그를 보고 그의 목소리를 들었어야 할 윤서경조차. 이유온은 혼자였다.

아…….

윤서경은 이 이야기가 어디로 흘러갈지, 결말이 무엇인지 이미 알고 있었다. 자신이 이걸 관람하고 있다는 건 맞았다.

그러나 꿈도 무엇도 아니다. 이건 일어난 일이었다. 과거다.

자신이 저지른 일들이었다.

이유온이 내민 음식을 바닥에 쏟고, 그가 준 물건을 눈앞에서 깨뜨리고, 피아노를 내다 버리고, 머뭇머뭇 방문 앞을 서성이는 그를 내쫓고, 단 한 번도 그를…… 제대로 쳐다보지 않았다.

전화 너머에서 상대가 뭐라고 말했다. 자신은 고개를 끄덕였다.

이유온이 방에 찾아왔다.

알 수 있었다. 여기였다. 마지막으로 돌이킬 수 있는 구간.

지치고 외로운 얼굴의 이유온은 조심스럽게 입을 열었다. 오늘 병원에 다녀왔다고. 그때는 병원이라는 말도 진력이 났다. 그 식구들이 꾀병으로 윤서경을 오라 가라 한 게 벌써 수십 번이었다. 윤서경은 지긋지긋한 얼굴로 이유온의 말을 잘랐다.

'그걸 내가 알아야 합니까?'

이유온이 눈을 느리게 깜빡였다. 안색이 좋지 않았다. 불이 꺼지듯, 그의 얼굴은 가라앉았다. 어둡고 캄캄하게. 그를 둘러싼 무언가가 이 순간에 모조리 끊어졌다.

'방해해서 미안해요……'

그가 돌아섰다.

이대로 가게 하면 안 된다. 이유온을 이렇게 보내면 안 되었다. 여기서 붙잡아야 했다. 그러지 않으면 이유온은. 윤서경은 눈앞의, 과거의 자신을 노려보았다. 멍청하게 있지 마.

말해,

가서 미안하다고 말해.

당신이 싫어서 그런 게 아니라고 말해.

그러나 불쾌한 얼굴로 선 자신은 꼼짝도 하지 않았다. 이유온은 힘없이 제 방으로 들어갔다.

얼마 후, 무언가 쿵 넘어지는 듯한 소리에 통화 중이던 자신이 고개를 들었다.

4, 돌아와서 말하기

이유온이 죽은 건 병원에 실려 오고 고작 며칠 만이었다. 그가 위독한 상황이어도 윤서경이 내내 병원에 있을 수는 없었다. 중요한 일이 생기면 잠시 자리를 비워야 했다. 죽음은 하필 그 순간에 찾아왔다. 병원의 다급한 연락을 받고 윤서경은 회의 도중에 뛰쳐나왔다.

숨이 끊어지던 순간 그의 곁에는 아무도 없었다.

장례식이 끝날 때까지 어떤 정신으로 서 있었는지도 기억이 나지 않았다. 모든 걸 마치고 돌아온 집은 햇살과 고요로 가득했다. 반짝이며 떠도는 먼지를 윤서경은 가만히 바라보았다.

집 안 곳곳의 꽃병은 비어 있었다. 가사 도우미가 매일 물을 갈아

주었겠지만, 절화는 그리 오랜 시간을 버티지 못하니 시들기 전에 버려진 듯했다.

천천히 움직인 윤서경의 발길이 이유온이 사용하던 방으로 향했다. 닫힌 문을 열자 깨끗한 방이 나왔다. 필요한 가구 말고는 아무것도 없는 공간이었다.

책 몇 권이 전부인 책상 위에 휴대폰이 놓여 있었다. 벌써 한참 전에 전원이 꺼져 버린, 이유온의 휴대폰이었다. 그러고 보니 이걸 어떻게 할지도 정해야 했다. 회선을 해지해야 할 것이다. 이제 사용할 사람이 없으니. 윤서경은 케이스도 없는 휴대폰을 집어 우선 충전을 했다.

얼마 후 희부연 빛과 함께 전원이 켜졌다. 화면 잠금은 없었고, 외면의 사용감과 어플 두어 개만 빼면 이제 막 산 휴대폰이 아닐까 싶을 만큼 깨끗했다.

그때 휴대폰이 깜빡거렸다. 무음으로 해 두었는지 소리도 진동도 없이 착신 화면만 떠올랐다. 발신인은 '린 플라워'였다.

'……네.'

—어머, 이유온 님 휴대폰 아닌가요?

'맞습니다. 무슨 일이십니까.'

스스로 느끼기에도 가라앉은 목소리가 흘러나왔다.

—아. 린 플라워라는 꽃집인데요, 주문하신 물건을 아직 수령하지 않으셔서요.

'어디에 있는 곳입니까? 찾으러 가죠.'

—죄송하지만 고가품이어서 본인이 오셔야…….

'남편입니다. 이유온 씨는……'

윤서경은 잠시 이 상관없는 사람에게 이유온의 부고를 전해야 할지 고민했다. 짧은 망설임 후 사실을 전달하자 전화 너머에선 어쩔 줄 모르겠다는 반응이 돌아왔다. 그에 사무적으로 대꾸한 후 집을 나섰다.

꽃집은 집에서 멀지 않았다. 윤서경이 가게 안으로 들어서자 점원들이 놀란 얼굴을 했다. 이유온이 주문한 물건을 찾으러 왔다고 말하니 더더욱 놀랐다. 그가 윤서경과 결혼한 사람이라는 걸 이들은 몰랐던 듯했다.

'주문하신 건 이 꽃다발이에요.'

점원이 큰 꽃다발을 내밀었다. 꽃과 색을 맞춘 포장지가 바스락거렸다. 개량종으로 보이긴 했으나 튤립이었다. 옅은 청보라색에서 선명한 분홍색으로 번지는 얇은 꽃잎과 비단 같은 질감이 아름다웠다.

'저, 이건……'

잠시 꽃다발을 보고 있는데 점원이 말을 덧붙였다.

'이번에 새로 나온 품종인데요, 지나가는 이야기로 잠깐 말씀드린 건데 꼭 구하고 싶다고 하셨어요. 저희도 구할 수 있을지 장담 못 드린다고 했다가 여기저기 알아보고 겨우 주문했거든요. 구했다고 말씀을 드렸더니, 원래 굉장히 조용하던 분이었는데 그때 정말 좋아하셔서……'

점원의 눈가가 빨개졌다. 윤서경은 꽃다발을 가만히 바라보았다. 꽃은 딱 윤서경의 나이만큼 있었다.

'신혼여행지가 몰디브셨다고 들었어요……. 그래서 꼭 구하고 싶으셨던 것 같아요. 이 품종 이름이 몰디브 선셋이거든요.'

'…….'

튤립은 그 이름 그대로, 신혼여행 첫날 해변을 걸으며 보았던 산호섬의 석양 색이었다. 신혼여행이라는 말에서 그제야 윤서경은 이 꽃이 무엇을 위한 것인지 알았다. 결혼기념일이었다.

'……연락 고맙습니다.'

수많은 말 중에서 윤서경은 그 한 마디만 겨우 하고 꽃을 든 채 가게에서 나왔다. 튤립은 금세 시든다. 꽃이 시들지 않도록 하는 후처리가 있을 것이다.

그러나 그게…… 무슨 의미가 있을까.

의미가 없는 짓임을 알면서도 윤서경은 꽃을 보존했다. 약품을 머금어 시들지 않게 된 튤립은 묘하게 그 색이 바랜 것 같기도, 생기가 사라진 것 같기도 했다.

그럼에도 버릴 수 없었다. 이유온이 사용하던 휴대폰도 그대로 놓아두었다. 이상한 일이었다. 이유온을 집 밖으로 치우고 싶었고, 그 가족들이 거슬려 참을 수 없었는데 정말로 그가 사라지자 주위가 온통 어두워진 것 같았다. 낮은 밤 같았고 밤은 그보다 더 어두웠다. 어디를 가나 채도가 낮은 세계였다.

이유온이 의식을 잃은 채 실려 간 뒤 그가 어떤 병을 선고받았던 건지 알았다. 그의 가족들은 그걸 빌미로 하여 부경을 통째 삼키려 들었다. 당연히 그 수작을 받아 줄 수는 없었다.

단지, 그의 병증은 전적으로 윤서경의 책임이 맞았다. 만일 그쪽에서 병을 이유로 이혼을 요구했더라면 윤서경에게도 거액일 위자료를 지급해야 했을 것이다. 이혼…….. 차라리 이혼을 요구하는 편이 나았다.

알파와 오메가는 사랑하는 상대를 얻지 못하면 그 고통을 여러 형태로 표출했다. 이유온이 걸린 건 바로 그런 표출 방식의 하나였다. 철저하게 자기 자신만을 해치는 슬픈 병. 누군가는 그를 들어서 상사병이라고도 말했다. 그런 이름으로 부르기에는 너무 심각한 병이긴 했지만.

사랑하는 상대와 무슨 일이 있어도, 영원히 함께할 수 없으리라는 걸 알았을 때 그 병은 발병한다. 그리고 빠르게 몸을 좀먹는다. 의학으로는 결코 고칠 수 없다. 치료 방법, 쓸 수 있는 수단, 남은 수명, 연명 치료, 모든 게 쓸데없는 일이다.

격렬한 스트레스와 호르몬의 이상 작용은 온몸에 독을 퍼뜨리고 이내 뇌까지 침범하여 합병증을 일으킨다. 그렇게 살 의지를 완전히 잃어버린 몸이 뇌의 활동을 멈추거나 장기 기능을 극단적으로 떨어뜨린다.

결혼한 사람이 그 병에 걸리는 건 정말로 드문 일이었다. 그것도 배우자 때문에. 이를 둘러싸고 언론과 대중은 멋대로 수군거렸고 이유온의 가족들은 책임을 지라며 날뛰었다.

윤서경이 같은 병에 걸릴 때까지 그것은 이어졌다.

그때, 이유온이 방에 와서 병원에 다녀왔다고 말했을 때 한 마디라도 제대로 물어보았다면 모든 게 달라졌겠지. 치료제는 없다. 온몸에 기계를 연결한 채 억지로 숨을 붙여 놓는 것밖에는. 하지만 치료할 방법이 아예 없는 게 아니었다. 원인을 제거하면 되었다. 고통의 원인, 사랑받지 못하는 슬픔을.

이유온에게 무슨 일인지 묻고 태도를 바꾸었다면 그는…….

의사는 그에게 말했다고 한다. 상태는 돌이킬 수 없이 나빴고 하루하루 숨을 유지하는 것밖에 방법이 없지만, 상대에게 사랑의 파편이나마 받는다면 거기서부터 회복해 갈 수 있다고.

그에 이유온은 고개를 가로저었다.

불가능한 일이라고 말했다는 것 같다.

연명 치료도 의미가 없다며 거절했다.

이유온이 죽고 얼마 후 윤서경은 격렬한 두통을 느꼈다. 생전 처음 느끼는, 욕설이 튀어나오다 이내 그조차 사라지고 아프다는 생각밖에 들지 않는 두통이었다. 머릿속이 새카매지고 머리를 말뚝으로 쪼아 대는 것 같았다. 병원에 갔다. 진단 결과는 이유온에게 내려졌던 것과 같은 병이었다.

윤서경은 모든 치료를 거부했다. 자신이 똑같이 겪으면서 이유온이 어떤 고통 속에 있었는지 알 수 있었다.

새벽녘 어슴푸레한 어둠 속에서 그는 이유온이 사용하던 침대에 앉아 가만히 생각했다. 그가 없는 세계. 깊은 밤은 끝나지 않을 것처럼 이어졌다. 이대로 눈을 감았다 뜨면 밤이 끝날까…….

유온 씨.

들을 사람이 없는 이름을 불러보았다. 한 번도 불러 본 적 없는 다정한 호칭으로.

그날이, 이유온을 잃은 윤서경의 마지막이었다.

이제 윤서경은 모든 기억을 가진 채로 또다시 입체 화면 앞에서 있었다. 툭, 발끝에 무언가가 걸렸다. 자신이 신혼여행지에서 빼고 다신 끼지 않았던 결혼반지였다. 이 반지를 보는 것도 화가 치밀었다. 결혼했으니 왼손을 비우고 다닐 순 없어 어쩔 수 없이 웨딩 밴드를 했다.

예물이었던 물건은 모조리 눈에 띄지 않는 곳에 처박았다. 이유온은 반지에 대해 딱 한 번 물었다. 혹시 잊고 갔던 거냐고. 하지만 차가운 대답에 말없이 제 손을 만지작거렸고, 이후 다시는 끼지 않았다.

다시 이유온의 집이었다. 현관문이 열리고 가족이 우르르 집으로 들어왔다. 검은 옷으로 보아, 장례식 뒤였다.

'아, 진짜 지겨워 죽는 줄 알았네. 나 먼저 씻을게요.'

이유연이 짜증스럽다는 얼굴로 욕실로 향했다. 가족 누구의 얼굴에도 애통함은 없었다. 욕실 문을 열려던 이유연은 뭔가 잠시 생각하다 몸을 슥 돌리더니 말했다.

'근데, 나 윤 대표님이랑 결혼할 수 있겠지?'

'조금 기다려 봐.'

'왜? 그냥 처음부터 대표님이 상대를 잘못 골라서 결혼한 거라고 하면 되잖아. 마침 이유온도 그 병으로 죽었고. 흠……, 이유온이 졸라서 결혼을 하긴 했는데 사실 윤서경이 결혼을 원한 건 이유연이었다. 어때? 드라마 같지?'

'너무 드라마 같아. 상황 좀 봐야겠으니까 너는 괜한 짓 말고 기다려.'

이유건의 대답에 이유연은 칫, 하고 입을 비죽였다. 윤서경은 가슴이 차가워지는 걸 느꼈다. 결국 한 사람을 죽이고도 이들 중 누구 하나 죄책감을 가지지 않았다.

오히려 이유온이 그렇게 죽은 걸 반가워하는 것처럼 보였다. 확실히 빌미가 될 일이었으니.

'근데 하필 그 병으로 죽네. 아, 이럴 때 보면 걔는 진짜 착해.'

'유연아.'

이유온의 모친이 타이르듯 불렀다. 크게 책하는 기색은 아니었다.

'왜에. 솔직히 우리 다 걔 죽기만 기다렸는데.'

재미있다는 듯 웃은 이유연이 욕실로 들어갔다. 남은 가족들은 거실에 모여 앉아서 앞으로의 일을 상의했다. 이유온의 죽음을 가지고 부경과 윤서경을 어떻게 압박하느냐에 대해서였다.

이유온은 이런 곳에 있었다. 장례식을 마치고 돌아와서도 태연하게 웃음을 터뜨리는 가족들 사이에.

데리러…… 와 주세요. 완성되지도 못했던 그 메시지. 만약 자신이 조금이라도 그에게 의지가 되었더라면, 그는 그 메시지를 전송했을까. 데리러 와 달라고 자신에게 말했을까.

창밖은 어둡고 추웠다. 눈을 깜빡이자 그 어둠의 한복판에 서 있었다. 가로등의 침울한 불빛 속에 희끗한 눈송이가 점점이 날리기 시작했다. 인적이라곤 하나도 없는 길, 텅 비어 있는 교차로 한가운데에 한 사람이 서 있었다. 얇은 옷을 입은 채 맨발인 이유온이었다.

멀리서 그를 본 윤서경은 앞뒤를 가리지 않고 그가 있는 곳으로 내달렸다. 걸음이 조급했다. 추운 듯 어깨를 움츠린 채 고개를 숙인 이유온이 눈을 내리깔았다. 눈물이 고이듯 눈가가 젖어 갔으나 이유온은 울지 않으려 하는 듯이 고개를 잘게 저었다.

희고 가느다란 목덜미 위로 눈이 떨어졌다. 그것 때문에 점점 그의 몸이 식어 가는 것 같았다. 간신히 가까이 다가간 윤서경이 손을 뻗어 깡마른 팔을 잡으려 한 순간, 정신이 들었다.

익숙한 호텔 천장이 보였다. 눈을 떴으나 아직 꿈의 여진이 남아 머리가 멍했다. 작은 숨소리가 들려 퍼뜩 시선을 내리자 이유온이 웅크린 채 자고 있었다.

창밖은 눈 내리는 밤이었다.

윤서경은 벌떡 일어나 손에 잡히는 대로 옷을 챙겨 입었다. 침대 위에 이유온이 있다. 그러나 저 추운 거리 어딘가에 이유온의 다른 한 조각이 맨발로 서 있었다.

그대로 호텔을 뛰쳐나갔다. 거리에는 사람이 없었다. 숨을 내뱉자 새하얀 입김이 찬 공기를 부옇게 물들였다.

눈은 주위의 소음을 녹이며 떨어져 지상에 조금씩 쌓였다. 얇게 덮인 눈으로 미끄러워지기 시작한 거리를 윤서경은 미친 사람처럼 돌아다녔다. 교차로, 번화가, 골목길, 어디를 가도 그가 찾는, 추위에 떨고 있는 사람은 없었다.

눈이 윤서경의 옷과 머리를 조금씩 적셨다. 코트 위로 떨어진 눈은 추위 때문에 엷게 쌓여갔다. 숨까지 가빠진 채 윤서경은 제자리에 멈춰 서서 고개를 들었다.

검푸른 하늘을 수놓듯 하얀 눈이 사락사락 흩날리고 있었다. 먼지처럼, 또는 빛을 잃은 별처럼.

한참을 그 눈 속에 서 있던 윤서경은 불현듯 생각난 듯이 시계를 확인했다. 급하게 옷을 입는다는 게 습관적으로 시계까지 챙겼다. 시곗바늘을 본 순간 윤서경은 몸을 돌려 호텔로 향했다. 로비를 지나 방으로 올라가는 발길은 초조하면서도 조금 비틀거렸다.

방으로 돌아왔다. 그리고 이유온을 보았다. 그는 맨발이었고 조금 추워 보였다. 윤서경이 눈 내리는 거리를 무작정 다니는 동안 이유온이 이곳에 혼자 있었다. 나갔던 것을 후회했다. 또 그를 혼자 두고 엉뚱한 곳에 가 있었다.

이유온.

조금 전까지 품에 안고 있던 사람이자, 몇 년에 걸쳐 사랑하며 한 번도 얻지 못했고, 자신이 헤매던 그 긴 시간 동안 내내 혼자였던 사람.

윤서경은 기나긴 표류에서 돌아온 기분을 느꼈다.

"……미안합니다, 이유온 씨."

"서경 씨……?"

"미안합니다."

당신을 사랑하는데, 내가 너무 늦게 말했습니다.

시계의 초침이 멈췄던 숨을 내뱉듯 천천히 다시 움직이기 시작했다.

3 上

　유온은 눈을 깜빡였다. 윤서경의 말을 소화하려면 시간이 필요했다. 사랑……, 나를?

　왜?

　의아하게 바라보기만 하다가 대답을 해야 한다는 걸 떠올렸다. 그러나 무슨 말을 해야 할지 알 수 없었다. 머뭇거리고 있자, 윤서경이 느리게 상체를 일으켰다.

　그리고 입술이 닿았다. 유온은 반사적으로 눈을 감았다. 시각이 차단되자 예민해진 다른 감각을 통하여 윤서경이 느껴졌다. 입술에는 입술의 감촉이, 코끝엔 그의 체향이, 귓가에는 느리게 울리는 심장 소리가.

온몸이 윤서경의 품에 안겨 있었다. 갑자기 자신이 안락한 성 안에 들어온 것 같다는 생각이 들었다. 키스는 조심스럽고 부드럽게 이어졌다. 한참 동안 입을 맞춘 끝에 윤서경이 유온의 입술을 손가락으로 가볍게 쓸며 떨어졌다.

  "궁금한 건 없습니까?"

  "아……."

  윤서경의 말에 정신이 돌아오는 것 같았다. 궁금한 것이야 수도 없이 많았다. 실시간 검색어에 오르내리는 추문을, 제 가족들이 그에게 무슨 짓을 한 건지를. 이런저런 의문이 떠오르다가 문득 윤서경이 했던 말에서 걸리는 부분을 찾아냈다.

  '당신이 기억하는 것과 달리.'

  무슨 뜻일까. 처음 진수식에서 마주쳤을 때 이후 지금까지? 그렇다고 하기엔 의미가 더 깊게 느껴졌다. 유온이 흔들리는 눈으로 윤서경을 보자 그가 말했다.

  "전에 내가 방에 들어올 때 당신이 연주하던 곡, 기억납니까?"

  "그건……, 네, 기억나요."

  "무슨 곡이었죠?"

  "저도, 제목은 잘……, 하지만 가요였던 것 같아요."

  제목도 어디서 들었는지도 불분명하지만 아마도 그랬다. 윤서경이 고개를 끄덕였다.

  "네. 가요는 맞습니다. 하지만 앞으로 2년 후에야 나올 노래죠."

  "……."

  그럼, 그걸……, 윤서경은 왜 알고 있지?

유온은 멍하니 입을 벌렸다가 저도 모르게 잘게 고개를 저었다. 설마. 그럴 리가 없다. 자신에게 일어난 일인데도 유온은 이 현상을 아직 어느 정도는 믿지 못하고 있었다. 그런데 윤서경이 하는 말은 꼭…….

"말하지 않았습니까. 당신이 기억하는 것과 다를 거라고."

꼭 유온에게 무슨 일이 있었는지 아는, 아니.

"우린 한 번 결혼했었고, 3년 동안 같이 살았죠."

마치 그도 같은 일을 겪은 듯한.

"결혼생활이 행복하지는 않았습니다."

유온은 입을 다물었다. 설마, 설마 하던 생각에 쐐기를 박는 말이었다. 처음 큰형에게 뺨을 맞으며 깨어났을 때 이상의 혼란이 순간 유온을 흔들었다.

"서, 서경 씨, 무슨 말인지, 잘…….."

더듬더듬 부정하려 했다. 뭘, 왜 부정하는지도 모르는 채로.

미래를 기억한다는 것? 자신이 한 번 죽었었다는 것? 아니면, 윤서경이 그 사실을 알고 있다는, 아니, 윤서경도 같은 일을 겪었다는 것?

두 손이 갈 곳을 잃은 채 무릎이며 허벅지 위, 소파를 불안하게 오가며 몇 번이나 쥐었다 펴졌다. 시선도 가만히 있지 못하고 방황한다.

"그 노래를 부른 가수는 딸과 함께 부른 다음 곡이 더 큰 인기를 끌었죠. 그 해에 다음 올림픽 개최지가 모스크바로 결정되었고요."

"……."

두 가지 다 맞았다. 유온도 지금 이렇게 듣기 전까진 잊고 있었던 일이긴 하지만.

"어때요. 조금은 믿을 마음이 듭니까?"

"……서, 서경 씨를 못 믿는 게 아니에요……."

믿지 못하는 건 자기 자신이었다. 아직도 얼떨떨한 게 잠이 덜 깬 듯한 기분이었다. 유온의 시선이 흔들리자, 윤서경은 그런 유온을 달래듯 두 손을 다시 꼭 쥐고 차분한 목소리로 덧붙였다.

"어떻게 이런 일이 가능했던 건지는 나도 모릅니다. 하지만 확실한 건……."

유온이 천천히 고개를 들었다. 눈앞엔 확신으로 가득 찬 담대한 얼굴이 있었다. 선명한 얼굴의 윤곽과 짙은 눈썹, 그 아래 곧게 뻗은 두 눈과 입매. 신화 속에서 인간을 이끌던 강건한 신 같다.

그가 말했다.

"우리는 오늘을 두 번째로 맞고 있습니다."

두 번째로 맞는, 오늘…….

유온은 이제야 반복된, 되돌아온 시간을 제대로 표현할 방법을 찾았다. 꿈, 환상, 기억, 미래, 그 무엇으로도 다 설명하기 어렵던 상황을 윤서경이 그 한 마디로 깨끗하게 정리했다. 아직도 사실조차 받아들이지 못해 허덕이는 유온과 달리 완벽한 해석까지 해 놓은 것이다.

두 번째 오늘은 첫 번째와 많이 달랐다. 과거, 혹은 미래의 오늘에 자신은 뭘 하고 있었더라. 명확히 기억나지 않지만 이 같은 상황이 아니었던 건 확실했다. 어쩌면 그때 이 시간에는 창고에서 형에게 맞고 있었는지도 몰랐다.

유온이 오늘을 마냥 기뻐할 수 없는 이유가 그것이었다. 자신에게 너무나 좋은 방향으로 상황이 달라졌다. 깨어나 처음 윤서경을 만났을 때, 이 상황이 유온이 겪지 못한 좋은 일을 겪게 해 주기 위한 마지막 꿈이 아닐까 생각했을 정도로.

시간을 돌아와 다시 윤서경과 함께한다. 그것도 좋은 관계로? 고개가 절로 저어졌다. 그런 일이 일어날 리 없기 때문이다. 자신이 겪기엔 너무 행복하지 않은가.

세상의 모든 일은 좋은가 싶으면 금세 나락으로 떨어졌다. 마지막까지 좋았던 적은 한 번도 없었다. 윤서경의 청혼을 받았을 때처럼.

아무리 생각해도…… 불행한 일을 겪고 과거로 돌아왔고, 과거를 알고 있으면서 자신에게 다정한 윤서경과 함께 같은 시간을 한 번 더 살게 된다니. 이건 굳이 부정적인 성격의 자신이 아니더라도 이상하게 여길 일이 아닌가. 그야말로 말도 안 되는.

그런 유온을 앞에 둔 채 윤서경은 설명을 이어 갔다.

"내가 알게 되었으니 당신도 알지 않을까, 그런 생각을 했지만 쉽게 물을 수는 없더군요. 혹시 아니라면 이상한 사람으로 보일 테니까요."

"……."

"그러다 당신이 친 곡을 듣고 확신한 겁니다."

그 곡의 제목조차 기억나지 않는다. 그냥 마지막 구절까지 아는 곡이어서 연주했을 뿐이다.

"그게 아니었어도 어떻게든 확신을 얻었겠죠."

윤서경의 말에 유온은 그저 작게 고개를 끄덕였다. 그라면 정말 어떻게든 알았을 거라 생각했다. 어쩌면 이상한 사람으로 보일 걸 감수하고 직접 물었을지도 몰랐다.

자신은 물어볼까, 하는 마음조차 먹은 적이 없다. 미친 사람으로 여겨지는 게 무서웠으니까. 게다가 스스로도 한때나마 현실로 받아들이자고 생각했을 뿐 온전히 확신하진 못한 상태가 아닌가.

유온은 물끄러미 윤서경을 보았다. 단단하고, 남의 시선 따위에 흔들리지 않는 심지가 그 얼굴에 선명했다. 유온에게 그런 강인함은 그저 신기할 따름이었다. 어떻게 하면 그렇게 살 수 있는지 궁금했다. 진심으로 부러웠다. 그리고 그런 굳은 토대 위에서 살아가는 윤서경은…… 역시 자신을 답답한 바보라고 여길지도 모른다.

당신을 사랑하니까요. 아직 그 말의 여운이 고여 잔향을 퍼뜨리고 있었다. 귀에 담고 마음에 담으면서도 유온은 그 말을 온전히 삼키지 못했다. 이것이 이유온의 진짜 가난이고 결핍이었다. 달콤한 말을 온전하게 품지 못하는 것.

그토록 듣고 싶었던 말인데, 물에 젖은 화로는 불씨를 꺼뜨리기만 한다. 분명 나중에 곱씹고 곱씹으며 들은 그 순간 충분히 기뻐하지 못한 걸 아깝게 여기겠지. 제 무릎으로 시선을 떨어뜨렸던 유온은 이어진 윤서경의 목소리에 고개를 들었다.

"이유온 씨."

"……네……."

작은 소리로 대답을 하는 게 고작이었다. 유온의 눈에 옅은 빛이 깜빡이듯 지나갔다. 겁먹은 듯 보이는 얼굴이었지만 마음은 달랐다. 사랑한다는 말에 이어 이름을 부르는 목소리에 몸이 떨렸다. 윤서경의 목소리가 지나치게 다정해서였다.

"뉴스는 걱정하지 않아도 됩니다. 봐요."

그가 휴대폰을 들어 조금 전 유온이 보았던 포털 사이트를 보여주었다. 실시간 검색어에는 윤서경이나 부경, 유온의 이름 같은 건 한 글자도 보이지 않았다. 이어 윤서경이 유온의 무릎을 꼭 쥐었다가 일어나서 소파 맞은편 벽 쪽으로 다가갔다.

벽장이나 장식장처럼 생긴 틀을 당겨 열자 안에서 TV가 나왔다. 소파로 돌아온 윤서경이 TV를 틀었다. 채널을 이리저리 바꾸며 뉴스, 연예 프로그램, 저속한 케이블 방송까지 둘러보았지만 유온과는 동떨어진 세계의 이야기만 흘러나올 뿐이었다.

"증거도 없는 루머 수준이었고 이미 다 해결했습니다. 나갔던 건 다른 일 때문이었어요. 검색어 건은 굳이 내가 가야 할 정도로 대단한 게 아니었으니까요."

윤서경은 유온에게 바짝 붙어 앉아 유온의 상체를 끌어당겼다. 몸이 키스할 때처럼 그의 품에 폭 안겼다.

"우리는 해야 할 말도, 들어야 할 설명도 많습니다. 3년 동안 우리 둘 다 혼자 있었어요. 그 시간 동안 있었던 일을……."

유온의 머리를 쓰다듬은 윤서경이 몸을 조금 뗐다. 시선이 아주 가까운 곳에서 마주쳤다. 깊은 두 눈동자에 자신의 모습이 비쳤다. 3년, 두 사람이 한집에서 살았던 기간이었다. 그 3년을 윤서경이 말하고 있는 게 이상했다.

"하나하나 천천히, 이야기해요. 시간은 많습니다."

마치 잘 짜인 리얼리티 쇼의 등장인물이 된 기분이었다. 그저 얼 떨떨하다. 현실감이 너무 멀어서 오히려 차분하게 있을 수 있었다. 윤서경이 유온의 머리카락을 귀 뒤로 넘기고, 몸을 당겨 뺨에 입 맞추고, 다시 유온을 보았다.

"내가 당신에게 잘못한 일은 나도, 당신도 기억합니다."

"그……."

그런 일은 없었다, 당신은 나한테 아무것도 잘못하지 않았다, 그렇게 말하려던 유온의 입을 막기라도 하듯이 윤서경이 입술에 입을 맞췄다가 뗐다.

"그런데 내가 잘했던 일은 기억이 안 납니다. 당신도 기억에 없을 겁니다."

이 말에 유온은 곧바로 고개를 저었다.

"아니에요! 서경 씨는 저랑, 밥도 같이 먹어 줬고, 음, 부부 동반 모임에 데리고 가 주기도 했고, 또……, 그리고……."

"……내가 정말 많이 잘못했군요."

왜인지 윤서경은 심란한 얼굴을 했다. 분명 그가 잘해 준 일은 더 많았을 것이다. 그런 결혼 생활 중에도 몇 번씩이나 그는 유온 에게 친절하게 대해 줬으니까. 그리고 무엇보다, 살면서 겪은 그 어떤 일보다 기쁜 일이 있었다.

"그리고 저한테 청혼해 주셨잖아요……."

"……."

한참 말이 없던 윤서경이 유온의 몸을 아예 끌어당겨 제 위에 앉히고 끌어안았다. 그대로 오래도록 안고 있으면서 머리카락과 뺨, 귀, 입술이 가는 곳 어디에든 입을 맞췄다. 유온은 가슴이 너무 두근거려 이대로 심장이 멈추는 게 아닐까 생각했다.

유온의 목덜미며 등, 튀어나온 견갑골을 한참 어루만지던 윤서경이 불쑥 말했다.

"몸이 왜 이렇게 딱딱합니까?"

"네? 아······, 원래 조금······."

원래 어깨나 등 같은 곳이 잘 뭉쳤다. 팔다리가 뻐근하게 아플 때도 있었다. 몸 어딘가가 항상 긴장한 상태로 있어서 연결된 근육이 뻣뻣해지는 것이라고 했다. 딱딱하다는 말을 듣자 공연히 더 몸이 굳는 것 같았다.

손바닥으로 몇 번 더 유온의 등을 만지던 윤서경이 갑자기 몸을 일으켰다. 유온을 품에 안은 채였다. 그대로 거실 전화기로 다가간 그가 수화기를 들고 숫자 하나를 누르더니, 통화도 하지 않은 채 끊었다.

어린애처럼 달랑 안겨 의아해하는 사이 윤서경은 침실로, 침실에서 다시 안쪽으로 들어갔다. 욕실과 마사지 룸이 있는 쪽이었다.

침실 욕실은 둥근 형태의 전면 유리창으로 바깥을 볼 수 있는 구조였다. 당연히 바깥 어디에서도 욕실 안쪽이 보이진 않았다. 윤서경은 사람이 두셋은 누울 수 있을 것 같은 넓은 욕조 옆쪽 공간에 앉아 벽의 버튼을 조작했다. 넓은 욕조에 물이 채워지기 시작했다.

물이 쏟아지는 소리를 들으며 윤서경이 문득 생각난 듯 말했다.

"전에 청소 직원 부탁으로 당신이 여기 침실에 물건을 가지러 들어온 적이 있었죠."

유온이 퍼뜩 굳었다. 바로 알 수 있을 정도로 뻣뻣해진 몸을 윤서경은 달래듯 다시 손으로 쓸었다.

"혹시나 해서 말하는데, 당신한테 화를 낸 게 아닙니다. 그 직원 때문에 어이가 없었던 거죠. 감히 누가 여기서 내 약혼자에게 잔심부름을 시킵니까."

"아, 아니에요. 그렇게 어려운 일도 아니었어요."

"뭐든. 같이 왔던 지배인도 마찬가지입니다."

그때 초인종 소리가 울렸다. 윤서경은 도톰하게 깔린 수건에 유온을 앉히고 잠시 밖으로 나갔다. 돌아왔을 때 그는 웃옷을 벗어 셔츠에 바지만 입은 차림으로 작은 나무 트레이를 들고 있었다.

욕조의 물은 거의 채워졌다. 다시 다가온 윤서경이 유온의 옷을 쉽게 벗겼다. 그리고 욕조 테두리를 톡톡 만지는 손끝에 유온은 슬금슬금 욕조 안으로 들어갔다. 아주 뜨겁지도 미지근하지도 않은 물이 몸을 적셨다.

힐끗 본 트레이 위에는 이국적인 모양의 유리병 두 개와 스팀 타월, 장식으로 보이는 플루메리아 세 송이가 있었다.

유온을 욕조에 넣어둔 채 자신도 씻고 온 윤서경이 욕조 가까이로 몸을 붙여 앉으며 말했다.

"이쪽으로 더 가까이 와서 돌아앉아요."

유온은 그의 말에 따랐다. 윤서경이 팔을 멀리 뻗지 않아도 손이 닿을 거리까지 가자, 갑자기 강한 향이 훅 퍼지더니 어깨에 미끄러운 감촉이 닿았다.

"저기, 서경 씨."

"네."

"이게 뭐……."

"물에 풀어서 쓰기도 하는 오일이니 몸이 젖어 있어도 괜찮습니다."

그런 뜻으로 말한 게 아니었다. 유온은 저도 모르게 몸을 빼듯 웅크렸다. 그러자 어깨에 이어 드러난 등 아래쪽까지 윤서경의 손이 길게 피부를 쓸며 내려갔다.

"아니, 제, 제가 할게요."

"어떻게? 생각보다 유연한가 보군요."

윤서경의 목소리에 웃음기가 있는 듯한 기분이 들었다. 어쩔 줄 모르고 긴장해 있는 사이 커다란 손은 부드럽게 유온의 등과 어깨, 목을 어루만졌다. 뭉친 근육을 누르는 엄지손가락의 마디가 단단했다. 몸이 자연스럽게 점점 풀어졌다. 그러다 손끝이 귓불을 살짝 건드렸다. 유온이 움찔하자, 윤서경은 나지막하게 말했다.

"모든 사람들이 당신을 극진히 대하는 일에 익숙해져요. 앞으론 그게 당연해질 테니까."

"……."

"그날 방에 들어왔던 두 사람은 해고했습니다."

"네? 아, 아무리 그래도, 그건……."

그러나 윤서경은 당연한 일이라고만 반복한 뒤 계속 유온의 등과 어깨를 마사지할 뿐이었다. 이루 말할 수 없는 불편함에 이리저리 몸을 뒤틀던 유온이었으나 온몸을 감싸는 페로몬과 욕조의 따뜻한 물, 오일에서 나는 달콤한 아몬드 향은 차츰 그를 녹였다. 윤서경이 따뜻한 물로 몸을 씻어 줄 때쯤 유온은 흐물흐물하게 풀어져 있었다.

커다란 수건으로 유온을 감싼 윤서경은 새 옷을 꺼내 와 입혔다. 유온의 뺨은 발갛게 상기되어 있었고 눈은 잠이 올 때처럼 나른했다. 온몸이 따끈하고 노곤해진 유온을 욕실에서 안고 나온 그가 침실과 창가 사이에 선 채 물었다.

"잠깐 쉴까요. 어느 쪽이 더 좋습니까?"

창가와 침대를 두고 하는 말이었다. 유온은 흘끗 창가를 보았으나 바닥으로 시선을 떨어뜨렸다.

"전 다 좋아요. 서경 씨가 원하는 곳으로……."

그러나 유온의 눈이 짧은 순간 창가를 향한 걸 윤서경은 놓치지 않았다. 옷장에서 예비용 이불을 꺼낸 윤서경은 그것으로 유온을 돌돌 말아 안고 창가로 향했다. 휴대폰으로 어딘가에 메시지를 하나 보낸 뒤, 그대로 안고 넓은 창틀에 앉는다.

아무리 단열이 잘되어 있어도 이 계절에 커다란 유리창 앞은 싸늘할 수밖에 없었다. 하지만 몸을 감싼 이불과 등 뒤에 바로 느껴지는 윤서경의 체온에 추위는 조금도 가까이 다가오지 못했다.

윤서경은 한동안 말을 걸지 않고 자신의 팔과 체향으로 유온을 감싸기만 하고 있었다. 얼마 후, 침실 문을 두드리는 소리가 들렸다.

"들어와요."

누군가가 들어오는 것에 유온이 멈칫했지만, 문을 열고 들어온 누군가, 아마도 호텔 직원은 그림자처럼 조용히 와서 창가 옆 간이 테이블에 쟁반을 내려놓고 사라졌다. 바로 옆인데도 사람이 왔다 갔다는 생각이 안 들 정도로 조용했다.

간이 테이블에 손을 뻗은 윤서경이 작은 포크에 딸기를 찍어서 유온의 입가에 댔다. 눈을 굴리면서도 유온은 순순히 입을 벌렸다. 과즙과 향이 입 안에 퍼졌다. 느릿하게 과일을 먹여 주고, 가끔 꽃 향기가 나는 허브티를 주었다. 이불 속에 두 팔이 묶여 있어서 직접 먹겠다고 말할 수가 없었다.

"내가 당신이 준 꽃병을 깨뜨린 적이 있죠."

"……."

윤서경의 목소리는 낮고 조심스러웠다. 그가 꽃병을 깨뜨린 기억은 당연히 선명했다. 서러웠던 모든 순간이 그렇듯이. 그의 손에서 아무런 가치도 없는 물건처럼 낙하한 꽃병과 깨진 유리 때문에 못 쓰게 된, 공들여 고른 꽃.

"그때……, 다치진 않았습니까?"

유온은 반사적으로 아니라 말하려 했다. 유리가 깨지긴 했지만 다치진 않았다고. 하지만 불쑥 그 순간 느꼈던 충격이 치밀어 올랐다. 발끝이 아파 오는 것 같았다. 작은 유리 조각이 박혔을 뿐인, 대단치도 않은 상처였는데 아픔이 유난히도 느껴졌었다. 발끝을 꾸물거린 유온이 기어들어 가는 소리로 대답했다.

"조금이요……."

"어디."

"발이요."

윤서경이 손을 뻗어 이불 속에 감춰진 유온의 발을 만지작거렸다. 발목과 발뒤꿈치, 발목, 발가락 하나하나. 그의 손이 엄지발가락에 닿은 순간 유온은 움찔거렸다. 생기지도 않은 상처인데 아픔이 떠올랐다. 그 반응에 유온이 다친 자리를 짐작한 윤서경이 조심스럽게 그곳을 매만졌다.

괜한 소리를 한 것 같았다. 그냥 입 다물고 넘겼으면 될 일을.

"지금은 아무렇지도 않아요. 다치지도 않았잖아요."

그렇게 덧붙였지만 윤서경은 유온의 귓가에 입을 한 번 맞췄을 뿐 손을 거두지 않았다. 이불을 사이에 두고 크고 따뜻한 손가락이 상처가 없는 상처를 어루만진다. 무거운 분위기를 견디기 어려워진 유온은 한참을 고민한 끝에 소심하게 입을 열었다.

"저, 딸기……."

깨진 화병 이야기를 계속하느니 딸기를 먹여 달라고 하는 게 나을 것 같았다. 그 말에 이 화제는 더 말하고 싶지 않다는 생각을 읽었는지 윤서경이 접시로 손을 뻗었다. 그 후로는 조용했다. 유온의 입으로 차와 과일이 가끔 들어올 뿐이었다.

유온이 배가 부른 한숨을 작게 내쉬자 윤서경은 포크를 내려놓았다. 귀에 그의 입술이 살짝 닿았다.

"검진을 하러 가야 하는데, 언제가 좋겠습니까."

"언제든 괜찮아요."

"그럼 모레로 하죠."

고개를 끄덕인 유온의 시선이 창밖으로 향했다. 익숙해질 법도 한데 이 야경은 언제나 똑같이 아름다웠다. 질리지도, 무덤덤해지지도 않는다. 적당히 부른 배와 따끈따끈한 몸, 몸을 감싼 이불과 윤서경의 품이 점점 더 유온을 나른하게 만들었다. 유온은 그대로 꾸벅꾸벅 졸기 시작했다.

윤서경은 유온이 잠든 후에도 한참 더 창가에 앉아 그를 안고 있다가, 그가 선잠을 자는 게 아니라 완전히 푹 잠든 걸 확인하고 나서야 안아 들어 침대로 돌아왔다. 이불에서 꺼내자 유온은 조금 추운지 몸을 짧게 떨었다. 더는 추위를 느끼지 않도록 품에 꼭 껴안고 이불을 덮어썼다.

* * *

검진 당일. 원래는 윤서경이 하루 종일 같이 있을 예정이었지만, 회사에 급한 일이 생겼다. 덕분에 유온은 예전에 문자 메시지로만 인사를 나눈 두 사람의 얼굴을 드디어 볼 수 있었다. 이정윤과 성한영이었다.

"경호실장 성한영입니다."

"비서실장 이정윤입니다!"

성한영은 커다란 걸 넘어 거대한 덩치였다. 팔뚝이 유온의 머리 크기는 되는 것 같았고 목과 얼굴의 굵기가 비슷했으며 키는 거의 2미터쯤이었다. 얼굴이 무뚝뚝한 상인데도 묘하게 선량해 보였다.

이정윤은 정장에 넥타이를 갖추어 입고, 머리는 위로 하나로 묶은 평범한 여성이었다. 하지만 화사하고 생기 넘치는 분위기 때문인지 키도 체구도 한참 작은데도 성한영과 존재감이 크게 다르지 않았다.

"이한영 실장님이랑 이름이 같아서 헷갈리시진 않을까 걱정입니다."

"아……, 아니에요. 괜찮을 것 같아요."

지극히 평범한 체구와 인상을 가진 이한영과는 이름이 아니라 성까지 똑같아도 헷갈릴 일이 없을 것이다. 그런데 실장이라는 직위가 참 많기도 했다.

"제가, 어떻게 불러야 할까요?"

"편하게 부르시면 됩니다. 이름을 부르셔도 되고, 이 실장, 성 실장이라고 부르셔도 괜찮습니다."

"서경 씨의 비서분이랑 경호원분이신가요……?"

그러자 두 사람이 고개를 저었다.

"대표님께는 따로 비서실과 경호실이 있습니다. 저희는 사모님 쪽을 담당합니다."

"사, 사모님."

그 호칭에 유온의 얼굴이 붉어졌다. 사장인 윤서경과 결혼하니 맞는 말이지만 조금 부끄럽고 어색한 건 어쩔 수 없었다.

예전에도 이따금 그렇게 불렸고, 유온을 전담하는 비서실과 경호실이 있었지만 여러 이유로 얼마 지나지 않아 사라졌다. 윤서경은 유온이 불편해서 그런 것으로 알고 있으나 사실 가족의 압박 때문이었다.

큰형은 당장 없애라 화를 내고, 작은형은 너 참 잘난 사람이라며 웃고, 부모님은 불편한 기색을 보이니 도저히 거스르지 못했다. 딱히 필요한 게 아니었기에 고집하지도 않았다.

그때도 이 사람들이었나? 아니었던 것 같다. 얼굴도 이름도 처음 보는 이들이다. 이정윤에 이어 성한영이 말했다.

"팀원들도 조만간 같이 인사드리러 찾아뵙겠습니다. 아직은 사모님께 안정이 필요하다고, 대표님께서 인사를 미루셨거든요."

"저……, 그 호칭……."

"네?"

"호칭……, 다른 걸 써 주시면 안 될까요?"

"아. 불편하십니까? 죄송합니다. 어떤 호칭이 괜찮으실까요?"

윤서경의 배우자니까, 어떤 호칭으로 해야 할까. 사모님은 너무 낯이 간지럽고 제게 어울리지도 않는 것 같았다. 눈을 도록도록 굴리던 유온이 겨우 대답했다.

"그냥 이름으로……."

"알겠습니다."

"감사합니다."

"뭘요. 당연히 유온 님이 편하신 쪽으로 해야죠."

하지만 경호실은 그렇다 치고 비서라. 게다가 이정윤 혼자도 아닌 듯했다. 유온이 고개를 갸웃하며 물었다.

"저한테 비서가 필요할까요? 그것도 여러 분이나……."

유온은 하는 일이 별로 없는 사람이었다. 집에서도 잠을 자고 책을 읽고, 농장 키우기같이 단순한 게임을 좀 하고, 형들의 말상대를 하고, 그러는 게 전부였다. 할 일이 정 없는 시간엔 멍하니

눕거나 앉아서 시간을 흘려보냈다.

　학교도 사실 다니는 둥 마는 둥 했다. 고등학교는 최소한의 출석 일수만 겨우 채우며 거의 돈으로 졸업하다시피 했고 대학교는 수 능을 쳐서 붙은 학교에 띄엄띄엄 나가다가 자퇴했다. 스스로 생각 하기에도 어떻게 합격했나 싶을 만큼 명문대였으나, 괜히 사람을 많이 만나 나쁜 물만 들고 온다며 이유건이 학교 가는 걸 허락하지 않았기 때문이다.

　덕분에 유온은 가뜩이나 아무것도 없는데 대학 졸업장조차 못 받은 처지가 되고 말았다. 학교에 다니면서 그나마 친구라고 사귀 었던 사람들은 유온이 얼마나 다루기 불편하고 답답한 사람인지 알게 되면서 질려 떠나갔다.

　학교도 가지 못하게 할 정도인데 다른 외출은 더더욱 기회가 없었다. 방구석에 틀어박히는 걸 좋아하는 유온이었지만 가끔은 밖에 나가고 싶었다. 그럴 때면 이유건과 부모님의 눈치를 보아 가며 허락을 받아야 했다.

　그렇게 해서 이따금 밖에 나갔고, 가족 중 다른 사람이 가기엔 격이 떨어지지만 빠지기엔 애매한 자선 파티 따위에 가기도 했다. 그것 말고는 그저 게으르게 살 뿐이었다. 뭔가를 할 의지가 하나도 없고 나태하다고 형에게 몇 번이나 혼났지만, 해야 할 일도 하고 싶은 일도 떠오르지 않았다.

　결혼 후에는 어땠는가 하면, 당연히 유온이 의무적으로 나가야 하는 자리가 있었다. 윤서경의 배우자였으니까. 그것 때문에 처음엔 비서실과 경호실이 조금 움직였지만 점점 그마저 하지 않게 되었다.

"네, 팀이라고 해도 절 포함해 세 명이니까 너무 부담스럽게 생각하지 마세요. 사실 아직은 하는 일이 많진 않아요. 유온 님 혼자 참석하게 되실 일정 조정이나 수행, 들어오는 선물이나 메시지 확인, 직접 하실 필요 없는 커뮤니케이션 같은 걸 대신하는 정도니까요. 정식으로 결혼식을 올리고 나면 저희가 꼭 필요해지실 테니 미리 인사드리는 겁니다."

이정윤이 말을 마치고 확인해 주듯 끄덕였다. 올려서 묶은 긴 머리가 살짝 흔들렸다. 놀고먹기만 하는 자신에게 세 명이나 되는 비서가 필요할지는 여전히 의문이었으나 유온도 *끄덕끄덕* 고개를 움직였다.

검진을 받으러 이 과, 저 과 돌아다니는 동안 두 사람은 보호자처럼 옆에서 따라왔다. 식당에서 만난 후로 가족들을 만나지 않았다. 그때 형이 화가 많이 나 있었던지라 오픈된 장소에 나오는 게 조금 무서웠다. 어딘가에서 형이나, 형이 보낸 사람이 나타나지 않을까 하는 걱정에서였다.

하지만 윤서경이 보내 준 두 사람이 옆에 붙어 있고 누가 와도 물려 줄 거라는 생각에 불안이 다소 가셨다.

하루 종일 이어지는 검진은 꽤나 고된 일이었다. 병원에서 이런저런 검사를 하며 어디에서도 기다린 적이 없다는 것, 그 과정을 사람들이 따라다니며 이런저런 안내를 해 준다는 것은 유온으로선 상당히 신기한 경험이었다. 그렇다고 온몸을 탈탈 털다시피 하는 과정까지 편해지는 건 아니었다.

머리끝부터 발끝까지 검사를 끝내고 유온은 겨우 풀려나 병실로 올라갔다. 아직 한 가지가 남긴 했지만 그건 병실에서 할 거고, 오늘 바로 볼 수 있는 검사 결과가 정리될 때까지 쉬라는 것이었다.

병실이라 해도 호텔 룸과 크게 다르지 않았다. 침대가 환자용일 뿐. 눕는 걸 도와주겠다는 성한영을 우물쭈물 거절하고 침대에 누웠다. 두 사람은 유온에게 인사하곤 검사 결과가 나올 때까지 다른 곳에서 기다리겠다며 나갔다.

피곤한 몸이 축 늘어져 침대에 녹아드는 것 같았다. 혼자 남은 유온은 괜히 침구를 만지작거렸다. 환자용 침대인데도 침구는 유온이 본가에서 쓰던 것보다 고급품이었다.

밖에 나갈 때 입는 옷이며, 큰 가구 같은 건 유온도 좋은 물건을 썼다. 하지만 사소한 부분에서 부모님은 형들의 것과 유온의 것에 차이를 두었다. 이게 집에서 네 위치라고 못을 박는 것처럼.

용돈이 넉넉한 편도 아니었다. 이건 외출을 거의 하지 않으니 상관없었다. 방에서 고양이를 키울 때 말고는 딱히 불편하지 않았다.

이따금 형이 사다 주는 걸 제외하고 유온이 가진 것 중 값어치가 있는 물건은 없었다. 어쩔 수 없는 일이었다. 부모님이 저를 사랑하지 않는 것도, 집에서 그런 대우를 받는 것도. 큰형처럼 능력이 있고 듬직하거나, 작은형처럼 사랑스러워야 부모님도 돌볼 마음이 생기는 거니 그저 죄송한…….

'……'

……죄송하다고 말하지 말라고 했는데.

유온의 손이 이불을 꼭 쥐었다. 마음이 수런거렸다. 가족 생각을 하자 짓눌리는 것 같던 가슴이, 막힌 듯 쉬어지지 않던 숨이 그 말을 떠올리자 편해지는 기분이었다. 몸을 조금 웅크리는데 밖에서 누군가 문을 두드렸다.

흠칫해서 고개를 들자 노크한 사람이 말했다.

"유온 씨."

윤서경이었다. 유온은 자리에서 벌떡 일어나며 네, 하고 대답했다. 병실 문이 소리도 없이 느리게 열리고 코트 차림의 윤서경이 안으로 들어왔다.

"미안합니다. 서둘렀는데도 시간이 이렇게 됐네요. 검사는 괜찮았습니까?"

유온은 고개를 끄덕였다. 무척 미안한 기색의 윤서경이 다가와 유온의 뺨을 손으로 감싸곤 입 맞췄다. 뺨과 입술에 한 번씩 닿은 입술의 감촉을 멍하니 좇는데 윤서경이 말했다.

"심리 검사는 한 시간 후로 미뤘습니다. 잠깐이라도 쉬어요."

"아, 괜찮아요. 그럼 검사하는 선생님이 귀찮으신 거……."

"확인하니 그 정도는 상관없다고 하더군요."

유온이 다른 말을 꺼내기도 전에 윤서경은 유온의 등과 팔을 감싸서 침대에 도로 눕혔다.

"서경 씨……."

이불을 유온의 턱밑까지 끌어 올려 덮은 윤서경은 손을 올리더니, 그대로 이불 위에서 토닥토닥 두드리기 시작했다. 아기를 재울 때 하는 듯한 손길에 유온이 동그랗게 뜬 눈을 깜빡거렸다.

"자장가도 불러 줄까요. 노래를 잘하진 않는데."

"······."

얼른 고개를 저은 유온이 눈을 감았다. 커다란 손은 천천히 몸을 토닥였다. 주위를 감싼 윤서경의 체향이 짙어졌다. 피부에 내리는 기분 좋은 온기에 유온은 졸린 눈을 몇 번 깜빡이다가, 그대로 조용히 잠들었다.

* * *

한 시간 후 유온은 이마에 살짝 닿는 입술에 잠에서 깨어났다. 가만히 눈을 뜨자 윤서경이 곁에 앉아 있었다.

"조금 더 잘래요?"

여기가 어디인지, 무엇 때문에 윤서경이 자신을 깨운 건지 바로 떠올린 유온은 고개를 빠르게 가로저었다. 안 그래도 자신 때문에 한참을 기다렸을 텐데 더 시간을 끌 순 없었다. 유온이 벌떡 일어나서 앉자 윤서경은 흐트러진 머리를 정리해 주곤 출입문 쪽으로 향했다.

벌써 사람이 도착해 있었던 모양이다. 유온은 더더욱 미안해져서 허둥거리며 가운 차림의 검사자를 맞았다. 손에 큰 플라스틱 케이스를 든 여자는 무척 부드러운 인상이었다.

"이유온 씨? 안녕하세요."

가볍게 인사를 건넨 그녀가 침대 옆에 앉더니, 플라스틱 케이스를 들어 무릎에 올려놓았다. 어떤 검사인지, 시간이 얼마나 걸릴지 설명해주는 그녀를 잠시 보고 있던 윤서경은 곧 자리를 피해 주었다. 유온은 시험지 같은 여러 장짜리 종이를 받았다.

문제가 있고, 주관식으로 답을 고르는 것도 시험지와 크게 다르지 않았다. 문항 수가 몇백 개로 많긴 했지만. 유온은 성의껏 답지 칸을 채워 나갔다.

그 후엔 데칼코마니 같은 카드를 보기도 하고, 종이에 그림을 그리기도 했다. 주관식으로 덜 만들어진 문장을 채우는 것도 있었다. 검사가 한창이던 도중에, 유온은 흘끗 검사자를 보았다.

"힘드시죠? 조금만 더 하면 끝나요."

"아……."

그런 의미로 쳐다본 건 아니었다. 유온이 지금 하는 건 심리 검사였다. 정신적인 문제가 심해졌을 때 간단하게 상태를 보려 검사한 적은 있지만, 이렇게까지 본격적인 건 처음이었다.

이 정도로 자세한 검사라면 분명 제 생각이 낱낱이 밝혀질 것이다. 한 가지 걱정이 들었다.

유온은 내용은 완전히 다르지만 이 해의 이 날을 이미 한 번 겪었다. 윤서경의 표현을 빌리자면 두 번째로 맞이하는 오늘이었다. 죽었다가 되살아나 겪고 있는 날.

그런데 만약에 심리 검사 결과에서…… 전부 자신의 망상이었다는 게 드러나면? 윤서경의 반응까지도 말이다. 그는 기억과 똑같이 차가운데 자신이 그의 반응을 머릿속에서 멋대로 바꾸어 받아들이고 있는 거라면.

연필을 쥔 손에 힘이 들어갔다. 우선은 시간이 3년 전으로 되돌아왔다는 사실부터 소설이나 영화 같은 이야기였다. 윤서경이 자신도 똑같은 기억을 가지고 있다고 말한 후에도 불현듯 '정말 현실일까?'라는 생각은 치밀어 올라왔다. 아니, 오히려 윤서경이 그렇게 말한 후 더욱 그런 것 같다.

하루 24시간의 매분 매초가 자연스럽게 흐른다. 그 흐름 속에서 머리는 그것을 현실로 받아들였다.

하지만 불쑥 생각하게 된다. 이러다 갑자기 깨어나면 어쩌지. 눈을 떴더니 자신의 방이고 큰형이 문을 두드리고 있거나, 아니면 넓은 집 어딘가에 화가 난 윤서경이 있고, 자신은 그 근처에도 가지 못한 채 서성이는 중이라면.

혹은 작고 갑갑한 유골함 안에서 뼛가루가 된 채 의식이 남아 있다가 잠시 꿈을 꾼 것이라면. 이건 몇 번쯤 해 본 상상이었다. 죽은 후에 시신이 다 부패되거나 태워져 작은 항아리에 남은 후에도 만약 영혼이라는 게 남아 생각을 계속할 수 있다면. 그런 상태에서 잠깐이나마 안식을 찾기 위해 꿈을 만들어 내는 것이다.

유온은 어릴 때 그렇게 좁고 어두운 공간에 갇혀 본 적이 몇 번이나 있었다. 그래서 유골함 속의 시야도 쉽게 상상이 가능했다. 그런 생각을 하면 섬뜩했다.

또는 그런 게 아니어도, 사실 그날 자신이 죽진 않았지만 미쳐서 내내 환각을 본다거나, 그 죽음 자체가 환각이었거나. 무수한 부정적 사고가 머리를 떠돌았다.

"이유온 씨?"

"아……, 네."

부드러운 목소리에 유온은 정신을 차리고 빈칸을 마저 채웠다.

문항은 낯설었다. 단어와 표현은 알기 쉬웠지만, 자신의 어설픈 지식으론 망상 속에서도 만들어 내기 어려울 문장들이었다. 어쨌든 이 검사의 결과가 나오면 그걸로 자신이 미쳤는지 아닌지는 알 수 있지 않을까, 하는 생각이 들었다.

그리고 약간의 기대도 들었다.

답안 몇몇 개에 자신이 한 번 죽었고, 과거로 시간이 돌아온 것 같다는 내용을 조금씩 솔직하게 넣었다. 심리 검사는 미친 척하는 사람과 미친 사람을 구분할 수 있을 테니, 만약 자신이 정말 제정신이 아닌 거라면 그렇게 말해 주겠지. 또 만약에, 미친 게 아니라면…….

유온은 긴장한 채로 연필을 내려놓았다.

"고생하셨어요. 오늘은 건강 검진 결과 먼저 듣고 가신다고요?"

"네."

"심리 검사는 사흘 후에 결과가 나올 거예요. 담당의 선생님과 제가 같이 찾아뵐 예정입니다."

"네……."

대답하면서 유온은 속으로 고개를 갸웃했다. 어디선가 주워들은 것으론 이런 검사 결과가 나오기까진 시간이 더 오래 걸렸는데. 물론 여긴 부경 병원이고 윤서경의 일가가 병원 재단의 오너이니, 윤서경이 빠른 결과를 바랐다면 불가능한 일도 아닐 것이다.

검사자가 나가고 난 뒤 윤서경이 교대하듯 들어왔다. 검진을 한 결과도 벌써 나왔다는 것 같았다. 어느새 윤서경이 챙겨 온 겉옷을 입고 진료실로 내려갔다. 긴 복도를 지나 엘리베이터를 타고 내려가는 동안 유온은 다소 긴장했다.

역시 병은 여전히 몸에 도사리고 있는 건지도 몰랐다. 원래 몸 이곳저곳이 이유도 없이 아팠었다. 속이 안 좋거나 어디가 욱신거리거나, 쓰리거나. 하지만 그런 아픔에 익숙한데도 두통이 너무 심해서 가족들 몰래 다른 병원을 찾았을 정도였다.

두통을 느낀 시점에서 이미 병은 돌이킬 수 없는 지경이었다. 다시 깨어난 후 지금까지 그런 두통은 오지 않았고, 또 무엇보다…… 유온은 옆에 있는 윤서경을 흘끗 보았다. 그의 호텔에서 지내게 되고 나선 가족을 만나며 잠깐씩 무서웠던 걸 빼곤 모든 게 괜찮았다. 결혼생활을 할 때 그림자처럼 따라다니던 슬픔이 없으니 발병의 계기도 없다. 슬픔은커녕, 오히려.

시선을 알아차렸는지 윤서경도 고개를 돌렸다.

"왜 그래요. 필요한 거라도 있습니까?"

유온은 얼른 고개를 저었다. 다행히 대화는 더 이어지지 않았다. 어느새 진료실 앞이었다. 한 번 본 적 있는 의사의 얼굴에 어두운 기색은 없었다. 만약 심각한 병이 있었다면 조금은 더 수심 어린 표정을 했겠지. 꾸물꾸물 의자에 앉아 검진 결과를 들었다.

대체로 정상, 빈혈과 위염이 심하고, 그 외에는 장기며 신경계의 기능이 약하다는 정도였다. 윤서경은 위염이라는 말에 미간을 찌푸렸지만 유온의 귀에는 무척 건강하다는 말로 들렸다. 걱정할 만한 문제가 아무것도 없는 것으로.

"약은 지난번에 드린 것과 동일한 종류로 몇 가지 처방하겠습니다. 잠이 많이 올 수 있는데, 그냥 푹 주무시고 자극적이지 않은 음식으로 영양 보충을 충분히 해 주세요."

검사 결과지와 컴퓨터 모니터를 번갈아 보는 의사의 얼굴은 약간 개운해 보이기까지 했다.

그녀는 사실 이유온의 검진을 하러 오면서 손에 꼽히게 무서운 얼굴을 한 윤서경 때문에 상당히 긴장한 상태였다. 윤서경은 예비 배우자가 죽을병이라도 걸렸나 걱정하듯 음울한 태도였다.

비쩍 마른 이유온을 보며 그녀도 그가 어딘가 큰 병이 있는 건 아닌지 걱정했으나, 다행히도 그 나이 대 오메가보다 허약하고 여기저기 잔병이 있을 뿐 그리 안 좋은 상태는 아니었다.

"스트레스가 극심하고 약물에 다소 의존 기미가 있어서 신체 기능이 많이 떨어진 상태인데, 휴식하면서 약을 조절하면 천천히 나아질 겁니다. 지금도 생활이 조금 불편하시지요?"

의사의 물음에 유온은 잠시 생각하다 고개를 가로저었다. 딱히 불편한 건 없는 것 같다. 몸은 으레 무거운 거고, 위나 머리, 피부, 근육 여기저기, 원래 어딘가 한두 군데는 항상 아프기 때문에 그에 익숙해졌다. 의사는 유온의 괜찮다는 고갯짓을 곧바로 알아들었다. 이 환자는 아픔이 체화되어 불편함조차 느끼지 못한다.

"그리고 가급적 배우자분의 페로몬에 계속 접촉하게 해 주세요. 음……, 지금도 그렇게 하고 계신 것 같지만."

의사가 장난스럽게 웃었다. 유온의 시선이 조심스레 윤서경을 향했다가 자신의 손끝으로 돌아왔다. 호텔 곳곳에서 윤서경의 향을 느끼곤 한다. 지금도 마찬가지였다.

윤서경의 호텔에 와서 매일매일 달고 살던 그 많은 약을 하나도 먹지 않게 된 건 그의 체향 덕분일 것이다.

아픔이 완전히 사라지는 건 아니지만 당장 약을 먹어야 한다는 불안감이나 조급함이 흐릿해졌다. 이따금 유온은 손바닥 가득 약을 담아 삼키거나, 약이 탁하게 녹은 물에 머리부터 잠기고 싶다는 생각을 했었다. 높은 곳의 창밖을, 멀리 떨어진 땅바닥을 물끄러미 바라보기도 했다. 하지만 지금의 윤서경과 함께 있으면 그런 생각이 들지 않는다.

대단한 문제가 없었기에 검사 결과와 면담은 오래 걸리지 않았다. 윤서경은 또 직접 차를 운전해서 온 듯 직접 조수석의 문을 열어 주었다. 주차장을 빠져나가며 윤서경이 유온의 무릎 위를 슥보았다. 처방받은 약이 올라가 있었다.

한 손에는 운전대를 잡은 채로 약 봉투를 집은 윤서경이 그걸 뒷좌석으로 옮기고, 대신 담요를 들어서 유온에게 주었다. 언제부터 차에 담요가 있었지……. 유온은 네이비색 체크무늬에 안쪽은 복슬복슬한 양털로 된 담요를 잠시 관찰했다.

히터가 돌아가 따뜻하긴 하지만, 그래도 유온의 몸은 차가워서 담요의 온기가 필요했다. 고맙습니다, 짧게 인사한 유온이 담요를 펴서 무릎에 덮었다. 옷 너머로도 양털의 보들보들하고 폭신한 감촉이 느껴졌다. 유온은 저도 모르게 두 손으로 양털을 계속 만지작거렸다.

큰길로 빠져나오자 곧바로 차가 막히기 시작했다. 딱 퇴근 시간이었다. 저 멀리까지 이어진 차량의 행렬은 주차장처럼 멈춘채 거의 움직이지 않았다. 10분 동안 몇 미터도 채 가지 못하는 정체가 이어졌다. 앞 유리를 흘끗 본 윤서경이 말했다.

"잠깐 쉬었다가 갈까요."

어디로 가자는 뜻인지 몰라 유온은 눈만 깜빡였다. 윤서경은 간신히 몇 미터쯤 더 전진한 곳에서 차를 돌려 좁은 길로 들어섰다. 양옆에 주택가를 낀 언덕길을 이리저리 틀며 가다가 도착한 건 한강공원이었다.

완전히 어두워진 창밖으로 고요하게 흐르는 한강과 왼편의 커다란 다리, 일정한 간격으로 놓인 가로등이 보였다. 이따금 개를 데리고 산책하거나, 러닝하는 사람들이 지나갔다. 돗자리를 깔고 앉은 일행도 있었다.

"어차피 퇴근 시간이 지날 때까지 도로에 갇혀 있을 겁니다. 차라리 여기에서 차가 빠지길 기다리는 게 덜 피곤할 거예요."

"네……."

꽉 막힌 길은 확실히 운전하는 사람이나 같이 있는 사람이나 지치게 만든다. 고개를 끄덕였을 때, 갑자기 창밖의 사람들이 깜짝 놀라더니 후다닥 뛰어가거나 자리에서 일어나 짐을 챙겼다.

왜 그러는 건가 의아하게 생각하는데 투둑투둑, 차체를 잘게 때리는 소리가 들렸다. 유온은 시선을 들었다. 선루프 위로 빗방울이 떨어지고 있었다.

비가 온다고 했었나. 내리기 시작하자마자 빗줄기는 순식간에 굵어졌다. 앞 유리를 흐리게 적실 정도로 요란한 빗물이 쏟아졌다. 옆 창으로도 구불구불 물길이 생긴다. 고요하고 따뜻한 차 안에 빗소리만 울렸다. 한강의 조명은 비에 습하게 번졌지만 여전히 밝았다.

유온은 선루프를 보았다. 밤하늘에 선을 그으며 쏟아지는 빗줄기가 선명하게 보였다. 머리 위로 쏟아져 온몸을 적실 것 같은데, 단단한 차체가 안전하게 비를 막아 주었다. 하늘을 올려다보던 유온이 퍼뜩 정신을 차렸다. 아까부터 한 마디도 오가지 않고 있다.

"나, 날씨가, 따, 따뜻한가 봐요. 눈이 아니네요……."

비록 급하게 말하느라 더듬거리긴 했지만. 윤서경의 눈이 차내의 온도 표시를 흘끗 보고 대답했다.

"그런 것 같습니다."

어색하게 눈을 굴린 유온이 따뜻하다는 제 말을 확인하기라도 하듯 창문을 조금 열었다가 깜짝 놀랐다. 창을 열자마자 맹렬하게 차가운 강바람과 빗방울이 후드득 밀어닥쳤다. 날리는 머리카락을 붙들며 다급하게 도로 닫고, 창이 다 올라갔는데도 창문 버튼에 손가락을 올리고 있었다.

썰렁하게 감돌던 바깥바람이 히터의 온기에 밀려 금세 누그러졌다. 윤서경은 아무런 말도 하지 않고 손을 뻗더니, 담요를 유온의 가슴께까지 올려 덮었다.

"……."

"졸리면 자도 됩니다."

"아니에요……."

"정말 자장가라도 불러 줄까요?"

"아, 아니요."

드물게 유온은 빨리 대답했다. 윤서경이 부르는 자장가……, 듣고 싶기도 했지만, 왠지 절대 들으며 잠들 수 있는 노래가 아닐 거란 예감이 들었다. 유온의 거절에 윤서경이 조금 웃었다.

"잘 생각했습니다. 반응이 별로 좋지 않았거든요."

"……."

유온은 담요를 손끝으로 만지작거렸다. 누구한테 불러 줬을까.

"어릴 때 사촌동생 재운다고 불러 줬는데 울더군요."

아, 사촌동생……. 어릴 때. 이런 말에 안심해 버리는 자신이 조금 바보 같았지만, 그래도 마음이 놓였다. 그리고 안심하니 또 꾸벅꾸벅 잠이 쏟아졌다. 윤서경의 향이 좋았다.

* * *

스콜처럼 쏟아지던 빗줄기가 눈에 띄게 가늘어졌다. 정체가 가장 심할 시각도 지나갔다. 주행 시동을 걸려 하던 윤서경은 낮게 울리는 진동에 곧바로 휴대폰을 꺼내 통화 버튼부터 눌렀다. 잠든 유온을 깨우지 않기 위해서였다.

조심스레 차 문을 열고 나가 확인하니 이한영이었다.

─대표님, 이번 루머 유포에 화명 쪽 자금 개입 확인했습니다.

윤서경이 눈을 가늘게 떴다. 딴에는 머리를 쓴다고 이리저리 자금 경로를 꼬아 놓았지만, 애초에 그런 일을 벌일 사람이 그들밖에 없다. 윤서경은 차 안에서 잠든 이유온을 흘끗 보았다.

이유온의 가족을 처리할 방법은 나름대로 고심했다. 끔찍한 일이지만 그들은 사회적으로 이유온의 본가고 가족이었다. 게다가 전쟁통도 아닌데 사람 몇을 그냥 죽여 버릴 수도 없는 일이고 말이다.

하지만 더 생각해 보니…… 안 될 것도 없지 않은가?

어떻게 죽이느냐의 문제일 뿐이었다.

"일단 자료는 보관해 둬."

ㅡ알겠습니다.

전화를 끊은 윤서경은 몸을 조금 적신 빗방울을 털어내며 차 안으로 돌아왔다. 이유온은 윤서경이 나름 고심해 고른 담요를 가슴까지 덮은 채 새근새근 잘도 자고 있었다. 창밖에서 들어오는 물기어린 조명에 비친 얼굴이 조금 창백해 보였다. 아침부터 검사를 한다고 이리저리 끌려다녀 피곤할 것이다. 최대한 조용히 차를 출발시켰다.

호텔에 도착할 때까지 푹 자길 바랐지만 예민한 이유온은 차가움직이자마자 눈을 떴다. 움찔하며 상체를 일으킨 그의 몸에서 담요가 스르륵 떨어졌다. 그러자 한기를 느꼈는지 얼른 다시 끌어 올려 덮는다. 남색 타탄체크가 이유온에게 잘 어울렸다. 하긴 검은바탕에 빨간 도트무늬가 들어간 것인들 안 어울리겠냐마는.

"이제 금방 도착할 겁니다."

"네…….."

유순하게 대답한 유온은 잠을 자다 깨어난 상황이 어색했는지 고개를 돌리려 하다가, 윤서경에게 시선을 멈췄다.

"서경 씨, 비 맞았어요……?"

그 잠깐 사이에 물기와 비 냄새는 귀신같이 알아챈 듯했다. 이유온은 자기 일에 답답할 정도로 둔하고 남의 일에 마음이 아플 정도로 예민했다.

"중요한 전화가 와서요."

"아……."

그것 때문에 차에서 나가 통화했다는 말을 그는 금방 받아들였다. 차가 천천히 강변공원을 벗어나고 있을 때였다. 창밖을 보고 있던 이유온의 고개가 갑자기 앞으로 기울었다. 곧 창에 이마가 닿을 것 같았다.

"왜 그래요?"

"밖에 고양이가 있어요."

"……고양이?"

"비 오는데……."

이유온의 목소리에 걱정이 서렸다. 윤서경은 잠시 차를 세우고 그가 보는 방향을 같이 보았다. 가랑비는 어느새 다시 줄기가 굵어졌고, 이유온이 말한 고양이는 회색 털을 흠뻑 적신 채 처량한 얼굴로 서 있었다. 그나마 나무 그늘에 있어 비를 덜 맞지만 완전히 피할 수 있는 건 아니었다.

나가서 안고 돌아올 마음은 없는 듯했다. 그냥 어쩔 줄 모른 채 안타깝게 보고 있을 뿐이다. 다행히, 얼마 후 한 남녀가 헐레벌떡 뛰어왔다. 표정을 보니 실수로 놓치거나 해서 고양이가 뛰쳐나가 버린 모양이었다. 주인을 본 고양이가 차 안에서도 소리가 들리는 느낌이 들 정도로 소리치며 두 남녀의 몸을 앞발로 마구 두드리다가 아예 온몸으로 들이받았다.

무서웠다고, 안아 달라는 말하는 몸짓이었다. 남녀는 그런 고양이의 젖은 털을 마구 쓰다듬고, 다친 곳은 없는지 확인하고, 몸이며 발이 싹 젖어 진흙투성이임에도 소중히 안은 채 사라졌다. 이유온의 시선이 그것을 죽 따라갔다.

"버려진 건 아니었던 것 같습니다."

"네……. 다행이에요."

이유온은 안도의 한숨을 내쉬었다.

"고양이 좋아합니까?"

"네, 좋아하고……, 어릴 때 키웠는데 금방 죽어서요."

고양이 이야기를 꺼내자 이유온의 얼굴이 순식간에 어두워졌다. 별로 좋지 못한 기억인 듯했다.

"오래 키웠나요?"

"아뇨. 잠깐이요……. 사료랑 화장실 모래가 비싸서 용돈을 모았어요."

"용돈을 모아요?"

용돈을 모아야 할 정도의 일인가? 또 설명을 점프한 건가 해서 묻자 이유온은 고개를 끄덕였다.

"생각보다 더 비싸더라구요. 그리고 계속 필요하고……."

"……고양이가…… 그렇게 많이 먹습니까?"

다소 당황스러워서 물었다.

"아, 아니요, 그렇게 많이 먹지 않아요."

윤서경의 집에서는 고양이든 개든 길러 본 적이 없지만, 양육에 화명 정도 되는 집안의 아들이 용돈을 모아야 할 만큼 비용이 드는 건 절대 아닐 것이다. 그랬다면 세상에 동물을 키우는 사람이 절반으로 줄어들었을 테니까.

그간의 경험에 비추어 이유온이 용돈을 모아서 겨우겨우 고양이를 먹여 살린 이유는 한 가지였다. 용돈의 액수가 아주 적어서.

이제 그 정도는 놀랍지도 않다는 게 욕이 나올 일이었다. 이유온은 심지어 집안 형편에 비하여 터무니없는 제 용돈의 액수에 별다른 의문조차 없는 듯했다.

"그런데 침대 위에서만 놀아야 했던 게 미안했어요."

"침대 위?"

"바닥에서 뛰어다니면 발소리도 나고요, 침대 말고 다른 곳에 있으면 형이 싫어해서……."

"……가족이 다 같이 키운 게 아닌 모양이군요."

"네. 제 방에서만 있었어요."

그렇게 말한 이유온이 고개를 툭 떨어뜨렸다.

"나중에 인터넷에서 봤어요. 고, 고양이는 넓은 공간을 좋아하고, 더 많이 움직여야 하고, 장난감도 많이 있어야 하고. 제가 목욕도 자주 시켰는데, 목욕도 싫어한다고. 제가 한 짓은 학대였대요……."

"……."

거기서 말은 더 이어지지 않았다. 고양이가 금방 죽었다고 말했다. 침울한 모습을 보니 죽은 고양이가 자신 때문에 불행했다고 생각하는 것 같다. 글쎄, 이유온은 동물을 괴롭게 하자는 작정조차 못 할 성격이었다. 어쩌다 죽은 건지 모르겠지만 그게 이유온의 잘못은 아닐 터였다.

무슨 사정이 있었는지 몰랐기에 섣불리 뭔가 말하자니 조심스러웠다. 어차피 보여 줄 거면 이유온이 태어난 순간부터 전부 보여 줄 수도 있는 것 아니었나? 그랬다면 그가 이러는 이유도 곧바로 알 수 있었을 텐데.

고양이나 강아지를 기르자고 해 볼까 하다가 그만두었다. 지금 이유온은 자기 자신을 돌보는 것으로도 벅찼다. 키우던 고양이가 죽은 게 자기 탓이라고 철석같이 생각하고 있는데 새로운 동물을 안겨 주는 건 그에게 별로 좋지 못했다.

호텔로 돌아와 씻기고 나자 이유온은 또다시 금방 나른해했다. 검진이 어지간히 고되었던 모양이다. 침대에 집어넣어 재운 뒤 윤서경은 사용하지 않는 다른 침실로 들어가 책상 서랍을 열었다. 호텔 서비스 안내 책자 위로 이젠 없는 호텔 직원의 네임택이 달린 작은 케이스가 하나 놓여 있었다.

그날 직원이 올라와 이유온에게 가지고 나와 달라 말했던 그 물건이었다. 일반 객실에서도 청소하며 물건을 두고 나갔다고 들어와서 손님에게 꺼내 오라고 말하는 건 징계 사유였다. 그게 스위트룸이라면 더 말할 것도 없었다.

물건을 두고 나가는 건 실수라고 할 수 있다. 하지만 아무리 방에 들어가 뭘 가지고 나오는 간단한 일이라 해도 VIP에게 심부름을 시키는 건 이야기가 달랐다.

물론 그뿐이었다면 징계의 수위가 해고까진 가지 않았겠으나…….

윤서경은 케이스를 열었다. 안에는 고체 형태의 방향제가 들어 있었다. 케이스를 닫아 두면 향이 진하게 퍼지진 않지만 작은 틈이 있어서, 손에 들면 냄새가 옮고 주위로도 미세하게 퍼진다.

이유건의 체향이었다. 향료에서 그의 체향과 비슷한 걸 사용해 조향하게 만든 물건이다.

만일 윤서경이 호텔 방 전체를, 이유온이 쓰는 입욕제 하나까지 제 향으로 채워 놓지 않았더라면 이유건의 체향이 지워지지 않고 남았을 것이다.

그러나 그의 향은 윤서경의 것보다 훨씬 약했고, 곧바로 눌려 없어졌다. 상자가 방에서 사라진 순간 흔적조차 남지 않았다.

이유온이 방에 들어왔다 나간 건 아주 옅게, 향을 느낄 수 없을 정도로 남은 그의 기척만으로 알았다. 그때는 왜 들어왔었느냐는 대답에 핏기가 죄다 사라진 듯 창백해지는 이유를 몰랐지만.

이유건은 대체로 이런 수단을 사용했겠지. 신혼여행을 시작으로 그의 체향을 이유온에게 묻혀 윤서경의 비위를 상하게 해 온 것이다. 이번처럼 직원을 매수하거나, 이유온을 불러들여 체향으로 절여 놓거나 하는 식으로.

그의 계획이 맞아떨어졌다면 물건을 손에 쥐었던 이유온에게서 당연히 이유건의 향이 났을 것이다. 심지어 그 향이 윤서경의 침실에서도 비슷하게 돌고 있으면, 사정을 모를 땐 어떤 생각이 들겠는가.

그러나 헛된 시도는 이유건의 생각보다 강하게 깔려 있던 윤서경의 체향과, 이유온이 윤서경의 체향을 바탕으로 조향하게 한 입욕제를 애지중지 끌어안고 잔 덕분에 물거품이 되었다.

아예 이유온의 방 어딘가에 저걸 숨겨 놨다면 속았을까? 글쎄, 그땐 기억이고 뭐고 아무것도 없었으니 역한 냄새 때문에 찾아내고

의아하게 생각하긴 했겠지만, 그도 직원들에게 정황을 묻고 CCTV
도 확인하면 밝혀졌을 일이다.

지금은 이렇게 쉬운 걸 왜 그때는 몰라서.

윤서경은 체향을 짙게 흘렸다. 방향제에서 떠돌던 역한 냄새가
순식간에 그에 눌려 눈이 녹듯이 사라졌다.

* * *

도와주세요.

유온은 열에 들떠 헛소리를 중얼거렸다. 자신이 뭐라 말하고 있
는지도 몰랐다.

힘들어요…….

뭔지 모를 약물에서 깨어날 때의 기억이었다. 유온은 고통에 익숙
했다. 폭행을 당하면서도 시간이 빨리 지나가기를 바랐을 뿐 이렇게
간절하게, 어떻게든 지금 당장 벗어나고 싶었던 적은 없었다.

온몸을 촘촘한 바늘로 찌르고 불에 태우는 것 같았다. 독한 산을
목에 직접 쏟아 붓고, 그대로 위에서 돌덩어리가 몸을 으스러뜨릴
듯 짓누르는 것 같았다. 뒤집힌 속 때문에 머리가 깨질 듯했다.

그만하고 싶어요. 힘들어요. 돌아가고 싶어요.

한 번만, 데리러 와 주세요…….

그러나 끝내 자신을 도와줄 수 있는 유일한 사람은 오지 않았
고, 유온은 식은땀에 젖은 채 흐리게 풀린 눈으로 약 기운이 다 빠
져나가기를 기다렸다. 몇 번이나 얻어맞은 머리는 몽롱했고 배와

등에는 멍이 가득했다. 약물이 완전히 몸속에서 사라지는 순간까지 지독한 고통은 이어졌다.

구역질이 올라왔다. 토해 낼 게 없었는지, 반사적으로 벌어진 입에선 타액이 툭 떨어질 뿐이었다. 바르르 떨린 몸이 그대로 앞으로 기울어졌다. 그대로 쓰러질 줄 알았더니 뭔가에 걸린다. 단단한 팔뚝이 유온의 가슴을 끌어안아 지탱하고 있었다.

형이 안고 있는 건가. 그렇다면 곧 머리채를 붙잡히고 질질 끌려갈 것이다. 형, 잘못했어요. 신음과 함께 반사적으로 중얼거리며 몸을 움츠렸지만 예상한 폭력은 찾아오지 않았다. 대신, 너른 품이 자신을 끌어안고 가슴에 머리를 기대게 했다.

"꿈을 꾼 겁니다. 괜찮아요."

"······."

꿈?

"괜찮아요, 여기가 어디인지 봐요."

유온은 고개를 들었다. 자신을 단단히 안고 있는 두 팔과 그 너머 커다란 창으로 반짝이는 야경이 보였다. 집에서는 볼 수 없는 풍경이었다.

괜찮아. 다시 속삭이는 목소리가 들렸다. 갑옷처럼 단단하고 녹을 듯 부드러운 목소리였다. 유온의 시선이 느리게 어두운 실내를 돌아보았다. 형은 없었다. 아버지도, 어머니도, 그 누구도.

여긴 집이 아니라 유온이 원하지 않으면 아무도 들어올 수 없는 윤서경의 공간이었다. 가쁘던 숨이 차츰 느려졌다. 온몸에 돋았던 소름이 가라앉고 떨림이 멎었다.

"……서경 씨……."

자신에게도 안 들릴 만큼 작은 소리로 그를 불렀다.

"네."

윤서경은 그렇게 작은 목소리도 알아듣고 대답해 주었다.

"내가 어디로든 데리러 갈 테니까, 울지 말아요."

울면 싫어할 텐데. 유온은 참을 수 있다면 한계까지 눈물을 참았다. 하지만 한번 울음이 터지기 시작하면 한동안 멈추지 않았다. 지금도, 울지 말라는 말에 더 눈물이 났다.

윤서경은 셔츠 가슴팍이 유온의 눈물 때문에 다 젖고 있는데도 화를 내지 않았다. 대신 눈물이 그칠 때까지 몇 번이고 머리에 입을 맞추고, 등을 쓸어 줄 뿐이었다.

* * *

사흘 후, 유온의 검사 결과를 들고 찾아온 건 유온을 검사했던 검사자와 나이가 지긋한 담당의였다. 응접실 탁자를 사이에 두고 윤서경은 유온의 옆에 앉았고, 호텔 직원이 차를 내온 후 곧바로 상담이 시작되었다.

스스로 보기에도 검사 결과가 나타난 그래프는 정상이 아니었다. 어떤 것은 지나치게 낮고, 어떤 것은 거의 그래프 끝까지 솟아 올라간 채 떨어지지 않았다. 자신의 이상한 면을 고스란히 듣는 건, 심지어 윤서경이 옆에 있는 상태에서 듣는 건 유온을 한층 우울하게 만들었다.

"우선은, 결과에 조금 걱정스러운 부분이 있습니다. 천천히 설명 드리겠습니다."

의사가 차분하게 이야기를 시작했다. 걱정스러운 부분이라는 말에 유온은 움찔했다. 그 부분을 제대로 설명하기 위해서인지 지금 유온의 상태를 먼저 해설하기 시작했다. 대체로 크게 좋지 못하다는 내용이었다.

하지만 이전에 제 주치의가 정신적 질환에 대해 이야기할 때처럼 비난조는 아니었다. 어떤 이유로 병에 걸렸으며, 그 병이 일상 생활에 어떻게 영향을 미치는지 차근차근 말해 줄 뿐이었다.

유온은 중간중간 윤서경을 흘끔거렸다. 정신과 약물이 필요하다는 진단을 받았을 때 가족들의 반응은 별로 좋지 않았다. 윤서경도 배우자 될 사람이 정신병이 있다고 하면 불쾌하게 생각할지도 몰랐다. 아니, 그는 좋은 사람이니까 그런 생각은 안 한다 해도 최소한 어딘가 모자란 것으로 보이겠지. 어쩔 수 없었다.

"전반적으로는 현실감을 유지하고 계시지만, 다소 혼란이나 괴리감을 느끼신다고 해야 할까요. 으음……, 우울함이 심해지거나 생각, 상황이 부정적으로 흘러가게 되면 그걸 해결하기 위한 방법이 간절해지죠. 그 방법이 상상을 기반으로 하는 게 될 수도 있습니다. 그러면 그 상상을 믿게 되기도 하고, 그걸 현실이라 여기게 되기도 해요."

어렵게 느껴지는 설명을 주의 깊게 듣던 유온은 그 말에 멈칫했다. 부정적인 상황을 상상으로 해결하려 하는 것. 아, 역시 전부 상상이었을까. 우울증도 모자라서 이젠 망상증까지.

어쩌면 지금 이 상황도…… 사실은 유온의 생각과 완전히 반대인 걸 수도 있다. 윤서경과 함께 의사를 맞이하고 있는 건 맞지만, 유온을 걱정해서가 아니라 얼마나 미쳤는지 보기 위해서인지도 몰랐다. 어쩌면 표정도 눈에 보이는 것과 달리 딱딱하게 굳어 있을지도. 유온의 눈꼬리가 축 내려갔다.

의사는 그런 유온을 잠시 보다가 말을 이었다.

"환자분이 믿는 모든 게 진실이 아니라고는 하지 않겠습니다. 기분이 나아져도 그런 상상이 계속되는지 지켜봅시다. 감정이 정리되면 생각도 정리될 거고, 차차 해결해 나갈 수 있을 테니까요."

"……."

"환자분은 지금 어떤 기분이세요?"

"저, 저는."

의사의 물음에 머리가 하얘지는 것 같았다. 스스로 느끼기에도 제 표정은 곧 죽을 사람처럼 어두웠다. 눈만 깜빡이다가 빨리 대답해야 한다는 압박감에 간신히, 잘 모르겠다고 중얼거렸다. 의사는 고개를 끄덕이고 윤서경을 보았다.

"음, 비교적 안정적이라고 할 수 있겠지만……. 그래도 보호자분이 옆에서 살펴 주셨으면 합니다."

"네."

짧게 대답하는 윤서경을 잠시 보았다. 지난번 병원에 갔을 때에 이어 보호자분이라는 말이 간지럽기도 하고 어색하기도 했다. 곧 결과를 전부 전달한 뒤 유온을 두고 윤서경만 그들과 나가 무언가 대화했다. 오도카니 혼자 남아 있다가 무료함에 창밖을 구경하고 있는데 곧 윤서경이 돌아왔다.

유온의 옆자리에 다시 앉은 윤서경은 뭔가 생각하는 기색이었다. 그 곁에서 유온은 안절부절못했다. 무슨 생각을 하고 있을까, 뭐라고 말할까, 그런 병에 걸리는 사람을 이해하지 못하겠지⋯⋯, 유온의 머릿속에서 음울한 생각이 극한으로 치달았을 때 윤서경이 고개를 들었다.

"유온 씨."

"네⋯⋯, 네."

깜짝 놀란 유온은 몸을 움찔하다가 눈앞의 컵을 넘어뜨렸다. 목이 타는 것 같아서 다 마셔 버렸기에 망정이지, 하마터면 테이블을 다 적실 뻔했다. 쨍그랑 소리에 윤서경도 놀라 손을 뻗었다. 유온의 시선이 컵받침에서 떨어져 데구루루 구르는 찻잔을 따라가는 사이, 윤서경은 유온을 끌어당겨 안아서 자기 무릎 위에 올려놓고 있었다.

"의사가 한 말이 신경 쓰입니까?"

"⋯⋯."

상상이라는 말을 들은 순간부터 유온이 동요했음을 그는 알아차린 듯했다.

"의사는 그렇게 말할 수밖에 없어요. 환자에게 당신이 본 그건 전부 현실이라고 말해 버리면, 실제 망상증 환자가 어떻게 되겠습니까. 다른 말에 더 신경을 써 봐요. 당신은 현실감을 유지하고 있고, 비교적 안정적이라고 하지 않습니까."

"네⋯⋯."

"믿기 어려운 일이라는 건 압니다."

시야가 조금 높아지고, 윤서경과의 거리도 가까워졌다. 유온은 저도 모르게 주춤하며 물러나려 했으나 윤서경의 손이 허리를 붙잡고 있었다.

"전부 상상이 아닐까 의심하게 되는 것도 알고요. 그러니 이야기를 좀 하죠."

"이야기……."

"당신이 이 일을 완전히 현실로 믿게 될 때까지요."

과연 그런 게 가능할까……. 유온은 자신 없는 얼굴로 윤서경을 올려다보았다. 커다란 손이 유온의 머리를 한 번 쓸어내렸다.

"언제부터, 어떻게 기억합니까?"

"……라, 라운지에서 서경 씨랑 만나기, 조금, 전에……."

어색한 화제에 말이 잘 나오지 않았다. 유온은 더듬거리고 기어들어 가는 목소리로 간신히 중얼거렸다.

"그러니까, 시, 시간이, 돌아간 것처럼……."

"어느 시점에서부터 그런 것 같습니까?"

"죽……."

죽었을 때. 그렇게 대답하자 윤서경의 얼굴이 흐려졌다. 유온은 제가 더 당황해서 허둥거리다가, 저도 모르게 그의 뺨을 감쌌다. 가만히 유온을 마주 본 윤서경이 유온의 손 위에 손을 겹치고 그대로 고개를 기울여 목덜미에 입을 맞췄다.

귀 아래서 팔딱팔딱 뛰는 맥박 위에 따뜻한 입술이 닿아 꾹 눌렸다. 심장이 뛰는 걸 확인하는 것처럼 느껴졌다. 유온은 무슨 말을 해야 좋을지 알 수 없었다. 아무리 유온이라도, 윤서경이 자신의 죽음을 괴롭게 여긴다는 건 의심하지 못했다.

"저기, 서경 씨, 저……, 그게……."

윤서경이 계속 말하라는 듯 고개를 끄덕였다. 입술은 여전히 목에 닿은 채였다. 입술의 온기가 얇은 피부를 넘어 혈관을 타고 심장까지 전해지는 것 같았다.

"괜, 괜찮아요. 아무것도 기억 안 나고, 아프지도, 않았고……. 쓰러졌던 것 같은데……, 그리고 바로 그렇게, 됐잖아요."

"바로는 아닙니다. 며칠 동안 혼수상태였으니까."

"아……. 그럼, 아, 고, 고생하셨, 죄송해요……."

"……."

윤서경이 침묵했다. 유온은 그 침묵을 여러 의미로 혼자 해석하며 어찌할 바를 몰랐다. 얼마 후, 윤서경은 유온의 허리를 안아 자신과 똑바로 마주 보게 하며 말했다.

"다그치려고 하는 게 아닙니다. 궁금한 것뿐이니까, 천천히 대답해 봐요. 충분히 생각하고 말해도 됩니다. ……뭐가 죄송한 겁니까?"

"……."

순간 할 말이 없어졌다. 뭐가 죄송한가 하면, 윤서경은 자신 때문에 병원에 오는 걸 귀찮고 성가시게 생각했다. 그런데 쓰러지자마자 바로 죽은 것도 아니고 며칠이나 의식이 없는 채 병상을 붙들고 있었다면 얼마나…….

하지만 윤서경의 표정을 보니 그렇게 말할 분위기가 아니었다.

그는 어둡다 못해 참혹하기까지 한 얼굴을 하고 있었다.

"그 일이, 당신 잘못이라고 생각해요?"

"그건, 음……, 제 탓도 없는 건 아……."

"아닙니다."

아팠던 걸 온전히 제 탓으로 생각하는 건 아니었다. 죽은 직후 눈을 뜨고 나서 형에게 맞았을 때는 한순간 머리가 멍해질 만큼 억울했다.

하지만 병에 자주 걸리고 아픈 건 자신이 모자란 탓이다. 같은 집에서 같은 음식을 먹는 가족들은 멀쩡한데 혼자서 여기저기 아픈 건 자신에게 문제가 있는 것이다. 유온은 어디가 아플 때마다 가족들에게 그런 말을 들었다. 언제나 한순간 억울하다가 시간이 지나면 마음이 차분해졌다. 받아들이지 않으면 고통스럽다.

"다시 생각해 봐요. 당신이 뭘 했습니까."

"저는……."

"병에 걸리겠다는 목적으로 뭘 한 적이 있어요?"

유온은 몸을 움츠렸다. 내용만 들으면 얼핏 추궁 같지만, 윤서경의 말투는 부드러웠다. 혹시나 유온이 무서워할까 조심스러워하는 것처럼 들렸다.

아프고 싶어 하는 사람은 없다. 고개를 가로젓자, 윤서경은 칭찬하듯 뺨에 입을 맞췄다.

"말로는 조금 알기 어려울 것 같군요."

그렇게 말한 윤서경이 유온을 안아 들고 거실로 나갔다. 그리고 종이와 펜을 챙겨 유온이 평소 앉는 자리에 앉았다. 그의 무릎 위에 앉은 채 유온은 이리저리 눈을 굴렸다. 윤서경이 유온의 앞에 종이와 펜을 내려놓았다.

"써 봐요. 당신이 지금 상상이 아닐까 생각하는 게 뭔지."

"네……."

우물쭈물 펜을 든 유온은 종이 위에 글자를 적었다.

·시간이 3년 반 전으로 돌아온 것 같다.

"그게 진짜라고 생각하는 근거는?"

"으음……."

·그런 기억이 있다.

·내일 뉴스나 날씨가 어떨지 알았다. 여러 번…

·죽는 순간이 너무 선명했다.

·꿈이라고 생각하면 너무 길다…

·비슷한 일이 일어난다(조금씩 다르다)

유온은 자신이 죽는 순간은 잘 기억이 안 난다고 했던 건 잊고 끄적끄적 이유를 써 내려갔다. 쓰다가 더는 떠오르는 게 없어서 손을 멈추자 윤서경이 말했다.

"아니라고 생각하는 근거도 써야죠."

그러자 진짜라고 생각하는 근거를 쓸 때 술술 움직이던 펜이 꼼짝도 하지 않았다. 한참 고민한 끝에 유온은 한 줄을 썼다.

·말이 안 되는 일.

또 고민하다가 한 줄을 더 썼다.

·좋은 일만 너무 많이 일어난다.

"……."

윤서경의 시선이 그 글에 지그시 머물러 있다가 유온을 향했다. 채 숨기지 못한 이해할 수 없다는 표정이 그의 얼굴에 있었다.

"좋은 일이 많이 일어나면 더 사실이라고 믿어야 하는 게 아닙니까?"

"네? 어떻게……. 그, 그럴 리가 없는데."

그러자 윤서경은 한순간 말문이 막힌 듯 입을 다물었다. 이내 한숨을 참는 기색이다. 또 무슨 말을 잘못했나 기가 죽어서 눈을 내리깔자, 윤서경이 종이를 톡톡 쳤다.

"계속하죠. 아니라는 근거를 더 써 봐요."

역시 잘 떠오르지 않았다. 분명 혼자 생각할 때는 모든 게 자신의 망상 같았다. 아니라는 근거가 수도 없이 있었고, 무슨 생각을 해도 헛것과 환청이 아닐까, 미친 게 아닐까 하는 결론으로만 흘러갔다. 그런데 이렇게 쓰려고 하니 아무것도 생각나지 않았다.

"이 두 개가 제일 큰 이유인데……."

"첫 번째는 나도 그렇게 생각합니다. 하지만 일어난 일이잖아요. 세상에 누군가는 우리 말고도 미래를 살다가 온 사람이 있을

지도 모르죠. 우리가 이미 겪은 이상 일어날 수 있는 일이고, 말도 안 되는 일이 아닌 겁니다."

"하, 하지만 어떻게 그런 일이 가능해요……."

"어떻게인지는 나도 모릅니다. 알았다면 벌써 기술 개발을 시작했겠죠. 비행기를 타고 왔다고 해서 비행기가 움직이는 원리를 다 알게 되는 건 아니지 않습니까."

유온은 윤서경을 물끄러미 보았다. 자신과 윤서경은 생각하는 방식이 정말로 달랐다. 자신도 윤서경처럼 단단한 심지를 가지고 있었다면 어땠을까. 그러면 아마……, 아마 훨씬 나은 결혼 생활을 했을지도 모른다. 윤서경이 허리를 감쌌던 손으로 유온의 배를 토닥토닥 두드리며 말했다.

"두 번째는……. 읽어 보세요. 소리 내서."

"조, 좋은 일만 너무 많이 일어난다."

말하고 나자 얼굴이 발갛게 달아올랐다. 좋은 일만 일어나서. 스스로 생각해도 바보 같은 말이긴 했다. 소리 내서 말하니 정말 황당한 헛소리로 들린다. 하지만 자신의 인생에 좋고 행복한 일이라곤 없었는데 갑자기 말도 안 되는 행운이 찾아온 걸 어떻게 믿겠는가.

"적어도 지금 상황을 좋은 일이라고 생각은 하고 있군요."

"네……."

그야 당연했다. 당황스럽고 믿을 수 없을 만큼 좋은 일들뿐이었다. 그래서 이 모든 상황을 자신의 머리가 지어낸 일이 아닐까 생각하게 된다.

"좋은 일만 일어나니까 이 일이 전부 상상이 아닐까 의심한다고요."

말하는 도중에 윤서경이 손을 잡았다. 손바닥이 맞붙고 손가락은 부드럽게 얽혔다. 유온의 시선이 잠시 그리로 향했다. 손의 온기는 또렷했다. 이곳에 오고 나서 겪은 일 모두 어느 하나 선명하지 않은 게 없었다. 첫 번째로 결혼해서 죽을 때까지의 기억이야 3년 반이라는 시간 속에서 저절로 일부가 흐릿해졌지만, 죽는 순간과 다시 눈을 뜬 순간부터는 줄곧 현실과 똑같이 느껴졌다.

윤서경이 말했다.

"좋은 일이든 나쁜 일이든 어느 한 때에 몰려서 일어날 때도 있는 겁니다. 좋은 일이 몰려 일어나면 좋은 거죠."

"……그게……, 한 번도, 그런 적 없어요. 조금 좋은 일이 일어나면 금방 훨씬 나쁜 일로, 돌아와요. 전……, 저는."

"당신은?"

"그게 무서워요."

무섭다, 그 말 그대로였다. 정말로 두려웠다. 유온에게도 좋은 일은 있었다. 친구가 먼저 다가와 말을 걸어 주거나, 열심히 공부해서 대학에 합격하거나, 또 윤서경이 자신 같은 사람에게 청혼을 해 주거나. 그리고 그 모든 일의 결말은 좋지 않았다. 다가왔던 친구는 욕설을 남긴 뒤 멀어졌고 대학은 다닐 수 없게 되었다. 윤서경과의 결혼 생활은 서글펐다.

그래서 이 상황이 차라리 자신의 꿈이나 상상이면 좋겠다고 생각했다. 상상이었다면 지독한 상실감과 아쉬움을 안은 채 꿈에서 깨어나듯 체념할 수 있을지도 몰랐다.

하지만 만일 망상이라면, 지금 이 이 시간에도 윤서경은 자신을 보며 어처구니없다고 생각할 게 아닌가. 미친 사람이 차가운 눈길을 받으며 얼굴을 발갛게 물들이고 있다고.

시선을 떨어뜨리자, 윤서경이 고개를 기울였다.

"지금까지 아니었어도."

몸을 뒤에서 감싸 안은 채 그렇게 보자 시선이 비스듬히 마주친다. 그는 눈을 가늘게 뜬 채 유온을 바라보고 있었다.

"앞으로는 그럴 겁니다. 나쁜 일이 없을 수는 없겠지만……, 좋은 일이 압도적으로 많을 거예요."

"……."

그런 게 가능할까……. 하지만 다정한 위로였다. 그 목소리가 너무 견고하고 강인해서 유온은 음울한 제 생각을 잠깐이나마 잊었다.

"그러니까 빨리 익숙해져요."

윤서경이 뺨에 입을 맞췄다. 사실은 자신이 과연 익숙해질 수 있을지 자신이 없다. 이 순간순간의 다정함과 말랑거리는 스킨십, 지금까지 윤서경의 태도, 자신이 있는 공간, 여기서 일어난 모든 일, 너무 행복해서 현실감이 느껴지지 않는다.

만약 이게 망상이 아니라면 현실감을 빨리 되찾고 싶었다. 이렇게 벅차게 기쁜 순간을 제대로 누리고 싶었다. 순간 조바심이 일었다. 유온은 조심스럽게 손을 올려 윤서경의 팔을 잡았다. 그대로 몸이 옆으로 조금 돌아가고 키스가 따라왔다.

입술이 깊게 맞물렸고, 윤서경이 유온의 아랫입술을 연달아 빨았다. 그의 입술 사이로 잡히듯 들어간 여린 살이 조금씩 부어올랐다. 그러다 윗입술을 아프지 않게 잘근잘근 깨문 윤서경은 이어 혀끝으로 입술 안쪽을 핥더니, 안으로 깊게 들어왔다.

뜨거운 입맞춤이 이어졌다. 유온은 몸을 축 늘어뜨린 채 손을 어디에 둘지 몰라 머뭇거리다가 윤서경의 가슴팍을 붙잡았다. 몸에 딱 맞게 입은 셔츠가 옷을 제대로 쥐지 못하여 가슴을 긁어 대는 손끝에 구겨졌다. 결국 유온의 손은 툭 떨어져서 윤서경의 허리에 감겼다.

손이 닿자 옆구리에서 골반으로 이어지는 근육이 멈칫했다. 한번 옷 아래 이 몸통이 얼마나 굵고 단단한지, 갑옷처럼 묵직하게 만들어진 근육이 얼마나 잘고 유연하게 움직이는지 보았다. 얇은 셔츠 아래에서 꿈틀거리는 근육은 그날의 일을 떠올리게 하기에 충분했다.

"갖고 싶거나 하고 싶은 건 없습니까?"

"……."

말을 하면 입술이 닿을 정도의 거리에서 윤서경이 물었다. 유온은 얼굴을 약간 물리며 고개를 가로저었다. 갖고 싶고, 하고 싶은 것, 그런 걸 생각해 본 지 너무 오래되었다. 그래서 아무것도 없었다.

"한 가지씩 생각해 봐요. 아무리 사소한 거라도 괜찮습니다. 무슨 과일이 먹고 싶다, 그런 정도라도 좋으니 말해요. 오늘부터 하루에 하나씩."

"어, 없어요. 정말 없어요."

"읽고 싶은 책을 말하는 정도여도 괜찮아요. 아니면 다른 차 종류를 마시고 싶다거나, 새로운 취미용 도구가 필요하다거나."

윤서경은 유온이 물러난 만큼 따라왔다. 결국 입술을 거의 맞댄 채 이야기했고 중간중간 키스가 이어졌다.

"처음엔 나도 조금 믿기 어려웠습니다. 하지만 주가부터 뉴스까지, 여러 가지를 확인했어요. 이건 현실이 맞습니다."

"……."

"어서 받아들여요. 같이 오늘을 살아야죠."

"서경 씨……."

"아까 의사가 물었을 때는 잘 모른다고 했죠. 그럼 지금 기분은 어떻습니까?"

"지금은."

윤서경의 체향이 짙게 주위를 둘러싸고 있었다. 피부와 혈관에 사락사락 스며드는 것 같았다. 그리고 그 향이 수선스럽게 뛰는 심장 박동을 조금씩 가라앉혔다. 아까는 말하기 어렵던 제 기분을 조금은 읽을 수 있었다.

언제부턴가 유온은 마음을 놓고 있었다. 단단한 팔 안에 안겨서 체향에 감싸인 채로.

"지금은……, 좋은 것 같아요."

"그래요."

나지막하게 속삭인 윤서경은 유온을 더 세게 끌어안았다. 입술이 머리카락과 정수리, 뺨……, 곳곳에 닿았다. 한참을 그대로 있었다. 온몸이 말랑말랑하게 늘어져 갔다. 따뜻한 물속에 잠긴 듯 허벅지도 팔뚝도, 발끝까지도 녹아내렸다. 윤서경이 아이를 재울 때 하듯 등을 토닥였다.

"지금은? 아직도 상상 속에 있는 것 같아요?"

유온은 느리게 눈을 깜빡이고, 이어 고개를 저었다. 이건 제 망상이라는 느낌이 신기하게도 누그러졌다. 머릿속에서 정신 차리라고, 네게 그런 일은 일어나지 않는다고 끊임없이 외치던 누군가의 목소리가 잠잠했다. 영영 물러간 건 아니리라는 생각이 들었으나 적어도 지금은 괜찮다.

"잘했어요."

아무것도 하지 않았는데 윤서경이 칭찬을 했다.

"앞으로 또 상상 속으로 끌려갈 일이 많겠죠. 그때마다 내가 데리러 갈 테니, 같이 돌아옵시다. 현실로요."

그렇게 말하며 윤서경은 다시 긴 키스를 했다. 유온의 몸은 더더욱 녹아내렸다. 흐물흐물 늘어져 있던 두 팔이 혀끝이 얽히며 윤서경의 숨결이 흘러 들어온 순간 움찔 움직였다. 그리고 자석에 끌리듯 주춤거리며 올라가, 윤서경의 몸을 끌어안았다.

끝날 줄 모르고 이어지는 키스에 유온은 다음을 예감했다. 등을 안은 윤서경의 손이 천천히 옷 위에서 피부를 쓸며 내려와 스웨터를 걷어 올리며 안으로 들어올 것을. 하지만 점막이 맞물리는 소리가 사방에 울리도록 입을 맞추면서도 윤서경은 가만히 등을 안고 있을 뿐이었다.

겨우 그의 몸에 감겼던 유온의 팔이 움찔거렸다. 이대로 팔을 치워야 하나 말아야 하나 고민했다. 그때 견갑골에 살짝 닿는가 싶던 윤서경의 손이 휙 떨어졌다. 입술도 멀어지고, 유온은 아쉬움에 입을 꼭 다물며 눈을 내리깔았다.

윤서경이 흘러내린 유온의 앞머리를 쓸어 올렸다. 단정하고 흰 이마를 손끝이 매만졌다. 그는 키스로 뜨거워진 입술로 유온의 이마에 입을 맞췄다.

이 이상 할 생각은 없는 걸까……. 유온은 키스로 달아오른 몸을 신경 쓰며 뒤로 조금 물러났다. 몸에서 체향이 흘러나가지 않도록 단속을 하는 것도 잊지 않았다. 향을 억제하는 건 숨을 쉬는 것만큼 당연하고 몸에 밴 일이었는데, 언제부턴가 그걸 못하고 있었다. 윤서경과 밤을 보낸 이후부터인 것 같았다. 방심하면 주위로 향을 흘리고 만다.

그때 마침 작은 진동 소리가 울렸다. 윤서경이 품에서 휴대폰을 꺼냈다. 미간이 살짝 찌푸려져 있었지만, 도착한 메시지 내용을 확인하더니 곧 풀어졌다.

"예복 가봉을 해야 하는데, 괜찮으면 지금 올라오게 할까요."

"네……, 좋아요."

유온은 고개를 끄덕였다. 어차피 할 일도 없다. 늘 그렇듯이. 하지만 윤서경은 그런 유온의 대답이 정말 좋은 건지, 어쩔 수 없이 하는 대답인지 가늠하듯 이리저리 유온을 살펴보다가 피식 웃었다.

그 웃는 얼굴을 보고 유온의 뺨은 따뜻하게 달아올랐다. 가벼운 호선을 그린 입술과 빛이 담긴 눈동자가 달콤했다. 그는 유온의 머리를 손빗으로 빗어 내리곤 또 한 번 이마에 키스했다.

바로 아래에서 기다리고 있었는지, 얼마 지나지 않아 지난번보단 조금 간소한 의복과 도구, 사람들이 올라왔다. 아마 호텔에 도착해서 연락을 하고 윤서경이 기다리라 말했으면 기다리고, 오늘은 어렵다 했으면 돌아갔을 것이다. 완벽하게 윤서경과…… 자신에게 맞추어 돌아가는 스케줄이었다.

김현주가 지난번과 마찬가지로 생기가 넘치는 웃음을 지으며 인사한 뒤 가지고 온 예복에 대해 설명했다.

"이렇게 보니 조금 이상하시죠? 두 분의 몸에 맞춰서 형태를 잡은 후에 본격적으로 제작에 들어갈 거예요. 지금은 옷의 모양과 크기만 보시면 됩니다."

그녀가 가리킨 몸통만 있는 마네킹 두 개는 비슷한 옷을 입고 있었다. 체구가 작은 마네킹이 유온의 것, 그 곁에 있는 커다란 쪽이 윤서경의 것이었다. 조금 이상하다고 하지만 일반적으로 가봉할 때처럼 천 조각을 이어 붙이기만 한 것 같은 형태는 아니었다. 세세한 장식이 없을 뿐 그냥 보면 평범한 옷이다.

둘 다 남성인 알파와 오메가가 결혼할 때의 예복은 베타 남성의 턱시도보다 훨씬 장식이 많이 들어갔다. 유온이 예전 결혼식에서 입은 건 머리끝부터 발끝까지 흰색으로 된, 지나칠 정도로 화려한 의상이었다. 별로 좋은 기억은 아니다.

다행히 이번에 고른 옷은 그 정도는 아니었다. 윤서경과 김현주의 주문으로 이것저것 단추며 자수며 치장이 추가되었지만.

"그럼 입어보시겠어요?"

그날 윤서경의 옷은 유온의 옷에 디자인을 맞추는 것으로만 이야기가 끝나서 보지 못했다. 간이 탈의실에 들어가서 유온은 커튼

너머를 흘끔거렸다. 윤서경도 다른 탈의실에서 옷을 갈아입는 중이었다.

가봉 단계라 장식이 거의 없는데도 단추가 많은 재킷과 바지를 입고 나오자 윤서경은 이미 나와 있었다. 유온은 저도 모르게 윤서경을 빤히 쳐다보았다. 그의 옷도 기본적인 형태는 유온의 옷과 비슷했다. 하이칼라에 일반 정장 재킷보다 조금 긴 기장, 셔츠가 드러나는 형태로 재단된 옷깃과 소매까지.

다른 건 윤서경은 커머밴드가 있고, 유온은 재킷 허리를 뒤에서 리본으로 조이는 모양이라는 것이다. 그 외에는 세트로 제작된 옷임을 곧바로 알 수 있도록 디테일이 비슷했다.

그 옷을 입은 윤서경은 눈이 떨어지지 않을 정도로 근사했다. 이제 정확한 형태를 잡을 뿐인 옷이라서 화려하지도 않았는데, 평범한 정장에선 볼 수 없는 예복의 모양이 시선을 끌었다. 그는 장식이 없어도 저 옷을 완벽하게 화려하게 만들었다.

그게……, 자신과의 결혼식을 위한 옷이다.

의사가 돌아가고 윤서경이 내내 되풀이해 들려준 말이 머릿속을 맴돌았다. 이 행복은 상상일지도 모른다는 생각을 유온은 잠시 밀어냈다. 어쩌면, 어쩌면 아주 밀어낼 수 있을지도 몰랐다.

결혼 예복. 그 단어를 떠올리며 유온은 시선을 윤서경에게 향한 채 저도 모르게 살짝 웃었다.

그러자 윤서경을 비롯하여 유온의 앞쪽에 있던 사람들 모두가 일순 조용해졌다. 유온은 멈칫하며 손으로 입가를 가렸다. 또 이상한 웃는 얼굴을 보였다. 유온이 어색함에 어쩔 줄 모르며 돌아서자, 김현주가 재빨리 다가와 허리의 리본을 묶어 주며 물었다.

"어떠세요? 불편하진 않으신가요?"

스퀘어 커트가 조금 딸려 올라갈 정도로 리본을 조인 뒤 김현주가 물었다. 리본이 배까지 감싸는 게 아니라 허리 뒤로만 달린 형태였기 때문에 그 정도 조이는 것으로 숨이 불편해지거나 하진 않았다. 다만 몸의 선은 좀 더 드러났다. 거울에 언뜻 자신이 비치자 유온은 고개를 돌렸다.

"유온 씨."

"네……?"

다시 윤서경을 보며 속으로 감탄하고 있는데 그가 입을 열었다.

"……잘 어울립니다."

갑작스런 칭찬에 눈을 깜빡인 유온은 곧바로 고맙습니다, 하고 대답했다. 그 답에서 진심으로 받아들이지 않는 기색을 느꼈는지 짧게 쓴웃음을 지은 윤서경이 가까이 다가왔다.

"옷이 좀 더 화려해도 될 것 같은데요."

"지, 지금보다 더요?"

윤서경은 동의를 구하듯 김현주를 보았다. 단숨에 그녀의 안색이 밝아졌다.

"네! 좀 더 화려하면 너무너무 잘 어울리실 거예요. 저도 이렇게 옷 고르는 보람이 있는 분은 처음이에요."

"하하……."

과한 칭찬에 불편해진 유온이 슬쩍 뒷걸음질했다. 윤서경은 유온이 물러난 만큼 다가왔다.

"리본 색이 더 짙어도 되고, 이쯤에 길게 레이스를 다는 건 어때요. 그리고 코르사주는 보석도 같이 장식한 걸 쓰고."

"아, 아니요, 그건 조금."

그건 정말 아니었다. 지금도 지나치게 화려하다. 드물게 유온이 고개를 홱홱 저었지만 윤서경은 코르사주를 달 가슴 부분을 만지며 덧붙였다.

"당신이 만족할 만큼 예쁜 보석으로 할 테니 걱정하지 말아요."

"……."

그건 정말 생각지도 못한 반응이었다. 보석이 마음에 안 드는지, 너무 화려한 게 싫은지 물을 줄 알았다. 보석에 만족하고 말고는 유온이 고려해 본 적도 없는 문제였다.

그러나 신기하게도 그렇게 말하자 한 번 그의 말대로 해 볼까, 하는 생각이 들었다. 안 어울리겠지만 그게 비웃음을 살 정도는 아닐 거라고. 유온은 머뭇거리다가 고개를 끄덕였다.

윤서경의 손이 머리를 쓰다듬었다. 움츠러들어 있던 유온의 어깨가 조금 펴졌다.

"그럼 라펠 라인이랑 프론트 다트에 너비가 조금 다른 레이스를 각각 사용할까요? 레이스는 제가 잘 아는 수입 업체가 있는데, 패턴은 비슷하면서 질감은 다르게 하면……."

어려운 설명이 이어졌다. 레이스 말고도 보석이며 옷의 마감 장식, 안감, 바지와 구두의 라인에 이르기까지 유온이 모르는 전문 용어가 쏟아졌다.

윤서경은 먼저 말을 얹진 않지만 김현주의 말에 끄덕이면서, 옷

사진을 손으로 짚어 가며 라펠 라인이 어디이고 프론트 다트는 어디인지 짤막하게 설명을 덧붙여 주었다.

"참, 웨딩 촬영 예복은 어떻게 할까요, 대표님. 전에 두 분이 같이 계실 때 이야기할 거라고 하셨는데요."

김현주가 자연스럽게 시선을 유온에게로 향했다. 유온은 예물을 든 퍼스널 쇼퍼들이 올라올 때와 같은 기분을 느꼈다. 그걸 왜 나한테 물을까⋯⋯. 그야 결혼의 당사자니까 당연하다면 당연하지만 자신은 안목이 없으니 별 도움도 되지 않을 것이다.

무언가를 직접 택하는 건 언제나 용기가 필요했다. 제가 고른 물건을 남이 어떻게 생각할지 걱정하느라 안절부절못했으니까. 아니. 지금 김현주가 뭐라고 했지?

웨딩 촬영?

유온은 윤서경을 보았다.

"웨, 웨딩 촬영이요?"

"네."

눈이 동그랗게 뜨였다. 기대도 안 하던 단어가 나오자 얼떨떨했다. 욕심도 낸 적 없는 좋은 물건을 누군가 갑자기 네 것이라며 쥐여 준 듯한 기분이었다. 그 모습을 빤히 내려다보던 윤서경이 성큼 다가와 뺨에 입을 맞췄다.

"앗, 서, 서경 씨."

주위에는 김현주와 웨딩 샵 직원들이 몇 명이나 있었다. 갑작스러운 스킨십에 유온이 당황하자 윤서경은 웃음기가 어린 목소리로 말했다.

"웨딩 샵에서 이 정도는 누구나 다 합니다."

누구나 다 하는 건 아닐 것 같았다. 상식이 부족한 유온이라도 그 정도는 알았다. 하지만 윤서경은 매우 뻔뻔하고 당당했다. 흘끔흘끔 주위를 둘러보자 아무도 이상한 내색을 하지 않았다. 하긴, 그런가? 결혼 예복을 서로 입어 보는 웨딩 샵은 분명 행복으로 가득 찬 분위기일 테니까. 유온은 윤서경의 말에 그런가? 그런가? 하며 홀랑 넘어갔다.

"그리고⋯⋯, 이번엔 해야죠. 지난번엔 못 했으니."

뒤의 말은 유온에게만 들릴 정도로 작은 속삭임이었다. 말을 들은 순간 머리가 끄덕여졌다. 결혼을 앞두고 웨딩 촬영은 당연히 하고 싶었다. 그러나 할 수 없었다. 웨딩 촬영을 위한 예복 카탈로그가 온 걸 보고 이유연이 화가 머리끝까지 났기 때문이다.

웨딩 촬영을 준비할 무렵 이유연의 혼담도 조금씩 진행이 되어 가고 있었다. 끔찍한 상대와 결혼하라고 하니 이유연은 거의 매일 히스테리 상태였다. 그 와중에 유온의 예복 카탈로그를 본 그는 그것을 다 찢어 버리고 유온을 방에서 끌어내 마구 다그쳤다.

평소 이유연은 유온을 때린다고 해도 뺨을 좀 치고 마는 정도였는데, 그날은 그가 정신이 나가 버린 게 아닐까 무서워질 정도였다. 거실에 장식된 물건이 죄다 날아가고 유온은 머리와 팔에서 피를 흘리며 말 한 마디 하지 못했다.

마침 들어와 난장판을 본 이유건이 인상을 찌푸렸다. 그날 늘 그렇듯 유온은 제외한 가족회의가 있었고, 당사자를 빼놓은 의사 결정이 끝난 후 죄인이 끌려오듯 거실에 섰다.

'웨딩 촬영은 안 하는 걸로 윤 대표한테 연락했다.'

이유건이 말했다. 유온은 자신이 무엇을 잘못했는지 생각했다. 작은형이 원치 않는 결혼으로 신경이 예민한데, 심지어 자신을 대신해 결혼하는 건데 그 앞에서 웨딩 촬영 이야기 따위를 하며 눈치 없게 군 것 같았다.

하지만 찢어져 욱신거리는 아픔도, 형에 대한 미안함과 죄책감도 욕심을 넘어서지 못했다. 유온은 늘 그렇듯 순종적으로 고개를 끄덕이는 대신, 주눅이 잔뜩 든 채 이유건을 보았다.

'……서경, 윤 대표님은 뭐라고…….'

서경 씨라 부르려던 호칭을 얼른 고쳤다. 이유연의 표독한 눈길 때문이었다. 이유건이 대답했다.

'크게 필요한 절차는 아니니 그쪽도 생략하는 게 좋겠다고 했어.'

'…….'

시선이 바닥으로 떨어졌다. 확실히 웨딩 촬영 같은 건 필요한 절차가 아니었다. 기껏해야 앨범이 남을 뿐이다. 윤서경이 자신에게 청혼해 준 것이긴 하지만 열렬한 연애가 있었던 것도 아니고, 무미건조하게 사진사가 시키는 포즈로 찍은 사진에 무슨 의미가 있겠는가.

납득을 마친 유온은 네, 하고 고개를 끄덕였다. 이유연이 만족한 듯 웃는 게 얼핏 보였다.

그렇게 지난번에는 웨딩 촬영 없이 결혼식을 했다.

"저, 정말요? 정말 해요……?"

"네."

"……."

믿을 수 없게 기쁜 한편 걱정도 되었다. 사진이 안 예쁘게 나올 텐데. 아, 하지만 요샌 보정이라는 게 워낙 좋으니까, 웨딩 화보는 자신의 원래 모습보다 훨씬 볼만하게 나오겠지. 흘끗 거울을 본 유온의 눈매가 시무룩하게 처졌다.

"유온 씨."

어느새 윤서경의 두 손이 어깨 위로 올라와 있었다. 거울을 통해 자신과, 자신의 뒤에 바짝 붙어서 선 윤서경이 보였다. 둘은 같은 모양의 예복을 입고 있었다.

"장담하는데, 당신이 사진사가 지금까지 찍은 사람 중에 제일 예쁠 거고, 우리가 어느 결혼식장으로 가든 그곳에서 예식을 올린 사람 중에 제일 멋질 겁니다."

"……."

농담일까, 했지만 윤서경의 눈은 진지했다. 그가 이렇게 칭찬을 능숙하게 하는 사람인 줄은 몰랐는데. 그리고 기분 탓인지 모르겠지만 진심으로 보인다.

그럼 눈이 안 좋은 건가? 중요한 일을 하는 사람이 눈이 안 좋으면 안 되는데, 영양제, 아니, 영양제는 싫고, 다, 당근? 블루베리? 갑자기 들이닥친 엄청난 칭찬에 유온은 혼란스러워했다.

거기에 설상가상으로 김현주까지 끼어들었다.

"맞아요! 정말 그래요. 전 유온 님만큼 예쁘신 분은 정말 처음 봐요."

"……."

울고 싶었다. 아니면 이 자리에서 도망치거나……. 모든 예비부부에게 하는 말이란 걸 알아도 눈앞에서 들으니 차라리 누군가에게 혼이 나는 게 낫겠다 싶을 정도였다.

어쨌든 김현주는 직원들이 예복에서 사이즈에 맞춰 고쳐야 할 부분에 시침핀을 꽂는 사이 두꺼운 카탈로그를 가지고 왔다.

"웨딩 촬영에서는 좀 특이한 색상의 예복도 많이 입으세요. 여기 레몬색 재킷도 괜찮을 것 같은데, 어떠신가요?"

"너무…… 색이 밝아요."

옷만 동동 떠다닐 것이다. 하지만 유온의 말에 윤서경도 김현주도 정색했다. '무조건 잘 어울린다'라는 말이 따라왔다. 이쯤 되니 유온은 어지러웠다. 방으로 도망쳐 들어가고 싶다. 칭찬은 거기서 멈추지 않고 이어졌다. 어떤 장식이 어떻게 어울릴지 설명하면서 내내 칭찬을 들었다.

처음엔 대답할 말도 없고 무슨 반응을 해야 할지도 알 수 없었다. 가봉한 예복을 벗고 앉은 후에도 좋은 소리의 연속이었다. 유온은 어정쩡하게 앉은 채 아, 네, 감사합니다, 그럴까요, 네, 좋아요, 기계처럼 그 말만 반복했지만, 그런 게 한 시간이 넘도록 이어지자 놀랍게도 조금씩 익숙해졌다.

그런가? 이렇게까지 말해 주는데, 어쩌면 정말 못 봐 줄 수준은 아닌 걸지도. 그런 생각을 하던 유온의 눈에 남청색 짧은 재킷이 들어왔다. 색도 차분하고 허리선 조금 위까지 오는 길이에, 옷과 같은 색상과 재질의 천으로 장식을 만들어 단 게 예뻤다. 유온은 조심스럽게 손가락으로 그 옷을 가리켰다.

"이, 이런 건……."

'어떨까요?'라는 말이 생략되었지만 윤서경도 김현주도 알아들었다. 김현주가 곧바로 탄성을 질렀다.

"너무 잘 어울리는 걸 고르셨네요! 유온 님이 이런 스타일을 하신다면, 세트로 나온 건 이쪽 상아색 예복인데요."

카탈로그를 한 장 넘긴 김현주가 말했다. 유온이 고른 것과 비슷한 스타일에 조금 더 화려한 상아색 재킷이었다. 유온은 윤서경이 그 옷을 입은 걸 상상했다. 화려한 데다 색까지 밝아서 과할 것도 같은데, 윤서경에겐 생각만으로도 그림처럼 잘 어울렸다.

호텔 거실에 작게 꾸며진 웨딩 샵은 그 후로 한 시간을 더 있다가 돌아갔다. 두 사람은 웨딩 촬영에 입을 옷으로 격식을 갖춘 정장에서 가벼운 실크 셔츠, 평상복까지 둘이 각각 일곱 벌씩을 더 주문했다. 커다란 베일의 질감과 짜 넣을 레이스의 종류, 라펠핀이나 행커치프 같은 자잘한 장신구까지 고르고 나니 기운이 쭉 빠졌다.

"잠시 전화 통화 좀 하고 오겠습니다."

업무 관련한 전화가 왔는지 윤서경이 휴대폰을 든 채 말했다. 고개를 끄덕이자 그는 침실 안쪽으로 사라졌다. 소파에 털썩 앉아 멍하니 어디도 아닌 곳을 보고 있던 유온은 바닥에 무언가 떨어져 있는 걸 발견했다.

다가가서 보자 보타이였다. 윤서경의 것으로 고른 물건인데 직원이 어쩌다 떨어뜨린 모양이었다. 와인색에 검은색으로 무늬가 들어간 보타이는 검은 턱시도에 맞춘 물건이었다. 유온은 보타이 리본을 양손에 꼭 쥔 채 말끄러미 내려다보았다.

흘끗 침실 쪽을 보았다. 윤서경의 목소리가 나지막하게 흘러나오고 있었다. 이건, 새로 만들어온 거긴 해도 샘플이라 정식으로 사용할 건 아니지만, 조금 전 윤서경이 착용했던 물건이었다. 한 번 더 침실 쪽을 보아 그가 나오지 않은 걸 확인한 유온은 손바닥에 보타이를 올리고 조심스레 어루만졌다.

실크의 부드러운 감촉이 손끝에 어렸다. 잠깐 만져 보려고 한 건데, 그 매끈매끈함이 기분 좋아서 저도 모르게 심취하고 말았다. 한참 그러고 있다가 퍼뜩 정신이 들어 고개를 든 유온은 깜짝 놀라서 보타이를 떨어뜨리고, 그걸 다시 줍느라 허둥지둥했다. 윤서경이 또 책장에 기댄 채 자신을 쳐다보고 있었다.

"왜……, 왜 매, 매번 소리도 없이……."

"일부러 소리를 내면 더 놀랄 것 같아서요."

소심한 항의에 지당한 답변이 돌아왔다. 윤서경은 성큼성큼 다가오더니 유온의 손에서 보타이를 슥 가지고 갔다.

"새로 만들 필요 없겠군요. 이걸 그대로 쓰죠."

"하지만 새로 만드는 쪽이 더……."

"어차피 이쪽도 정성껏 만든 물건입니다. 조잡한 물건은 여기에 가지고 오지 못하니까요."

그렇게 말하며 윤서경은 키스했다. 오늘만 벌써 몇 번째인지 알 수 없었다.

이제는 그가 갑자기 입을 맞춰도 당황하지 않았다. 가만히 입을 벌리거나 혀끝을 내밀 수도 있게 되었다. 적어도 이 한 가지에는, 익숙해지고 있는 것 같았다.

* * *

"초대 명단에 이름이 없으시네요."

이유연은 기가 막혀서 눈앞의 여자를 쳐다보았다. 그는 오늘 무대에서 게스트로 연주를 하기로 했고, 늘 그렇듯 예정된 시각보다 조금 늦게 도착한 차였다. 그러나 전용 출입구에서 이름을 대며 들어가려 하다가 가로막혔다.

"지금 뭐 하는 거예요? 명단 똑바로 확인해요."

"이유연 님 아니신가요? 어제 초대 목록에서 제외되셨어요. 연락 못 받으셨나요?"

예쁘장한 얼굴이 확 달아오르더니 일그러졌다.

"무슨 말도 안 되는 소리⋯⋯!"

"어, 유연 선배."

막 높아지려던 언성이 뒤에서 들린 목소리에 멈췄다. 이유연은 눈을 새파랗게 뜨며 뒤를 돌아보았다. 말끔한 차림으로 서 있는 건 학부 시절의 후배였다. 사사건건 경쟁이 붙었던 악연이고 당연히 이유연은 그를 치 떨리게 싫어했다. 경쟁에서 진 일이 여러 번이었기 때문이다. 부모님의 도움으로 결국 자리를 차지하긴 했지만, 그런 만큼 더 싫었다.

"여기서 뭐 하세요?"

"뭐 하냐니?"

"오늘 선배 대신 제가 올라가기로 했잖아요. 이사장님이 저한테 직접 연락하셨는데."

"……이사장님이 너한테 왜 직접 연락을 해?"

"혹시나 대타라고 오해할까 봐 걱정돼서 하셨대요. 처음부터 절 부르고 싶었는데 사정이 좀 안 좋으셨다나. 이제 해결되신 것 같더라고요. 저 좀 늦었으니까 들어가 볼게요. 조심히 가세요, 선배."

이유연은 지금 일어난 상황을 조금도 이해하지 못하여 눈만 끔뻑였다. 그때 마침 대기실 문 안쪽에서 누군가가 나왔다. 유연과 안면이 있는 다른 연주자였다. 그녀가 흘끗 유연을 보더니 곧바로 시선을 돌려 그의 후배에게 인사했다. 저들끼리 퍽 분위기가 좋았다.

수준대로 논다더니. 인사를 나누는 그 둘을 보던 이유연이 겨우 정신을 차리고 휴대폰을 꺼내 들었을 때였다. 두 사람이 속닥거린 말이 유연의 귀에까지 흘러 들어왔다.

"원래 부르기 싫다고 했잖아요, 질 떨어진다고……."

그 말에 이유연이 아연해 입을 벌리자, 두 사람은 들릴 줄 몰랐다는 듯 놀라는 시늉을 하다가 킥킥거리더니 두꺼운 문 안쪽으로 들어가 버렸다. 문가에 서 있던 직원도 시간을 확인하곤 이유연에게 고개를 까딱이고 사라졌다. 건방진 태도였다. 태어나서 이런 수모를 처음 겪은 이유연은 황당함에 입을 벙긋거리다가, 사람이 있는 곳을 찾아 홱 돌아섰다.

* * *

"그리고?"

"그 후엔 보안 요원들이 내보냈다고 합니다."

업무 사이 이한영이 이유연의 움직임을 보고했다. 오늘 대형 문화재단에서 주최하는 연주회에 게스트로 이유연이 올라올 예정이었다. 윤서경은 직접 재단에 연락해 연주회에서 이유연의 이름을 제외하도록 했다.

사실 윤서경의 개입은 딱 거기까지였다. 이후 대응은 평소 이유연이 쌓아 놓은 것에 따라서 결정될 터였다. 어쩔 수 없게 되었다며 사과와 함께 안타까운 시선을 보낼지, 기다렸다는 듯 그를 내칠지.

예상한 대로 이유연은 상당한 창피를 당했다. 재단 임원, 연주자들, 각자의 교수를 따라온 학생들, 온갖 업계 관계자가 모인 자리에 뛰어 들어가 자신이 왜 무대에 올라가지 못한 것이냐며 길길이 날뛰다가 쫓겨났다. 도와주려고 하는 사람은 없었다고 한다.

"이후로는 어떻게 할까요?"

"적당한 선까지 말만 해 두는 정도로 해."

"알겠습니다."

그 정도로도 앞으로 예정된 이유연의 연주 일정이 전부 취소될 것은 분명했다. 아니면 관객이 하나도 없는 객석을 앞에 두고 연주해야 하거나.

이유연이 지금쯤 집에 돌아가 사실을 전했을 테니, 그 가족들은 여기저기 연락하며 얼굴을 시뻘겋게 붉히고 있을 것이다. 그러나 아직 윤서경은 시작도 하지 않았다.

화명이라는 기업 하나를 침몰시키는 건 쉬운 일이었다.

그런 만큼, 빨리 끝내 줄 생각은 없었다.

* * *

"으."

풍덩 가라앉을 뻔한 몸을 커다란 손이 재빨리 잡아 끌어올렸다. 안 그래도 가벼운 몸이 물 때문에 더욱 둥실 떠올랐다. 바닥에 닿지 않는 두 발을 물속에서 바동거리던 유온이 눈을 깜빡였다. 평소와 달리 윤서경이 자신의 시선보다 낮은 곳에 있었다.

청결한 약품 냄새가 얼핏 코를 스쳤다. 천장이 높고 넓은 공간엔 물소리가 조금씩 울렸다. 벌써 한 시간쯤, 호텔의 수영장에서 물놀이를 하고 있다. 말 그대로 물놀이였다.

수영장이 영업을 하지 않는 날이니 가 보지 않겠느냐는 말을 들었을 때 유온은 약간 자신이 없었다. 수영은 고사하고 물에 들어가면 곧바로 가라앉는다. 그래서 가족 여행을 가도 비치 체어에 앉아 있거나 발을 담그는 게 전부였다. 게다가 수영복도 입고 싶지 않았다.

윤서경은 늘 그렇듯 유온의 문제를 쉽게 해결했다. 수영복 대신 물에 젖어도 되는 재질의 긴팔 상의와 허벅지를 가리는 헐렁한 하의를 주고, 자신도 비슷한 옷을 입은 뒤 수영장으로 내려왔다. 그러곤 튜브라도 된 듯 유온을 안아 이리저리 물속을 돌아다녔다.

안겨서 넓은 풀을 떠다니고 가끔 두 손을 잡은 채 유온을 끌어당겨서 수영하는 기분도 느끼게 했다. 그러나 그렇게 손을 잡고 가는 것뿐인데도 유온은 몸의 힘을 완전히 빼지 못하고 허둥거리다가 스르륵 가라앉았다. 벌써 네 번째였다. 윤서경은 그럴 때마다 유온의 팔을 빠르게 잡아당겨 몸을 안아 올렸다.

물에 들어가면 곧바로 가라앉는다는 말에 고개를 갸웃하며 한 번 해 보라고 말했던 그는, 유온이 물속에 발을 들이자마자 바닥을 딛기도 전에 길쭉한 조각상처럼 머리부터 잠기는 모습에 깜짝 놀라서 유온을 건져 냈다.

그 후로는 아기라도 데리고 놀듯 했다. 빠질 위험이 없다는 걸 알자 유온도 조금씩 물에 익숙해졌다. 가라앉아서 죽을 걱정 없이 느끼는 따뜻한 물은 편안하고 기분 좋았다.

"다음엔 튜브라도 가지고 올까요."

"아, 아니요……."

젖은 몸을 끌어안긴 채 괜한 부끄러움으로 말을 더듬었다. 물에 뜨는 것도 할 줄 모르는 바보로 보일까 봐 걱정했는데, 가라앉는 유온을 바로 건지고 뺨과 얼굴을 쓸며 당황하던 윤서경은 유온이 진정된 후 웃었다.

'이런 일에 웃어서 미안하지만, 귀여워서요.'

설마 물에 빠진 걸로 귀엽다는 말을 들을 줄은 상상도 못 했다.

곧 윤서경은 유온을 안아 든 채 풀의 가장자리, 창가로 다가갔다. 벽면을 통으로 둘러싼 거대한 유리창이 있었고, 물은 그 창가까지 넘실거렸다. 벽 아래는 계단처럼 만들어져서 거기에 앉아 창밖을 볼 수 있는 구조였다. 한겨울의 추위를 생각하여 수영장 내부에는 난방이 세게 돌아갔고, 거기에 윤서경이 두꺼운 수건을 가지고 와 어깨에 걸쳐주기까지 하자 충분히 따뜻했다.

윤서경은 수건과 함께 물 위에 띄울 수 있는 쟁반을 가지고 왔다. 위에는 가벼운 간식과 뜨거운 차, 고블릿 잔에 담은 분홍색의 음료가 올라가 있었다. 기포가 톡톡 터지는 모양으로 보아 샴페인 종류인 것 같았다. 유온은 흘끔흘끔 윤서경의 눈치를 보다가 중얼거렸다.

"서경 씨, 저 술……, 못 마시는데……."

술을 꺼리지만 억지로 마셔야 할 일은 있었다. 가족들이 다 같이 잔을 드는데 혼자서만 안 들 수 없을 때. 그렇게 억지로 마시면 단 한두 모금으로도 반드시 탈이 났다. 머뭇거리고 있자 윤서경은 자신이 먼저 잔을 들었다.

"레몬에이드예요."

"……아."

괜히 걱정한 게 무색해져서 유온은 얼른 잔을 들었다. 두꺼운 크리스털로 된 잔이 손바닥에 차갑게 감겼다. 온수 속에 오래 있었더니 목이 말라서, 약한 탄산이 목을 따끔하게 하는데도 홀짝홀짝 음료를 마셨다.

그리고 따뜻한 차와 한 입에 들어갈 크기의 타르트 몇 개를 주워 먹으며 창밖을 구경했다. 유리에 어떤 처리를 했는지 안과 밖의 온도차가 상당할 텐데도 창에 물기가 맺히거나 부옇게 되지 않았다. 이곳에서 보이는 시내는 방과 다른 각도였다.

천장은 빛이 길게 떨어지는 모양의 조명이 촘촘히 내려와 물그림자를 반사하며 반짝거렸고, 풀 둘레는 얕은 파도가 치는 것처럼 물이 찰랑찰랑 움직였다. 이 호텔의 수영장이 유명하다더니 그럴 만한 이유가 있었다.

찻잔을 비운 유온의 어깨가 조금 처졌다. 얼마 있지도 않았는데 피곤해진 것 같다. 윤서경이 팔을 뻗더니 유온을 안고, 다른 손으론 쟁반을 든 채 천천히 물을 빠져나갔다.

"다음 주에 또 올까요."

"네……. 좋아요."

유온은 '좋아요', '괜찮아요'라는 대답을 많이 했지만 진심인 경우는 드물었다. 하지만 윤서경과 있으면서 점점 진심으로 대답하는 일이 많아진 것 같다.

몸의 물기만 닦아 낸 윤서경이 유온을 커다란 수건으로 감싸서 안고 곧바로 엘리베이터에 올랐다. 그래도 물방울이 떨어지긴 했지만. 분명 값비쌀 복도 카펫이 두 사람이 지나가는 길을 따라 조금씩 젖어도 그는 신경조차 쓰지 않았다.

"서경 씨……, 카펫……."

"이 정도로는 티도 안 날 테니 괜찮습니다."

그런가? 그렇게 말한다면 그런 거겠지…….

방으로 돌아오자 거실 테이블 위에 두고 갔던 휴대폰이 깜빡거리고 있었다. 유온의 시선이 그리로 향하자, 윤서경은 휴대폰을 집어 들어 유온에게 주곤 욕실로 데려갔다.

"씻어요, 몸 차가워지기 전에."

그렇게 말하고 윤서경은 다른 욕실로 들어갔다. 젖은 옷을 꾸물꾸물 벗고 마찬가지로 젖은 수건과 함께 한쪽에 정리해둔 뒤 유온은 휴대폰을 확인했다. 이정윤에게서 메시지가 들어와 있었다.

대단한 내용은 아니고, 그냥 잡담이었다. 그날 병원에서 얼굴을 보며 인사한 후로 이정윤은 종종 유온에게 업무와 관련한 메시지를 보냈다. 업무라고 해도 누가 결혼 전에 한번 인사를 하고 싶어 한다거나 하는 걸 중간에서 대신 답변하는 정도였지만, 어쨌든 연락하는 빈도가 높아지면서 조금씩 농담이나 사소한 말도 건네기 시작했다.

그러다 며칠 사이 점점 잡담의 비중이 많아졌다. 그렇다고 귀찮거나 불편하게 만드는 건 아니었다. 이정윤은 신기할 만큼 남을 편해지게 만드는 사람이었다. 농담의 수위는 딱 우스울 정도로 적당했고, 잡담도 완전히 그녀의 사적인 이야기만 하는 게 아니라 유온이 자연스럽게 대답할 수 있는 내용들이었다.

그래서…… 말하자면, 그녀와 친해졌다. 호칭도 '님'에서 '씨'로 바뀌었고, 그걸 따라 다른 사람들도 자연스럽게 호칭을 바꿔 주어 유온은 한결 편해졌다.

누군가 자신에게 이모티콘이 들어갈 만큼 편한 잡담을 보내 주는 게 얼마만인지 모르겠다. 아마 대학교에 들어가서 잠깐 친해졌던 친구 이후로 처음인 것 같다.

유온은 이 오랜만에 생긴 잡담 상대가 조금 좋았다. 자신은 말주변이 없어서 맞장구를 치거나 대답하는 게 거의 전부인데도 답답하게 보지 않는 것 같다는 생각이 들어서 더욱. 메시지를 보며 웃을 때도 많았다.

[그런데 유온 씨 이거 아세요?]
[사진]
[요새 웨딩 촬영할 때 이런 거 유행이래요]
[엄청 귀엽지 않아요?]

우르르 쏟아진 메시지와 사진을 본 유온은 눈을 깜빡였다. 갑자기 화제가 웨딩 촬영으로 튀었다. 유행…… 그 말에 첨부된 사진을 한참 들여다보다가 슬쩍 욕실 밖, 윤서경이 있는 쪽을 보았다. 차마 그에게 이런 걸 해 보자고 말할 용기까지는 나지 않는다. 유온은 적당히 귀엽다고 맞장구만 치고 그 화제를 그냥 넘겼다.

휴대폰을 내려놓고 시간을 들여 씻은 뒤 나오자 윤서경은 이미 침실에 있었다. 그는 유온을 안아 잠시 향을 맡고, 드라이어를 가지고 왔다. 여전히 유온은 체향을 감추는 편이었다. 윤서경이 자신의 향을 싫어하지 않는다는 걸 알았어도, 어쩌면 그래서인지 더욱 드러내는 게 부끄러웠다. 별것도 아닌 걸 티 내려 하는 것 같아서.

그래서 지금 맡을 향이라고 해 봐야 제 체향보다 바디 워시의 향이 더 강할 텐데, 그럼에도 윤서경은 향을 맡았던 자리에 입술을 댔다.

머리를 보송보송하게 말리고 난 뒤 윤서경이 유온을 돌려 앉혔다. 표정이 진지했다. 늘 진지하지만, 눈동자가 좀 더 깊다. 고개를 갸우뚱하자 윤서경이 말했다.

"유온 씨. 혹시, 결혼식을 미루는 건 어떻게 생각합니까?"

"네……?"

짧은 순간 온갖 생각이 다 들었다. 유온의 눈이 흔들리자 윤서경은 재빨리 뺨을 쓰다듬곤 설명을 덧붙였다.

"이제 몇 달 남지 않았는데, 준비할 게 많아 많이 바쁠 겁니다. 지금 당신 몸 상태가 그렇게 좋지 못하니 무리한 일정이 되지 않을까 걱정돼서요. 1년 정도 여유를 두고 천천히 하는 게 어떨까요."

"이, 일 년이면, 겨울에 결혼식인데."

그래도 겨울보다는 늦봄이 좋은 계절 아닐까. 유온의 의견에 윤서경은 고개를 끄덕이면서도 말했다.

"외국에서 결혼식을 올리는 방법도 있어요. 아니면 내년 봄으로 미루는 것도 괜찮고. 그리고 꼭 그렇게 하자는 건 아닙니다. 원래 예정대로 해도 괜찮아요."

자신과 결혼식을 하는 게 싫은 건 아닐까.

불안하게 윤서경을 올려다본 유온은, 이내 그렇지 않으리라고 생각했다. 이미 예물과 예복까지 준비했다. 결혼식장도 몇 군데나 보았다. 그리고 갑자기 윤서경의 마음이 바뀌어 버렸을 리도 없었다.

'서경 씨는, 그러지 않을 거야……'

윤서경이 애지중지 유온을 돌본 성과는 나름대로 나타나고 있었다.

"음, 음……, 그건, 저……."

"같이 생각해 보죠."

유온은 얼굴이 밝아져서 고개를 끄덕였다. 말을 듣고 보니, 올해 5월은 턱없이 금방이고 아직 준비한 것보다 준비해야 할 것이 더 많았다. 시간에 여유가 있으면 좋고, 또 보는 시선이 적은 외국에서 결혼하는 것도 나쁘지 않을 듯했다.

짧은 이야기가 끝나고 유온은 무거워지는 눈을 깜빡거렸다. 잠깐 물에서 놀았을 뿐인데 얼마 안 되는 체력은 벌써 방전되었다. 상체를 흐느적거리는 유온을 윤서경이 자리에 눕혔다.

몸이 그의 품 안에 푹 안겼다. 체향이 가까이서 밀려왔다. 페로몬에 녹아내리듯 축 늘어지는 몸으로 반쯤 졸면서 유온은 불현듯 의문을 느꼈다.

……왜 아무것도 안 하는 걸까?

처음 러트를 같이 보내고 시간이 꽤 지났다. 그동안 윤서경은 유온에게 손댈 생각을 하지 않았다. 고작해야 긴 입맞춤이 전부였고, 유온의 맨몸을 보는 것조차 가급적 피하는 것 같았다. 왜?

하지만 묻기엔 부끄러운 일이었다. 유온은 괜히 몸을 움츠렸다.

* * *

며칠 후, 유온과 윤서경이 웨딩 촬영 스튜디오를 보러 가는 장면이 인터넷 뉴스에 올라왔다.

촬영이 있었던 스튜디오는 오래된 성당을 개조해서 만든 곳으로 엄청난 대여료로 유명했고, 전 대통령의 딸이나 해외 유명 인사가 찾기도 했다. 광고 촬영은 물론 내부 심사에 통과하지 못한 사람은 돈이 있어도 대여조차 하지 못하는 깐깐한 곳으로 이름이 높았다.

그곳은 윤서경의 눈에 제법 만족스러웠고 사진을 보여 줬을 때 유온 역시 마음에 드는 것 같았다. 그래서 실제로 어떤 느낌인지 보기 위해 함께 외출했을 때 찍힌 사진이었다.

뉴스에 보도가 나간 건 당연히 윤서경이 의도한 바였다. 그는 유온이 눈을 둥글게 뜰 정도로 그를 내내 품에 넣은 채 시선을 맞추며 다녔다. 애정이 없다고 하면 믿지 못할 태도였다.

평소였다면 유온을 데리고 지나치게 눈에 띄는 일은 하지 않았겠지만 이번엔 필요했다. 윤서경이 본격적으로 화명을 압박하기 시작했기 때문이다.

　아무것도 모르는 이유온은 햇살이 눈부셔 더욱 아름답던 고풍스러운 성당을 정신없이 구경하다가 호텔로 돌아와, 뉴스를 보곤 당황했다.

　"아, 저, 저기, 이거, 어떻게, 서경 씨……."

　얼굴이 하얗게 질리기까지 했다. 그렇게 놀랄 일인가 싶었다. 화명과 관련된 일이 벌써 뉴스에 나간 건 아니다. 그가 본 건 그저 다정하게 웨딩 촬영 스튜디오에서 나오는 예비부부, 즉 자신들의 모습이었다.

　"저기, 저, 이거요."

　"사진이 잘 나왔군요."

　"……."

　제가 생각한 대답이 아니었는지 일순 얼굴이 멍해지더니, 입술을 달싹거리며 아무 말도 하지 못한다. 실수를 했나 싶어 윤서경은 난감해졌다. 사진을 내보내도 되겠는지 그에게 미리 묻지 않았다. 많이 싫었는지, 아니면 놀랐는지, 양쪽 다인지 모르겠지만 일단 윤서경은 그를 안심시키려 머리를 쓰다듬었다.

　"홍보 차원에서 내보낸 건데, 미리 말하지 않아서 미안합니다. 놀랐습니까?"

　"아니, 저한테 미안하실 일은, 그게……, 서경 씨가 괜찮은 거면, 저도 괜찮아요."

하지만 괜찮다고 말하면서도 이유온의 얼굴은 나아지지 않았다. 긴 속눈썹 아래의 눈이 이리저리 굴렀다.

"왜 그럽니까."

윤서경은 겁먹은 그를 한참 어르고 달랜 끝에 간신히 대답을 들을 수 있었다.

"뉴스……. 형이랑 가족들이 볼 텐데."

"그게 왜요?"

"형이 화낼까 봐……."

"이유건이요?"

유온은 고개를 저었다. 이유건이 아니면 이유연이다. 뜬금없이 이유연은 왜? 아, 결혼하고 싶어서 안달한 건 그쪽이었지.

윤서경은 지난번에 웨딩 촬영이 갑자기 취소되었던 걸 떠올렸다. 이유건이 연락해 그렇게 통보했고, 결혼 절차에 반드시 필요한 일도 아니라 생각하여 그러자고 했다.

그때쯤 이유연이 원래 이유온의 혼처와 혼담이 오가고 있었을 것이다. 웨딩 촬영 취소에 이유연의 의견이 다분히 들어갔었음은 어렵지 않게 짐작 가능했다. 그러니 지금 스튜디오를 보고 온 기사가 작은형의 귀에 들어갔을 거라고 안절부절못하지.

웨딩 촬영을 하자고 했을 때 이유온이 눈을 반짝반짝 빛내면서도 믿을 수 없다는 얼굴을 하던 게 떠올랐다.

이전에, 웨딩 촬영은 안 하고 넘어갈 거라는 말에 그가 어떻게 반응했을지 상상하면 속이 타들어 가는 것 같았다. 고개를 숙이며 어쩔 수 없이 네, 하고 대답했을지, 아니면 몇 마디 해 보려고 하다가 미친 인간 네 명 중 하나나 혹은 그 전부에게 말로든 손으로든 얻어맞았을지.

그 패악 떨기가 습관이 된 작은형은 지금쯤 뭘 하고 있을까. 아마 썩 좋은 상황은 아닐 터였다. 글쎄 아마…… 상상도 해 본 적 없는 상황에 가족회의라도 하고 있지 않을까.

윤서경의 그 예상은 매우 정확하게 맞아떨어졌다.

* * *

컵 하나가 와장창 깨져나갔다. 분을 주체하지 못한 이유연이 식식거리며 컵을 내던진 손을 부르르 떨었다. 소파에 앉아 있던 성민희가 이마를 더 세게 짚으며 타일렀다.

"얌전히 좀 있으렴."

"……이 상황에 어떻게 얌전히 있어요?"

"지금 속 터지는 거 엄마도 똑같잖니."

입술을 짓씹던 이유연이 모친의 맞은편에 털썩 앉았다.

"걔네 다 미친 거 아니에요? 어떻게 엄마한테 그래, 감히?"

성민희도 한숨을 내쉬었다. 오늘 당한 일은 정말로 태어나 처음 겪는 수모였다. 그녀는 좋은 집안에서 귀하게 자랐고 지금의 남편과 결혼하여, 지금까지 단 한 번도 어디서 소홀한 취급을 받아 본 적이 없었다. 그런데 오늘은 어땠던가.

며칠 전, 이유연이 말도 안 되는 이유로 참가하기로 한 연주회에서 내쫓겼고 그 사실을 항의하려 재단 이사장에게 연락했다.

그러나 그쪽이 바쁘다는 이유로 전화가 연결되지 않았다.

어차피 재단 이사장의 부인이 참석하는 모임이 있어서 연락은 처음 한 번으로 끝냈다. 그쪽에서 먼저 연락하길 기다리면 기다렸지, 안달 내는 것처럼 여러 번 연락을 거듭하는 건 자존심 상하는 일이었다.

결국 성민희가 모임에 나갈 때까지 연락은 오지 않았고, 다소 짜증스러운 기분으로 나간 모임 자리의 분위기는 이상했다. 성민희가 한 손에 백을 들고 우아하게 안으로 들어서자, 이미 와 있던 사람들의 대화가 일순 멈추고 묘한 시선이 그녀를 향했다. 조금 늦게 모임 자리에 들어갔을 때 시선이 모이는 건 항상 그랬지만 어딘가 느낌이 달랐다.

'어머, 오랜만이에요. 이쪽으로 앉으세요.'

침묵은 명백하게 위화감을 느낄 정도로 길었다. 모임 회장이 아무 일 없었다는 것처럼 웃으며 제 옆의 의자를 가리켰다. 성민희는 모르는 척 웃곤 그리로 가서 앉았다. 그리고 눈으로 재단 이사장의 부인을 찾아 곧바로 말을 걸려 했다.

'잘 지내셨죠? 그런데 지난번.'

'따님 이번에 대한문화회관에서 연주회 한다면서요? 저희 남편이 재단 주최 행사에 꼭 초대하고 싶다고 하는데, 다음에 기회 좀 주세요.'

이사장 부인은 친근하게 옆자리 사람의 팔을 잡으며 말을 걸었다. 제 말을 못 들은 건가 싶었다. 하지만 여기서 재차 말을 거는 것도 성민희의 자존심은 허락하지 않았다.

모임 시간 내내 성민희는 자신이 무리 안에서 겉돌고 있다는 걸 느꼈다. 아니, 연주회 건 때문에 예민해진 거겠지. 자신이 그런 대우를 받을 리 없으니.

가장 황당한 일은 모임이 끝나고 라운지를 나오면서 일어났다. 웃으며 빠져나오려 하는데 직원이 성민희를 잡았다.

'죄송합니다만, 고객님. 계산은 안쪽에서 도와드려도 괜찮으시겠습니까?'

'……계산?'

성민희는 얼굴을 찌푸렸다. 모임의 다른 인원들이 몇 발자국 앞서 선 채로 모두 성민희를 보고 있었다. 이 라운지는 매번 모임에 사용하는 곳으로 한 번도 곧바로 계산을 하고 나간 적이 없었다. 모임이 끝난 뒤 각자 회비를 내고, 그 금액으로 나중에 결제가 되는 방식이었다.

'뭘 잘못 안 것 같은데요.'

그러나 직원은 그린 듯 친절한 웃음을 지우지 않았다. 여기서 내가 왜 계산을 해야 하느냐 윽박지르자니 보는 눈이 너무 많았다. 계산을 하고 나면 직원이 잘못된 걸 확인하고 사과할 테니 그때 화를 풀면 그만이었다. 게다가 다른 모임 인원들은 손 놓고 보고만 있는 걸 보니, 저들은 이미 계산을 마쳤는지도 몰랐다. 성민희는 입꼬리가 떨리게 웃으며 직원을 따라갔다.

'158만 원 결제 도와드리겠습니다.'

성민희는 카드를 내밀었다. 이 모임이 한 번 열릴 때 회비가 150만 원 정도였으니 한 사람 분 금액이 맞았다.

'다른 사람들은 먼저 계산했나요?'

'아, 이번에는 성민희 님만 현장 결제 진행되는 것으로 알고 있습니다.'

'뭐라고요?'

왜냐고 물어봐야 이 직원이 알 턱이 없었다. 결제를 마친 뒤 직원이 내민 카드를 신경질적으로 낚아채고 다시 나왔다. 모임 인원들은 밝은 분위기로 잡담을 하고 있었다. 성민희는 웃는 얼굴로 그 사이에 끼어들었다.

'죄송해요, 기다렸죠?'

'뭘요.'

직원이 엘리베이터 옆에 서서 정중하게 버튼을 눌렀다. 여러 명과 같이 엘리베이터에 타고 있는 게 오늘따라 거북했다. 뭐라 설명할 수 없는 이상한 기분으로 팔짱을 낀 채 서 있는데, 모임 회장이 성민희에게 말을 걸었다.

'번거롭게 해서 미안하네요.'

'네?'

'알다시피⋯⋯, 이 모임 회비가 좀 비싸잖아요? 우리끼리 나눠 낸다고 해도 푼돈은 아니고. 혹시나 해서요.'

'⋯⋯.'

황당한 말에 성민희가 입을 벌린 사이 경쾌한 소리와 함께 엘리베이터가 1층 로비에 멈췄다. 화기애애한 웃음을 남기며 모두가 성민희를 남겨 두고 내렸다. 엘리베이터 문을 잡고 있던 직원은 웃는 얼굴 그대로 표정 변화가 없었지만, 성민희가 멍하니 서서 내리지 않자 의아해하는 기색이었다.

얼굴이 달아올랐다. 저 말은 마치 성민희가 나중에 모임 회비를 못 낼 수도 있다는 뜻으로 들렸다. 고작 150만 원을 못 낼 이유가 없었다. 그렇게 생각을 했다는 것조차 모욕적이었다. 그걸 못 낼까 봐 자신 혼자만 여기서 따로 계산을 하게 했다고? 대체, 갑자기 왜?

성민희는 뒤늦게 내려 구두 소리를 울리며 모임 인원이 모인 곳으로 다가갔다. 지금 그게 무슨 뜻이냐 따지려 했을 때였다. 유리문 너머로 차 여러 대가 일제히 도착했다. 모임 회장이 슥 돌아서더니 성민희의 어깨를 토닥였다.

'차 왔네. 조심히 가요. 다음에……, 볼 수 있으면 보고요.'

회장의 눈길이 성민희를 위에서 아래로 슥 훑었다. 앞으로 못 만날 거라는 투가 역력했다. 그대로 모임 인원들은 직원이 열어 주는 문을 통과해 각자의 차에 올라탔다. 성민희의 차는 아직 올라오지 않은 듯했다.

로비에 혼자 남겨진 채 성민희는 노여움으로 얼굴을 새빨갛게 물들였다. 계산부터 지금까지, 모든 과정을 호텔 직원들이 보고 있었다는 사실까지 화를 참을 수 없게 만들었다.

그대로 집에 돌아오자 이유연이 있었다. 이야기를 전하자, 이유연은 기가 막힌다는 얼굴을 하더니 제가 더 화를 내며 난리를 치기 시작했다. 그에 오히려 성민희는 차분해지는 기분으로 이마를 감싸 쥔 상황이었다.

갈증이 느껴졌다. 물을 좀 마셔야 할 것 같았다. 고개를 들었던 성민희는 의아함을 느꼈다.

"아줌마 어디 갔니? 뭘 하기에 유리가 깨졌는데도 안 나와?"

"집에 없어요."

"지금 장 보는 시간 아니잖아."

"몰라요, 오늘 안 나왔어요."

"뭐?"

집에는 교대로 세 명의 가정부가 드나들었다. 아침에 나오는 가정부가 돌아간 후 낮 시간을 맡은 사람이 집에 없는 듯했다. 자릴 비운다는 말 한 마디 없었다.

"나도 좀 아까 집에 온 거예요."

"정말 별 게 다……."

성민희는 짜증을 내며 휴대폰을 들었다. 신호는 갔지만 받지 않았다. 화가 머리끝까지 치민 성민희는 계속해서 집요하게 통화 버튼을 눌렀다. 한참을 씨름한 끝에 드디어 전화가 연결되었다.

"지금 어디예요?"

―저 오늘부터 출근 안 할 것 같네요.

"뭐라고요?"

―말 그대로예요. 출근 안 해요.

"뭐 하는 짓이에요? 갑자기 이런 경우가 어디 있어요."

―그러게 마음을 좀 곱게 먹지 그랬어요.

"뭐……."

혀까지 쯧쯧 찬 가정부가 전화를 끊어 버렸다. 다시 걸었지만 이번엔 연결할 수 없다는 메시지만 흘러나왔다. 앞에서 이유연이 성민희와 똑같이 닮은 얼굴로 입을 벌린 채 쳐다보고 있었다.

"이게 대체……, 유연아, 네 아버지한테 전화 좀 해 보렴."

그러나 전화를 걸 필요도 없이 문이 열렸다. 평소보다 이른 이중권의 귀가였다. 코트를 벗던 이중권이 인상을 쓰며 두리번거렸다. 가정부가 나와 코트를 받지 않았기 때문이다.

"여보, 우선 와서 앉아요. 일이 좀 있었어요."

"무슨 일. 이건 또 뭐야?"

"그건 제가 그랬어요."

깨진 유리를 보는 이중권에게 이유연이 말했다. 이중권이 소파에 앉고 성민희는 오늘 있었던 일을 전부 털어놓았다. 이유연이 피아노 연주회에서 수모를 당한 것부터 오늘에 이르기까지, 이 가족이 겪어 본 적 없는 시련이었다.

짧은 가족회의가 이어졌다. 그 끝에 이중권이 소파 팔걸이를 탁 치며 결론을 내렸다.

"……사람이 살다 보면 재수 없는 일이 연달아 일어날 때도 있는 법이다. 너무 깊게 받아들이지 말고, 이사장은 내가 회사로 불러서 이야기하마. 일하는 사람이야 새로 구하면 될 일이고."

"빨리요, 아버지. 나 그것 때문에 쪽팔려서 어디 나갈 수도……."

투덜거리며 휴대폰을 본 이유연의 말이 멈췄다. 갑작스런 이상한 기색에 부모 두 사람이 아들을 보았다. 시선을 알아채지도 못하고 이유연은 휴대폰 화면을 노려보다시피 하다가, 테이블 위로 내던졌다.

화면에 떠오른 건 어느 유명 스튜디오를 빠져나오는 윤서경과 이유온의 모습이었다.

* * *

"……유온 씨."

나지막한 목소리에 유온은 몸을 뒤척였다. 모로 누운 채 웅크린 몸에는 식은땀이 축축하게 배어 있었다. 커다란 손이 마른 어깨를 감싸며 가볍게 흔들었다. 꿈에서 깨어나라고 재촉하는 손길에 유온의 정신이 조금씩 돌아왔다. 꽉 감겨 있던 눈이 스르르 뜨여 앞을 보았다. 윤서경이 있었다.

몽롱한 정신이 일순 얼어붙었다. 심장이 덜컹 내려앉는 걸 느꼈다. 완전히 깨어나지 못한 정신이, 이곳이 방 안이라는 것과 눈앞에 있는 게 윤서경이라는 사실만을 주지시켰다. 유온은 숨을 들이켰다.

"아……, 죄, 죄송해요, 방에 들어오려고, 했던 게 아니라……. 바, 바로 나갈게요, 죄송해요."

어쩌다 그의 공간에 들어와 있었을까. 몸이 저절로 바들바들 떨렸다. 침대에서 내려가려 허둥거리는데 마음먹은 대로 움직일 수가 없었다. 그는 유온이 침실이든 서재든 발을 들이는 걸 싫어했다. 자신이 왜 여기에 있는지 모르겠지만, 그렇게 말하면 윤서경은 어이가 없다는 듯 싸늘하게 바라볼 게 분명했다. 또 거짓말을 하느냐는 얼굴로.

변명할 말이 조금도 떠오르지 않는다. 무의미하게 움직이던 팔다리는 완전히 힘이 빠져 멈췄다. 마음만 조급해져서는 입술을 달싹이고 있는데 윤서경이 손을 들었다. 그대로 때릴 거라 생각해 겁먹으며 몸을 움츠렸다. 그러나 그의 손은 일순 멈칫하더니,

조심스레 내려와 유온의 머리를 쓰다듬었다.

"안 좋은 꿈이라도 꿨습니까."

목소리는 낮고 부드러웠다. 유온은 자신이 아직 꿈을 꾸는 건가 싶어 눈을 깜빡였다. 젖어 있던 속눈썹이 사박사박 소리를 냈다.

'앞으로 또 상상 속으로 끌려갈 일이 많겠죠. 그때마다 내가 데리러 갈 테니, 같이 돌아옵시다. 현실로요.'

그 말이 윤서경의 지금 표정에 겹쳐졌다. 윤서경은 걱정스럽고 조금 침울한 듯한 얼굴을 하고 있었다. 현실이었다. 윤서경이 제게 다정한 현실. 안도감이 들었다. 거기서 더 생각을 하면 안도감은 성기게 흩어져 버릴 수도 있지만, 우선은 그것을 두 손으로 꽉 붙들어 마음속에 잡아 두었다. 유온은 가만히 눈을 내리깔며 중얼거렸다.

"기억은…… 안 나요. 무, 무서운 꿈이었던 것 같아요."

기억이 안 난다는 건 거짓말이다. 유온은 가족들의 꿈을 꾸고 있었다. 정확히는 아버지. 아버지의 체벌은 형처럼 잦지 않았으나, 정신적으로 훨씬 끔찍했다. 귀를 울리다 못해 온몸에 전해지는 날카로운 진동이 아직도 남아 있는 것 같았다. 저도 모르게 귀를 만지작거린 유온이 슬쩍 윤서경을 올려다보았다.

그는 유온의 말이 거짓임을 알아차린 듯했지만 아무런 말도 하지 않았다.

"잠시만 기다려요."

자리에서 일어난 윤서경이 커피 머신과 차가 있는 쪽으로 가더니 포트에 물을 올렸다. 물이 끓는 동안 찻주전자에 허브티 찻잎을 넣고, 잔에는 벌꿀을 넣었다. 그리고 차를 잠시 우려내곤 잔에 따라,

티스푼으로 저은 뒤 가지고 돌아왔다.

"마셔요."

찻잔에서는 달콤한 향기가 났다.

"고맙습니다……."

작게 중얼거린 유온은 잔을 받아 입김을 불어 식히곤 한 모금 마셨다. 허브티의 향과 벌꿀의 달콤함이 금세 몸에 스며들었다. 유온이 잔을 반쯤 비울 때까지 가만히 보고 있던 윤서경이 불쑥 말했다.

"그날 당신이 차라도 마시겠냐고 물었을 때, 속으로 어쩐 일인가 싶었습니다."

"제가요……?"

고개를 갸웃한 유온은 이내 그게 이 호텔에 오고 얼마 되지 않았을 때의 일임을 떠올렸다. 없는 용기를 쥐어짜서 윤서경에게 차를 마실지 물었다. 그러겠다고 하는 말에 기뻐서 쿵쿵 뛰는 가슴으로 열심히 차를 우려 가지고 갔다.

"같이 마시자고 하는 거라 생각했는데, 찻잔을 하나만 가지고 오더군요. 조금 황당했습니다."

"……."

그러고 보니 쟁반을 보며 묘한 표정을 지었던 것 같다. 책상에만 켜 두었다고 생각한 조명이 사실 그 뒤의 티 테이블에도 밝혀져 있었던 걸 얼핏 보았지만 깊게 생각하진 않았다. 의미를 알 수 없던 짧은 한숨도 착각이라고 여겼을 뿐이었다.

"특이한 사람이라고 생각했죠. ……어쩌면 처음 봤을 때부터 그렇게 생각했는지도 모릅니다."

특이한 사람……. 이상한 사람이라는 말로 들리기도 했다. 하지만 그보다 '처음 봤을 때부터'라는 말이 귀를 붙들었다.

"처음이요?"

"네. 영안조선의 진수식에서 만났을 때 말입니다. 그때 당신은 날 보고 웃었습니다. 기억나요?"

"……네."

저도 모르게 작게 웃었었다. 웃음은 유온에게 미묘한 행위였다. 웃지 않으면 음침하고 불만스럽게 군다고 혼이 났고, 웃으면 웃는 얼굴이 멍청해 보인다는 말을 들었다. 그런 말들을 신경 쓰다 보니 언제나 웃는 얼굴은 이도 저도 아닌 이상한 모습이었다. 애초 웃을 일이 그렇게 많지도 않았지만.

"지금 생각해 보면 그때 한눈에 반한 것 같습니다."

"……."

"당신이 너무 예뻐서요."

"그……."

뭐라도 말하려 하던 유온의 입이 닫혔다. 얼굴이 새빨갛게 달아올랐다. 농담인가 했지만 자신을 온전히 바라보는 윤서경의 두 눈동자는 한없이 진지했다. 윤곽이 뚜렷한 얼굴에 희미하게 웃음이 어렸다.

"그 후로 행사에서 몇 번 마주쳤을 때, 아니, 당신이 간다는 행사는 다 따라다니면서, 당신에게서 눈을 뗀 적이 없습니다. 왜 당신한테 청혼했느냐고 물었죠?"

"……."

"그때, 도움 운운했던 것 미안합니다. 내가 도둑놈이라는 사실을 아직 받아들이지 못했었거든요."

"도, 도둑."

"내 배경을 이용해서 나보다 훨씬 어린 사람이랑 결혼하려고 하는데 도둑놈이죠. 대체로 주위에서 그런 반응이었습니다."

"아니, 하지만……."

"그런데도 내 청혼이 기뻤다고 말해 줘서 고맙습니다."

"……웃."

가슴이 확 시려 왔다. 아니, 시린 게 아니라 뜨거운 건가? 너무 뜨거워서 오히려 차갑게 느껴지는 것 같았다. 유온은 저도 모르게 손을 가슴 위로 올렸다. 두근거리는 심장의 박동이 손바닥을 때렸다. 이 소리가 윤서경에게 들릴까 걱정될 정도였다.

여기서 자신은 뭐라고 대답을 해야 하는 걸까. 윤서경의 말은 너무나 다정해서 어떻게 해야 좋을지 알 수 없을 지경이었다. 자신이 과연 그런 말을 들을 자격이 있는 사람인지도 모르겠다. 그럼에도 너무 가슴이 뛰어서……. 유온은 더는 눈을 마주치지 못한 채 시선을 내리깔았다.

그러자 윤서경은 유온의 마음을 읽기라도 한 것처럼 고개를 숙여, 가슴 위에 얹힌 유온의 손등에 입을 맞췄다.

"입술에도 당신 심장 뛰는 게 느껴집니다."

"……."

"조금 더 들려줘요……."

평소의 그답지 않은, 조금 약해 보이는 목소리였다. 윤서경은 유온을 끌어안아 이번엔 가슴에 귀를 댔다. 손등 위로 닿은 귀의 감촉이 이상했다. 잠시 그대로 있던 윤서경이 부드럽게 유온의 손을 끌어당겨 깍지 껴서 잡곤, 눈앞의 사람이 호흡하며 살아 있다는 가장 큰 증거를 귀에 담았다.

윤서경의 손은 너무 크고 마디가 굵어서 깍지를 끼면 손가락 사이가 조금 아플 정도였다. 그럼에도 놓을 마음은 들지 않았다. 오래도록 맥박이 뛰는 소리를 듣고 있던 윤서경이 가슴에 입을 맞췄다.

유온은 단 한 번도 자신의 심장이 뛰는 걸 달갑게 느낀 적이 없었다. 그러나 이 순간만은 달랐다. 유온은 무심코 손을 들어 윤서경의 머리를 끌어안고 싶은 걸 참았다.

심장이 더 빠르게 뛰어야 할 상황인데 오히려 박동이 느릿해지고 있었다. 윤서경의 심장이 뛰는 속도에 맞춰지고 있는 것이다. 그것으로 유온은 직접 손이나 귀를 대지 않아도 그의 맥박이 어떤지 알 수 있었다.

자신보다 느리지만 평소보다 빠르다. 심장이 같은 속도를 공유하고 있다고 생각하니 따뜻한 물에 들어온 것처럼 손끝부터 몸이 녹아내렸다.

윤서경이 고개를 들고 유온에게 입을 맞췄다. 저도 모르게 벌린 입 안으로 혀끝이 들어왔다. 키스는 지난 몇 번이 그러했듯 달콤했다.

거기서 무엇이든 행위가 이어질 거라 생각하고 유온은 긴장했다.

그러나 입술이 부어오를 만큼 긴 키스를 하고 난 뒤 윤서경은 유온을 안고 자리에 누울 뿐이었다. 그대로 그의 품속에 누워 눈을 마주쳤다.

유온은 다른 사람과 눈을 잘 마주치지 못했다. 짧은 시간이라면 어떻게든 똑바로 볼 수 있으나 오래 있으면 있을수록 눈을 보는 게 어려웠다. 항상 눈앞에 있는 사람의 얼굴 옆이나 바닥, 또는 그보다 먼 곳으로 이리저리 시선을 굴리며 죄라도 지은 사람처럼 굴었다.

윤서경과도 마찬가지였다. 특히나 그는 자신을 늘 차갑게 보았었기에 더했다. 그런데 지금은 왜인지 그의 눈을 물끄러미 바라볼 수 있었다. 왜 그럴까 생각하다가 온몸을 적실 정도로 강한 체향을 느꼈다. 이것 때문에 마음이 안정되고 있는 듯했다.

꽤나 강렬했다. 체향은 닫아 두는 게 내뿜는 것보다 힘이 들지만 이 정도로 내면 그 또한 편치는 않을 터였다. 유온이 조심스레 물었다.

"서경 씨……. 체, 체향, 힘들지 않으세요……?"

"갑자기 왜요."

"오늘따라 더 강한 것 같아서……."

그러자 윤서경이 고개를 갸웃했다.

"항상 이 정도였습니다. 여길 다 채우려면 이 정도는 되어야 하니까요."

항상……? 이번엔 유온이 고개를 갸웃할 차례였다.

"그, 그래요?"

"그래요. 당신이 여기 처음 왔을 때부터."

"네……? 하지만 못 느꼈는데……."

입욕제에서 그의 향을 느끼고, 아주 희미하게 스치는 향을 조금씩 맡고, 그가 이곳에 오면 조금 강해진다고 생각하는 정도가 전부였다. 그 후로 점점 짙어져서 지금 정도가 된 거였다. 그런데 처음부터 이랬다니, 이상한 일이었다. 자신은 항상 윤서경의 향에 민감한데.

"이젠 느껴집니까?"

의아한 속에서 유온은 고개를 끄덕였다. 윤서경이 유온의 머리를 쓰다듬었다.

"그럼 됐습니다."

"……"

"당신은 형질 감각이 떨어져서 다른 사람의 체향을 온전히 느끼지 못합니다. 가끔 확 느끼거나 하는 정도죠. 그때 진수식에서 그랬던 것처럼. 내 체향도 마찬가지입니다. 다른 사람의 것보단 자주, 잘 느끼는 것 같지만 그래도 정상 범주는 아닙니다."

"그럴 리……."

그럴 리 없다고 말하려다 유온은 입을 다물었다. 정말 그런가? 다른 알파나 오메가와 대화를 해 본 적이 거의 없어서 한 번도 이상한 걸 깨닫지 못했다. 두 형이나 부모님의 체향은 가족이라 못 느끼는 거라 생각했고.

"당신은 타인의 체향을 어떤 식으로 느낍니까."

"가, 가끔 확…… 강하게 느껴져요."

"원래 체향은 체취와 조금 다를 뿐 비슷합니다. 어딜 가나 자연스럽게 타인의 향이 느껴지죠."

"……"

생각해 보면, 형질이 불안정해서 먹는 약만 해도 몇 종류였다. 그런 종류 약의 가장 명확한 작용도 부작용도 타인의 체향에 둔해지는 것이었다.

그런데도 자신은 향에 민감한 편이라고 당연하게 생각했다. 윤서경의 향에 있어서는 더욱. 왜 그랬는지는 모를 일이었다.

호텔에 처음 온 날 불편한 옷을 입고도 오래 잠들었던 게 떠올랐다. 그 후로 묘하게 편안했던 것도, 습관처럼 먹던 약을 며칠 동안 아예 잊고 지냈던 것도. 그게 다 윤서경이 풀어 둔 체향 때문이었다면 이해가 갔다.

"고, 고마워요."

"고마워할 일이 아닙니다."

윤서경이 유온을 추슬러 안았다. 가벼운 몸이 쉽게 그에 딸려가 그와 더욱 밀착했다.

"……아니, 고마우면 당신 향을 맡게 해 줘요."

그의 말에 유온은 당황으로 눈을 깜빡였다. 자신의 체향 같은 걸 맡아서 뭐가 좋을 게 있다고……. 고맙다는 인사치고는 이상하다. 하지만 이렇게 말하니 안 들어줄 수도 없었다. 유온은 늘 닫고 있어서 풀어내는 쪽이 더 어색한 체향을 조금 흘렸다. 윤서경이 멈칫했다. 향이 이상해서겠지. 그래서 안 내보내겠다고 한 건데.

조금 풀이 죽으며 향을 다시 거두려 했지만 윤서경은 고개를 젓곤 유온의 목덜미에 얼굴을 묻었다. 그리고 마치 즐기기라도 하듯이 코끝을 누르며 혀를 내밀어 가볍게 핥기도 했다. 입을 열어 입술 사이로, 또는 이로 아프지 않게 깨물었다. 정말로 유온의 향을 좋아하는 것 같았다.

그는 자신을 사랑한다고 말해 주었다. 사랑해서 이런 향이라도 좋아해 주는 걸까. 향을 내보이는 게 너무 부끄러웠지만 윤서경이 이렇게까지 해 주는데 그만하라고 할 수가 없었다. 유온은 얼굴을 붉혔다.

"……."

한참 동안 목덜미를 핥던 윤서경이 멈칫하더니 입술을 떼고, 유온의 뺨이며 턱, 입술, 콧등과 이마, 귀에 입맞춤했다. 어느새 몸은 조금 떨어져 있었다. 유온의 머리를 쓸어내린 그가 물었다.

"이정윤 씨나 성한영 씨와는 친해졌습니까."

"아……. 이, 이정윤 씨랑은 조금……. 성한영 씨는 만날 일이 별로 없어서요……."

"괜찮은 사람들입니다. 앞으로 일 관계로 오래 만나야 할 테니, 천천히 친해져 봐요. 당장 하라는 건 아니니 걱정하지 말고."

밖에 나가지 않으니 성한영과는 사이가 가까워질 기회가 없었지만(원래 무뚝뚝한 사람 같기도 했다) 이정윤과는 사적인 메시지를 나눌 정도가 되었다. 협소하기 짝이 없던 인간관계가 한 뼘 정도나마 넓어진 기분이었다. 하지만…….

"서경 씨, 정말 저한테 비서가 세 명이나 필요할까요……?"

경호원은 그렇다 쳐도 비서는 과연 필요한 건가 싶었다. 그것도 세 명이나.

"필요할 겁니다."

"전에도 금방 없어졌는데."

이전에도 윤서경과 결혼할 때쯤 안주인이 할 일을 수행하기 위해 비서가 여럿 붙었다. 그러나 점점 윤서경이 유온이 자신의 배우자로서 대외적인 자리에 나가는 걸 원치 않았고, 자연스럽게 비서도 필요 없게 되었다. 유온의 말에 윤서경이 순간 낭패한 표정을 지었다.

"그때와는 다를 겁니다. 그땐……, 미안했습니다. 이번에도 비서실은 외부 행사 관련 일정을 주로 다룰 거고 최대한 당신이 노출되지 않도록 일정이나 동선을 조절할 거지만, 그때와는 이유가 다릅니다. 나와 결혼하면 어쩔 수 없이 사람과 교류하고, 사람이 많은 장소에 가야 할 일이 생겨요. 그걸 당신이 소화할 수 있는 최소한으로 줄이기 위한 팀입니다."

"아……."

"그들에게 좋은 일자리를 제공하는 거라고 생각하세요. 할 일이 없는 것처럼 보여도 알아서 일하고 있을 겁니다."

유온은 가만히 고개를 끄덕였다. 윤서경이 그렇게까지 설명하고, 일자리 이야기까지 하는데 더는 그들이 필요하지 않다고 말할 수 없었다.

"이정윤 씨랑은, 조금 친해진 것 같아요."

"잘됐군요."

뭐라도 긍정적인 말을 하고 싶어 그렇게 말하자 윤서경이 곧바로 답했다.

"사람과 금방 친해지는 건 어려운 일이죠. 잘했습니다. 이정윤 씨도 당신과 가까워져서 기쁠 겁니다."

"그, 그럴까요…….."

정말 그럴지는 알 수 없지만 유온은 눈을 굴렸다. 이정윤이 해 준 말이 떠올랐다. 말할까 말까, 짧은 순간에 엄청난 고민이 지나 갔다. 보통 이렇게 할까, 말까 망설여질 땐 하지 않는 게 나았다. 하지만 입이 멋대로 벌어졌다.

"이, 있잖아요, 서경 씨. 요새, 웨딩 촬영…….."

충동적으로 내뱉은 말은 짧은데도 뒤로 갈수록 흐릿해지고 소 리가 잦아들었다. 끝까지 다 말하기도 전에 후회가 밀려와 입을 다물어 버렸다. 하지만 윤서경은 유온이 그대로 넘어가도록 두지 않았다.

"요새 웨딩 촬영? 요새는 특별한 게 있다고 합니까. 나도 웨딩 촬영은 처음이라 잘 모르겠군요. 이정윤 씨한테 들은 모양인데, 말해 봐요. 말 못 하겠으면 이정윤 씨에게 물을 테니까."

"……."

가끔 그는 지나치게 예리했다.

"손목에 레이스 리본을 매 주고 찍는 사람들이……, 많대요…….."

"레이스 리본?"

말하고 난 뒤 유온은 또 후회했다. 온몸을 버둥거리며 없었던 일 로 만들고 싶었다. 저런 걸 하자고 조르는 것처럼 보였을 터였다. 아니, 하고 싶다고 생각한 건 사실이지만. 이정윤이 보내 준 사진 속, 화사하고 사랑스러운 리본을 맨 여러 쌍의 손목이 떠올랐다. 그게 부러워서 말해 본 건데…….

"예쁜 레이스로 골라야겠네요. 리본은 잘 묶습니까?"

"아……."

그 대답에 유온은 물끄러미 윤서경을 보았다. 그의 눈매가 희미하게 휘어지며 장난기를 띠었다.

"나는 잘 묶는 편은 아닌데."

유온의 손이 꾸물거리며 제 가슴 위로 올라왔다. 유온은 거절당하는 것에 너무 익숙한 나머지, 아무리 작은 일이라도 상대가 좋다고 말해 주면 뛸 듯이 기뻤다. 하물며 이렇게 큰일에 스스럼없이 좋다고 해주니 마음이 말랑말랑해질 수밖에 없었다.

윤서경이 머리를 쓰다듬던 손을 내려 손가락으로 뺨을 쓸었다. 큼직한 손과 손목이 눈에 들어왔다. 그 손목에 자신이 리본을 매는 상상을 했다. 너무 달콤하고 행복한 일이라서 그날이 오지 않을 거란 생각이 들었다. 중간에 무언가 안 좋은 일이 일어나 취소되거나 흐지부지되거나…….

"무슨 생각 합니까."

"네? 아, 아무것도 아니에요."

"어서 자요."

유온은 고개를 끄덕이고 눈을 감았다. 정말 웨딩 촬영을 할 수 있을까, 로부터 시작하여 온갖 부정적 상상이 머리를 채웠지만 예전처럼 눈을 제대로 감지 못할 정도는 아니었다.

윤서경이 유온의 머리를 조금 들어 팔베개를 했다. 머리가 무겁게 닿으면 그의 팔이 아플 것 같아서 거의 들고 있다시피 했다. 힘을 주고 있느라 몸이 바르르 떨렸다. 하지만 시간이 지날수록 몸이 늘어졌다. 5분도 지나지 않아서 유온은 윤서경의 팔에 머리를 댄 채 누웠고, 거기서 또 몇 분쯤 지났을 땐 새근새근 고른 숨소리를 내고 있었다.

* * *

"어, 이사……요?"

"네. 언제까지 호텔에 살 순 없지 않습니까."

점심을 먹고 얼마 후 윤서경이 돌아왔다. 직원이 올라와 차와 케이크를 내주고 간 후 그가 가장 먼저 꺼낸 말은, 슬슬 이사를 하지 않겠느냐는 것이었다.

"신혼집은 천천히 알아보기로 하고, 우선 G호텔 레지던스로라도 옮기면 어떨까 합니다."

G호텔은 부경의 호텔 체인 중 하나로 지금 머무는 호텔만큼 높은 층수를 자랑했다. 거리도 여기서 가깝고, 다른 건 레지던스가 있느냐 없느냐 정도였다.

"여기 부, 불편하세요?"

"아무래도 집이라는 느낌은 덜 들지 않습니까. 내가 이런 말을 하는 건 이상하지만."

윤서경이 어깨를 으쓱했다. 그는 부경의 주력 사업 중 하나인 호텔 체인을 맡아 경영하고 있었다. 전 세계에 수백 개의 호텔을 가진 사람이 말하기엔 이상한 것 같기도 한데, 오히려 그런 그이기에 더 집과 호텔을 명확히 구분하는 건가 싶기도 했다.

"전 어느 쪽이든 좋아요……."

유온은 중얼거리듯 대답했다. 호텔이든 레지던스든, 좁은 원룸에서 지낸다고 해도 윤서경과 함께 있을 수 있다면 다 좋았다. 윤서경에게 작은 원룸 같은 건 엄청나게 안 어울리긴 했지만. 좁디좁은 원룸 한가운데에 서 있는 윤서경을 상상하다 말할 수 없는 어색함에 입꼬리를 우물거리고 있는데, 윤서경의 손이 눈앞으로 뻗어왔다.

눈을 둥글게 뜬 순간 윤서경은 유온의 터틀넥 목을 슥 잡더니 끌어내렸다. 유온은 놀라서 윤서경의 손을 잡을 뻔하다가 겨우 멈췄다. 거의 닿을 듯 말 듯한 거리에서 손이 움찔움찔 머뭇거렸다.

목은 어제 윤서경이 입맞춤한 흔적으로 얼룩덜룩했다. 정작 빨리고 있을 땐 축축하다, 저리다, 기분 좋다, 그런 것만 느끼느라 미처 몰랐건만 남은 자국이 상당했다. 입술과 혀만으로 만들었다고 믿을 수 없는 지경이었다.

딱히 만나는 사람이 있는 건 아니었으나 그 자국을 드러내 놓고 다니는 게 왠지 부끄러워 거의 턱까지 올라오는 터틀넥을 찾아 입은 차였다.

윤서경의 지긋한 시선이 자신이 만들어 놓은 자국 위를 더듬었다. 유온은 그의 손을 밀어내지도, 뒤로 물러나지도 못한 채 점점 뻣뻣해지는 몸에서 힘을 빼려 노력했다. 긴장으로 거칠어질 것 같은 숨결을 고르는 것도 힘들었다.

"……집은 같이 보러 가겠습니까. 상황에 따라선 1년 정도는 살게 될지도 모르니 당신도 봐 두는 게 좋겠죠."

이내 윤서경이 그 분위기에서 빠져나가듯 몸을 물리며 말했다. 유온은 눈을 깜빡이는 것으로 긴장을 털어내고 터틀넥 목을 가다

듬어 다시 옷깃이 턱까지 올라오도록 정돈했다. 그러고 난 후 윤
서경의 질문 내용을 떠올렸다.

"아, 저, 전 아무 데나 괜찮아요. 보러 가지 않아도 돼요."

진심으로 하는 말이었다. 유온은 어디라도 괜찮았다. 정말로,
해가 들지 않는 단칸방이라도. 아니면 어딘가 어두침침한 동굴이
나 바다를 떠도는 배 위라도. 다만 그곳이 윤서경에게 어울리는
장소였으면 좋겠다. 자신은 아무리 초라한 곳이라도 괜찮지만, 윤
서경에겐 최소한 이 호텔 정도로 화려한 곳이 아니면 안 된다.

하지만 '서경 씨에게 어울리는 곳이면 좋겠어요'라는 말도 왜
인지 조심스러웠다. 입술을 달싹거리고 있자 윤서경이 가볍게 말
했다.

"그럼 G호텔로 하죠. 매번 룸서비스 음식만 먹는 것도 질리지
않습니까. 그쪽엔 음식 하는 사람을 따로 들이도록 하겠습니다. 1년
정도 거주하기엔 괜찮을 거예요."

"네……."

"사진이 있는데, 보겠습니까?"

유온은 고개를 끄덕였다. 윤서경이 휴대폰을 몇 번 만지더니 유
온에게 내밀었다. 지금 있는 호텔의 스위트룸보다 장식이 적고 현
대적인 분위기로, 윤서경이 말한 것처럼 확실히 집이라는 생각이
들었다.

"버틀러나 컨시어지는 그쪽에도 있으니 그 부분에서 불편은 없을
겁니다."

또다시 고개만 끄덕였다. 가족 여행을 갈 땐 이곳처럼 버틀러

서비스가 딸린 스위트룸으로만 갔지만, 유온이 그런 서비스를 이용한 적은 없었다. 그래서 어떻게 말을 걸어야 하는지, 어떤 것까지 부탁해도 되는 건지 몰랐었는데 여기서 지내는 몇 달 동안 그래도 익숙해진 듯했다.

게다가 이정윤을 비롯한 비서까지 있으니 정말 제가 할 일은 아무것도 없는 게 아닐까 싶었다.

이전 같았으면 그게 너무 불편하고 몸 둘 바를 몰랐을 텐데 사람이란 정말 좋은 것에 빨리 익숙해진다. 심지어 윤서경은 유온이 그들에게 무언가 일을 부탁할 때, 처음에 이한영이 가져온 취미 생활 용품 중에서 재료를 좀 더 가져다 달라고 말하는 단순한 부탁만 해도 유온을 칭찬했다.

사실 칭찬은 그뿐이 아니었다. 유온이 한 번도 자신이 잘한 일이라 생각해 본 적이 없는(애초에 이유온이 자신에 대한 평가를 그리 후하게 내린 일은 단 한 번도 없긴 했으나) 것에 대하여 자연스럽게 머리를 쓰다듬었다.

예를 들면 대체로 남기는 편인 식사를 깨끗이 비운다거나, 수영장에서 잠깐이나마 물에 뜬다거나. 그 외에 어설픈 솜씨로 만들어 놓은 입체 퍼즐과 소이 캔들 같은 걸 마치 진심인 것처럼 잘 만들었다고 말하기도 했다.

"아무래도 우리 호텔 체인으로 가는 게 여러모로 편할 테니까요. 그쪽이 이곳보다 보안도 철저하고요. 또 당신은 야경 보는 걸 좋아하지 않습니까. 여기보다 고층이니 더 괜찮을 겁니다."

"네…… 좋아요. 저, 그, 그냥 말하는 게 아니라, 정말이에요."

"마음에 든다면 다행입니다."

윤서경의 눈매가 부드러워졌다. 이 스위트룸도 이미 호텔에서 가장 높은 층인데 이곳보다 높으면 조금 현기증이 나지 않을까 싶었다. 흘끗 창밖을 보던 유온은 이어진 윤서경의 목소리에 고개를 돌렸다.

"오늘은 조금 늦을 겁니다. 9시쯤 돌아올 것 같으니, 피곤하면 먼저 자고 있어요."

"9시요……."

아무리 그래도 9시에 자진 않는다. 그래도 끄덕끄덕 고개를 움직이곤 나가는 윤서경을 배웅했다. 현관문이 닫힌 뒤 돌아서자 햇살로 가득한 거실이 보였다. 한낮에 보이는 풍경도 밤과 느낌은 다르나 아름다웠다. 유온은 차 한 잔을 끓여서 너른 창틀에 앉아 오가는 차량과 점처럼 작게 보이는 사람을 구경했다.

일주일 후에는 윤서경과 외출하기로 했다. 외출이라고 해야 할까, 유온의 안에선 상당히 중요한 행사였다. 성당을 개조해 만든 스튜디오에서 실내 웨딩 촬영이 있었다. 그리고 다음 달에 외국으로 나가 야외 촬영을 할 예정이었다.

스튜디오에는 정원이 있고 그곳에서의 촬영도 예정되어 있지만, 만약 날씨가 너무 추우면 다시 생각한다고 했다. 차를 홀짝홀짝 마시며 유온은 그날 부디 날씨가 춥지 않기를 기도했다.

〈다음 권에서 계속〉